O
TRONO DE
FOGO

LIVRO DOIS

O TRONO DE FOGO

RICK RIORDAN

TRADUÇÃO DE DÉBORA ISIDORO

intrínseca

Copyright © 2011 Rick Riordan
Edição em português negociada por intermédio de Gallt and Zacker Literary Agency LLC e Sandra Bruna Agencia Literaria, SL

TÍTULO ORIGINAL
The Throne of Fire

PREPARAÇÃO
Leonardo Alves

REVISÃO
Carolina Rodrigues
Milena Vargas

DIAGRAMAÇÃO
Ilustrarte Design e Produção Editorial

CIP-BRASIL. CATALOGAÇÃO-NA-FONTE.
SINDICATO NACIONAL DOS EDITORES DE LIVROS, RJ.

R452t

Riordan, Rick, 1964-
    O trono de fogo / Rick Riordan ; tradução de Débora Isidoro. - Rio de Janeiro : Intrínseca, 2011.
    400p. : 23 cm
    (As crônicas dos Kane ; v.2)

    Tradução de: The throne of fire
    ISBN 978-85-8057-092-2

    1. Literatura infantojuvenil americana. I. Isidoro, Débora. II. Título. III. Série.

11-5504.   CDD: 028.5
                                                CDU: 087.5

[2011]

Todos os direitos desta edição reservados à

EDITORA INTRÍNSECA LTDA.
Rua Marquês de São Vicente, 99, 3º andar
22451-041 — Gávea
Rio de Janeiro — RJ
Tel./Fax: (21) 3206-7400
www.intrinseca.com.br

*Para Conner e Maggie, a grande equipe
de irmãos da família Riordan.*

Sumário

	Aviso	9
1.	Diversão com combustão espontânea	11
2.	Domesticamos um beija-flor de três mil quilos	23
3.	O sorveteiro trama nossa morte	34
4.	Um convite de aniversário para o Armagedom	48
5.	Aprendo a realmente odiar besouros	66
6.	Uma banheira de pássaros quase me mata	80
7.	Um presente do garoto com cabeça de cachorro	92
8.	Grandes atrasos na estação de Waterloo (Desculpem-nos pelo babuíno gigante)	105
9.	Fazemos um passeio com o deficiente vertical pela Rússia	128
10.	A visita de um velho amigo vermelho	142
11.	Carter faz algo incrivelmente estúpido (e ninguém se surpreende)	159
12.	Domino a fina arte de dizer nomes	173
13.	Um demônio entra em meu nariz	196
14.	Na tumba de Zia Rashid	211
15.	Camelos são maus...	222
16.	... Mas não tão maus quanto os romanos	234
17.	Menshikov contrata um esquadrão da morte alegre	259
18.	Jogando na véspera do Juízo Final	276
19.	A vingança de Alceu, o deus alce	292
20.	Visitamos a casa da hipopótama prestativa	309
21.	Ganhamos algum tempo	327
22.	Amigos nos lugares mais estranhos	350
23.	Damos uma festa louca em casa	366
24.	Faço uma promessa impossível	375

Nota do autor	391
Glossário	393
Outros termos egípcios	395
Deuses e deusas egípcios mencionados em *O trono de fogo*	397

AVISO

Esta é a transcrição de um arquivo de áudio. Carter e Sadie Kane tornaram--se conhecidos por uma gravação que recebi no ano passado e transcrevi no livro A pirâmide vermelha. Este segundo registro chegou a minha casa logo após a publicação do primeiro, então suponho que os Kane confiam em mim o suficiente para que eu continue a contar sua história. Se este relato for verídico, os novos acontecimentos só podem ser descritos como alarmantes. Pelo bem dos Kane, e do mundo, espero que tudo não passe de ficção. Caso contrário, estamos todos muitíssimo encrencados.

1. Diversão com combustão espontânea

CARTER

Aqui é Carter.

Olhe, não temos tempo para apresentações longas. Preciso contar esta história depressa, ou vamos todos morrer.

Se você não ouviu nossa primeira gravação, então... muito prazer: os deuses egípcios estão circulando no mundo moderno; um grupo de magos chamado Casa da Vida está tentando detê-los; todo mundo me odeia e odeia Sadie; e uma serpente enorme está prestes a engolir o Sol e destruir o mundo.

[Ai! Por que você fez isso?]

Sadie acabou de me dar um soco. Ela diz que vou assustar você demais. Preciso parar, me acalmar e recomeçar do início.

Está bem. Mas, na minha opinião, você *deveria* ficar assustado.

O objetivo deste relato é fazer com que todos saibam o que realmente está acontecendo e como tudo deu errado. Você vai ouvir muitas pessoas falando mal de nós, mas não provocamos aquelas mortes. Quanto à serpente, também não tivemos culpa. Bem... não exatamente. Todos os magos do mundo *precisam* se unir. É nossa única chance.

Então, aqui vai a história. Decida você mesmo. Tudo começou quando incendiamos o Brooklyn.

O trabalho deveria ser simples: entrar sorrateiramente no Museu do Brooklyn, pegar emprestado um certo artefato egípcio e sair sem ser capturado.

Não, não era roubo. Íamos devolver o artefato em algum momento. Mas acho que parecíamos mesmo suspeitos: quatro garotos no telhado do museu vestidos de preto, como ninjas. Ah, e um babuíno também vestido como ninja. *Definitivamente* suspeito.

A primeira coisa que fizemos foi mandar os recrutas Jaz e Walt abrirem a janela lateral, enquanto Khufu, Sadie e eu examinávamos a grande cúpula de vidro no centro do telhado, por onde pretendíamos sair.

A opção não parecia muito boa.

Já tinha escurecido havia tempo, e o museu deveria estar fechado. Em vez disso, a cúpula brilhava iluminada. Lá dentro, doze metros abaixo, centenas de pessoas em smokings e vestidos de gala conversavam e dançavam em um salão do tamanho de um hangar de avião. Uma orquestra tocava, mas o vento uivando em meus ouvidos e meus dentes batendo não me deixaram ouvir a música. Eu estava congelando em meu pijama de linho.

Magos precisam vestir linho porque esse tecido não interfere na magia, o que, provavelmente, é uma tradição muito boa para o deserto egípcio, onde raramente chove ou faz frio. No Brooklyn, em março... não é bem assim.

Minha irmã, Sadie, não parecia se incomodar com o frio. Ela abria os cadeados da cúpula enquanto murmurava uma música qualquer que ouvia no iPod. Fala sério, quem leva a própria trilha sonora quando vai invadir um museu?

Ela estava vestida como eu, mas calçava coturnos. Seus cabelos louros tinham mechas vermelhas — muito discretos para uma missão sigilosa. Com seus olhos azuis e a pele clara, ela não era nada parecida comigo, o que nós dois achávamos ótimo. É sempre bom ter a opção de negar que a garota maluca ao lado é sua irmã.

— Você disse que o museu estaria vazio — reclamei.

Sadie não me ouviu. Puxei seus fones de ouvido e repeti.

— Bem, *deveria* estar.

Ela vai negar isso, mas, depois de morar nos Estados Unidos por três meses, seu sotaque britânico já está desaparecendo.

— O site dizia que fecha às cinco. Como eu ia saber que haveria um casamento?

Um casamento? Olhei para baixo e vi que Sadie tinha razão. Algumas mulheres usavam vestidos de dama de honra cor de pêssego. Em uma das mesas havia um bolo enorme de vários andares. Dois grupos de convidados tinham erguido o noivo e a noiva em cadeiras e os carregavam pelo salão enquanto os amigos dançavam e aplaudiam numa roda. A cena toda sugeria um desastre mobiliário iminente.

Khufu bateu no vidro. Mesmo com as roupas pretas, era difícil para ele se camuflar nas sombras por causa do pelo dourado, sem mencionar o focinho e o traseiro multicoloridos.

— *Agh!* — ele grunhiu.

Como era um babuíno, isso podia ter qualquer significado, desde *Veja, tem comida lá embaixo* a *Este vidro está sujo* ou *Aquelas pessoas estão fazendo coisas idiotas com cadeiras*.

— Khufu tem razão — Sadie interpretou. — Vai ser difícil passarmos despercebidos pela festa. Se fingirmos que somos faxineiros, talvez...

— É claro — eu disse. — "Com licença. Quatro garotos passando com uma estátua de três toneladas. Vamos apenas fazê-la flutuar até o telhado. Não se incomodem conosco."

Sadie revirou os olhos. Ela empunhou sua varinha — um bastão encurvado de marfim entalhado com imagens de monstros — e a apontou para a base da cúpula. Um hieróglifo dourado brilhou e o último cadeado se abriu.

— Bem, se não vamos usar isto aqui como saída — ela disse —, por que a estou abrindo? Não poderíamos simplesmente sair por onde entramos... pela janela lateral?

— Já disse, a estátua é *enorme*. Não vai passar pela janela. Além do mais, o sistema de segurança...

— Vamos tentar amanhã à noite, então? — ela perguntou.

Balancei a cabeça.

— Amanhã todas as peças da exposição serão encaixotadas e despachadas.

Ela levantou as sobrancelhas daquele seu jeito irritante.

— Talvez se alguém tivesse *avisado* há mais tempo da necessidade de roubarmos essa estátua...

— Deixe para lá.

Eu sabia onde a conversa acabaria, e passar a noite inteira no telhado discutindo com Sadie não ia ajudar em nada. Ela estava certa, claro. Eu não a prevenira com muita antecedência. Mas, ei... minhas fontes não eram exatamente confiáveis. Após semanas pedindo ajuda, eu havia enfim conseguido uma dica de meu amigo Hórus, o deus falcão da guerra, que falara em meus sonhos: *Ah, a propósito, aquele artefato que você queria, que pode ser fundamental para salvar o planeta... Está no Museu do Brooklyn há trinta anos, mas amanhã será despachado para a Europa, então é melhor se apressar! Você terá cinco dias para descobrir como usá-lo, ou estaremos todos condenados. Boa sorte!*

Eu poderia ter gritado com ele por não ter me avisado antes, mas não faria diferença alguma. Os deuses só falam quando querem, e não têm muita noção do tempo dos mortais. Eu sabia disso porque havia hospedado Hórus em minha mente alguns meses antes. Eu ainda tinha alguns de seus hábitos antissociais, como o desejo ocasional de caçar pequenos roedores peludos ou de desafiar pessoas à morte.

— Vamos seguir o plano — Sadie disse. — Entramos pela janela lateral, encontramos a estátua e a levitamos salão afora. Vamos pensar em algum jeito de passar pela festa de casamento quando chegar a hora. Talvez possamos distraí-los.

— Distraí-los? — repeti, franzindo a testa.

— Carter, você se preocupa demais — ela disse. — Vai ser brilhante. A menos que você tenha outra ideia.

O problema era que... eu não tinha.

Você pode achar que a magia torna tudo mais fácil. Na verdade, é mais comum que ela complique as coisas. Há sempre um milhão de motivos para esse ou aquele feitiço não funcionar em certas situações. Ou então pode haver outro tipo de magia atrapalhando... como os encantamentos de proteção em torno do museu.

Não sabíamos ao certo quem os lançara. Talvez algum funcionário do museu fosse um mago disfarçado, o que não seria incomum. Nosso próprio pai havia usado seu título de Ph.D. em egiptologia como disfarce para ter acesso a artefatos. E o Museu do Brooklyn tem a maior coleção de pergaminhos de magia egípcia do mundo. Por isso nosso tio Amós instalara seu quartel-general no bairro. Muitos magos podiam ter motivos para proteger os tesouros do museu, cercá-los com armadilhas.

Qualquer que fosse o caso, as portas e as janelas estavam protegidas por maldições bem poderosas. Não podíamos abrir um portal mágico dentro da exposição, nem usar nossos *shabti* de busca — as estátuas mágicas de argila que nos ajudavam em nossa biblioteca — para buscar o artefato de que precisávamos.

Precisaríamos entrar e sair da maneira mais difícil; e, se cometêssemos um engano, não haveria como saber que tipo de maldição poderíamos desencadear: monstros guardiões, pragas, fogo, burros explosivos (não ria; eles são terríveis).

A única saída sem armadilha era a cúpula do salão. Aparentemente, os guardiões do museu não haviam se preocupado com a possibilidade de ladrões fazerem levitar algum artefato por uma passagem doze metros acima do chão. Ou talvez na cúpula *houvesse* uma armadilha, mas era algo escondido demais para vermos.

De qualquer maneira, precisávamos tentar. Só tínhamos aquela noite para roubar — desculpe, *pegar emprestado* — o artefato. Depois teríamos cinco dias para descobrir como usá-lo. Eu adoro prazos.

— Então, seguimos em frente e improvisamos? — Sadie perguntou.

Olhei lá embaixo, para a festa de casamento, esperando que não acabássemos arruinando a noite especial daquelas pessoas.

— Acho que sim.

— Maravilha — disse Sadie. — Khufu, fique aqui e vigie. Abra a cúpula quando nos vir subindo, está bem?

— *Agh!* — respondeu o babuíno.

Minha nuca formigou. Eu tinha a sensação de que aquele roubo *não* seria uma maravilha.

— Certo — eu disse a Sadie. — Vamos ver como Jaz e Walt estão se saindo.

Descemos pela parede externa até o peitoril do terceiro andar, onde ficava a coleção egípcia.

Jaz e Walt haviam cumprido sua parte com perfeição. Eles prenderam com fita adesiva quatro estátuas dos Filhos de Hórus em volta da janela e pintaram hieróglifos na vidraça para neutralizar os feitiços e o sistema de alarme dos humanos.

Quando Sadie e eu aterrissamos perto deles, os dois pareciam estar em uma conversa séria. Jaz segurava as mãos de Walt. Aquilo me surpreendeu, mas Sadie ficou ainda mais surpresa. Ela deu um gritinho estranho e agudo, como o de um rato sendo pisado.

[Sim, você emitiu. Eu estava *lá*.]

Por que Sadie se importaria? Bem, logo depois do Ano-novo, quando nós dois enviamos o sinal luminoso de nosso amuleto *djed* para atrair crianças com potencial mágico até nosso quartel-general, Jaz e Walt foram os primeiros a responder. Eles vinham treinando conosco havia sete semanas, mais tempo que todos os outros, então acabamos conhecendo-os muito bem.

Jaz era uma líder de torcida de Nashville. Seu apelido era abreviação de Jasmine, mas nem pense em chamá-la pelo nome, a menos que queira ser transformado em um arbusto. Jaz tinha uma beleza comum a líderes de torcida louras — não fazia muito meu tipo —, mas era impossível não gostar dela, porque era simpática com todos e estava sempre disposta a ajudar. Também tinha talento para magias de cura, então era ótimo tê-la por perto caso algo desse errado, o que acontecia comigo e com Sadie mais ou menos noventa e nove por cento das vezes.

Naquela noite ela cobrira os cabelos com uma bandana preta. Levava a tiracolo sua bolsa de magia, na qual havia o símbolo da deusa leoa Sekhmet.

Quando Sadie e eu pousamos perto deles, ela dizia a Walt:

— Vamos dar um jeito.

Walt parecia constrangido.

Ele era... bem, como descrever Walt?

[Não, Sadie, obrigado. Não vou dizer que ele *é gato*. Espere sua vez.]

Walt era um garoto de dezesseis anos, porém alto o bastante para parecer um atleta de faculdade. Seu porte físico reforçava isso — esguio e musculoso —, e os pés do cara eram muito grandes. Sua pele era marrom-café, um pouco mais escura que a minha, e o cabelo raspado bem curto parecia uma sombra em sua cabeça. Apesar do frio, ele vestia camiseta preta sem mangas e short — roupa incomum para um mago, mas ninguém discutia com Walt. Ele havia sido o primeiro aprendiz a chegar até nós, vindo lá de Seattle, e era um *sau* nato, um produtor de amuletos. Em seu pescoço havia diversas correntes de ouro com amuletos mágicos que ele mesmo fizera.

Enfim, eu tinha bastante certeza de que Sadie gostava de Walt e estava com ciúmes de Jaz, embora ela nunca fosse admitir nada disso porque havia passado os últimos meses se lamentando por causa de outro cara — um deus, na verdade — de quem estava a fim.

[Tudo bem, Sadie. Não vou falar nisso agora. Mas notei que você não negou.]

Quando interrompemos a conversa dos dois, Walt rapidamente largou as mãos de Jaz e se afastou dela. Sadie alternava o olhar entre um e outro, tentando entender o que acontecia ali.

Walt pigarreou.

— A janela está pronta.

— Ótimo. — Sadie olhou para Jaz. — O que você quis dizer com "vamos dar um jeito"?

Jaz abriu a boca, mas as palavras não saíram.

Walt respondeu por ela:

— Você sabe. O *Livro de Rá*. Vamos dar um jeito de decifrá-lo.

— É! — disse Jaz. — O *Livro de Rá*.

Eu sabia que estavam mentindo, mas decidi que não era da minha conta se eles se gostavam. Não tínhamos tempo para drama.

— Tudo bem — eu disse, antes que Sadie pudesse exigir explicação melhor. — Vamos começar a brincadeira.

A janela se abriu com facilidade. Nenhuma explosão mágica. Nenhum alarme. Respirei aliviado e entrei na ala egípcia, imaginando que talvez tivéssemos uma chance de cumprir a missão, afinal.

Os artefatos egípcios despertavam em mim todo tipo de recordação. Até o ano anterior, eu tinha passado boa parte da vida viajando pelo mundo com meu pai, que ia de museu em museu fazendo palestras sobre o Egito Antigo. Isso foi antes de eu descobrir que ele era um mago — antes de ele libertar um bando de deuses e nossa vida ficar complicada.

Agora eu não conseguia olhar para qualquer arte egípcia sem me sentir ligado àquilo. Estremeci quando passamos por uma estátua de Hórus: o deus com cabeça de falcão que habitara meu corpo no último Natal. Passamos por um sarcófago e me lembrei de como Set, o deus do mal, aprisionara nosso pai em um caixão dourado no British Museum. Em todos os lugares havia imagens de Osíris, o deus da morte, com sua pele azul, e pensei em como meu pai se sacrificara para se tornar seu novo hospedeiro. Naquele momento, em algum lugar no reino mágico do Duat, nosso pai era o rei do mundo inferior. Nem consigo descrever como é esquisito ver uma pintura de cinco mil anos de um deus egípcio azul e pensar: É, esse é meu pai.

Todos os artefatos pareciam lembranças de família: uma varinha igual à de Sadie; uma imagem dos monstros serpentes-leopardo que tinham nos atacado uma vez; uma página de O livro dos mortos mostrando demônios que havíamos conhecido pessoalmente. E lá estavam os *shabti*, estatuetas mágicas que ganhavam vida quando invocadas. Alguns meses antes eu tinha me apaixonado por uma garota chamada Zia Rashid, e depois descobri que ela era um *shabti*.

Estar apaixonado pela primeira vez já tinha sido uma situação muito difícil. Mas perceber que a garota de quem eu gostava era de argila e vê-la se quebrar diante de meus olhos... bem, isso dá um novo significado à expressão "coração partido".

Atravessamos a primeira sala, que tinha um grande mural com o zodíaco egípcio pintado no teto. Dava para ouvir a festa no grandioso salão ao final do corredor, à nossa direita. Música e risos ecoavam pelo prédio todo.

Na segunda sala egípcia nós paramos diante de um friso de pedra do tamanho de uma porta de garagem, entalhado com a imagem de um monstro pisoteando humanos.

— Isso é um grifo? — perguntou Jaz.

— É. Uma versão egípcia — confirmei.

O animal tinha corpo de leão e cabeça de falcão, mas suas asas não eram parecidas com as que víamos na maioria das imagens de grifos. Em vez de asas como as de um pássaro, as do monstro ficavam na parte superior das costas — longas e horizontais, eriçadas como pincéis de aço virados de cabeça para baixo. Se o monstro pudesse voar com aquelas coisas, eu imaginava que elas se moveriam como as asas de uma borboleta. O friso já fora colorido. Notei traços de vermelho e dourado na pele da criatura; mas, mesmo sem cor, o grifo tinha um aspecto sinistramente vivo. Seus olhos redondos pareciam me seguir.

— Grifos eram guardiões — eu disse, lembrando uma história que meu pai me contara certa vez. — Protegiam tesouros e coisas do tipo.

— Fabuloso — respondeu Sadie. — Então quer dizer que eles atacavam... ah, por exemplo, *ladrões*, que invadiam museus e roubavam artefatos?

— É só um friso — eu disse.

Mas duvido que tenha feito alguém se sentir melhor. A magia egípcia era baseada em transformar palavras e imagens em realidade.

— Ali. — Walt apontou para o outro lado da sala. — É aquilo, não é?

Contornamos o grifo a uma boa distância e nos aproximamos da estátua no centro da sala.

O deus devia ter dois metros e meio de altura. Era esculpido em pedra preta e estava vestido no típico estilo egípcio: peito nu, saiote e sandálias. Tinha rosto de carneiro e chifres um pouco desgastados devido ao passar dos séculos. Na cabeça havia uma coroa em formato de *frisbee* — um disco solar com serpentes entrelaçadas. Na frente do deus havia uma estátua humana muito menor. O deus estava com as mãos na cabeça do carinha, como se o abençoasse.

Sadie estreitou os olhos para enxergar a inscrição. Desde que hospedara o espírito de Ísis, deusa da magia, ela havia adquirido uma habilidade impressionante em ler hieróglifos.

— KNM — ela leu. — Acho que se pronuncia *Khnum*. Rima com *cabum*?

— Sim — concordei. — Essa é a estátua de que precisamos. Hórus me contou que nela está o segredo para encontrarmos o *Livro de Rá*.

Infelizmente, Hórus não fora muito específico. Agora que tínhamos encontrado a estátua, eu não fazia a menor ideia de como ela poderia nos ajudar. Analisei atentamente os hieróglifos na esperança de encontrar uma pista.

— Quem é o carinha na frente? — Walt perguntou. — É uma criança?

Jaz estalou os dedos.

— Não, eu me lembro disso! Khnum fazia humanos em um torno de oleiro. É isso o que ele está fazendo, aposto: criando um humano de argila.

Ela olhou para mim, esperando uma confirmação. A verdade era que eu havia esquecido aquela história. Sadie e eu deveríamos ser os professores, mas Jaz com frequência se lembrava de mais detalhes que eu.

— Sim, muito bom — eu disse. — Homem de argila. Exatamente.

Sadie olhou intrigada para a cabeça de carneiro de Khnum.

— É parecido com aquele desenho animado... Alceu, não é? Podia ser o deus alce.

— Ele não é o deus alce — falei.

— Mas se estamos procurando o *Livro de Rá* — ela retrucou —, e Rá é o deus *sol*, por que estamos procurando um alce?

Sadie às vezes é irritante. Já falei isso?

— Khnum era uma das aparências do deus sol — expliquei. — Rá tinha três personalidades diferentes. Ele era Khepri, o deus escaravelho, de manhã; Rá durante o dia; e Khnum, o deus com cabeça de carneiro, ao pôr do sol, quando ia para o mundo inferior.

— Isso é confuso — disse Jaz.

— Nem tanto — Sadie respondeu. — Carter tem diferentes personalidades. Ele passa de zumbi de manhã a lesma de tarde e...

— Sadie — eu a interrompi —, cale a boca.

Walt coçou o queixo.

— Acho que Sadie tem razão. É um alce.

— *Obrigada* — ela respondeu.

Walt sorriu para minha irmã sem muito entusiasmo, mas ainda parecia preocupado, como se algo o incomodasse. Notei que Jaz o estudava com uma expressão apreensiva e fiquei me perguntando sobre o que eles haviam conversado antes.

— Chega de alce — eu disse. — Precisamos levar a estátua para a Casa do Brooklyn. Ela tem algum tipo de pista...

— Mas como vamos encontrá-la? — Walt perguntou. — E você ainda não nos disse por que precisamos tanto encontrar o *Livro de Rá*.

Eu hesitei. Havia muitas coisas que ainda não tínhamos contado a nossos aprendizes, nem mesmo a Walt e a Jaz — por exemplo, a possibilidade de o mundo acabar dali a cinco dias. Esse tipo de informação pode tirar a concentração de uma pessoa em treinamento.

— Explico quando voltarmos — prometi. — Por enquanto, vamos pensar em como carregar a estátua.

Jaz franziu as sobrancelhas.

— Duvido que caiba na minha bolsa.

— Ah, quanta preocupação — Sadie disse. — Vejam, podemos lançar um feitiço de levitação na estátua. E desviar a atenção de todos, para tirá-los do salão...

— Esperem. — Walt se inclinou e examinou a figura humana menor. O carinha sorria, como se estar sendo fabricado a partir de argila fosse incrivelmente divertido. — Ele está usando um amuleto. Um escaravelho.

— É um símbolo comum — eu disse.

— É... — Walt passou os dedos pela própria coleção de amuletos. — Mas o escaravelho é um símbolo do renascimento de Rá, não é? E esta estátua mostra Khnum criando uma nova vida. Talvez não precisemos da estátua inteira. Talvez a pista esteja...

— Ah... — Sadie sacou a varinha. — Brilhante!

Eu estava prestes a dizer "Sadie, não", mas era óbvio que isso teria sido inútil. Sadie nunca me escuta.

Ela tocou o amuleto do carinha. As mãos de Khnum brilharam. A cabeça da estátua menor se dividiu em quatro partes, como a abertura de um silo de lançamento de mísseis, e do pescoço saiu um rolo de papiro amarelado.

— *Voilà* — Sadie disse, orgulhosa.

Ela enfiou a varinha na bolsa e segurou o papiro no mesmo instante em que gritei:

— Pode ter alguma armadilha!

Como já comentei, Sadie nunca me escuta.

Assim que ela tirou o rolo da estátua, a sala inteira estremeceu. Rachaduras surgiram no vidro das vitrines.

Sadie deu um grito quando o papiro em sua mão explodiu em chamas. O fogo não parecia queimar o papel nem machucá-la; mas quando ela tentou apagá-lo, sacudindo o papiro, chamas brancas fantasmagóricas pularam para a vitrine mais próxima e correram pela sala, como se seguissem um rastro de gasolina. O fogo tocou as janelas e hieróglifos brancos se acenderam no vidro, provavelmente ativando um monte de maldições e encantamentos de proteção. Depois o fogo fantasma chegou ao grande friso na entrada da sala. A pedra tremeu violentamente. Eu não conseguia ver os entalhes do outro lado, mas ouvi um grito rouco — como o de um papagaio bem grande e furioso.

Walt pegou o cajado que levava preso às costas. Sadie sacudia o papiro incandescente como se ele estivesse grudado em sua mão.

— Tirem essa coisa de mim! Isso não é *nem um pouco* minha culpa!

— Hum... — Jaz pegou a varinha dela. — Que barulho foi esse?

Meu coração disparou.

— Acho que Sadie acaba de encontrar a grande distração que ela queria — respondi.

2. Domesticamos um beija-flor de três mil quilos

ALGUNS MESES ANTES a situação teria sido diferente. Sadie poderia ter dito uma única palavra e causado uma explosão de proporções militares. Eu poderia ter invocado um avatar mágico de guerra, e quase nada teria sido capaz de me derrotar.

Mas isso era quando estávamos completamente unidos aos deuses: Hórus comigo, Ísis com Sadie. Abrimos mão desse poder porque era perigoso demais. Até que soubéssemos controlar melhor nossas habilidades, hospedar deuses egípcios poderia nos enlouquecer ou literalmente nos consumir.

Agora tínhamos apenas nossa magia limitada. Assim era mais difícil fazer coisas importantes — como sobreviver quando um monstro ganhava vida e queria nos matar.

O grifo emergiu por inteiro. Tinha o dobro do tamanho de um leão comum, e seu pelo ouro-avermelhado estava coberto de poeira de calcário. A cauda era revestida de penas pontiagudas que pareciam ser duras e afiadas como punhais. Em um movimento rápido, ele pulverizou a pedra da qual havia saído. As asas arrepiadas agora estavam erguidas e eretas em suas costas. Quando o grifo se movia, elas batiam tão depressa que zuniam e formavam um borrão, como se fossem as asas do maior e mais perverso beija-flor do mundo.

O grifo cravou os olhos famintos em Sadie. Chamas brancas ainda envolviam a mão dela e o rolo de papiro, e o monstro parecia considerar a cena uma espécie de desafio. Eu já havia escutado muitos gritos de falcão — ei, eu já *fui* um falcão uma ou duas vezes —, mas quando aquela coisa abriu o bico, soltou um guincho que fez tremerem as janelas e deixou meu cabelo em pé.

— Sadie — falei —, solte o papiro.

— Oi! Está preso em minha mão! — ela protestou. — E estou pegando fogo! Eu já mencionei isso?

Focos do fogo fantasma queimavam em todas as janelas e artefatos. O papiro parecia ter ativado todos os reservatórios de magia egípcia naquela sala, e eu tinha bastante certeza de que isso era ruim. Walt e Jaz estavam paralisados, em choque. Acho que eu não podia culpá-los. Esse era seu primeiro monstro de verdade.

O grifo deu um passo na direção de minha irmã.

Fui para o lado dela e realizei a única magia que ainda dominava. Fiz minha espada — um *khopesh* egípcio com uma lâmina curva como um gancho e terrivelmente afiada — surgir do nada, evocando-a do Duat.

Sadie parecia bem inofensiva com a mão e o papiro em chamas, como uma Estátua da Liberdade entusiasmada demais, mas com a outra mão ela conseguiu evocar sua principal arma de ataque — um cajado de um metro e meio de comprimento entalhado com hieróglifos.

— Alguma dica sobre como lutar contra grifos? — ela perguntou.

— Evitar as partes afiadas? — sugeri.

— Brilhante. Muito obrigada.

— Walt — chamei. — Confira aquelas janelas. Veja se consegue abri-las.

— M-mas... mas estão amaldiçoadas.

— Sim — eu disse. — E, se tentarmos sair pelo salão, o grifo vai nos comer antes de chegarmos lá.

— Vou conferir as janelas.

— Jaz — eu disse —, ajude Walt.

— Aquelas marcas no vidro — Jaz murmurou. — Eu... eu já vi antes...

— Ajude-o! — insisti.

O grifo avançou, suas asas zunindo como motosserras. Sadie arremessou seu cajado, e ele se transformou em um tigre ainda no ar, chocando-se contra o grifo com as garras à mostra.

O grifo não se abalou. Jogou o tigre para o lado e em seguida se moveu com velocidade extraordinária, abrindo absurdamente o bico. SNAP. O grifo engoliu e arrotou, e o tigre sumira.

— Aquele era meu cajado preferido! — Sadie gritou.

O grifo se virou para mim.

Segurei minha espada com força. A lâmina começou a brilhar. Pensei que teria sido bom se a voz de Hórus ainda estivesse em minha cabeça, me orientando. Ter um deus da guerra pessoal facilita quando é preciso fazer coisas ridiculamente corajosas.

— Walt! — chamei. — Algum progresso com a janela?

— Estou tentando — ele disse.

— E-espere... — Jaz pediu, nervosa. — Aqueles são símbolos de Sekhmet. Walt, pare!

Então, muitas coisas aconteceram ao mesmo tempo. Walt abriu a janela, e uma onda de fogo branco voou para cima dele, derrubando-o no chão.

Jaz correu para seu lado. O grifo imediatamente perdeu o interesse em mim. Como qualquer bom predador, ele focou o alvo em movimento — Jaz — e investiu contra ela.

Corri atrás dele. Mas, em vez de pegar nossos amigos, o grifo levantou voo acima de Walt e de Jaz e se jogou contra a janela. Jaz tirou Walt do caminho enquanto o grifo enlouquecia, debatendo-se e bicando as chamas.

Ele estava tentando *atacar* o fogo. O grifo bicou o ar, girou e derrubou a vitrine com os *shabti*. Sua cauda esmagou um sarcófago, partindo-o em pedaços.

Não sei bem o que deu em mim, mas gritei:

— Pare com isso!

O grifo ficou imóvel. Ele olhou em minha direção, crocitando irritado. Uma cortina de fogo branco escapou para um canto da sala, quase como se estivesse se reagrupando. Então notei outras chamas se unindo, criando formas incandescentes que pareciam vagamente humanas. Uma delas olhou diretamente para mim, e senti uma inconfundível aura de maldade.

— Carter, continue chamando a atenção dele. — Sadie parecia não notar as formas do fogo. Seus olhos ainda estavam fixos no grifo enquanto ela retirava do bolso um pedaço de barbante mágico. — Se eu conseguir chegar perto o bastante...

— Sadie, espere. — Tentei entender o que acontecia. Walt estava deitado de costas, tremendo. Seus olhos brilhavam com uma luz branca, como se o fogo tivesse possuído o garoto. Jaz estava ajoelhada a seu lado, murmurando um feitiço de cura.

— GRAAA! — o grifo grasnou, em um tom queixoso, como se pedisse permissão; como se estivesse *obedecendo* a minha ordem de parar, mas não gostasse dela.

As silhuetas de fogo estavam se tornando mais brilhantes, mais sólidas. Contei sete figuras incandescentes, formando lentamente pernas e braços.

Sete figuras... Jaz dissera algo sobre os símbolos de Sekhmet. O medo me invadiu quando percebi que tipo de maldição protegia o museu. A libertação do grifo fora apenas um acidente. Esse não era o verdadeiro problema.

Sadie jogou seu barbante.

— Espere! — gritei, mas era tarde demais. O barbante mágico chicoteou no ar, crescendo até se transformar em uma corda enquanto voava na direção do grifo.

Ele grasnou indignado e saltou na direção das silhuetas incandescentes. As criaturas de fogo se espalharam, e começou uma brincadeira de aniquilação.

O animal voou velozmente pela sala, suas asas zuniam. Vitrines de vidro se estilhaçaram. Alarmes feitos por mortais dispararam. Eu gritei para o grifo parar, mas dessa vez foi inútil.

Pelo canto do olho, vi Jaz cair, talvez pelo esforço de seu feitiço de cura.

— Sadie! — gritei. — Ajude-a!

Sadie correu para perto de Jaz. Eu fui atrás do grifo. Devia parecer um completo idiota vestido com pijama preto, carregando uma espada reluzente, tropeçando em artefatos quebrados e gritando ordens para um gato-beija-flor gigante.

E quando eu pensava que a situação não poderia piorar, meia dúzia de convidados da festa entraram na sala atraídos pelo barulho. Todos olhavam para a cena boquiabertos. Uma mulher de vestido cor de pêssego berrou.

As sete criaturas de fogo branco avançaram nos convidados, que desmaiaram imediatamente. As chamas seguiram adiante, serpeando pela parede rumo ao salão. O grifo voou atrás delas.

Virei-me para olhar para Sadie, ajoelhada ao lado de Jaz e de Walt.

— Como eles estão?

— Walt está acordando — ela respondeu —, mas Jaz apagou.

— Venha atrás de mim quando puder. Acho que consigo controlar o grifo.

— Carter, você ficou *maluco*? Nossos amigos estão feridos e tenho um rolo de papiro em chamas grudado na mão. A janela está aberta. Venha me ajudar a tirar Walt e Jaz daqui!

Ela estava certa. Aquela podia ser nossa única chance de tirar nossos amigos dali com vida. Mas agora eu também compreendia o que eram aquelas sete chamas, e sabia que, se eu não fosse atrás delas, muitas pessoas inocentes iriam se machucar.

Resmunguei uma praga egípcia — do tipo palavrão, não do tipo magia — e corri para a festa de casamento.

O salão estava um caos. Convidados corriam em todas as direções, gritando e derrubando mesas. Um cara de smoking havia caído no bolo e engatinhava pela sala com o enfeite do casal de plástico grudado no traseiro. Um músico tentava correr com o pé enfiado em um tambor.

As chamas brancas estavam sólidas o suficiente para que eu pudesse distinguir suas formas — algo entre canina e humana, com braços longos e pernas tortas. Brilhando como gás superaquecido, elas corriam pelo salão, contornando as pilastras ao redor da pista de dança. Uma delas passou através de uma dama de honra. Os olhos da moça ficaram brancos, e ela caiu no chão tossindo e tremendo.

Eu mesmo sentia vontade de me encolher. Não conhecia feitiços que pudessem enfrentar aquelas coisas, e se uma delas me tocasse...

De repente o grifo desceu do nada, seguido de perto pela corda mágica, que ainda tentava prendê-lo. Ele partiu uma criatura de fogo em uma só bicada e continuou voando. Colunas de fumaça brotavam de suas narinas, mas, fora isso, comer o fogo branco não parecia incomodá-lo.

— Ei! — gritei.

Percebi meu engano tarde demais.

O grifo se virou para mim, o que o fez reduzir a velocidade o suficiente para que a corda mágica de Sadie se enrolasse em suas pernas traseiras.

— SQUANNNNK!

O grifo caiu sobre a mesa do bufê. A corda ficou mais comprida e envolveu o corpo do monstro enquanto suas asas velozes destruíam a mesa, o chão e pratos de sanduíche, como se fosse um triturador de madeira desgovernado.

Os convidados começaram a sair do salão. A maioria deles correu para os elevadores, mas vários estavam inconscientes ou em convulsão, e seus olhos brilhavam com uma luz branca. Outros haviam sido soterrados por pilhas de escombros. Alarmes soavam, e as chamas brancas — seis agora — ainda estavam completamente descontroladas.

Corri para o grifo, que rolava tentando em vão morder a corda.

— Acalme-se! — gritei. — Deixe-me ajudar você, idiota!

— FREEEEK!

A cauda do grifo passou por cima de minha cabeça, tão perto que quase me decapitou.

Respirei fundo. Eu era principalmente um mago de combate. Nunca fui bom em feitiços com hieróglifos, mas apontei minha espada para o monstro e disse:

— *Ha-tep*.

Um hieróglifo verde — o símbolo para *Fique em paz* — brilhou no ar, bem na ponta de minha espada:

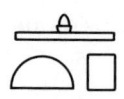

O grifo parou de se debater. O zumbido das asas diminuiu. Caos e gritos dominavam o salão, mas tentei permanecer calmo ao me aproximar do monstro.

— Você me reconhece, não? — Estendi a palma da mão e outro símbolo brilhou, um que eu sempre podia invocar: o Olho de Hórus.

— Você é um animal sagrado de Hórus, não é? Por isso me obedece.

O grifo piscou ao ver o sinal do deus da guerra. Arrepiou as penas do pescoço e grasnou uma queixa, contorcendo-se na corda que lentamente ia envolvendo seu corpo.

— É, eu sei — eu disse. — Minha irmã é uma tonta. Espere aí, já vou desamarrá-lo.

Sadie gritou atrás de mim:

— Carter!

Eu me virei e a vi cambaleando com Walt em minha direção, carregando Jaz entre eles. Sadie ainda parecia a Estátua da Liberdade, segurando o papiro em chamas. Walt estava em pé e seus olhos não brilhavam mais, mas Jaz aparentava que ia desmoronar, como se todos os ossos de seu corpo fossem de gelatina.

Eles desviaram de um espírito de fogo e de alguns convidados enlouquecidos e deram um jeito de atravessar o salão.

Walt olhou para o grifo.

— Como conseguiu acalmá-lo?

— Grifos são servos de Hórus — respondi. — Puxavam a biga dele nas batalhas. Acho que este reconheceu minha ligação com ele.

O grifo grasnou impacientemente e sacudiu a cauda, derrubando uma coluna de pedra.

— Não está muito calmo — Sadie comentou. Olhou para a cúpula de vidro, doze metros acima, onde um Khufu minúsculo acenava freneticamente para nós. — Precisamos tirar Jaz daqui *agora*.

— Eu estou bem — murmurou Jaz.

— Não está, não — disse Walt. — Carter, ela tirou aquele espírito de mim, mas quase morreu por isso. É uma espécie de demônio da doença...

— Um *bau* — eu disse. — Um espírito do mal. Esses sete são chamados...

— De Flechas de Sekhmet — Jaz concluiu, confirmando meus temores. — São espíritos de praga nascidos da deusa. Eu posso detê-los.

— Você pode *descansar* — respondeu Sadie.
— Certo — eu disse. — Sadie, tire essa corda do grifo e...
— Não temos tempo — Jaz avisou.

Os *bau* estavam ficando maiores e mais brilhantes. Outros convidados haviam caído, vítimas dos espíritos que varriam a sala livremente.

— Eles vão morrer se eu não detiver os *bau* — disse Jaz. — Posso canalizar o poder de Sekhmet e forçá-los a voltar para o Duat. É para isso que venho treinando.

Eu hesitei. Jaz nunca tentara um encantamento tão grande. Ela já estava fraca por ter curado Walt. Mas *era* treinada para isso. Podia parecer estranho que curadores estudassem o caminho de Sekhmet, mas como ela era a deusa da destruição, das pragas e da fome, fazia sentido que eles aprendessem a controlar suas forças — inclusive os *bau*.

Além do mais, mesmo que eu libertasse o grifo, não estava muito certo de que podia controlá-lo. Havia uma boa chance de ele ficar agitado e engolir a gente em vez dos espíritos.

Do lado de fora, sirenes de polícia soavam cada vez mais altas. Nosso tempo estava acabando.

— Não temos escolha — insistiu Jaz.

Ela sacou a varinha e — para espanto de minha irmã — deu um beijo na bochecha de Walt.

— Vai dar tudo certo, Walt. Não desista.

Jaz tirou mais alguma coisa de sua bolsa de magia — uma estatueta de cera — e a colocou na mão vazia de minha irmã.

— Logo você vai precisar disto, Sadie. Lamento não poder ajudar mais. Você vai saber o que fazer quando chegar a hora.

Acho que nunca vi Sadie tão sem palavras.

Jaz correu para o centro do salão e encostou sua varinha no chão, desenhando um círculo de proteção em torno de seus pés. Depois ela retirou da bolsa uma estatueta de Sekhmet, sua deusa patrona, e a levantou.

A menina começou a cantar. Uma luz vermelha brilhou a sua volta. Fios de energia se espalharam a partir do círculo, preenchendo a sala como os galhos de uma árvore. Os fios começaram a girar, devagar no início e depois ganhando velocidade, até que a corrente de magia agarrou os *bau*, forçando-os a voar todos na mesma direção, atraindo-os para o centro. Os espíritos uivavam, tentando resistir ao feitiço. Jaz cambaleou, mas continuou cantando, e seu rosto estava banhado em suor.

— Não podemos ajudá-la? — Walt perguntou.

— GRAAAA! — grasnou o grifo, provavelmente tentando dizer: *Oláááá! Ainda estou aqui!*

As sirenes soavam como se as viaturas já estivessem à porta do edifício. No final do corredor, perto dos elevadores, alguém gritava em um megafone, ordenando que os últimos convidados deixassem o prédio — como se eles precisassem de incentivo. A polícia havia chegado, e, se fôssemos presos, seria difícil explicar essa situação.

— Sadie — eu disse —, prepare-se para soltar a corda do grifo. Walt, você ainda tem seu amuleto do barco?

— Meu...? Sim, mas não há água aqui.

— Apenas invoque o barco! — Enfiei as mãos nos bolsos e encontrei meu barbante mágico. Recitei um feitiço e, de repente, eu segurava uma corda de seis metros de comprimento. Fiz um nó corrediço frouxo no meio dela, como uma gravata enorme, e me aproximei do grifo com muito cuidado.

— Vou só colocar isto aqui em seu pescoço — falei. — Não fique aflito.

— FLIIITO! — respondeu o grifo.

Aproximei-me um pouco mais, consciente da rapidez com que seu bico poderia me partir, se ele quisesse, mas consegui passar a corda no pescoço do grifo.

Então, alguma coisa deu errado. O tempo ficou mais lento. Os fios vermelhos sinuosos do feitiço de Jaz moviam-se com dificuldade, como se o ar tivesse ficado denso como xarope. Gritos e sirenes foram reduzidos a um ruído distante.

Você não vai conseguir, sibilou uma voz.

Eu me virei e me vi cara a cara com um *bau*.

Ele pairava no ar a alguns centímetros de mim, seus traços brancos e incandescentes quase nítidos. Parecia sorrir, e eu podia jurar que já vira aquele rosto antes.

O caos é muito poderoso, menino, ele disse. *O mundo gira além de seu controle. Desista de sua missão!*

— Cale a boca — murmurei, mas meu coração batia depressa.

Você nunca a encontrará, provocou o espírito. *Ela dorme no Lugar das Areias Vermelhas, mas morrerá lá se você prosseguir com essa missão inútil.*

Tive a sensação de que uma tarântula descia por minhas costas. O espírito falava de Zia Rashid... A *verdadeira* Zia, por quem eu procurava desde o Natal.

— Não — respondi. — Você é um demônio, um enganador.

Você sabe que não, menino. Já nos encontramos antes.

— Cale a boca!

Invoquei o Olho de Hórus, e o espírito sibilou. O tempo acelerou. Os fios vermelhos do feitiço de Jaz envolveram o *bau* e, gritando, ele foi puxado para dentro do redemoinho.

Ninguém mais parecia ter percebido o que acabara de acontecer.

Sadie se defendia, batendo nos *bau* com o papiro em chamas sempre que eles se aproximavam. Walt pôs seu amuleto do barco no chão e recitou o comando. Em segundos, como se fosse um daqueles brinquedos de esponja que se expandem na água, o amuleto cresceu e adquiriu o tamanho de um barco egípcio de junco em cima do que restava da mesa de bufê.

Com mãos trêmulas, segurei as duas pontas da gravata nova do grifo e as amarrei na proa e na popa do barco.

— Carter, olhe! — Sadie falou.

Eu me virei a tempo de ver um lampejo ofuscante de luz vermelha. O redemoinho todo implodiu, sugando os seis *bau* para o círculo de Jaz. A luz se apagou. Jaz desmaiou, e sua varinha e a estatueta de Sekhmet transformaram-se em poeira em suas mãos.

Corremos até ela. Suas roupas fumegavam. Não dava para saber se ela estava respirando.

— Coloquem-na no barco — eu disse. — Precisamos sair daqui.

Ouvi um grunhido baixo vindo lá de cima. Khufu abrira a cúpula. Ele gesticulava com urgência enquanto holofotes varriam o céu acima dele. O museu devia estar cercado por veículos de emergência.

Em torno do salão, convidados atingidos começavam a recobrar a consciência. Jaz os salvara, mas a que preço? Nós a levamos para o barco e subimos a bordo.

— Segurem-se bem — avisei. — Esta coisa *não* é muito estável. Se virar...

— Ei! — uma voz masculina forte gritou atrás de nós. — O que vocês estão... Ei! Parem!

— Sadie, a corda! Agora! — eu disse.

Ela estalou os dedos, e a corda que envolvia o grifo se dissolveu.

— VAMOS! — gritei. — PARA CIMA!

— FREEEEK! — O grifo bateu as asas. Nós nos lançamos no ar, o barco balançando loucamente, e subimos na direção da cúpula aberta. O grifo nem pareceu perceber o peso extra. Ele subiu tão depressa que Khufu teve de saltar para entrar no barco. Eu o puxei para dentro, e nós nos seguramos desesperados, tentando não adernar.

— *Agh!* — Khufu reclamou.

— É — concordei. — A tarefa deveria ter sido fácil.

Por outro lado, éramos a família Kane. Esse havia sido o dia mais fácil que teríamos por algum tempo.

De alguma maneira, nosso grifo sabia que direção tomar. Ele gritava triunfante e voava veloz na noite fria e chuvosa. Enquanto íamos para casa, o papiro de Sadie brilhou mais intensamente. Quando olhei para baixo, vi chamas brancas e fantasmagóricas espalhando-se por todos os telhados do Brooklyn.

Comecei a me perguntar o que exatamente havíamos roubado — se era ao menos o objeto certo, ou se nossos problemas poderiam piorar ainda mais. De qualquer maneira, eu tinha a sensação de que finalmente havíamos abusado da sorte além da conta.

S
A
D
I
E

3. O sorveteiro trama nossa morte

Estranho como é fácil esquecer que sua mão está pegando fogo.

Ah, desculpe-me, aqui é Sadie. Você não pensou que eu ia deixar meu irmão tagarelar para sempre, pensou? Ora, ninguém merece uma maldição *tão* horrível.

Chegamos à Casa do Brooklyn, e todos me cercaram porque havia um rolo de papiro em chamas grudado em minha mão.

— Estou bem! — insisti. — Cuidem de Jaz!

Juro, até gosto de um pouco de atenção de vez em quando, mas eu estava longe de ser o acontecimento mais interessante por ali. Havíamos aterrissado no telhado da mansão, que em si já constitui uma estranha atração — um cubo de cinco andares construído com aço e calcário, uma mistura de templo egípcio e museu de arte, empoleirado em um galpão abandonado na região costeira do Brooklyn. Sem falar que a mansão tem um brilho mágico e é invisível para os mortais comuns.

Lá embaixo, o Brooklyn inteiro pegava fogo. Meu papiro mágico irritante tinha pintado uma faixa larga de chamas fantasmagóricas sobre o bairro desde o museu enquanto voávamos. Nada queimava de verdade, e as chamas não eram quentes; mesmo assim, nós havíamos causado bastante pânico. Sirenes uivavam. Pessoas lotavam as ruas, olhando boquiabertas para os terraços flamejantes. Helicópteros sobrevoavam a área com seus holofotes.

Como se tudo isso já não fosse agitação suficiente, meu irmão estava brigando com um grifo, tentando desamarrar um barco de pesca de seu pescoço e impedir o monstro de comer nossos aprendizes.

E havia Jaz, nosso motivo verdadeiro de preocupação. Tínhamos concluído que ela ainda respirava, mas parecia estar em uma espécie de coma. Quando abrimos seus olhos, vimos que estavam brancos e brilhantes — o que, em geral, *não* era um bom sinal.

Durante a viagem de barco, Khufu tentara utilizar na menina um pouco de sua famosa magia de babuíno — batendo na testa dela, fazendo barulhos rudes e tentando enfiar jujubas em sua boca. Tenho certeza de que ele acreditava estar ajudando, mas isso não melhorou muito o estado de Jaz.

Agora Walt cuidava dela. Ele a pegou com delicadeza e a deitou em uma espreguiçadeira, cobriu-a com cobertores e afagou seu cabelo enquanto nossos outros aprendizes nos cercavam. E isso não me incomodava. De jeito nenhum.

Não me interessava nem um pouco como era o rosto dele ao luar, ou seus braços musculosos na camiseta sem mangas, ou o fato de que ele estivera segurando as mãos de Jaz, ou...

Desculpe. Perdi o fio da meada.

Caí no canto mais afastado do telhado, sentindo-me completamente exausta. Minha mão direita pinicava de tanto segurar o papiro incandescente. As chamas mágicas faziam meus dedos formigarem.

Enfiei a mão em meu bolso esquerdo e tirei a estatueta de cera que Jaz me dera. Era uma de suas estatuetas de cura, usada para aniquilar doenças ou maldições. De maneira geral, elas não são parecidas com ninguém em particular, mas Jaz havia sido muito meticulosa com esta. A estatueta tinha o evidente propósito de curar uma pessoa específica, o que significava que teria mais poder e provavelmente seria reservada para uma situação de vida ou morte. Reconheci o cabelo encaracolado, os traços faciais, a espada entre as mãos. Jaz até escrevera o nome em seu peito com hieróglifos: CARTER.

"Logo você vai precisar disto", ela me dissera.

Até onde eu sabia, Jaz não era adivinha. Não podia prever o futuro. Então, o que ela havia tentado me dizer? Como eu poderia saber quando usar a estatueta? Olhei para o mini-Carter e tive uma sensação horrível de que a vida de meu irmão fora posta literalmente em minhas mãos.

— Tudo bem? — perguntou uma voz feminina.

Guardei a estatueta rapidamente.

Minha velha amiga Bastet estava a meu lado. Seu sorriso sutil e seus brilhantes olhos amarelos sugeriam tanto preocupação quanto divertimento. Quando se trata de uma deusa gata, é difícil saber. Seus cabelos negros estavam presos num rabo de cavalo. Ela vestia a habitual malha de acrobata com estampa de pele de leopardo, como se estivesse prestes a dar um salto mortal. Pelo que eu sabia, ela talvez até desse. Como já disse, quando se trata de gatos, é difícil saber.

— Estou bem — menti. — Eu só... — Balancei inutilmente minha mão em chamas.

— Hum. — O papiro parecia deixar Bastet pouco à vontade. — Vejamos o que posso fazer.

Ela se ajoelhou a meu lado e começou a cantar.

Pensei em como era estranho ver meu antigo bicho de estimação fazendo um feitiço em mim. Durante anos Bastet se passara por Muffin, minha gata. Eu nunca imaginara que havia uma deusa dormindo em meu travesseiro todas as noites. Então, depois que nosso pai libertou um bando de deuses no British Museum, Bastet se revelou.

Ela contou que havia cuidado de mim durante seis anos, desde que nossos pais a libertaram de uma cela no Duat, para onde ela fora enviada com o propósito de lutar contra a serpente do Caos, Apófis, eternamente.

A história é longa, mas minha mãe havia previsto que Apófis acabaria escapando da prisão, o que acarretaria, basicamente, o Dia do Juízo Final. Se Bastet continuasse enfrentando-o sozinha, seria destruída. Porém, se fosse libertada, minha mãe acreditava que Bastet poderia desempenhar um papel importante na iminente batalha contra o Caos. Então, meus pais a libertaram antes que Apófis pudesse derrotá-la. Minha mãe havia morrido ao abrir, e depois fechar rapidamente, a prisão de Apófis; por isso, naturalmente, Bastet se sentia em dívida com meus pais. Ela se tornou minha guardiã.

Agora também era nossa babá, companheira de viagem e, às vezes, chefe de cozinha particular (fica a dica: se ela oferecer o Friskies du Jour, recuse).

Mas eu ainda sentia saudades de Muffin. Às vezes precisava me esforçar para conter o impulso de coçar atrás das orelhas de Bastet e lhe dar guloseimas crocantes, embora me sentisse feliz por ela ter parado de dormir em meu travesseiro. Isso teria sido estranho.

Ela terminou de entoar seu canto, e as chamas do rolo morreram. Minha mão se abriu. O papiro caiu em meu colo.

— Graças a Deus, obrigada — eu disse.

— Deusa — Bastet corrigiu. — Não tem de quê. Não podemos deixar o poder de Rá iluminar a cidade inteira, não é?

Olhei pela vizinhança. As chamas haviam desaparecido. O horizonte noturno do Brooklyn voltara ao normal, exceto pelas luzes de emergência e a multidão de mortais gritando nas ruas. Pensando bem, acho que isso *era* razoavelmente normal.

— O poder de Rá? — indaguei. — Pensei que o papiro fosse uma pista. Este é o verdadeiro *Livro de Rá*?

O rabo de cavalo de Bastet ficou eriçado, como acontecia sempre que ficava nervosa. Descobri que ela mantinha o cabelo sempre preso dessa maneira para evitar que a cabeça virasse um ouriço cada vez que ela se assustasse.

— O papiro é... parte do livro — ela disse. — E eu *avisei*. É quase impossível controlar o poder de Rá. Se vocês insistirem em tentar despertá-lo, as próximas chamas que provocarem podem não ser tão inofensivas.

— Mas ele não é seu faraó? — perguntei. — Você não quer que ele seja despertado?

Ela baixou o olhar. Percebi quanto meu comentário havia sido insensato. Rá era o senhor de Bastet. Eras atrás, ele a escolhera para ser sua defensora. Mas também havia sido Rá quem a deixara naquela prisão para manter seu arqui-inimigo Apófis ocupado por toda a eternidade, de forma que ele pudesse se aposentar com a consciência tranquila. Bem egoísta, se quer saber minha opinião.

Graças a meus pais é que Bastet havia escapado da prisão; mas isso também significava que ela abandonara sua função de lutar contra Apófis. Não é de admirar que ela tivesse sentimentos confusos sobre rever o velho chefe.

— É melhor conversarmos amanhã — disse Bastet. — Você precisa descansar, e aquele rolo de papiro só deve ser aberto à luz do dia, quando é mais fácil controlar o poder de Rá.

Olhei para meu colo. O papiro ainda fumegava.

— Mais fácil de controlar... tipo, não vai me fazer pegar fogo?

— Pode tocá-lo agora — Bastet garantiu. — Depois de ficar preso na escuridão por alguns milênios, ele só estava um pouco sensível demais, reagindo a qualquer tipo de energia... mágica, elétrica, emocional. Eu, hum, reduzi a sensibilidade para que ele não se incendeie novamente.

Peguei o papiro. Felizmente, Bastet tinha razão. Ele não grudou em minha mão nem pôs fogo na cidade.

Bastet me ajudou a ficar em pé.

— Vá dormir. Eu digo a Carter que você está bem. Além do mais... — ela deu um sorriso — amanhã vai ser um dia importante para você.

Certo, pensei infeliz. Uma pessoa lembrou, e foi minha gata.

Olhei para meu irmão, que ainda tentava controlar o grifo. O animal estava com os cadarços do sapato de Carter no bico e não parecia muito inclinado a soltá-los.

A maioria dos nossos vinte aprendizes cercava Jaz, tentando acordá-la. Walt não saíra de perto dela. Ele olhou uma vez para mim rapidamente, incomodado, depois se concentrou novamente em Jaz.

— Talvez você tenha razão — resmunguei a Bastet. — Ninguém precisa de mim aqui.

Meu quarto era um ótimo lugar para meu mau humor. Nos últimos seis anos eu havia morado no sótão da casa de vovó e vovô em Londres, e apesar de sentir falta de minha antiga vida, de minhas amigas Liz e Emma e de quase tudo na Inglaterra, eu não podia negar que meu quarto no Brooklyn era muito mais bacana.

Da minha sacada privativa eu via o rio East. Minha cama era enorme e confortável, eu tinha um banheiro só para mim e um closet com inúmeras roupas novas que apareciam e se limpavam magicamente sempre que necessário. O gaveteiro tinha uma geladeira embutida abastecida com meus sabores favoritos de Ribena, importados do Reino Unido, e doces de chocolate (ei, uma garota precisa se mimar). O sistema de som era de última geração, e as paredes tinham isolamento acústico mágico para que eu pudesse ouvir minhas músicas no volume que eu quisesse, sem ter que me preocupar com o chato de meu irmão no quarto ao lado. Sobre a cômoda havia um dos únicos pertences que eu trouxera de meu quarto em Londres: um velho gravador de fitas cassete que meus avós me deram muito tempo atrás. Era terrivelmente antiquado, sim, mas eu o mantinha por razões sentimentais. Afinal, Carter e eu havíamos gravado nossas aventuras na Pirâmide Vermelha com esse aparelho.

Pus o iPod na base e examinei minhas *playlists*. Escolhi uma antiga que eu nomeara de TRISTE, porque era assim que eu me sentia.

O álbum 19, de Adele, começou a tocar. Deus, eu não o ouvia desde...

De repente meus olhos se encheram de lágrimas. Eu estava ouvindo essa *playlist* na véspera de Natal em que papai e Carter foram me buscar para nossa visita ao British Museum — na noite em que nossa vida mudou para sempre.

Adele cantava como se alguém estivesse arrancando seu coração. Ela falava sobre o garoto de quem gostava, imaginando o que precisaria fazer para conquistá-lo. Eu me identificava com isso. Mas no último Natal a música me fizera pensar também em minha família: minha mãe, que morrera quando eu ainda era muito pequena, e meu pai e Carter, que viajavam juntos pelo mundo e tinham me deixado em Londres com meus avós, aparentemente achando que eu não fosse necessária na vida deles.

É claro que eu sabia que era mais complicado que isso. Havia ocorrido uma horrível disputa pela custódia envolvendo advogados e ataques com espátulas, e papai preferira manter Carter e eu separados para não perturbarmos a magia um do outro antes de sermos capazes de controlar o poder. E, sim, todos nos aproximamos muito desde então. Meu pai agora era um pouco mais presente em minha vida, mesmo sendo o deus do mundo inferior. Quanto a minha mãe... bem, eu tinha sido apresentada a seu fantasma. Suponho que isso tenha alguma importância.

Mesmo assim, a música trazia de volta toda a dor e a raiva que eu sentira naquela noite. Acho que não superei tudo aquilo tão completamente quanto eu havia imaginado.

Meu dedo se aproximou do botão para passar à próxima música, mas decidi deixar a canção tocar. Joguei minhas coisas sobre a cômoda — o rolo de papiro, o mini-Carter de cera, minha bolsa de magia, a varinha. Estendi a mão para pegar meu cajado, e lembrei que não o tinha mais. O grifo o comera.

— Cérebro de passarinho imprestável — resmunguei.

Comecei a me arrumar para ir dormir. Havia colado fotos na parte interna da porta do closet, a maioria delas de mim e de minhas amigas na escola no ano anterior. Havia uma de Liz, Emma e eu fazendo caretas em uma cabine automática de fotos em Piccadilly. Parecíamos tão jovens e ridículas.

Eu não conseguia acreditar que amanhã talvez as visse pela primeira vez depois de meses. Meus avós haviam me convidado para ir visitá-los, e eu tinha planos para uma saída só com minhas amigas. Quer dizer, esse *era* o plano antes de Carter lançar sua bomba "cinco dias para salvar o mundo". Agora, quem sabia o que poderia acontecer?

Só havia duas fotos sem Liz e Emma na porta do closet. Em uma delas estávamos eu, Carter e tio Amós no dia em que Amós deixara o Egito para sua... hum, como é que se chama o processo de cura depois de ser possuído por um deus do mal? Não são férias, eu acho.

A última era uma imagem de Anúbis. Talvez você o tenha visto: o cara com cabeça de chacal, deus dos funerais, da morte, e assim por diante. Ele está em todo canto na arte egípcia — conduzindo almas falecidas para o Salão do Julgamento, ajoelhado diante das balanças cósmicas, pesando um coração contra a pena da verdade.

Por que eu tinha essa tela?

[Está bem, Carter. Eu admito, nem que seja só para fazer você calar a boca.]

Eu meio que tinha uma queda por Anúbis. Sei que isso soa ridículo, uma garota moderna suspirando por um garoto de cinco mil anos e cabeça de cachorro, mas *não* era isso que eu via quando olhava para a imagem. Eu me lembrava de Anúbis como ele havia aparecido em Nova Orleans, quando nos conhecemos pessoalmente: um menino de uns dezesseis anos vestindo couro e jeans pretos, com cabelo escuro despenteado e olhos tristes da cor de chocolate derretido. Com certeza *não* era um menino com cabeça de cachorro.

Ainda assim é ridículo, eu sei. Ele era um deus. Não tínhamos absolutamente nada em comum. Nunca mais tive notícias dele depois de nossa aventura na Pirâmide Vermelha, e isso não devia ter me surpreendido. Embora naquela época ele parecesse estar interessado em mim e até tivesse soltado algumas indiretas... Não, com certeza eu devia estar imaginando.

Nas últimas sete semanas, desde que Walt Stone aparecera na Casa do Brooklyn, eu chegara a pensar que conseguiria esquecer Anúbis. É claro, Walt era meu aprendiz, e eu não devia pensar nele como um possível namorado, mas eu tinha bastante certeza de que havia rolado uma química entre nós na primeira vez que nos vimos. Agora, porém, Walt parecia estar se distanciando. Ele andava muito misterioso, sempre com um ar culpado e conversando com Jaz.

Minha vida era uma porcaria.

Vesti minha camisola enquanto Adele continuava cantando. Será que *todas* as suas músicas eram sobre não ser notada pelos garotos? De repente achei isso bem irritante.

Desliguei o som e fui para a cama.

Infelizmente, minha noite ficou ainda pior depois que dormi.

Na mansão, dormimos com todo o tipo de encantamento mágico para nos proteger de sonhos ruins, espíritos invasores e a ânsia ocasional que nossas almas possam ter de passear. Tenho até um travesseiro mágico para garantir que minha alma — ou *ba*, se você preferir a palavra egípcia — permaneça ancorada a meu corpo.

Mas não é um sistema perfeito. De vez em quando posso sentir uma força externa incitando minha mente, tentando atrair minha atenção. Ou minha alma me faz saber que precisa ir a outro lugar, algum cenário importante que ela quer me mostrar.

Assim que adormeci eu tive uma dessas sensações. Pense nela como uma chamada telefônica, com meu cérebro me dando a opção de aceitar ou de recusar. Na maioria das vezes o melhor é rejeitar, especialmente quando meu cérebro mostra um número desconhecido.

Mas algumas vezes essas chamadas são importantes. E eu *faria* aniversário no dia seguinte. Talvez papai e mamãe estivessem tentando entrar em contato comigo a partir do mundo inferior. Eu os imaginei no Salão do Julgamento, meu pai sentado em seu trono como o deus azul Osíris, minha mãe em suas vestes brancas fantasmagóricas. Talvez estivessem usando chapéus de festa e cantando "Parabéns a você", enquanto Ammit, o Devorador, o extremamente minúsculo monstrinho de estimação deles, pulava e latia.

Ou podia ser, talvez, Anúbis chamando. *Oi, hum, eu estava pensando se você não gostaria de ir a um funeral ou outra coisa?*

Bem... era possível.

Por isso aceitei a chamada. Deixei meu espírito ir aonde ele queria me levar, e meu *ba* flutuou acima de meu corpo.

Se você nunca fez uma viagem com o *ba*, eu não recomendaria que tentasse — a menos, é claro, que você goste de se transformar em uma galinha fantasma e descer de maneira descontrolada pelas correntezas do Duat.

O *ba* normalmente é invisível aos outros, o que é bom, considerando que ele toma a forma de um pássaro gigante e mantém sua cabeça normal. Houve um tempo em que eu conseguia manipular a forma de meu *ba* para algo menos constrangedor, mas, desde que Ísis saiu de minha cabeça, nunca mais tive essa habilidade. Agora, quando alço voo, fico sempre no modo frango padrão.

As portas da sacada se abriram. Uma brisa mágica me carregou para a noite. As luzes de Nova York perderam foco e desapareceram, e eu me vi em uma conhecida câmara subterrânea: o Salão das Eras, no principal quartel-general da Casa da Vida, sob a cidade do Cairo.

O salão era tão comprido que ali poderia ocorrer uma maratona. No meio havia um tapete azul que brilhava como um rio. Entre as colunas de cada lado, cortinas de luz cintilavam — imagens holográficas da longa história do Egito. A luz mudava de cor para ilustrar diferentes eras, do brilho branco da Era dos Deuses até o vermelho dos tempos contemporâneos.

O pé-direito era ainda mais alto que o do salão no Museu do Brooklyn, um espaço amplo iluminado por radiantes globos de energia e hieróglifos flutuantes. Parecia que alguém tinha detonado alguns quilos de cereal em gravidade zero, e agora os fragmentos coloridos e açucarados pairavam e colidiam em câmera lenta.

Flutuei até o fundo do salão, pouco acima do tablado onde ficava o trono do faraó. Era um assento honorário, vazio desde a queda do Egito, mas no degrau embaixo dele se sentava o Sacerdote-leitor Chefe, mestre do Primeiro Nomo, líder da Casa da Vida e o mago de quem eu menos gosto: Michel Desjardins.

Eu não via Monsieur Adorável desde nosso ataque na Pirâmide Vermelha, e me surpreendi ao constatar quanto ele havia envelhecido. Ele se tornara Sacerdote-leitor Chefe havia apenas alguns meses, mas seus cabelos pretos e lisos e a barba bifurcada agora estavam grisalhos. Ele se apoiava pesadamente em seu cajado, como se a capa de pele de leopardo do Sacerdote-leitor Chefe fosse chumbo sobre suas costas.

Não posso dizer que senti pena dele. Não havíamos nos despedido de maneira amistosa. Uníramos forças (mais ou menos) para derrotar o deus Set, mas ele ainda nos considerava magos perigosos e vândalos. Ele nos avisara que, se continuássemos estudando o caminho dos deuses (e nós continuávamos), ele nos destruiria em nosso próximo encontro. Isso não nos deixara animados a convidá-lo para um chá.

Seu rosto estava abatido, mas os olhos ainda brilhavam maldosos. Ele estudava as imagens vermelho-sangue nas cortinas de luz como se esperasse algo.

— *Est-il allé?* — Desjardins perguntou, e o francês que aprendi na escola me fez acreditar que significava "Ele já foi?" ou talvez "Você consertou a ilha?".

Está bem... provavelmente era a primeira alternativa.

Por um momento tive medo de que ele estivesse falando comigo. Então, de trás do trono uma voz rouca respondeu:

— Sim, meu senhor.

Um homem saiu das sombras. Estava vestido completamente de branco — terno, echarpe, até os óculos de sol espelhados. Meu primeiro pensamento foi: Meu Deus, ele é um sorveteiro do mal.

O homem tinha um sorriso agradável e rosto rechonchudo emoldurado por cabelos grisalhos e encaracolados. Eu poderia tê-lo considerado inofensivo, ou até simpático — até ele tirar os óculos.

Seus olhos estavam arruinados.

Confesso que fico angustiada com coisas relacionadas a olhos. Um vídeo de cirurgia de retina? Eu saio correndo da sala. Até a ideia de lentes de contato me deixa nervosa.

Mas os olhos do homem de branco pareciam ter sido atingidos por ácido e depois arranhados várias vezes por gatos. As pálpebras eram massas de tecido marcado por cicatrizes e não fechavam direito. As sobrancelhas estavam queimadas e rasgadas por sulcos profundos. A pele sobre suas maçãs do rosto era uma máscara de debruns vermelhos, e os olhos propriamente ditos eram uma combinação tão horrível de vermelho-sangue com branco leitoso que eu não acreditava que ele conseguisse enxergar.

Ele inspirou, ofegando tanto que o som fez meu peito doer. Um pingente prateado com um amuleto em forma de serpente brilhava sobre sua camisa.

— Ele usou o portal há pouco, senhor — o homem rouquejou. — Finalmente, ele se foi.

A voz era tão horrível quanto os olhos. Se ele *fora* atingido por ácido, um pouco devia ter chegado a seus pulmões. Mas o homem continuava sorrindo, aparentemente calmo e feliz em seu terno branco impecável, como se mal pudesse esperar para vender sorvete para as boas criancinhas.

Ele se aproximou de Desjardins, que ainda olhava para as cortinas de luz. O sorveteiro seguiu a direção de seu olhar. Eu fiz o mesmo e descobri o que o Sacerdote-leitor Chefe olhava. No último pilar, bem ao lado do trono, a luz estava mudando. A coloração avermelhada da era moderna escurecia, transformando-se em um roxo-escuro, da cor de um hematoma. Em minha primeira visita ao Salão das Eras eu havia sido informada que o salão se tornava mais comprido com o passar dos anos; e agora eu podia ver isso acontecer. O piso e as paredes tremulavam como uma miragem, expandindo-se muito devagar, e a faixa de luz roxa ia se alargando.

— Ah — disse o sorveteiro. — Agora está muito mais claro.

— Uma nova era — Desjardins murmurou. — Uma era mais sombria. A cor da luz não se modificou por mil anos, Vladimir.

Um sorveteiro do mal chamado Vladimir? Tudo bem, então.

— São os Kane, é claro — disse Vladimir. — Você devia ter matado o mais velho quando ele esteve em nosso poder.

As penas de meu *ba* se arrepiaram. Percebi que ele falava sobre tio Amós.

— Não — respondeu Desjardins. — Ele estava sob nossa proteção. Todos que procuram cura devem ser acolhidos. Até mesmo um Kane.

Vladimir respirou fundo, e o som me lembrou um aspirador de pó entupido.

— Mas, com certeza, agora que ele se foi, precisamos agir. Ouviu as notícias do Brooklyn, senhor. As crianças encontraram o primeiro papiro. Se encontrarem os outros dois...

— Eu sei, Vladimir.

— Eles humilharam a Casa da Vida no Arizona. Fizeram as pazes com Set, em vez de destruí-lo. E agora procuram o *Livro de Rá*. Se me permitir cuidar deles...

O alto do cajado de Desjardins cuspiu um fogo roxo.

— Quem é o Sacerdote-leitor Chefe? — ele perguntou.

A expressão agradável de Vladimir vacilou.

— É você, meu senhor.

— E eu vou cuidar dos Kane no momento adequado, mas Apófis é nossa maior ameaça. Temos que investir todo o nosso poder no combate à Serpente. Se há alguma chance de os Kane nos ajudarem a restaurar a ordem...

— Mas, Sacerdote-leitor Chefe... — Vladimir o interrompeu. Seu tom tinha uma nova intensidade, uma força quase mágica. — Os Kane são parte do problema. Eles perturbaram o equilíbrio do Maat ao despertarem os deuses. Estão ensinando magia proibida. Agora querem despertar Rá, que não governa desde o princípio do Egito! Vão pôr o mundo em desordem. Isso só vai servir ao Caos.

Desjardins piscou, como se estivesse confuso.

— Talvez você tenha razão. Eu... preciso pensar nisso.

Vladimir curvou-se.

— Como quiser, meu senhor. Vou reunir nossas forças e esperar suas ordens para destruirmos a Casa do Brooklyn.

— Destruir... — Desjardins franziu a testa. — Sim, você vai esperar minhas ordens. Eu escolherei o momento para o ataque, Vladimir.

— Muito bem, meu senhor. E se as crianças Kane procurarem os outros dois papiros para despertar Rá? Um está fora do alcance deles, é claro, mas o outro...

— Deixo esse assunto por sua conta. Guarde-o como achar melhor.

Os olhos de Vladimir ficavam ainda mais horríveis quando ele se animava — viscosos e cintilantes por trás das pálpebras destruídas. Eles me fizeram lembrar o café da manhã preferido de vovô: ovos quentes com molho *tabasco*.

[Bem, lamento se isso é nojento, Carter. De qualquer maneira, você nem devia tentar comer durante minha parte da narrativa!]

— Meu senhor é sábio — disse Vladimir. — As crianças *vão* procurar os papiros, senhor. Elas não têm escolha. Se deixarem a fortaleza delas e entrarem em meu território...

— Não acabei de dizer que vamos eliminá-las? — Desjardins interrompeu em tom seco. — Agora, deixe-me. Preciso pensar.

Vladimir se retirou para as sombras. Para alguém vestido de branco, ele conseguia sumir com grande eficiência.

Desjardins voltou sua atenção para a cortina brilhante de luz.

— Uma nova era... — murmurou. — Uma era de escuridão...

Meu *ba* foi carregado pelas correntezas do Duat, voltando rapidamente a meu corpo adormecido.

— Sadie? — uma voz chamou.

Eu me sentei na cama com o coração disparado. A luz cinzenta da manhã clareava as janelas. Sentado ao pé da minha cama eu vi...

— Tio Amós? — gaguejei.

Ele sorriu.

— Feliz aniversário, minha querida. Peço desculpas se a assustei. Você não respondeu quando bati na porta. Fiquei preocupado.

Ele havia recuperado a saúde e a elegância de antes. Usava óculos de aros de arame, chapéu-coco e um terno preto italiano de lã que o fazia parecer um pouco mais baixo e parrudo. Seu cabelo comprido estava penteado em tranças enfeitadas com pedaços de pedra preta cintilante — obsidiana, talvez. Ele poderia passar por um músico de jazz (o que ele era) ou por um Al Capone afro-americano (o que ele não era).

Comecei a perguntar:

— Como...?

Mas então assimilei minha visão do Salão das Eras — e as implicações do que eu vira.

— Está tudo bem — disse Amós. — Acabei de voltar do Egito.

Tentei engolir, mas respirava quase com a mesma dificuldade daquele homem pavoroso, Vladimir.

— Eu também, Amós. E *não* está tudo bem. Eles estão vindo nos destruir.

SADIE

4. Um convite de aniversário para o Armagedom

Depois de explicar minha horrível visão, eu só queria uma coisa: um café da manhã de verdade.

Amós parecia abalado, mas insistiu em esperar para discutir nossos assuntos quando reuníssemos todo o Vigésimo Primeiro Nomo (como era conhecido nosso ramo da Casa da Vida). Prometeu me encontrar na varanda em vinte minutos.

Depois que ele saiu, tomei banho e pensei no que vestir. Normalmente, eu lecionava magia empática às segundas-feiras, o que exigiria o traje de linho apropriado dos magos. Mas meu aniversário *devia* ser um dia de folga.

Considerando as circunstâncias, eu não acreditava que Amós, Carter e Bastet me deixariam ir a Londres, mas decidi manter o pensamento positivo. Vesti uma calça jeans rasgada, coturnos, uma regata e jaqueta de couro — impróprio para a magia, mas eu me sentia rebelde.

Guardei o mini-Carter e minha varinha na bolsa de magia. Estava prestes a pendurá-la no ombro quando pensei: Não, não vou ficar carregando esta coisa no dia de meu aniversário.

Respirei fundo e me concentrei na tarefa de criar uma abertura no Duat. Odeio admitir, mas sou *muito ruim* nisso. Não acho nada justo que Carter consiga tirar coisas do nada num piscar de olhos enquanto eu preciso de cinco a dez minutos de concentração absoluta, e mesmo assim fico enjoada com o esforço. Na maior parte do tempo, é mais fácil manter a bolsa pendurada no ombro. Mas se eu saísse com minhas amigas, não ia querer esse fardo, e também não queria simplesmente deixá-la para trás.

Finalmente o ar vibrou quando o Duat se curvou a minha vontade. Joguei a bolsa para a frente, e ela desapareceu. Excelente — presumindo que eu conseguiria encontrar um jeito de pegá-la de volta mais tarde.

Peguei o rolo de papiro que roubamos de Alceu na noite anterior e desci a escada.

Com todos no café da manhã, a mansão estava estranhamente silenciosa. Três andares se abriam para o Grande Salão, então normalmente o lugar era agitado e barulhento; mas lembro que tudo ali parecera vazio quando Carter e eu chegamos no Natal passado.

O Grande Salão ainda tinha muitas de suas características originais: a enorme estátua de Tot no meio, a coleção de armas e instrumentos musicais de Amós enfeitando a parede, o tapete de pele de cobra na frente da lareira do tamanho de uma garagem. Mas dava para perceber que vinte jovens magos também moravam ali agora. Uma coleção de controles remotos, varinhas, iPads, pacotes de salgadinho e estatuetas *shabti* entulhavam a mesa de centro. Alguém com pés grandes — provavelmente Julian — deixara os tênis enlameados na escada. E um de nossos rebeldes — imaginei que tivesse sido Felix — havia usado magia para transformar a lareira em uma terra das maravilhas antárticas, com neve e um pinguim vivo. Felix adora pinguins.

Vassouras e esfregões mágicos moviam-se pela casa em alta velocidade, tentando limpar tudo. Tive que me agachar para evitar ser espanada. Por alguma razão, os espanadores acham que meus cabelos são um problema de faxina.

[Não pedi sua opinião, Carter.]

Como eu esperava, todos estavam reunidos na varanda, que servia como sala de jantar e hábitat de crocodilo albino. Filipe da Macedônia nadava feliz em sua piscina, saltando de vez em quando para pegar uma fatia de bacon jogada por um aprendiz. A manhã era fria e chuvosa, mas o fogo nos braseiros mágicos da varanda nos mantinha aquecidos.

Eu me servi de um *pain au chocolat* e de uma xícara de chá no bufê e fui me sentar à mesa. Depois percebi que os outros não estavam comendo. Todos olhavam para mim.

À cabeceira da mesa, Amós e Bastet estavam sérios. Na minha frente, Carter não havia tocado nos *waffles* em seu prato, o que era *muito* estranho. A minha direita, a cadeira de Jaz estava vazia. (Amós me contara que ela continuava na enfermaria, no mesmo estado.) À esquerda estava Walt, lindo como sempre, mas fiz o possível para ignorá-lo.

Os outros aprendizes pareciam estar em diversos estados de choque. O grupo era composto por indivíduos de várias idades vindos do mundo inteiro. Poucos eram mais velhos que Carter e eu — na verdade, já poderiam estar em uma universidade —, o que era bom quando os mais jovens precisavam de babá, mas eu sempre ficava um pouco desconfortável quando tentava agir como professora deles. A maioria dos outros tinha entre dez e quinze anos. Felix tinha apenas nove. Havia Julian, de Boston; Alyssa, da Carolina; Sean, de Dublin; e Cleo, do Rio de Janeiro. A característica que todos tínhamos em comum: o sangue dos faraós. Todos nós éramos descendentes das linhagens reais do Egito, o que nos dava uma capacidade natural para a magia e para hospedarmos o poder dos deuses.

O único que não parecia afetado pelo clima pesado era Khufu. Por razões que nunca conseguimos entender, nosso babuíno só come alimentos cujo nome termine com a letra *o*. Recentemente, ele havia descoberto a gelatina Jell-O, que considerava uma substância milagrosa. Suponho que o O maiúsculo proporcionava um sabor melhor. Agora ele comia quase tudo que estivesse envolto em Jell-O — frutas, castanhas, insetos, pequenos animais. Naquele momento ele tinha o focinho mergulhado em uma montanha vermelha trêmula de café da manhã e fazia barulhos horríveis enquanto escavava em busca de uvas.

Todos os outros olhavam para mim, como se esperassem uma explicação.

— Bom dia — murmurei. — Lindo dia. Tem um pinguim na lareira, caso alguém queira saber.

— Sadie — Amós falou em um tom suave —, conte a todos o que me contou.

Bebi um pouco de chá para me acalmar. Depois tentei não parecer muito aterrorizada enquanto descrevia minha visita ao Salão das Eras.

Quando terminei, os únicos sons eram o crepitar do fogo nos braseiros e os *splashs* de Filipe da Macedônia em sua piscina.

Finalmente, o pequeno Felix perguntou o que todos queriam saber:

— Então, todos nós vamos morrer?

— Não. — Amós se inclinou um pouco para a frente. — De jeito nenhum. Crianças, sei que acabei de chegar. Mal conheço a maioria de vocês, mas prometo que faremos tudo o que pudermos para mantê-los em segurança. Esta casa é cercada por muitas camadas de proteção mágica. Vocês têm uma deusa importante a seu lado — ele apontou para Bastet, que abria com as unhas uma lata de comida para gatos sabor atum — e a família Kane para protegê-los. Carter e Sadie são mais poderosos do que vocês podem imaginar, e eu já travei outras batalhas contra Michel Desjardins no passado, caso chegue a esse ponto.

Considerando todos os problemas que tivemos no último Natal, o discurso de Amós soava um pouco otimista, mas os aprendizes pareceram aliviados.

— *Caso* chegue a esse ponto? — Alyssa perguntou. — Parece bastante certo que eles vão nos atacar.

Amós franziu o cenho.

— Talvez, mas me espanta que Desjardins tenha concordado com uma ação tão tola. Apófis é o verdadeiro inimigo, e Desjardins sabe disso. Ele devia perceber que precisa de toda a ajuda que puder obter. A menos que... — Ele não concluiu a frase. No que quer que estivesse pensando, era evidente que o perturbava muito. — De qualquer maneira, se Desjardins decidir vir atrás de nós, ele planejará com bastante cuidado. Ele sabe que esta mansão não cairá com facilidade. Não pode se dar ao luxo de ser humilhado pela família Kane de novo. Vai estudar o problema, considerar suas opções e reunir forças. E vai levar vários dias para se preparar, tempo que ele deveria empregar para deter Apófis.

Walt levantou um dedo indicador. Não sei o que ele tem, mas era como se houvesse uma espécie de campo de gravidade que atraía a atenção do grupo sempre que ele estava prestes a falar. Até Khufu levantou a cara de sua montanha de Jell-O.

— Se Desjardins *realmente* nos atacar — disse Walt —, estará bastante preparado, com magos muito mais experientes que nós. Ele poderá passar por nossas defesas?

Amós olhou para as portas deslizantes de vidro, possivelmente lembrando a última vez em que nossas defesas tinham sido derrubadas. Os resultados não haviam sido bons.

— Temos que nos certificar de que a situação não chegue a esse estágio — ele disse. — Desjardins sabe o que estamos tentando fazer, e que só temos cinco dias... bem, quatro, agora. De acordo com a visão de Sadie, ele conhece nosso plano e vai tentar nos deter, com base numa crença equivocada de que trabalhamos para as forças do Caos. Mas, se formos bem-sucedidos, teremos como barganhar e tentar fazê-lo recuar.

Cleo levantou a mão.

— Hum... *Nós* não conhecemos o plano. Quatro dias para fazer o quê?

Amós fez um gesto para Carter, convidando-o a explicar. Por mim, tudo bem. Para ser bem franca, achei esse plano meio maluco.

Meu irmão se endireitou na cadeira. É preciso reconhecer: nos últimos meses ele havia feito progressos no sentido de parecer um adolescente normal. Após seis anos estudando em casa e viajando com nosso pai, Carter estivera terrivelmente afastado da realidade. Ele costumava se vestir como um jovem executivo, com camisas brancas engomadas e calça social. Agora pelo menos ele aprendera a usar calça jeans e camisetas e, de vez em quando, um agasalho com capuz. Ele deixara o cabelo crescer, formando cachos desarrumados — o que era *muito* melhor. Se continuasse melhorando, talvez até conseguisse sair com uma garota algum dia.

[O que é? Não me cutuque. Foi um elogio!]

— Vamos despertar o deus Rá — disse Carter, como se isso fosse tão fácil quanto pegar um petisco na geladeira.

Os aprendizes se entreolharam. Carter não era famoso por seu senso de humor, mas todos deviam ter pensado que ele estava brincando.

— Você quer dizer o deus sol — disse Felix. — O velho rei dos deuses.

Carter assentiu.

— Todos vocês conhecem a história. Há milhares de anos, Rá envelheceu e se retirou para o céu, passando o comando para Osíris. Mas Osíris foi destituído por Set. Depois, Hórus derrotou Set e tornou-se faraó. Então...

Eu tossi.

— Versão resumida, por favor.

Carter me lançou um olhar irritado.

— Enfim, Rá foi o primeiro e mais poderoso rei dos deuses. Acreditamos que ele ainda esteja vivo. Só está dormindo em algum lugar nas profundezas do Duat. Se pudermos despertá-lo...

— Mas, se ele se aposentou porque estava velho — disse Walt —, isso não quer dizer que ele agora deve estar muito, *muito* velho?

Eu havia feito a mesma pergunta quando Carter me contou sua ideia pela primeira vez. A última coisa de que precisávamos era um deus todo-poderoso que não conseguisse lembrar o próprio nome, tivesse cheiro de velho e babasse dormindo. Aliás, como um ser imortal podia envelhecer? Ninguém me dera uma resposta satisfatória.

Amós e Carter olharam para Bastet, o que fazia sentido, já que ela era a única deusa egípcia presente.

Bastet olhou muito séria para sua comida ainda intocada.

— Rá é o deus sol. Nos tempos antigos, ele envelhecia com o dia, depois navegava em seu barco pelo Duat todas as noites e renascia com o Sol todas as manhãs.

— Mas o Sol não renasce — interferi. — Isso é só o movimento de rotação da Terra e...

— Sadie — Bastet me preveniu.

Tudo bem, tudo bem. Mito e ciência eram ambos verdades, simplesmente versões distintas da mesma realidade, blá-blá-blá. Eu já ouvira esse discurso cem vezes e não queria ouvi-lo de novo.

Bastet apontou para o papiro, que eu havia deixado ao lado de minha xícara de chá.

— Quando Rá deixou de fazer sua jornada noturna, o ciclo se rompeu, e Rá desapareceu num crepúsculo permanente; pelo menos, é o que pensamos. A intenção dele era dormir para sempre. Mas, se vocês conseguirem encontrá-lo no Duat... e esse é um grande *se*... talvez seja possível trazê-lo de volta e revivê-lo com a magia apropriada. O *Livro de Rá* descreve como isso pode ser feito. Os sacerdotes de Rá criaram o livro na Antiguidade e o mantiveram em sigilo, dividindo-o em três partes para serem usadas apenas em caso de fim do mundo.

— Em caso de... fim do mundo? — Cleo perguntou. — Está querendo dizer que Apófis vai mesmo... engolir o Sol?

Walt olhou para mim.

— Isso é possível? Em sua história sobre a Pirâmide Vermelha, você disse que Apófis estava por trás do plano de Set para destruir a América do Norte. Que ele estava tentando criar muito caos para que pudesse fugir da própria prisão.

Estremeci, lembrando-me da aparição que havia surgido no céu de Washington, D.C.: uma gigantesca serpente retorcida.

— Apófis é o *verdadeiro* problema — concordei. — Nós o detivemos uma vez, mas sua prisão está enfraquecendo. Se ele conseguir escapar...

— Ele vai conseguir — disse Carter. — Em quatro dias. A menos que o detenhamos. Se não, ele vai destruir a civilização... tudo o que os humanos construíram desde o surgimento do Egito.

Isso provocou um silêncio tenso à mesa do café.

Carter e eu já havíamos conversado em particular sobre o prazo de quatro dias, é claro. Hórus e Ísis tinham discutido esse assunto conosco. Mas isso soara mais como uma terrível possibilidade do que como um fato absoluto. Agora Carter parecia ter certeza. Estudei seu rosto e percebi que ele havia visto algo durante a noite — talvez algo ainda pior que minha visão. Pela expressão em seu rosto, ele queria dizer: *Aqui não. Eu conto mais tarde.*

Bastet arranhava a mesa. Qualquer que fosse o segredo, ela devia saber.

Na extremidade da mesa, Felix contava nos dedos.

— Por que quatro dias? O que há de tão especial em... hum, 21 de março?

— O equinócio de primavera — explicou Bastet. — Um período poderoso para a magia. A duração do dia e da noite são exatamente iguais, o que significa que as forças do Caos e do Maat podem ser desequilibradas com facilidade para um lado ou para o outro. É o momento perfeito para acordar Rá. Na verdade, é nossa *única* chance até o equinócio de outono, daqui a seis meses. Mas não podemos esperar tanto tempo.

— Porque, infelizmente — Amós acrescentou —, o equinócio também é o momento perfeito para Apófis escapar da prisão e invadir o mundo mortal. Vocês podem ter certeza de que ele tem servos trabalhando nisso agora. De acordo com nossas fontes entre os deuses, Apófis vai conseguir escapar, e é por isso que precisamos despertar Rá primeiro.

Eu já escutara tudo isso antes, mas discutir a questão abertamente, diante de todos os nossos aprendizes, e ver a expressão desolada no rosto deles, isso fazia tudo parecer mais assustador e real.

Pigarreei.

— Certo... Então, *quando* Apófis escapar, ele vai tentar destruir o Maat, a ordem do universo. Vai engolir o Sol, mergulhar a Terra na escuridão eterna e, em outras palavras, arruinar bastante nosso dia.

— E é por isso que precisamos de Rá. — Amós falava em um tom controlado, tentando soar calmo e tranquilizador para os aprendizes.

Ele projetava tamanha serenidade que até eu me senti menos aterrorizada. Fiquei me perguntando se aquilo era um tipo de magia, ou se ele era simplesmente melhor que eu para explicar o Armagedom.

— Rá era arqui-inimigo de Apófis — ele continuou. — Rá é o Lorde da Ordem, enquanto Apófis é o Lorde do Caos. Desde o início dos tempos, essas duas forças têm travado uma batalha eterna para que eles destruam um ao outro. Se Apófis voltar, precisamos nos certificar de que teremos Rá a nosso lado para se contrapor a ele. Só assim teremos uma chance.

— Uma chance — disse Walt. — Presumindo que vamos conseguir encontrar Rá e despertá-lo, e que o restante da Casa da Vida não nos destruirá primeiro.

Amós assentiu.

— Mas, se conseguirmos despertar Rá, será o feito mais complexo que qualquer mago jamais realizou. Isso faria Desjardins pensar duas vezes. O Sacerdote-leitor Chefe... bem, parece que ele não está raciocinando bem, mas o homem não é tolo. Ele reconhece o perigo de um ressurgimento de Apófis. Precisamos convencê-lo de que estamos do mesmo lado, que o caminho dos deuses é o único jeito de derrotar Apófis. Prefiro fazer isso a lutar contra ele.

Pessoalmente, eu queria socar a cara de Desjardins e atear fogo a sua barba, mas acho que Amós tinha razão.

Cleo, pobrezinha, estava verde como um sapo. Ela viera lá do Brasil até o Brooklyn para estudar o caminho de Tot, deus do conhecimento, e já havíamos identificado nela nossa futura bibliotecária; mas, quando os perigos eram reais, e não estavam apenas nas páginas de um livro... bem, ela tinha estômago fraco. Minha esperança era que ela conseguisse chegar até a beirada da varanda se precisasse.

— O... rolo de papiro — ela gaguejou —, você disse que há outras duas partes?

Peguei o papiro. À luz do dia ele parecia mais frágil — quebradiço e amarelado, como se pudesse esfarelar. Meus dedos tremeram. Eu podia sentir a magia vibrando na folha como uma corrente de baixa voltagem. Fiquei com um desejo irresistível de abri-lo.

Comecei a desenrolar o cilindro. Carter ficou tenso.

— Sadie... — Amós disse.

Sem dúvida, eles esperavam que o Brooklyn pegasse fogo outra vez, mas nada aconteceu. Abri o papiro e vi que ele estava coberto de garranchos — não eram hieróglifos, nem nenhuma linguagem que eu conseguisse reconhecer. Sua extremidade era uma linha irregular, como se ele tivesse sido rasgado.

— Imagino que as partes se completem — eu disse. — Ele será legível somente quando os três pedaços forem unidos.

Carter pareceu impressionado. Mas, é sério, eu sei *algumas* coisas. Em nossa aventura anterior eu havia lido um pergaminho para banir Set, e tinha funcionado de um jeito muito parecido.

Khufu tirou os olhos de sua Jell-O e nos encarou.

— *Agh!* — Ele pôs três uvas cobertas de baba na mesa.

— Exatamente — Bastet concordou. — Como diz Khufu, as três partes do livro representam os três aspectos de Rá: manhã, tarde e noite. Aquele papiro ali é o encantamento de Khnum. Agora vocês vão precisar encontrar os outros dois pedaços.

Como Khufu conseguiu dizer tudo isso com um único grunhido era algo que eu não entendia; mas seria ótimo se todas as minhas aulas fossem dadas por professores babuínos. Eu acabaria os ensinos fundamental e médio em uma semana.

— Então, as outras duas uvas — falei —, quer dizer, papiros... de acordo com minha visão de ontem à noite, não será fácil encontrá-los.

Amós assentiu.

— A primeira parte se perdeu eras atrás. A intermediária está em poder da Casa da Vida. Foi transferida de lugar muitas vezes, e é sempre mantida sob forte segurança. Levando em conta sua visão, eu diria que está agora nas mãos de Vladimir Menshikov.

— O sorveteiro — deduzi. — Quem é ele?

Amós traçou com o dedo um desenho sobre a mesa — talvez um hieróglifo protetor.

— O terceiro mago mais poderoso do mundo. Ele também é um dos partidários mais fortes de Desjardins. Vladimir comanda o Décimo Oitavo Nomo, na Rússia.

Bastet sibilou. Por ser uma gata, ela era muito boa nisso.

— Vlad, o Inalador. Ele tem uma reputação maligna.

Lembrei-me dos olhos arruinados e da voz ofegante.

— O que aconteceu com o rosto dele?

Bastet ia responder, mas Amós se antecipou.

— Basta saber que ele é perigoso — ele alertou. — O principal talento de Vlad é silenciar magos rebeldes.

— Está dizendo que ele é um assassino? — perguntei. — Que maravilha. E Desjardins acabou de dar a ele permissão para vir atrás de mim e de Carter, caso deixemos o Brooklyn.

— O que vocês *terão* que fazer — disse Bastet — se quiserem procurar as outras partes do *Livro de Rá*. Vocês têm apenas quatro dias.

— Sim — murmurei —, acho que você já disse isso. Você vem conosco, não vem?

Bastet olhou para a própria comida.

— Sadie... — Seu tom parecia muito infeliz. — Carter e eu estávamos conversando e... bem, alguém precisa ir verificar a prisão de Apófis. Temos que saber o que acontece por lá, se falta muito para ela se quebrar, e se há um modo de impedir a fuga dele. Isso exige uma visita pessoal.

Eu não conseguia acreditar no que estava ouvindo.

— Você vai *voltar* lá? Depois de tudo que meus pais fizeram para libertá-la?

— Vou me aproximar da prisão só pelo lado externo — ela prometeu. — Serei cuidadosa. Sou uma criatura sorrateira, afinal de contas. Além do mais, sou a única que sabe como encontrar a cela onde ele está, e qualquer mortal que tentasse entrar nessa parte do Duat morreria. Eu... eu preciso fazer isso.

Sua voz fraquejou. Uma vez ela me disse que os gatos não eram corajosos, mas voltar à sua antiga prisão me parecia ser um ato de grande coragem.

— Não vou deixar você desprotegida — ela prometeu. — Tenho um... um amigo. Ele deve chegar do Duat amanhã. Pedi a ele que procurasse você e a protegesse.

— Um amigo? — perguntei.

Bastet fez uma careta.

— Bem... mais ou menos.

Isso não soava muito animador.

Olhei para minhas roupas comuns. Um gosto amargo invadiu minha boca. Carter e eu tínhamos uma missão a cumprir, e era pouco provável que voltássemos vivos. Outra responsabilidade sobre meus ombros, outra exigência absurda para que eu sacrificasse minha vida por um bem maior. Feliz aniversário para mim.

Khufu arrotou e empurrou a tigela vazia. Depois exibiu as presas sujas de Jell-O, como se quisesse dizer: *Muito bem, tudo acertado! Foi um bom café da manhã!*

— Vou pegar minhas coisas — disse Carter. — Podemos sair em uma hora.

— Não — falei.

Não sei ao certo quem ficou mais surpreso: eu ou meu irmão.

— Não? — Carter perguntou.

— É meu aniversário — eu disse, o que provavelmente me fez soar como uma pirralha de sete anos, mas naquele momento eu não me importava.

Os aprendizes estavam atônitos. Vários murmuraram votos de felicidade. Khufu me ofereceu sua tigela vazia como se fosse um presente. Felix começou a cantar "Parabéns a você" com pouco entusiasmo, mas ninguém o acompanhou, e ele acabou desistindo.

— Bastet falou que o amigo dela só vai chegar amanhã — continuei. — Amós disse que Desjardins vai precisar de um tempo para preparar qualquer ataque. Além disso, estou planejando minha viagem a Londres há séculos. Acho que tenho tempo para *uma* droga de dia de folga antes de o mundo acabar.

Os outros me encararam. Eu era egoísta? Tudo bem, sim. Irresponsável? Talvez. Então, por que eu estava tão decidida a fazer valer o que eu queria?

Você talvez fique chocado ao saber disto, mas não gosto de me sentir controlada. Carter estava anunciando o que iríamos fazer, mas, como sempre, ele não me dissera nada. Obviamente já havia conversado com Amós e Bastet e traçado um plano de ação. Os três tinham decidido o que era melhor sem se darem o trabalho de me consultar. Minha única companheira constante, Bastet, estava me deixando para embarcar em uma missão terrivelmente perigosa. E eu teria que passar meu aniversário com meu irmão, procurando outro papiro mágico que poderia me incendiar ou algo pior.

Desculpe. Não, obrigada. Se eu ia morrer, podia esperar até a manhã do dia seguinte.

A expressão de Carter era uma mistura de raiva e incredulidade. Normalmente, tentávamos manter uma relação civilizada diante de nossos aprendizes. Agora eu o estava constrangendo. Ele sempre reclamara que eu fazia tudo sem parar para pensar antes. Na noite anterior ele ficara irritado comigo por eu ter pegado aquele papiro, e suspeito de que, no fundo, ele me culpasse por tudo que deu errado — por Jaz ter se machucado. Sem dúvida, ele interpretava isso como mais um exemplo de minha natureza inconsequente.

Eu estava preparada para uma luta ferrenha, mas Amós intercedeu.

— Sadie, uma visita a Londres é algo perigoso. — Ele ergueu a mão antes que eu pudesse protestar. — Porém, se você tem mesmo que ir... — Meu tio respirou fundo, como se não gostasse do que ia dizer. — Pelo menos prometa que vai tomar cuidado. Duvido que Vlad Menshikov esteja preparado para agir contra nós tão rapidamente. Você provavelmente estará bem, desde que não use magia e não faça nada para chamar atenção.

— Amós! — protestou Carter.

Amós olhou para ele com uma expressão severa.

— Enquanto Sadie estiver fora, podemos começar o planejamento. Amanhã de manhã, vocês dois vão dar início à sua missão. Vou assumir as aulas dos aprendizes e supervisionar a defesa da mansão.

Eu podia ver nos olhos de Amós que ele não queria que eu fosse. Era insensato, perigoso e imprudente — em outras palavras, bem típico de mim. Mas eu também podia sentir que ele se solidarizava com minha situação. Lembrei-me de como Amós parecera frágil depois que Set assumira o controle de seu corpo no Natal. Quando ele fora para o Primeiro Nomo a fim de se curar, eu sabia que se sentia culpado por nos haver deixado sozinhos. Mas essa fora a escolha correta para sua sanidade. Amós, mais que qualquer um, entendia a necessidade de se ausentar. Se eu ficasse aqui, se partisse em uma missão imediatamente, sem ter tempo nem para respirar, eu sentia que iria explodir.

Além disso, fiquei mais tranquila sabendo que Amós nos substituiria na Casa do Brooklyn. Era um alívio poder me afastar da atividade de professora por algum tempo. Verdade seja dita, sou uma *péssima* professora. Simplesmente não tenho paciência para isso.

[Ah, fique quieto, Carter. Não era para você *concordar* comigo.]

— Obrigada, Amós — eu disse.

Ele se levantou, indicando claramente que a reunião chegara ao fim.

— Acho que é o bastante para uma manhã — disse. — O mais importante é que vocês continuem com o treinamento e não se desesperem. Vamos precisar de todos em boa forma para defender a Casa do Brooklyn. Nós *vamos* vencer. Com os deuses a nosso lado, o Maat superará o Caos, como sempre aconteceu.

Os aprendizes ainda pareciam preocupados, mas se levantaram e começaram a tirar seus pratos. Carter me lançou outro olhar irritado, depois entrou batendo pé.

Era problema *dele*. Eu estava decidida a não me sentir culpada. Não permitiria que estragassem meu aniversário. Porém, ao olhar para meu chá frio e o *pain au chocolat* intocado, tive uma sensação horrível de que talvez nunca mais me sentaria àquela mesa.

Uma hora mais tarde eu estava pronta para ir a Londres.

Havia escolhido um cajado novo no arsenal e o guardara no Duat, com o restante de meus pertences. Deixei o papiro mágico do Alceu com Carter, que se recusava a falar comigo, e depois fui visitar Jaz na enfermaria e a encontrei ainda em coma. Uma compressa encantada mantinha sua testa fria. Hieróglifos de cura flutuavam em torno da cama, mas ela ainda aparentava estar muito fraca. Sem o sorriso habitual, parecia ser outra pessoa.

Sentei-me a seu lado e segurei sua mão. Meu coração pesava como uma bola de boliche. Jaz tinha arriscado a vida para nos proteger. Enfrentara um bando de *bau* depois de apenas umas poucas semanas de treinamento. Recorrera à energia de sua deusa patrona, Sekhmet, como lhe havíamos ensinado, e o esforço quase a destruíra.

O que eu sacrificara ultimamente? Tivera um ataque de birra porque não queria perder minha festa de aniversário.

— Desculpe, Jaz. — Eu sabia que ela não podia me ouvir, mas minha voz estava trêmula. — É que... vou ficar maluca se não der uma saída. Já tivemos que salvar o maldito mundo uma vez, e agora precisamos fazer isso de novo...

Imaginei o que Jaz responderia — algo reconfortante, sem dúvida: *Não é sua culpa, Sadie. Você merece algumas horas de folga.*

Isso só fez com que eu me sentisse pior. Eu nunca deveria ter permitido que Jaz se arriscasse. Seis anos atrás, minha mãe havia morrido canalizando magia demais. Ela se consumira ao fechar as portas da prisão de Apófis. Eu sabia disso e ainda assim permitira que Jaz, muito menos experiente, arriscasse a própria vida para salvar a nossa.

Como eu disse... sou uma professora terrível.

Finalmente, não pude mais suportar. Apertei a mão de Jaz, disse a ela para ficar boa logo e saí da enfermaria. Subi ao terraço, onde mantínhamos nossa relíquia para abertura de portais — uma esfinge de pedra que havíamos tirado das ruínas de Heliópolis.

Fiquei tensa quando vi Carter do outro lado do terraço, alimentando o grifo com um monte de perus assados. Na noite anterior, ele havia construído um estábulo bastante bom para o monstro, então presumi que ele ficaria conosco. Pelo menos isso afugentaria os pombos do terraço.

Quase desejei que Carter me ignorasse. Não tinha ânimo para discutir de novo. Mas, quando ele me viu, fez uma cara séria, limpou a gordura de peru das mãos e se aproximou.

Eu me preparei para ouvir um sermão.

Em vez disso, ele resmungou:

— Tome cuidado. Tenho um presente para lhe dar, mas vou esperar até... você voltar.

Ele não acrescentou a palavra *viva*, mas entendi isso por seu tom de voz.

— Carter, escute...

— Vá logo — ele disse. — Discutir não vai nos ajudar em nada.

Eu não sabia se sentia culpa ou raiva, mas imaginei que ele estava certo. Não tínhamos uma experiência muito boa com aniversários. Uma de minhas lembranças mais antigas era ter brigado com Carter em meu aniversário de seis anos e de o bolo ter explodido por causa da energia mágica gerada por nós. Considerando tudo isso, talvez eu devesse mesmo não insistir no assunto. Mas eu não conseguia.

— Desculpe — soltei. — Sei que você me culpa por ter pegado o papiro ontem à noite, e por Jaz se machucar, mas estou me sentindo acabada...

— Você não é a única — ele disse.

Um nó se formou em minha garganta. Eu tinha estado tão preocupada com a raiva de Carter que nem prestara atenção ao tom de sua voz. Ele soava completamente infeliz.

— O que houve? — perguntei. — O que aconteceu?

Ele limpou as mãos engorduradas na calça.

— Ontem no museu... um daqueles espíritos... um deles falou comigo.

Ele me contou sobre seu estranho contato com o *bau* flamejante, sobre como o tempo parecera desacelerar e como o *bau* o prevenira de que nossa missão fracassaria.

— Ele disse... — A voz de Carter falhou. — Ele disse que Zia estava dormindo no Lugar das Areias Vermelhas, o que quer que isso seja. E que, se eu não abandonasse essa missão para ir resgatá-la, ela morreria.

— Carter — falei com cuidado —, esse espírito citou o nome de Zia?

— Bem, não...

— Ele podia estar querendo dizer outra coisa?

— Não, tenho certeza. Ele se referia a Zia.

Tentei morder a língua. De verdade, eu tentei. Mas o assunto Zia Rashid se tornara uma obsessão pouco saudável para meu irmão.

— Carter, não quero ser indelicada — eu disse —, mas nos últimos meses você tem visto mensagens sobre Zia *em todos os lugares*. Há duas semanas você pensou que ela tivesse mandado um pedido de socorro em seu purê de batatas.

— Era um Z! Desenhado bem nas batatas!

Eu levantei as mãos.

— Está bem. E seu sonho de ontem à noite?

Seus ombros ficaram tensos.

— O que você quer dizer?

— Ah, por favor! No café da manhã você disse que Apófis escaparia de sua prisão no equinócio. Você parecia bastante convicto disso, como se tivesse visto provas. Já havia até conversado com Bastet e conseguido convencê-la a verificar a prisão de Apófis. Não sei o que viu, mas... deve ter sido ruim.

— Eu... não sei. Não tenho certeza.

— Entendo. — Minha irritação crescia. Então Carter não queria me contar. Íamos voltar a guardar segredos um do outro? Tudo bem. — Vamos continuar essa conversa depois, então. Até a noite.

— Você não acredita em mim — ele disse. — Sobre Zia.

— E você não confia em mim. Portanto, estamos quites.

Nós nos encaramos. Depois, Carter se virou e saiu andando pesadamente na direção do grifo.

Quase o chamei de volta. Não queria ter sido tão grosseira com ele. Por outro lado, pedir desculpas não é meu forte, e ele *era* bem difícil.

Virei-me para a esfinge e abri um portal. Eu fazia isso muito bem, modéstia à parte. Na mesma hora, surgiu diante de mim um funil rodopiante de areia, e eu pulei dentro dele.

Um instante depois, caí diante da Agulha de Cleópatra na margem do rio Tâmisa.

Seis anos antes, minha mãe morrera ali; aquele não era meu monumento egípcio favorito. Mas a Agulha era o portal mágico mais próximo da casa de vovó e vovô.

Felizmente, o clima estava horrível e não havia ninguém por perto, então limpei a areia das roupas e caminhei para a estação do metrô.

Trinta minutos mais tarde eu me encontrava na escada diante da casa de meus avós. Parecia tão estranho voltar ao… lar? Eu nem sabia se ainda podia usar essa palavra. Passara meses com saudades de Londres — as ruas que eu conhecia, minhas lojas preferidas, minhas amigas, meu quarto antigo. Sentira falta até do clima horroroso. Mas agora tudo parecia tão diferente, tão *estrangeiro*.

Bati na porta um pouco nervosa.

Ninguém respondeu. Eu tinha certeza de que eles me esperavam. Bati outra vez.

Talvez estivessem escondidos, esperando que eu entrasse. Imaginei meus avós, Liz e Emma abaixados atrás dos móveis, prontos para pular e gritar: "Surpresa!"

Hum… vovô e vovó abaixados e pulando. Nem um pouco provável.

Peguei a chave no bolso e abri a porta.

A sala estava deserta e escura. A luz da escada, apagada, algo que minha avó jamais permitiria. Ela sentia um medo terrível de cair da escada. Até a televisão do vovô estava desligada, o que era muito esquisito. Vovô sempre a deixava ligada nos jogos de rúgbi, mesmo que não estivesse assistindo.

Farejei o ar. Seis da tarde, horário de Londres, mas não sentia cheiro dos biscoitos assando na cozinha. Vovó deveria ter preparado pelo menos um tabuleiro na hora do chá. Era tradição.

Peguei meu celular para ligar para Liz e Emma, mas estava sem bateria. E eu tinha *certeza* de que o havia recarregado.

Minha mente estava começando a processar uma ideia — *estou em perigo* — quando a porta da frente bateu, fechando-se atrás de mim. Eu me virei e fiz menção de sacar a varinha, que não estava comigo.

Acima de mim, no alto da escada escura, uma voz que *definitivamente* não era humana sibilou:

— Seja bem-vinda ao lar, Sadie Kane.

CARTER

5. Aprendo a realmente odiar besouros

Muito obrigado, Sadie.

Está me devolvendo o microfone justamente quando chega à parte boa da história.

Então, sim, Sadie foi para Londres comemorar seu aniversário. O mundo ia acabar dali a quatro dias, tínhamos uma missão a cumprir, e ela foi festejar com as amigas. Ela sabe estabelecer bem suas prioridades, não é? Não que eu esteja ressentido nem nada do tipo.

Olhando pelo lado positivo, a Casa do Brooklyn ficou bem tranquila depois que ela saiu, pelo menos até a cobra com três cabeças aparecer. Mas, antes, preciso contar minha visão dos fatos.

Sadie pensou que eu estava escondendo dela alguma informação durante o café da manhã, certo? Bem, eu meio que estava. Mas, honestamente, o que vi durante a noite me deixou tão apavorado que eu não queria falar sobre isso, especialmente no aniversário dela. Eu havia vivido situações bizarras desde que começara a aprender magia, mas aquilo merecia o Prêmio Nobel de Esquisitice.

Depois de nossa ida ao Museu do Brooklyn, tive dificuldades para dormir. Quando eu finalmente consegui pegar no sono, acordei em um corpo diferente.

Não se tratava de uma viagem da alma ou de um sonho. Eu era Hórus, o Vingador.

Eu já havia compartilhado meu corpo com Hórus antes. Ele ficara em minha cabeça por quase uma semana no Natal, cochichando sugestões e me enchendo a paciência. Durante o combate na Pirâmide Vermelha, eu chegara a experimentar uma fusão perfeita entre os pensamentos dele e os meus. Tornara-me o que os egípcios chamavam de "Olho" do deus — todo o seu poder sob meu comando, nossas lembranças misturadas, humano e deus trabalhando juntos. Mas ainda era meu corpo.

Dessa vez, a situação se invertera. Eu era um hóspede no corpo de Hórus, parado na proa de um barco, navegando pelo rio mágico que cortava o Duat. Minha visão era aguçada como a de um falcão. Através da neblina, eu conseguia distinguir sombras se movendo na água — peles reptilianas, cobertas de escamas, e barbatanas monstruosas. Vi fantasmas de mortos vagando pelas margens. Muito acima, o teto da caverna brilhava vermelho, como se navegássemos para dentro da garganta de uma besta viva.

Meus braços eram musculosos e da cor do bronze, circundados por faixas de ouro e lápis-lazúli. Eu estava vestido para a batalha com uma armadura de couro, levando uma lança em uma das mãos e um *khopesh* na outra. Sentia-me forte e poderoso como... bem, como um deus.

Oi, Carter, disse Hórus, o que me dava a sensação de estar falando sozinho.

— Hórus, como vai?

Eu não disse que estava irritado por ele invadir meu sono. Não era necessário. Eu estava compartilhando sua mente.

Respondi suas perguntas, ele disse. *Falei onde estava o primeiro papiro. Agora você deve fazer algo por mim. Há algo que quero lhe mostrar.*

A embarcação balançou. Eu me segurei no guarda-corpo da plataforma do navegador. Olhei para trás e vi que estávamos em um barco de faraó, uma canoa enorme com quase vinte metros de comprimento. No meio, uma tenda rasgada cobria um tablado vazio onde antes devia ter existido um trono. Um único mastro sustentava uma vela quadrada que um dia fora decorada, mas agora estava desbotada e balançava em frangalhos. A bombordo e a estibordo, pares de remos quebrados pendiam inúteis.

O barco devia estar abandonado havia séculos. O cordame estava coberto de teias de aranha; as cordas, apodrecidas. As tábuas do casco gemiam e rangiam à medida que o barco ganhava velocidade.

Ele é velho, como Rá, disse Hórus. *Você quer mesmo pôr novamente este barco em uso? Vou lhe mostrar que tipo de ameaça você enfrentará.*

O leme nos levou para o meio da correnteza. De repente corríamos rio abaixo. Eu já havia navegado o rio da Noite antes, mas dessa vez parecíamos estar em um trecho muito mais profundo do Duat. O ar era mais frio, as corredeiras, mais velozes. Saltamos uma catarata e decolamos. Quando caímos novamente na água, monstros começaram a nos atacar. Rostos horríveis emergiam: um dragão-marinho com olhos felinos, um crocodilo com pelos de porco-espinho, uma serpente com a cabeça de um homem mumificado. Cada vez que algum aparecia, eu erguia minha espada e o decepava, ou o atravessava com minha lança para mantê-lo longe do barco. Mas eles continuavam aparecendo, mudando de forma, e eu sabia que, não fosse por Hórus, o Vingador — se eu fosse só Carter Kane, tentando lidar com aqueles horrores —, já teria enlouquecido, ou morrido, ou ambos.

A cada noite, essa era a jornada, disse Hórus. *Não era Rá quem afastava as criaturas do Caos. Nós, os outros deuses, o mantínhamos seguro. Nós resistíamos a Apófis e a seus servos.*

Saltamos por outra catarata e caímos em um redemoinho. De algum jeito, o barco não virou. Ele girou para fora da correnteza e flutuou rumo à borda.

A margem do rio era coberta de rochas negras brilhantes — ou foi o que pensei. Quando nos aproximamos, percebi que eram carapaças de insetos — um tapete de milhões e milhões de carapaças ressecadas que se estendia até onde minha visão alcançava. Alguns escaravelhos vivos se moviam lentamente por entre as carapaças vazias, de modo que a paisagem inteira parecia rastejar. Nem vou tentar descrever o cheiro de vários milhões de besouros mortos.

A prisão da Serpente, disse Hórus.

Olhei pela escuridão, tentando encontrar uma cela, correntes, um poço ou algo do tipo. E tudo que eu via era um interminável campo de besouros mortos.

— Onde? — perguntei.

Estou lhe mostrando este lugar de um jeito que você possa entender, disse Hórus. *Se você estivesse aqui pessoalmente, queimaria até virar cinzas. Se visse este lugar como ele realmente é, seus limitados sentidos de mortal derreteriam.*

— Maravilha — murmurei. — Adoro ter meus sentidos derretidos.

O barco tocou a margem, perturbando alguns escaravelhos vivos. Toda a praia parecia se agitar e se contorcer.

Houve um tempo em que todos esses escaravelhos estavam vivos, Hórus disse, *o símbolo do renascimento diário de Rá, mantendo o inimigo à raia. Agora restam apenas uns poucos. A Serpente os devora lentamente e abre caminho para a fuga.*

— Espere — falei. — Você quer dizer...

A minha frente, a margem do rio inchou como se alguma coisa abaixo da superfície a pressionasse para cima — uma forma enorme tentando se libertar.

Empunhei minha espada e a lança; mas, mesmo com toda a força e coragem de Hórus, percebi que eu estava tremendo. Uma luz vermelha brilhava sob as carapaças dos escaravelhos. Elas estalavam e se deslocavam enquanto a coisa embaixo delas abria caminho para a superfície. Através da fina camada de insetos mortos, um círculo vermelho de mais de três metros de diâmetro me encarava — o olho de uma serpente, cheio de ódio e fome. Mesmo em minha forma divina, senti o poder do Caos me envolvendo como se fosse uma radiação letal, cozinhando-me de dentro para fora, consumindo minha alma, e acreditei no que Hórus dissera. Se eu estivesse ali em carne e osso, seria transformado em cinzas.

— Ele está se libertando. — Minha garganta começou a se fechar com o pânico. — Hórus, ele está saindo...

Sim, ele respondeu. *Logo...*

Hórus guiou meu braço. Ergui a lança e a enterrei no olho da Serpente. Apófis rugiu furiosamente. A margem do rio tremeu. Em seguida, Apófis afundou sob as carapaças dos escaravelhos mortos, e o brilho vermelho se apagou.

Mas não hoje, Hórus disse. *No equinócio, as amarras terão enfraquecido o suficiente para que a Serpente finalmente possa se libertar. Seja meu avatar outra* vez, Carter. Ajude-me a liderar os deuses nessa batalha. Juntos talvez possamos impedir o ressurgimento de Apófis. Mas, se você despertar Rá e ele retomar o trono, terá ele força para governar? Este barco tem condições de navegar outra vez pelo Duat?

— Por que me ajudou a encontrar o papiro, então? — indaguei. — Se não quer que Rá seja despertado...

A escolha deve ser sua, disse Hórus. *Acredito em você, Carter Kane. Qualquer que seja sua decisão, terá meu apoio. Mas muitos outros deuses pensam diferente. Eles acreditam que teremos mais chances se eu for o rei e general, liderando-os na batalha contra a Serpente. Consideram que seu plano de despertar Rá é insensato e perigoso. Tenho me esforçado muito para impedir uma rebelião declarada. Talvez eu não consiga dissuadi-los de atacar você e tentar detê-lo.*

— Era só o que faltava — respondi. — Mais inimigos.

Não tem que ser assim, Hórus disse. *Agora você viu o inimigo. Quem acha que tem mais chances de enfrentar o Lorde do Caos: Rá ou Hórus?*

O barco se afastou da margem escura. Hórus libertou meu *ba*, e minha consciência flutuou de volta ao mundo mortal como se fosse uma bexiga de hélio. Passei o restante da noite sonhando com um cenário de escaravelhos mortos e com um olho vermelho que me encarava das profundezas de uma prisão enfraquecida.

Se eu parecia um pouco perturbado na manhã seguinte, agora você sabe o motivo.

Passei muito tempo imaginando por que Hórus me mostrara aquela visão. A resposta óbvia: Hórus era agora o rei dos deuses. Ele não queria que Rá voltasse para desafiar sua autoridade. Os deuses costumam ser egoístas. Mesmo quando são úteis, sempre têm seus motivos pessoais. Por isso é preciso tomar cuidado ao confiar neles.

Por outro lado, o argumento de Hórus fazia sentido. Rá já era velho cinco mil anos antes. Ninguém sabia em que condições ele estava agora. Mesmo que conseguíssemos despertá-lo, não havia garantias de que ele poderia nos ajudar. Se estivesse tão mal quanto seu barco, eu não via como Rá poderia derrotar Apófis.

Hórus me perguntara quem eu achava que teria mais chances contra o Lorde do Caos. Uma verdade tenebrosa: no fundo, acho que a resposta era nenhum de nós. Nem os deuses. Nem os magos. Nem mesmo todos nós trabalhando juntos. Hórus queria ser o rei e liderar os deuses na batalha, mas esse inimigo era mais poderoso que qualquer outra coisa que ele já havia enfrentado. Apófis era tão antigo quanto o universo e só temia um oponente: Rá.

Trazer Rá de volta poderia não adiantar, mas meu instinto dizia que essa era nossa única chance. E, francamente, o fato de todos ficarem me dizendo que essa era uma ideia ruim — Bastet, Hórus, até Sadie — só me fazia ter mais certeza de que era a coisa certa a fazer. Sou meio teimoso mesmo.

"A escolha certa quase nunca é a escolha fácil", meu pai sempre me dizia.

Papai desafiara toda a Casa da Vida. Sacrificara a própria vida para libertar os deuses, porque tinha certeza de que essa era a única maneira de salvar o mundo. Agora era minha vez de fazer a escolha difícil.

Vamos pular para a cena depois do café da manhã e minha discussão com Sadie. Depois de ela ter entrado no portal, fiquei no terraço sem outra companhia além de meu novo amigo, o grifo psicótico.

Ele gritava "FREEEEK!" com tanta frequência que decidi chamá-lo de Freak, que significa bizarro em inglês; além disso, combinava com a personalidade dele. Eu havia imaginado que ele desapareceria durante a noite — iria embora voando ou voltaria ao Duat —, mas ele parecia feliz em seu novo ninho. Forrei o local com camadas de jornais matutinos, todos exibindo manchetes sobre a estranha explosão de tubulações de gás subterrâneo que havia assolado o Brooklyn na noite anterior. De acordo com as notícias, o gás originara focos fantasmagóricos de incêndio pelo bairro, causara grande dano no museu e produzira em algumas pessoas náuseas, tontura e até alucinações sobre beija-flores do tamanho de rinocerontes. Gás encanado idiota.

Eu estava jogando mais perus assados para Freak (caramba, o apetite dele era impressionante) quando Bastet surgiu a meu lado.

— Normalmente gosto de aves — ela disse. — Mas essa coisa é perturbadora.

— FREEEEK! — disse Freak.

Ele e Bastet se encararam, como se estivessem imaginando como o outro ficaria no cardápio do almoço.

Bastet fungou.

— Você não vai ficar com ele, vai?

— Bem, ele não está amarrado — respondi. — Pode ir embora se quiser. Acho que ele gosta daqui.

— Maravilhoso — Bastet resmungou. — Mais uma coisa que pode matar vocês enquanto eu estiver fora.

Pessoalmente, eu acreditava que estava me dando muito bem com Freak, mas sabia que nada que eu dissesse tranquilizaria Bastet.

Ela estava vestida para viajar. Sobre a costumeira malha com estampa de pele de leopardo, usava um longo casaco preto bordado com hieróglifos de proteção. Quando ela se movia, o tecido brilhava, fazendo-a aparecer e desaparecer.

— Tome cuidado — eu disse.

Ela sorriu.

— Sou uma gata, Carter. Posso cuidar de mim mesma. Estou mais preocupada com como você e Sadie ficarão durante minha ausência. E se sua visão estiver correta e a prisão de Apófis estiver mesmo prestes a ruir…? Bem, voltarei assim que puder.

Não havia muito que eu pudesse dizer em resposta. Se minha visão estivesse correta, nós tínhamos um problema muito grande.

— Talvez eu fique incomunicável por alguns dias — ela continuou. — Meu amigo deve chegar aqui antes de você e Sadie partirem para a missão amanhã. Ele vai garantir que vocês dois permaneçam vivos.

— Não pode ao menos me dizer o nome dele?

Bastet olhou para mim de um jeito debochado ou nervoso — talvez os dois.

— Ele é um pouco difícil de explicar. Acho melhor deixar que ele mesmo se apresente. — Bastet me beijou na testa. — Cuide-se bem, meu filhote.

Fiquei aturdido demais para responder. Pensava em Bastet como protetora de Sadie. Eu era só meio que um apêndice. Mas a voz dela continha tanto afeto que devo ter corado. Ela correu até a beirada do terraço e pulou.

Mas eu não me preocupei. Tinha bastante certeza de que ela cairia em pé.

Eu queria que tudo continuasse o mais normal possível para os aprendizes, então, como sempre fazia, dei minha aula matinal. Eu a chamava de solução de problemas mágicos I. Os aprendizes a chamavam de tudo o que der resultado.

Eu propunha um problema aos alunos. Eles podiam solucioná-lo como quisessem. Assim que resolvessem a questão, estavam dispensados.

Acho que isso não era muito parecido com uma escola de verdade, onde os alunos precisam ficar até o final do dia mesmo que não tenham mais nada para fazer lá; mas eu nunca havia *frequentado* uma escola de verdade. Durante todos aqueles anos estudando com meu pai, eu aprendia no meu ritmo. Quando concluía todas as tarefas de forma satisfatória para meu pai, o dia letivo acabava. Esse sistema funcionou para mim, e os aprendizes pareciam gostar também.

Acho que Zia Rashid também aprovaria. Na primeira vez que Sadie e eu treinamos com Zia, ela nos dissera que magia não podia ser aprendida em salas de aula e em livros-texto. Você tinha que aprender fazendo. Então, na aula de solução de problemas mágicos I, íamos para a sala de treinamento e explodíamos coisas.

Hoje eu tinha quatro alunos. Os demais aprendizes estariam pesquisando os próprios caminhos de magia, praticando encantamentos ou fazendo as lições de rotina sob a supervisão dos iniciados mais velhos. No papel de nossa principal supervisora adulta na ausência de Amós, Bastet insistia na necessidade de mantermos todos atualizados nas disciplinas regulares, como matemática e leitura, embora às vezes ministrasse os próprios cursos eletivos, tais como afagamento avançado de gatos e cochilo. Havia uma lista de espera para a matéria cochilo.

Enfim, a sala de treinamento ocupava a maior parte do segundo andar. Tinha mais ou menos o tamanho de uma quadra de basquete, e nós a usávamos para jogar à noite. O piso era de tábua corrida, havia estátuas de deuses junto às paredes, e o teto era abobadado e pintado com imagens de antigos egípcios andando daquele jeito de lado como sempre faziam. Nas duas paredes opostas mais distantes, havíamos colocado estátuas de Rá com sua cabeça de falcão perpendiculares ao chão, com uns três metros de altura, e esvaziado suas coroas em forma de disco solar para que servissem como aros de basquete. Provavelmente era uma blasfêmia — mas, ei, se Rá não tinha senso de humor, o problema era dele.

Walt esperava por mim com Julian, Felix e Alyssa. Jaz quase sempre participava dessas sessões, mas é claro que ela ainda estava em coma... e esse era um problema que nenhum de nós sabia como resolver.

Tentei fazer minha cara de professor confiante.

— Muito bem, pessoal. Hoje vamos tentar algumas simulações de combate. Começaremos pela mais simples.

Peguei quatro estatuetas *shabti* em minha bolsa e as coloquei em cantos diferentes da sala. Posicionei um aprendiz diante de cada uma. Depois disse um comando. As quatro estatuetas cresceram até se transformarem em guerreiros egípcios de tamanho natural, armados com espadas e escudos. Não eram extremamente realistas. A pele parecia cerâmica vitrificada, e eles se moviam mais devagar que humanos de verdade; mas seriam suficientemente bons para principiantes.

— Felix? — chamei. — Nada de pinguins.

— Ah, fala sério!

Felix acreditava que a resposta para todos os problemas envolvia pinguins; mas não era justo com as aves, e eu estava ficando cansado de teletransportá-las de volta a seu lar. Em algum lugar na Antártida, um bando inteiro de pinguins-de-magalhães estava fazendo terapia.

— Comecem! — gritei, e os *shabti* atacaram.

Julian, um aluno grande do sétimo ano que já havia escolhido o caminho de Hórus, partiu para a batalha. Ele ainda não dominava completamente a invocação de um avatar de combate, mas envolveu o punho em uma energia dourada como se fosse uma bola de demolição e socou o *shabti*, que foi arremessado para trás contra a parede e se partiu em pedaços. Um a menos.

Alyssa vinha estudando o caminho de Geb, o deus da terra. Ninguém na mansão era especialista em magia da terra, mas ela raramente precisava de ajuda. Crescera em uma família de ceramistas na Carolina do Norte e mexia com argila desde pequena.

Ela esquivou-se da investida desajeitada do *shabti* e o tocou nas costas. Um hieróglifo brilhou na armadura de argila dele.

Nada pareceu acontecer com o guerreiro, mas, quando ele se virou para atacar novamente, Alyssa permaneceu parada. Eu estava quase gritando para ela se abaixar, mas o *shabti* errou completamente o golpe. Sua lâmina atingiu o chão, e o guerreiro tropeçou. Ele atacou de novo, desferindo meia dúzia de golpes, mas a espada nunca chegava nem perto de Alyssa. Finalmente, o guerreiro se virou confuso e foi cambaleando para o canto da sala, onde bateu com a cabeça na parede e estrebuchou até parar.

Alyssa sorriu para mim.

— *Sa-per* — ela explicou. — Hieróglifo para *errar*.

— Mandou bem — falei.

Enquanto isso, Felix encontrou uma solução que não tinha a ver com pinguins. Eu não fazia ideia de que tipo de magia ele acabaria escolhendo para se especializar, mas hoje ele optou por algo simples e violento. Felix pegou uma bola de basquete no banco, esperou o *shabti* dar um passo e arremessou a bola contra a cabeça dele. Seu tempo foi perfeito. O *shabti* perdeu o equilíbrio e caiu, e o braço da espada se quebrou. Felix se aproximou do *shabti* e o pisoteou até reduzi-lo a cacos.

Ele me olhou satisfeito.

— Você não disse que tínhamos que usar magia.

— Tem razão.

Nota mental: nunca jogar basquete com Felix.

Walt era o mais interessante de se observar. Ele era um *sau*, um produtor de amuletos, então costumava lutar com quaisquer objetos mágicos que tivesse à disposição. Eu nunca sabia o que ele ia fazer.

Quanto ao caminho que seguiria, Walt ainda não havia decidido o deus cuja magia estudaria. Era um bom pesquisador, como Tot, o deus do conhecimento. Sabia usar pergaminhos e poções quase tão bem quanto Sadie, então poderia escolher o caminho de Ísis. Também podia optar por Osíris, porque tinha habilidade inata para dar vida a objetos inanimados.

Hoje ele agia sem pressa, tocando seus amuletos e analisando as alternativas. Quando o *shabti* se aproximava, Walt recuava. Se Walt tinha algum ponto fraco, era sua cautela. Ele gostava de pensar muito antes de agir. Em outras palavras, era o oposto exato de Sadie.

[Pare de me bater, Sadie. É verdade!]

— Vamos, Walt! — Julian gritou. — Mate-o de uma vez.

— Você consegue — Alyssa disse.

Walt pegou um de seus anéis. Em seguida, deu um passo para trás e tropeçou nos cacos do *shabti* que Felix quebrara.

— Cuidado! — gritei.

Mas Walt escorregou e caiu com força. Seu *shabti* avançou, atacando com a espada.

Eu corri para ajudar, mas estava muito longe. A mão de Walt já se erguia instintivamente para bloquear o golpe. A lâmina encantada de cerâmica era quase tão afiada quanto metal de verdade. Deveria ter machucado Walt gravemente, mas ele a agarrou, e o *shabti* ficou paralisado. Sob os dedos de Walt, a lâmina ficou cinza e cheia de rachaduras. A cor se espalhou gradualmente por todo o guerreiro, e o *shabti* desmoronou numa pilha de poeira.

Walt parecia atordoado. Ele abriu a mão, perfeitamente ilesa.

— Isso foi legal! — disse Felix. — Que amuleto era aquele?

Walt me dirigiu um olhar nervoso, e eu soube qual era a resposta. Não tinha sido um amuleto. Walt nem imaginava como havia feito aquilo.

Isso teria sido agitação demais para um único dia. É sério. Mas a esquisitice estava apenas começando.

Antes que qualquer um de nós pudesse dizer algo, o piso tremeu. Pensei que talvez a magia de Walt estivesse se espalhando pelo edifício, o que não teria sido bom. Ou que alguém embaixo de nós pudesse estar fazendo experiências com maldições de burros explosivos outra vez.

— Pessoal... — Alyssa ganiu.

Ela apontou para a estátua de Rá junto à parede, uns três metros acima de nós. Nosso aro divino de basquete estava desmoronando.

De início eu não tinha certeza do que via. A estátua de Rá não estava virando poeira como os *shabti*. Ela ruía, caindo no chão em pedaços. Então meu estômago deu um nó. Os pedaços não eram pedras. A estátua estava se transformando em carapaças de escaravelho.

O que restava da estátua se desfez, e a pilha de cascos de escaravelhos começou a se mover. Três cabeças de serpente se ergueram do centro.

Não me incomodo de lhe dizer: entrei em pânico. Pensei que minha visão com Apófis estava virando realidade bem ali naquele momento. Recuei tão depressa que esbarrei em Alyssa. O único motivo pelo qual não saí correndo da sala era que quatro aprendizes contavam com minha orientação.

Não pode ser Apófis, disse a mim mesmo.

As serpentes se ergueram, e percebi que elas não eram três animais. Era uma cobra enorme com três cabeças. E, o que era ainda mais estranho, ela abriu um par de asas semelhantes às de um falcão. O corpo do animal era da mesma grossura de minha perna. Ele se estendia a minha altura, mas certamente não era grande o bastante para ser Apófis. Seus olhos não eram vermelhos e brilhantes. Eram verdes e sinistros como os de qualquer outra cobra.

Mesmo assim... com as três cabeças olhando diretamente para mim, não posso dizer que me sentia relaxado.

— Carter? — Felix perguntou, ansioso. — Isso faz parte da aula?

A serpente sibilou numa harmonia tríplice. Sua voz parecia falar dentro de minha cabeça — e soava exatamente como o *bau* no Museu do Brooklyn.

Este é o último aviso, Carter Kane, ela disse. *Dê-me o papiro.*

Meu coração fraquejou por um instante. O papiro — Sadie o deixara comigo depois do café da manhã. Que estupidez a minha! Devia tê-lo guardado, deixado em segurança em um de nossos cubículos protegidos na biblioteca; mas ele ainda estava na bolsa pendurada em meu ombro.

O que você é?, perguntei à serpente.

— Carter. — Julian sacou a espada. — Devemos atacar?

Os aprendizes não deram qualquer indício de que tinham ouvido a voz da cobra ou a minha.

Alyssa levantou as mãos como se estivesse pronta para pegar uma bola de queimado. Walt posicionou-se entre a cobra e Felix, que se virou para os lados a fim de enxergar à volta.

Dê-me o papiro. A serpente se enrolou para o bote, esmagando cascos de escaravelhos mortos sob seu corpo. Suas asas se abriram tanto que poderiam ter envolvido a todos nós. *Desista de sua missão, ou destruirei a jovem que você procura, assim como destruí o vilarejo dela.*

Tentei sacar minha espada, mas meus braços não queriam se mover. Sentia-me paralisado, como se aqueles três pares de olhos me houvessem posto em transe.

O vilarejo dela, pensei. O de Zia.

Serpentes não conseguem rir, mas aquela coisa parecia sibilar como se estivesse se divertindo. *Vai ter que fazer uma escolha, Carter Kane: a garota ou o deus. Abandone essa missão insensata, ou logo você será só mais uma casca ressecada, como os escaravelhos de Rá.*

Minha raiva me salvou. Livrei-me da paralisia e gritei:

— Matem-na!

Na mesma hora a serpente abriu as bocas, cuspindo três colunas de fogo. Ergui um escudo verde de magia para bloquear o fogo. Julian arremessou sua espada como se fosse uma machadinha. Alyssa fez um movimento com a mão e três estátuas de pedra saltaram de seus pedestais e voaram sobre a serpente. Walt disparou um raio de luz cinzenta com sua varinha. E Felix tirou o sapato do pé esquerdo e o jogou contra o monstro.

Naquele momento, eu não queria ser a serpente. A espada de Julian arrancou uma de suas cabeças. O sapato de Felix quicou em outra. O disparo da varinha de Walt transformou a terceira em poeira. Em seguida, as estátuas de Alyssa se jogaram sobre o monstro, esmagando-o sob uma tonelada de pedras.

O que restou do corpo da cobra desmanchou-se em areia.

De repente a sala ficou em silêncio. Meus quatro aprendizes olhavam para mim. Eu me abaixei e peguei uma das carapaças de escaravelho.

— Carter, isso era parte da aula, certo? — Felix perguntou. — Diga que isso fazia parte da aula.

Pensei na voz da serpente: igual à do *bau* no Museu do Brooklyn. Percebi por que ela soava tão familiar. Eu já a ouvira durante a batalha na Pirâmide Vermelha.

— Carter? — Felix parecia prestes a chorar. Ele era tão inquieto que eu às vezes esquecia que tinha apenas nove anos.

— Sim, foi só um teste — menti. Olhei para Walt, e chegamos a um acordo silencioso: *Precisamos conversar sobre isso mais tarde.* Mas, antes, eu tinha que consultar outra pessoa. — Turma liberada.

Fui correndo encontrar Amós.

CARTER

6. Uma banheira de pássaros quase me mata

Amós girou o casco de escaravelho entre os dedos.

— Uma serpente com três cabeças?

Eu me sentia culpado por despejar isso nele. Amós havia passado por muita coisa desde o Natal. Então, quando ele finalmente conseguira se curar e voltara para casa, *bum* — um monstro invadiu nossa sala de treinamento. Mas eu não sabia com quem mais poderia falar. Lamentava um pouco que Sadie não estivesse ali.

[Certo, Sadie, não exagere. Não lamentei *tanto* assim.]

— É — confirmei —, com asas e um bafo de lança-chamas. Já viu algo assim antes?

Amós pôs a carapaça sobre a mesa. Ele a cutucou, como se esperasse vê-la ganhar vida. Éramos apenas nós dois na biblioteca, o que era incomum. Normalmente, o grande cômodo circular estava cheio de aprendizes vasculhando as fileiras de cubículos em busca de pergaminhos, ou enviando *shabti* de busca mundo afora atrás de artefatos, livros ou pizza. Pintada no chão havia uma imagem de Geb, o deus da terra, seu corpo salpicado de árvores e rios. Acima de nós, a deusa Nut, com sua pele estrelada, estendia-se pelo teto. Eu costumava me sentir seguro naquele lugar, abrigado entre dois deuses que haviam sido nossos aliados no passado. Mas agora eu olhava a todo instante para os *shabti* de busca postados pela biblioteca e me perguntava se eles se dissolveriam em cascos de besouro ou se decidiriam nos atacar.

Finalmente, Amós disse um comando:

— A'*max*.

Queimar.

Um pequeno hieróglifo vermelho brilhou sobre o escaravelho:

O casco pegou fogo e se desmanchou numa pequena pilha de cinzas.

— Acho que me lembro de uma pintura — disse Amós — na tumba de Tutmés III. Ela retratava uma serpente alada com três cabeças como a que você descreveu. Mas o que isso significa... — Ele balançou a cabeça. — Cobras podem ser boas *ou* más na lenda egípcia. Podem ser inimigas de Rá ou suas protetoras.

— Aquela não era uma protetora — eu disse. — Ela queria o papiro.

— Mas tinha três cabeças, o que pode simbolizar os três aspectos de Rá. E ela nasceu dos destroços da estátua de Rá.

— Ela não veio de Rá — insisti. — Por que Rá ia querer nos impedir de encontrá-lo? Além do mais, reconheci a voz da serpente. Era a voz de seu... — Mordi a língua. — Quer dizer, era a voz do ajudante de Set na Pirâmide Vermelha... aquele que foi possuído por Apófis.

Os olhos de Amós perderam o foco.

— Rosto do Terror — ele lembrou. — Acha que Apófis estava falando com você por intermédio dessa serpente?

Eu assenti.

— Acho que ele pôs aquelas armadilhas no Museu do Brooklyn. Falou comigo por intermédio daquele *bau*. Se ele é tão poderoso a ponto de conseguir se infiltrar nesta mansão...

— Não, Carter. Mesmo que você esteja certo, não foi Apófis em pessoa. Se ele tivesse escapado da prisão, a fuga teria provocado agitações tão poderosas no Duat que todos os magos sentiriam. Mas possuir a mente de servos, ou até enviá-los a locais protegidos para entregar mensagens, isso é muito mais fácil. Não acredito que aquela serpente pudesse tê-los ferido muito. Ela devia estar bastante debilitada depois de ultrapassar nossas defesas. Foi enviada sobretudo para prevenir e assustar você.

— E conseguiu — eu disse.

Não perguntei como Amós sabia tanto sobre possessão e o modo de agir do Caos. Ser dominado por Set, o deus do mal, servira como um curso intensivo sobre questões desse tipo. Agora ele parecia ter voltado ao normal, mas, depois de ter compartilhado minha mente com Hórus, eu sabia por experiência própria que após hospedar um deus, voluntariamente ou não, você nunca mais é o mesmo. As lembranças permanecem, até mesmo alguns resquícios do poder do deus. Eu não podia deixar de notar que a cor da magia de Amós mudara. Antes era azul. Agora, quando ele invocava hieróglifos, eles brilhavam vermelhos — a cor de Set.

— Vou fortalecer os encantamentos em torno da casa — Amós prometeu. — Já é hora de aprimorarmos nossa segurança. Vou me certificar de que Apófis não consiga enviar outros mensageiros.

Assenti, mas a promessa não fez com que me sentisse muito melhor. No dia seguinte, *se* Sadie retornasse em segurança, partiríamos em nossa missão de busca dos outros dois papiros do *Livro de Rá*.

Claro, havíamos sobrevivido à nossa última aventura lutando contra Set, mas Apófis era de uma categoria bem diferente. E não estávamos mais hospedando deuses. Éramos apenas crianças enfrentando magos, demônios, monstros, espíritos do mal e o eterno Lorde do Caos. Na coluna dos pontos positivos, eu tinha uma irmã geniosa, uma espada, um babuíno e um grifo com distúrbio de personalidade. As perspectivas não me agradavam.

— Amós — falei —, e se estivermos errados? E se despertar Rá não der certo?

Fazia muito tempo desde a última vez que tinha visto meu tio sorrir. Ele não era muito parecido com meu pai, mas, quando sorria, exibia aquelas mesmas linhas em torno dos olhos.

— Meu rapaz, veja só o que vocês conseguiram. Você e Sadie redescobriram uma forma de magia que não era praticada havia milênios. Levaram seus aprendizes mais longe em dois meses que a maioria dos iniciados do Primeiro Nomo progrediria em dois anos. Lutaram contra deuses. Realizaram mais coisas que qualquer outro mago vivo jamais realizou, incluindo a mim e Michel Desjardins. Confie em seus instintos. Se eu fosse um homem de fazer apostas, meu dinheiro estaria sempre em você e em sua irmã.

Um nó se formou em minha garganta. Eu não ouvia palavras de incentivo como essas desde que meu pai ainda estava vivo, e acho que não havia percebido quanto precisava delas.

Infelizmente, ouvir o nome de Desjardins me fez lembrar que tínhamos outros problemas além de Apófis. Assim que iniciássemos nossa missão, um mago-sorveteiro russo chamado Vlad, o Inalador, tentaria nos matar. E se Vlad era o terceiro mago mais poderoso do mundo...

— Quem é o segundo? — perguntei.

— Do que está falando? — Amós me olhou intrigado.

— Você disse que aquele cara russo, Vlad Menshikov, era o terceiro mago vivo mais poderoso do mundo. Desjardins é o mais poderoso. Então, quem é o segundo? Quero saber se temos outro inimigo por aí.

A ideia pareceu divertir Amós.

— Não se preocupe com isso. E, apesar de seus primeiros encontros com Desjardins, eu não diria que ele é realmente um inimigo.

— Diga isso a *ele* — resmunguei.

— Já disse, Carter. Conversamos várias vezes enquanto estive no Primeiro Nomo. Acho que o que você e Sadie conseguiram fazer na Pirâmide Vermelha o abalou profundamente. Ele sabe que não poderia ter derrotado Set sem vocês. Ainda se opõe a vocês, mas, se tivéssemos mais tempo, talvez eu pudesse convencê-lo...

Isso soava tão provável quanto Apófis e Rá se tornarem amigos no Facebook, mas decidi não falar nada.

Amós passou a mão na superfície da mesa e recitou um feitiço. Surgiu uma holografia vermelha de Rá — uma réplica em miniatura da estátua da sala de treinamento. O deus sol era parecido com Hórus: um homem com cabeça de falcão. Mas, diferentemente de Hórus, Rá usava o disco solar como coroa e segurava um cajado de pastor e um mangual de guerra — os dois símbolos do faraó. Ele vestia túnica em vez de armadura, e estava sentado calmo e altivo em seu trono, como se ficasse contente de ver outros lutarem. A imagem do deus parecia estranha em vermelho, brilhando com a cor do Caos.

— Há mais um fato que você deve considerar — Amós avisou. — E não digo isso para desanimá-lo, mas você perguntou por que Rá iria querer evitar que o despertassem. O *Livro de Rá* foi dividido por uma razão. A intenção era torná-lo difícil de ser encontrado, de forma que só os merecedores conseguissem. Vocês devem esperar desafios e obstáculos em sua missão. Os outros dois papiros estarão, *no mínimo*, tão bem protegidos quanto o primeiro. E você deve se perguntar: o que acontece quando se desperta um deus que não quer ser despertado?

As portas da biblioteca se abriram com um estrondo, e quase pulei da cadeira. Cleo e outras três garotas entraram, conversando, rindo e carregando muitos pergaminhos.

— Aí está minha turma de pesquisa. — Amós fez um gesto com a mão e a holografia de Rá desapareceu. — Voltaremos a conversar, Carter, talvez depois do almoço.

Eu assenti, embora já suspeitasse que nunca terminaríamos nossa conversa. Quando alcancei a porta da biblioteca e olhei para trás, Amós cumprimentava suas alunas, limpando casualmente de cima da mesa as cinzas do casco do escaravelho.

Cheguei a meu quarto e encontrei Khufu jogado na cama, zapeando pelos canais de esporte. Ele vestia sua camiseta favorita dos Lakers e tinha sobre a barriga uma tigela de Cheetos. Desde que nossos aprendizes se mudaram para a mansão, o Grande Salão se tornara barulhento demais para Khufu assistir à televisão em paz, então ele decidira se tornar meu companheiro de quarto.

Acho que era um elogio, mas dividir espaço com um babuíno não era fácil. Você acha que cães e gatos soltam muito pelo? Tente tirar pelo de macaco de suas roupas.

— E aí? — perguntei.

— *Agh!*

Isso é mais ou menos o que ele sempre dizia.

— Legal — respondi. — Vou ficar na sacada.

Ainda chovia e fazia frio do lado de fora. O vento que vinha do rio East teria feito os pinguins de Felix tremerem, mas eu não me incomodava. Pela primeira vez naquele dia eu finalmente podia ficar sozinho.

Desde que nossos aprendizes haviam chegado na Casa do Brooklyn, eu me sentia como se estivesse sempre diante de uma plateia. Precisava me mostrar confiante mesmo quando tinha dúvidas. Não podia perder a calma com ninguém (bem, exceto com Sadie de vez em quando), e, quando as coisas não davam certo, eu não podia reclamar muito alto. Os outros garotos tinham vindo de longe para treinar conosco. Muitos haviam enfrentado monstros ou magos pelo caminho. Eu não podia admitir que não tinha ideia do que estava fazendo, ou especular em voz alta se essa coisa de caminho dos deuses ia acabar nos matando. Não podia dizer: *Agora que vocês estão aqui, talvez essa não seja uma ideia tão boa assim.*

Mas havia muitas ocasiões em que eu sentia exatamente isso. Com Khufu ocupando meu quarto, a sacada era o único lugar onde eu podia ficar deprimido sozinho.

Olhei para Manhattan do outro lado do rio. Era uma paisagem linda. Quando Sadie e eu chegamos à mansão pela primeira vez, Amós nos contou que os magos tentavam ficar fora de Manhattan. Ele disse que Manhattan tinha outros problemas — seja lá qual for o significado disso. E às vezes, quando eu olhava para além do rio, podia jurar que via coisas. Sadie ria disso, mas certa vez pensei ter visto um cavalo voador. Provavelmente eram só as barreiras mágicas da mansão causando ilusões de ótica, mas, mesmo assim, era estranho.

Olhei para a única mobília que havia na sacada: minha tigela de vidência. Ela parecia uma banheira de pássaros — uma simples bacia rasa de bronze sobre um pedestal de pedra —, mas era meu objeto mágico preferido. Walt a construíra para mim logo que chegara.

Um dia, eu havia mencionado como seria bom saber o que acontecia nos outros nomos, e ele construíra aquela tigela para mim.

Eu tinha visto iniciados usando-as no Primeiro Nomo, mas sempre haviam parecido muito difíceis de dominar. Felizmente, Walt era especialista em encantamentos. Se minha tigela de vidência fosse um carro, ela seria um Cadillac com direção hidráulica, câmbio automático e bancos com aquecimento. Tudo o que eu tinha de fazer era enchê-la com azeite limpo e dizer o comando. A tigela me mostraria qualquer coisa, desde que eu pudesse visualizar a imagem e ela não estivesse resguardada por magia. Lugares onde eu nunca havia estado eram difíceis de ver. Pessoas ou locais que eu conhecia pessoalmente ou que significavam muito para mim — *esses* em geral eram fáceis.

Eu havia procurado por Zia umas cem vezes sem sucesso. Tudo que sabia era que seu antigo mentor, Iskandar, a pusera em um sono mágico e a escondera em algum lugar, substituindo-a por um *shabti* para mantê-la em segurança; mas eu nem imaginava onde a verdadeira Zia estava dormindo.

Tentei algo novo. Passei minha mão por cima da vasilha e imaginei o Lugar das Areias Vermelhas. Nada aconteceu. Eu nunca estivera lá, não tinha ideia de como era, exceto que provavelmente era vermelho e tinha areia. O azeite mostrava apenas meu reflexo.

Tudo bem, eu não conseguia ver Zia. Escolhi o prêmio de consolação. Concentrei-me em seu quarto secreto no Primeiro Nomo. Estivera ali apenas uma vez, mas me lembrava de todos os detalhes. Aquele havia sido o primeiro lugar onde eu me sentira próximo dela. A superfície do azeite tremulou e tornou-se um receptor mágico de vídeo.

Nada havia mudado no quarto. Velas mágicas ainda queimavam na mesinha. As paredes estavam cobertas com as fotografias de Zia — imagens do vilarejo da família dela no Nilo, da mãe e do pai, dela mesma quando pequena.

Zia me contara a história de que seu pai havia desenterrado uma relíquia egípcia e, acidentalmente, libertado um monstro no vilarejo. Magos apareceram para derrotar o monstro, mas não antes de toda a cidade ser destruída. Só Zia, escondida pelos pais, havia sobrevivido. Iskandar, o antigo Sacerdote-leitor Chefe, a levara para o Primeiro Nomo e a treinara. Ele fora como um pai para ela.

Depois, no Natal passado, os deuses haviam sido libertados no British Museum. Um deles — Néftis — escolhera Zia como hospedeira. Ser hospedeiro de um deus era passível de pena de morte no Primeiro Nomo, independentemente de ser intencional ou não a hospedagem do espírito do deus, então Iskandar havia escondido Zia. Ele provavelmente planejava trazê-la de volta depois de resolver a situação, mas morreu antes que isso pudesse acontecer.

Então, a Zia que eu havia conhecido era uma réplica, mas eu precisava acreditar que o *shabti* e a Zia verdadeira tinham compartilhado pensamentos. Onde quer que estivesse a Zia de verdade, ela se lembraria de mim quando acordasse. Saberia que havia uma ligação entre nós — talvez o início de um relacionamento ótimo. Eu não podia aceitar que me apaixonara por alguém que não passava de uma peça de argila. E, definitivamente, não podia aceitar que Zia estivesse além de minha capacidade de resgatá-la.

Concentrei-me na imagem no azeite. Ampliei uma fotografia de Zia sentada nos ombros do pai. Ela era pequena na foto, mas já era possível perceber que seria bonita quando crescesse. O cabelo preto e brilhante era curto, como quando eu a conhecera. Seus olhos de âmbar vivo. O fotógrafo captara sua meia risada enquanto ela tentava cobrir os olhos do pai com as mãos. Seu sorriso irradiava uma travessura alegre.

"Destruirei a jovem que você procura", a cobra com três cabeças dissera, "assim como destruí o vilarejo dela."

Eu tinha certeza de que ele se referia ao vilarejo de Zia. Mas o que aquele ataque seis anos antes tinha a ver com o ressurgimento de Apófis agora? E se não tivesse sido apenas um acidente ao acaso? E se Apófis *quisera* destruir o lar de Zia? Então por quê?

Eu precisava encontrá-la. Agora não era mais apenas uma questão pessoal. Ela estava de alguma forma ligada à iminente batalha contra Apófis. E se o aviso da serpente fosse verdadeiro — se eu tivesse de escolher entre encontrar o *Livro de Rá* e salvar Zia? Bem, eu já havia perdido minha mãe, meu pai e minha antiga vida a fim de deter Apófis. Não ia perder Zia também.

Eu estava imaginando a força com que Sadie me chutaria se me ouvisse falar isso quando alguém bateu na porta de vidro da sacada.

— Ei. — Walt estava ali, segurando a mão de Khufu. — Hum, espero que não se incomode. Khufu me deixou entrar.

— *Agh!* — Khufu confirmou.

Ele deixou Walt do lado de fora, depois pulou no parapeito, ignorando a altura de mais de trinta metros até o rio lá embaixo.

— Não tem problema — eu disse.

Na verdade, não tinha escolha. Khufu adorava Walt, provavelmente porque ele jogava basquete melhor que eu.

Walt olhou para a tigela de vidência.

— Está funcionando bem?

A imagem do quarto de Zia ainda tremulava no azeite. Passei a mão sobre a tigela e mudei para outra cena qualquer. Como estivera pensando em Sadie, escolhi a sala de estar da casa de meus avós.

— Sim, bem. — Olhei novamente para Walt. — Como se sente?

Por alguma razão, ele ficou tenso. Olhou para mim como se eu o estivesse pressionando.

— O que quer dizer?

— O incidente na sala de treinamento. A cobra com três cabeças. Do que achou que eu estivesse falando?

Os tendões no pescoço dele relaxaram.

— Certo... desculpe, foi uma manhã estranha. Amós tinha alguma explicação?

Fiquei imaginando o que eu dissera para aborrecê-lo, mas decidi deixar isso para lá. Contei a ele sobre minha conversa com Amós. Walt costumava ser calmo. Era um bom ouvinte. Mas naquele momento parecia reservado, tenso.

Quando terminei de falar, ele se aproximou do parapeito onde Khufu estava empoleirado.

— Apófis soltou aquela coisa na mansão? Se não a tivéssemos detido...

— Amós acredita que a serpente não tinha muito poder. Estava ali apenas para transmitir uma mensagem e nos amedrontar.

Walt balançou a cabeça com desânimo.

— Bem... agora *ele* conhece nossas habilidades, acho. Sabe que o arremesso de sapato de Felix é de doer.

Não pude deixar de sorrir.

— É. Mas não era nessa habilidade que eu pensava. Aquela luz cinza com que você destruiu a serpente... e o jeito como dominou o *shabti* no treino, transformando-o em poeira...

— Como eu fiz aquilo? — Walt deu de ombros em desamparo. — Não sei, Carter, juro. Tenho pensado nisso desde então, e... foi instintivo. No início achei que houvesse algum encantamento de autodestruição no *shabti* que eu pudesse ter ativado sem querer. Às vezes consigo fazer essas coisas com objetos mágicos, eu os ligo ou desligo.

— Mas isso não explicaria como conseguiu repetir aquilo com a serpente.

— Não — ele concordou.

Parecia ainda mais distraído que eu com o incidente. Khufu começou a mexer no cabelo dele, procurando piolhos, e Walt nem tentou impedi-lo.

— Walt... — Hesitei, sem querer pressioná-lo. — Essa nova habilidade, transformar coisas em poeira... ela não teria nada a ver com... você sabe, com o que estava dizendo a Jaz?

Aí estava novamente aquele olhar de animal enjaulado.

— Eu sei — respondi apressado —, não é da minha conta. Mas você tem parecido perturbado ultimamente. Se houver algo que eu possa fazer...

Ele olhou para o rio. Parecia tão deprimido que Khufu grunhiu e bateu em seu ombro.

— Às vezes me pergunto o que vim fazer aqui — disse Walt.

— Está brincando? — perguntei. — Você é *excelente* com magia. Um dos melhores! Tem grande futuro aqui.

Ele tirou algo do bolso — era um dos escaravelhos secos da sala de treinamento.

— Obrigado. Mas no momento... tudo parece ser uma piada sem graça. As coisas são complicadas para mim, Carter. E o futuro... não sei.

Tive a sensação de que ele se referia a alguma dificuldade além de nosso prazo de quatro dias para salvar o mundo.

— Escute, se você tiver algum problema... — eu disse. — Se for alguma coisa relacionada a como Sadie e eu ensinamos...

— É claro que não. Vocês têm sido ótimos. E Sadie...

— Ela gosta muito de você — falei. — Sei que minha irmã às vezes pode ser meio difícil. Se quiser que ela dê um tempo...

[Tudo bem, Sadie. Talvez eu não devesse ter dito isso. Mas você não é exatamente sutil quando gosta de alguém. Imaginei que o garoto pudesse estar se sentindo incomodado.]

Na verdade, Walt riu.

— Não, não tem nada a ver com Sadie. Eu também gosto dela. Eu só...

— *Agh!* — Khufu gritou tão alto que dei um pulo. Ele mostrou as presas. Eu me virei e percebi que ele rosnava para a tigela de vidência.

O cenário ainda era a sala de meus avós. Mas, quando o estudei com mais atenção, percebi que algo estava errado. As luzes e a televisão estavam desligadas. O sofá havia sido virado.

Senti um gosto metálico na boca.

Concentrei-me em mudar a imagem até poder ver a porta da frente. Estava destruída.

— Qual o problema? — Walt parou a meu lado. — O que houve?

— Sadie...

Tentei canalizar toda a minha força de vontade para localizá-la. Eu a conhecia tão bem que normalmente podia encontrá-la de imediato, mas dessa vez o azeite ficou escuro. Senti uma dor aguda atrás dos olhos, e a superfície do azeite se incendiou.

Walt me puxou para trás antes que meu rosto queimasse. Khufu gritou alarmado e jogou a bacia de bronze por cima do parapeito, arremessando-a para o rio East.

— O que aconteceu? — perguntou Walt. — Nunca vi uma tigela...

— Portal para Londres. — Tossi, sentindo as narinas arderem por causa do azeite em ebulição. — O mais próximo. Agora!

Walt pareceu entender. Sua expressão ficou firme, decidida.

— Nosso portal ainda está em resfriamento. Vamos ter de usar o do Museu do Brooklyn.

— O grifo — eu disse.

— É. Eu também vou.

Eu me virei para Khufu.

— Vá avisar Amós que estamos saindo. Sadie está em perigo. Não há tempo para explicar.

Khufu gritou e pulou do parapeito para o lado do rio, descendo pelo elevador expresso.

Walt e eu irrompemos de meu quarto, correndo escada acima para o terraço.

S
A
D
I
E

7. Um presente do garoto com cabeça de cachorro

Muito bem, já *falou* bastante, querido irmão.

Enquanto você tagarelava, todos me imaginavam paralisada na porta da casa de meus avós, gritando "aahhhhh!".

E o fato de você e Walt dispararem para Londres, achando que eu precisava ser resgatada... Homens!

Sim, é verdade. Eu *precisava* de ajuda. Mas isso é um detalhe.

De volta à história: eu tinha acabado de ouvir uma voz sibilando acima da escada.

— Seja bem-vinda ao lar, Sadie Kane.

Obviamente eu sabia que não podia ser coisa boa. Minhas mãos formigavam como se eu tivesse enfiado o dedo em um soquete de lâmpada. Tentei invocar meu cajado e a varinha, mas, como eu talvez já tenha mencionado, sou péssima para pegar as coisas do Duat a qualquer instante. Fiquei furiosa comigo mesma por não ter vindo preparada — no entanto, ninguém podia realmente esperar que eu saísse para uma noitada com minhas amigas vestindo pijama de linho e carregando uma bolsa mágica.

Pensei em fugir, mas vovô e vovó poderiam estar em perigo. Eu não podia sair dali sem ter certeza de que eles estavam em segurança.

A escada rangeu. No alto, a barra de um vestido preto surgiu, junto a pés não exatamente humanos calçando sandálias. Os dedos eram retorcidos e a pele lembrava couro, as unhas eram compridas como as garras de uma ave. Quando a mulher desceu e pude vê-la completamente, deixei escapar um gemido totalmente indigno.

Ela parecia ter cem anos, era corcunda e definhada. Seu rosto, os lobos das orelhas e o pescoço tinham camadas de pele flácida, rosada e enrugada, como se ela tivesse derretido sob uma lâmpada de luz ultravioleta. Seu nariz era um bico caído. Os olhos brilhavam nas órbitas profundas, e ela era quase careca — alguns poucos tufos pretos ensebados brotavam do couro cabeludo como ervas daninhas.

Mas o vestido era um luxo. Negro, felpudo e enorme, como um casaco de pele seis números maior que a mulher. À medida que ela caminhava até mim, o material se movia, e percebi que não era pele. O vestido era feito de penas negras.

As mãos apareceram sob as mangas — dedos como garras faziam um sinal para que eu me aproximasse. O sorriso revelou dentes parecidos com cacos de vidro. E já mencionei o cheiro? Não era só cheiro de gente velha... era cheiro de gente velha *morta*.

— Estava esperando você — disse a bruxa. — Ainda bem que sou muito paciente.

Tateei o ar em busca de minha varinha. É claro que não tive sorte. Sem Ísis na cabeça, eu já não podia simplesmente dizer Palavras Divinas. Precisava de minhas ferramentas. Minha única chance era ganhar tempo e torcer para conseguir organizar as ideias o suficiente a fim de ter acesso ao Duat.

— Quem é você? — perguntei. — Onde estão meus avós?

A bruxa chegou ao pé da escada. A dois metros de distância, o vestido de penas parecia estar coberto de pedaços de... eca, aquilo era carne?

— Não me reconhece, querida? — Sua imagem tremulou. O vestido transformou-se em um robe estampado. As sandálias agora eram chinelos verdes e felpudos. Os cabelos eram grisalhos e encaracolados, os olhos, azuis e lacrimosos, e sua expressão lembrava um coelho assustado. Era o rosto de minha avó. — Sadie? — Sua voz soava fraca e confusa.

— Vovó!

A imagem voltou a ser a bruxa de penas pretas, seu rosto horroroso derretido sorrindo com maldade.

— Sim, querida. Sua família tem o sangue dos faraós, afinal... hóspedes perfeitos para os deuses. Mas não me obrigue a fazer muito esforço. O coração de sua avó não é mais como antes.

Meu corpo inteiro começou a tremer. Eu já havia presenciado possessão, e era sempre horrível. Mas *isso* — a ideia de uma bruxa egípcia ocupando o corpo de minha pobre e velha avó —, isso era pavoroso. Se eu tinha mesmo algum sangue de faraó, ele estava congelando.

— Deixe-a em paz! — O intuito era gritar, mas acho que minha voz soou como um grasnado apavorado. — Saia dela!

A bruxa gargalhou.

— Ah, eu não posso. O problema, Sadie Kane, é que alguns de nós duvidam de sua força.

— Alguns de quem... dos deuses?

O rosto dela estremeceu, transformando-se momentaneamente em uma horrível cabeça de pássaro careca e rosada, com escamas e um bico longo e afiado. Em seguida, ela recuperou a forma da bruxa sorridente. Eu queria muito que ela se decidisse de uma vez.

— Não incomodo os fortes, Sadie Kane. Nos velhos tempos, eu até protegia o faraó se ele provasse ser merecedor. Mas os fracos... Ah, quando caem à sombra de minhas asas, nunca mais os deixo sair. Espero até que morram. Espero para me alimentar. E acho, minha cara, que você será minha próxima refeição.

Pressionei as costas contra a porta

— Conheço você — menti. Revi desesperadamente minha lista mental de deuses egípcios, tentando identificar a bruxa velha. Eu ainda não estava nem perto de ser tão boa quanto Carter para lembrar todos aqueles nomes estranhos. [E não, Carter. Isso não é um elogio. Significa apenas que você é mais *nerd*.] Mas, depois de semanas lecionando para nossos aprendizes, eu havia melhorado.

Nomes continham poder. Se eu conseguisse adivinhar o nome de minha inimiga, seria um primeiro passo importante para derrotá-la. Um pássaro negro horroroso... Um pássaro que se alimenta dos mortos...

Para meu espanto, eu realmente me lembrei de algo.

— Você é a deusa abutre — eu disse triunfante. — Neckbutt, não é?

— Nekhbet! — a velha bruxa rosnou.

Tudo bem, cheguei perto.

— Mas você devia ser uma deusa *boa*! — protestei.

A deusa abriu os braços. Eles se transformaram em asas — uma plumagem negra e opaca, cheia de moscas e com cheiro de morte.

— Abutres são *muito* bons, Sadie Kane. Eliminamos os fracos e doentes. Voamos em círculos acima deles até que morram e depois nos alimentamos de suas carcaças, limpando o mundo de sua podridão. Você, por outro lado, quer trazer de volta Rá, aquela carcaça velha e murcha. Quer colocar um faraó fraco no trono dos deuses. Isso é contra a natureza! Só os fortes devem viver. Os mortos devem ser comidos.

Seu hálito cheirava a cadáver de animal morto numa beira de estrada.

Criaturas desprezíveis, os abutres; são, sem dúvida, as aves mais repugnantes do universo. Suponho que sirvam a seu propósito, mas precisavam ser tão sebentas e feias? Em vez delas, não poderíamos ter coelhos lindos e fofos limpando as carcaças?

— Certo — eu disse. — Em primeiro lugar, *saia* de minha avó. Depois, se você for uma abutre boazinha, eu compro balas de hortelã para você.

Esse devia ser um assunto delicado para Nekhbet. Ela avançou para cima de mim. Eu me esquivei, pulei por cima do sofá e tropecei nele. Nekhbet derrubou toda a coleção de porcelana que vovó mantinha no aparador.

— Você vai morrer, Sadie Kane! — ela disse. — Vou deixar seus ossos limpos. Então os outros deuses verão que você não é digna!

Esperei outro ataque, mas ela apenas olhou para mim do outro lado do sofá. Ocorreu-me que os abutres normalmente não matam. Eles esperam a presa morrer.

As asas de Nekhbet preenchiam a sala. Sua sombra caiu sobre mim, envolvendo-me na escuridão. Comecei a me sentir encurralada, indefesa, como um animal pequeno e doente.

Se eu não tivesse posto à prova minha força de vontade contra os deuses antes, talvez não tivesse reconhecido isso como magia — um incômodo persistente na minha cabeça me forçando a ceder ao desespero. Mas eu havia enfrentado um bom número de deuses do mundo inferior. Conseguiria superar um pássaro sebento.

— Boa tentativa — eu disse. — Mas não vou me deitar e morrer.

Os olhos de Nekhbet brilharam.

— Talvez leve algum tempo, minha cara, mas, como eu disse, sou paciente. Se você não sucumbir, logo suas amigas mortais estarão aqui. Como se chamam... Liz e Emma?

— Deixe-as fora disso!

— Ah, elas serão aperitivos deliciosos. E você ainda nem deu olá para seu querido e velho vovô.

O sangue latejava em meus ouvidos.

— Onde ele está? — perguntei.

Nekhbet olhou para o teto.

— Ah, ele virá em breve. Nós, abutres, gostamos de seguir um grande predador e esperar que ele se encarregue das mortes.

Ouvi um estrondo abafado vindo do andar de cima, como se um móvel grande tivesse sido arremessado pela janela.

— Não! Nããão! — vovô gritou. Depois sua voz se tornou o rugido de um animal enfurecido. — NÃÃÃÃÃÃAHHH!

O que me restava de coragem afundou até meus coturnos.

— O q-quê...

— Sim — disse Nekhbet. — Babi está acordando.

— B-Bobby? Existe um deus chamado Bobby?

— B-A-B-I — a deusa abutre resmungou. — Você é bem burrinha, não é, querida?

O forro de gesso rachou com o peso de passos pesados. Alguma coisa se movia em direção à escada.

— Babi vai cuidar direitinho de você — Nekhbet prometeu. — E vai sobrar muito para mim.

— Adeus — eu disse e corri para a porta.

Nekhbet não tentou me deter. Ela gritou atrás de mim:

— Uma caçada! Excelente!

Eu havia atravessado a rua quando a porta da frente da casa explodiu. Olhei para trás e vi algo emergindo das ruínas e da poeira — uma forma escura e peluda grande demais para ser meu avô.

Não esperei para ver melhor o que era.

Corri até a esquina da South Colonnade e dei de cara com Liz e Emma.

— Sadie! — Liz gritou, derrubando um presente de aniversário. — Qual é o problema?

— Não temos tempo! — falei. — Vamos!

— É bom ver você também — Emma resmungou. — Para onde vai com tanta...

A criatura atrás de mim urrou, e agora estava bem perto.

— Explico mais tarde — eu disse. — A menos que queiram ser destroçadas por um deus chamado Bobby, venham comigo!

Pensando no que aconteceu, posso avaliar que aniversário *horrível* eu estava tendo, mas naquele momento meu pânico era tão grande que nem consegui sentir pena de mim mesma.

Corremos pela South Colonnade, e os rugidos do mostro atrás de nós quase eram abafados pelas queixas de Liz e de Emma.

— Sadie! — Emma protestou. — Essa é uma de suas piadas?

Ela havia crescido um pouco, mas ainda tinha a mesma aparência, usava aqueles óculos enormes, uma armação com pedrinhas brilhantes, e o cabelo curto e espetado. Vestia uma minissaia preta de couro, blusa felpuda cor-de-rosa e sapatos ridículos com salto plataforma nos quais mal conseguia andar, muito menos correr. Quem é aquele cara extravagante do rock 'n' roll da década de 1970... Elton John? Se ele tivesse uma filha indiana, ela talvez fosse parecida com Emma.

— Não é nenhuma piada — garanti. — E, pelo amor de Deus, livre-se desses sapatos!

Emma parecia chocada.

— Sabe quanto custaram?

— Francamente, Sadie — Liz reclamou. — Para onde você está nos arrastando?

Ela usava roupas mais razoáveis, jeans e tênis, camiseta branca e jaqueta de brim, mas parecia tão ofegante quanto Emma. Debaixo do braço dela, meu presente de aniversário ia sendo esmagado aos poucos. Liz era ruiva, tinha muitas sardas, e quando sentia vergonha ou fazia muito esforço, seu rosto pálido ficava tão vermelho que as sardas desapareciam. Em circunstâncias normais, Emma e eu teríamos debochado dela por isso, mas hoje não.

Às nossas costas, a criatura rugiu mais uma vez. Olhei para trás, o que foi um erro. Parei, e minhas amigas se chocaram comigo.

Por um momento muito breve, pensei: Meu Deus, é Khufu.

Mas Khufu não tinha o tamanho de um urso-pardo. Não tinha pelo prateado, presas que eram como cimitarras, nem olhar sanguinário. O babuíno que assolava Canary Wharf parecia capaz de comer *qualquer coisa*, não apenas alimentos cujo nome terminasse com a letra *o*, e não teria dificuldade alguma de arrancar meus membros um a um.

A única boa notícia: a atividade na rua o distraíra momentaneamente. Carros desviavam para evitar a fera. Pedestres gritavam e corriam. O babuíno começou a virar táxis, quebrar vitrines de lojas e causar um tumulto generalizado. Quando ele se aproximou de nós, vi um pedaço de tecido vermelho pendurado em seu braço esquerdo — os restos do cardigã favorito de vovô. Preso em sua testa estava o par de óculos dele.

Até aquele momento, o choque não me atingira completamente. Aquela coisa era meu *avô*, um homem que nunca usara magia, nunca fizera nada para aborrecer os deuses egípcios.

Havia ocasiões em que eu não gostava de meus avós, especialmente quando diziam coisas ruins sobre meu pai, ou ignoravam Carter, ou quando deixaram Amós me levar no Natal sem qualquer resistência. Mas, ainda assim, eles me criaram durante seis anos. Vovô me sentara em seu colo e lera para mim suas histórias velhas e empoeiradas de Enid Blyton quando eu era pequena. Ele tomara conta de mim no parque e me levara ao zoológico inúmeras vezes. E comprara doces para mim, embora vovó não aprovasse. Ele podia ser temperamental, mas era um aposentado idoso relativamente inofensivo. Com certeza não merecia ter o corpo tomado dessa maneira.

O babuíno arrancou a porta de um bar e farejou o ar ali dentro. Frequentadores apavorados quebraram uma janela e fugiram correndo pela rua ainda segurando seus copos. Um policial seguiu na direção da comoção, viu o babuíno, virou-se e correu para o lado oposto, gritando um pedido de reforços pelo rádio.

Diante de eventos mágicos, os olhos de um mortal costumam entrar em curto-circuito, e enviam ao cérebro apenas as imagens que podem ser compreendidas. Eu não tinha ideia do que aquelas pessoas *pensavam* estar vendo — talvez um animal que tinha fugido do zoológico ou um pistoleiro enlouquecido —, mas elas sabiam que deviam fugir. Perguntei-me o que as câmeras de segurança de Londres mostrariam da cena mais tarde.

— Sadie — Liz disse em voz bem baixa —, o que *é* aquilo?

— Babi — respondi. — O maldito deus dos babuínos. Ele possuiu meu avô. E quer nos matar.

— Desculpe — Emma disse. — Você acabou de dizer que um deus babuíno quer nos matar?

O babuíno urrou, piscando e olhando em volta como se tivesse esquecido o que estava fazendo. Talvez tivesse herdado a distração de meu avô e sua miopia. Talvez não percebesse que os óculos estavam no topo da cabeça. Ele farejou o chão, depois rugiu frustrado e destruiu a vitrine de uma padaria.

Quase cheguei a acreditar que a sorte sorrira para nós. Talvez conseguíssemos escapar sem que ele percebesse. Mas uma forma escura pairou acima de nós, abrindo suas asas negras e gritando:

— Aqui! Aqui!

Maravilha! O babuíno tinha reforço aéreo.

— São dois deuses, na verdade — contei a minhas amigas. — E agora, a menos que tenham mais perguntas... corram!

Dessa vez Liz e Emma não precisaram de mais incentivo. Emma tirou os sapatos, Liz largou o presente — uma pena —, e nós corremos pela rua.

Percorremos um labirinto de becos, espremendo-nos contra as paredes para nos escondermos sempre que a deusa abutre passava voando. Eu ouvia Babi rugindo atrás de nós, estragando a noite das pessoas e destruindo o bairro, mas ele parecia ter perdido nosso rastro temporariamente.

Paramos em um entroncamento da rua enquanto eu pensava por qual caminho deveríamos seguir. Diante de nós havia uma pequena igreja, um daqueles prédios antigos tão comuns em Londres — uma sombria construção medieval de pedras encravada entre um Caffè Nero e uma perfumaria com letreiros neon que oferecia três seletos produtos para cabelo por uma libra. Anexo à igreja havia um cemitério minúsculo, delimitado por uma cerca enferrujada, mas eu não teria prestado muita atenção ao local se uma voz dentro do cemitério não tivesse sussurrado:

— Sadie.

Foi um milagre meu coração não ter saído pela boca. Eu me virei e fiquei frente a frente com Anúbis. Ele estava em sua forma mortal, um adolescente com cabelos escuros e bagunçados e simpáticos olhos castanhos. Vestia uma camiseta preta do Dead Weather e jeans preto que ficavam perfeitos nele.

Liz e Emma não se destacam por sua sutileza perto de garotos bonitos. Na verdade, o cérebro das duas meio que para de funcionar.

Liz engasgava em sílabas isoladas como se estivesse realizando um exercício respiratório.

— Oh... ah... oi... quem... quê?

Emma perdeu o controle das pernas e esbarrou em mim.

Lancei um olhar sério para as duas, depois me virei para Anúbis.

— Já era hora de algum amigo aparecer — reclamei. — Tem um babuíno e um abutre tentando nos matar. Será que você pode, *por favor*, dar um jeito neles?

Anúbis comprimiu os lábios, e tive a sensação de que ele não estava ali para dar boas notícias.

— Venha a meu território — ele disse, abrindo o portão do cemitério. — Precisamos conversar, e não temos muito tempo.

Emma esbarrou em mim de novo.

— Seu... hum... território?

Liz engoliu em seco.

— Quem... ah...?

— Shhh — eu disse a elas, tentando manter a compostura, como se todo dia encontrasse garotos lindos em cemitérios. Olhei para a rua e não vi nenhum sinal de Babi ou de Nekhbet, mas ainda podia ouvi-los — o deus babuíno rugindo, a deusa abutre gritando com a voz de vovó (se minha avó tivesse comido cascalho e tomado esteroides):

— Por aqui! Por aqui!

— Me esperem — eu disse a minhas amigas e passei pelo portão.

De imediato o ar ficou mais frio. Uma névoa úmida se desprendeu do chão encharcado. As lápides brilharam, e tudo do lado de fora da cerca ficou ligeiramente desfocado. Anúbis me deixava perturbada de muitos modos, é claro, mas eu reconhecia aquele efeito. Estávamos entrando no Duat — ocupando o cemitério em dois níveis diferentes ao mesmo tempo: o mundo dele e o meu.

Anúbis me levou a um sarcófago de pedra caindo aos pedaços e se curvou respeitoso diante dele.

— Beatrice, você se incomoda se nos sentarmos?

Nada aconteceu. A inscrição no sarcófago se apagara havia séculos, mas imaginei que aquele era o lugar de repouso de Beatrice.

— Obrigado. — Anúbis gesticulou para que eu me sentasse. — Ela não se incomoda.

— O que acontece se ela *se incomodar*? — Eu me sentei um pouco apreensiva.

— O Décimo Oitavo Nomo — respondeu Anúbis.

— Como?

— É para lá que você deve ir. Vlad Menshikov tem a segunda parte do *Livro de Rá* na primeira gaveta da escrivaninha, em seu quartel-general em São Petersburgo. É uma armadilha, é claro. Ele espera atrair você até lá. Mas, se quiser o papiro, você não tem escolha. Você deveria ir hoje à noite, antes que ele tenha tempo de reforçar ainda mais as defesas. E, Sadie, se os outros deuses descobrirem que lhe contei isso, terei sérios problemas.

Eu o encarei. Às vezes ele tinha um comportamento tão adolescente que era difícil acreditar que tinha milhares de anos. Acho que devia ser o resultado de uma vida protegida no Mundo dos Mortos, intocado pela passagem do tempo. O garoto realmente precisava sair mais.

— Você está preocupado com os problemas que pode ter? — perguntei. — Anúbis, não quero parecer ingrata, mas estou numa situação muito mais complicada no momento. Dois deuses possuíram meus avós. Se quiser me ajudar...

— Sadie, não posso interferir. — Ele levantou as mãos abertas num gesto frustrado. — Expliquei quando nos conhecemos, este corpo não é realmente físico.

— Que pena — resmunguei.

— O quê?

— Nada. Continue.

— Posso me manifestar em locais de morte, como este cemitério, mas só consigo fazer poucas coisas fora de meu território. Por outro lado, se você já estivesse morta e quisesse um bom funeral, eu poderia ser útil, mas...

— Ah, obrigada!

Em algum lugar próximo, o deus babuíno rugiu. Vidros se quebraram e tijolos desmoronaram. Minhas amigas me chamaram, mas os sons eram distorcidos e abafados, como se eu estivesse embaixo d'água.

— Se eu seguir adiante sem minhas amigas — perguntei a Anúbis —, os deuses as deixarão em paz?

Anúbis balançou a cabeça.

— Nekhbet se alimenta dos fracos. Ela sabe que atacar suas amigas vai enfraquecer você. Por isso foi atrás de seus avós. O único jeito de detê-la é enfrentando-a. Quanto a Babi, ele representa as qualidades mais sombrias de vocês, primatas: raiva assassina, força descontrolada...

— Nós, primatas? — eu disse. — Desculpe, você acabou de me chamar de babuíno?

Anúbis me estudou com uma espécie de admiração confusa.

— Eu havia esquecido quanto você é irritante. O que quero dizer é que ele vai matar vocês simplesmente pelo ato de matar.

— E você não pode me ajudar.

Ele me fitou cheio de pesar com aqueles lindos olhos castanhos.

— Já falei sobre São Petersburgo.

Senhor, ele era lindo e *muito* irritante.

— Bom, então, deus de praticamente nada de útil — eu disse —, você tem mais alguma coisa a dizer antes que eu me atire para a morte?

Ele levantou uma das mãos. Um tipo estranho de faca materializou-se nela. A lâmina tinha a forma da navalha do personagem Sweeney Todd: longa, curva e muito afiada em um dos lados, feita com metal preto.

— Pegue — disse Anúbis. — Vai ajudar.

— Você viu o *tamanho* daquele babuíno? Quer que eu faça a barba dele?

— A faca não é para lutar contra Babi ou Nekhbet — ele explicou —, mas você vai precisar dela em breve para algo ainda mais importante. É uma *netjeri*, feita de ferro meteórico. Ela é utilizada em uma cerimônia sobre a qual já lhe falei antes: a abertura da boca.

— Sim, bom, se eu sobreviver a esta noite, com certeza vou usar sua navalha para abrir a boca de alguém. Muitíssimo obrigada.

— Sadie! — Liz gritou.

Através da névoa do cemitério, vi Babi a alguns quarteirões de distância, caminhando na direção da igreja. Ele nos localizara.

— Pegue o metrô — Anúbis sugeriu, levando-me a ficar de pé. — Há uma estação meio quarteirão ao sul. Eles não vão conseguir rastrear vocês sob a terra com a mesma facilidade. Água corrente também funciona. Criaturas do Duat enfraquecem quando atravessam um rio. Se tiver de lutar contra elas, procure uma ponte sobre o Tâmisa. Ah, e já mandei seu motorista vir buscá-la.

— Meu motorista?

— Sim. Ele planejava conhecê-la só amanhã, mas...

Uma caixa postal vermelha cortou o ar em alta velocidade e se chocou contra a construção vizinha. Minhas amigas gritaram para eu correr.

— Vá — disse Anúbis. — Lamento não poder fazer mais. Mas feliz aniversário, Sadie.

Ele se inclinou e me beijou nos lábios. Depois se misturou à névoa e desapareceu. O cemitério voltou ao normal — parte do mundo comum, sem brilho.

Eu devia ter ficado muito zangada com Anúbis. Beijar-me sem pedir permissão — que ousadia! Mas fiquei ali paralisada, olhando para o sarcófago desgastado de Beatrice, até ouvir o grito de Emma.

— Sadie, vamos!

Minhas amigas me agarraram pelos braços, e me lembrei de como se corria.

Fomos para a estação de Canary Wharf do metrô. O babuíno rugia e destroçava seu caminho através do trânsito atrás de nós. No alto, Nekhbet gritava:

— Lá vão elas! Mate-as!

— Quem era aquele garoto? — Emma perguntou enquanto mergulhávamos na estação. — Nossa, como ele era gato!

— Um deus — resmunguei. — Sim.

Enfiei a navalha preta no bolso e desci pela escada rolante, meus lábios ainda formigando depois de meu primeiro beijo.

E se eu cantarolava "Parabéns a você" e sorria com um ar estúpido enquanto corria para tentar salvar minha vida... Bem, isso não era da conta de ninguém, era?

8. Grandes atrasos na estação de Waterloo (Desculpem-nos pelo babuíno gigante)

SADIE

O METRÔ DE LONDRES tem uma acústica incrível. O som ecoa pelos túneis, e à medida que descíamos a escada dava para ouvir os trens em movimento, os músicos que tocavam para ganhar uns trocados e, é claro, o deus babuíno assassino urrando por sangue enquanto pulverizava as catracas atrás de nós.

Com tantas ameaças terroristas e a segurança reforçada, era de se esperar que houvesse alguns policiais a postos; mas, infelizmente, não àquela hora da noite, nem em uma estação relativamente pequena. Sirenes uivavam na rua lá em cima, mas teríamos morrido ou fugido muito tempo antes que a ajuda dos mortais chegasse. E se a polícia *tentasse* atirar em Babi enquanto ele possuía meu avô... não. Tentei não pensar nisso.

Anúbis havia sugerido que usássemos o metrô. E, no caso de precisar lutar, que deveria encontrar uma ponte. Eu tinha que seguir essas instruções.

Não havia muitas opções de trens em Canary Wharf. Felizmente, a linha Jubilee estava no horário. Chegamos à plataforma, pulamos para dentro do último vagão quando as portas já se fechavam e desabamos em um banco.

O trem avançou pelo túnel escuro. Atrás de nós, não vi nenhum sinal de Babi ou Nekhbet nos perseguindo.

— Sadie Kane — Emma disse ofegante. — Será que pode, *por favor*, nos dizer o que está acontecendo?

Minhas pobres amigas. Eu *nunca* as colocara em uma confusão tão grande, nem mesmo quando ficamos trancadas no vestiário masculino na escola. (Longa história envolvendo uma aposta de cinco pratas, a cueca de Dylan Quinn e um esquilo. Talvez eu conte depois.)

Por ter corrido descalça, Emma estava com os pés cheios de cortes e bolhas. Sua blusa cor-de-rosa parecia o pelo embaraçado de um poodle, e os óculos haviam perdido várias pedrinhas.

O rosto de Liz estava vermelho como um tomate. Ela havia tirado a jaqueta de brim, algo que *nunca* fazia porque sempre sentia frio. Sua camiseta branca estava úmida de suor. Os braços tinham tantas sardas que me lembravam a pele estrelada de Nut, a deusa do céu.

Das duas, Emma era a que aparentava estar mais aborrecida, esperando minha explicação. Liz parecia horrorizada, e movia a boca como se quisesse falar mas tivesse perdido as cordas vocais. Achei que ela faria algum comentário sobre os deuses sanguinários que nos perseguiam, mas, quando finalmente recuperou a voz, ela disse:

— Aquele garoto beijou você!

Liz e seu talento para estabelecer prioridades.

— Eu *vou* explicar — prometi. — Sei que sou uma péssima amiga por ter envolvido vocês duas nisso. Mas, por favor, esperem só um momento. Preciso me concentrar.

— Concentrar em quê? — Emma exigiu saber.

— Emma, fique quieta — Liz a censurou. — Ela disse que precisa se concentrar.

Fechei os olhos e tentei me acalmar.

Não era fácil, especialmente com uma plateia. Sem meu material, porém, eu estava indefesa, e era pouco provável que tivesse outra oportunidade de resgatá-lo. Pensei: Você consegue, Sadie. É só estender a mão até outra dimensão. Só abrir um rasgo no tecido da realidade.

Eu estendi a mão. Nada aconteceu. Tentei novamente, e minha mão desapareceu no Duat. Liz gritou. Felizmente, não perdi o foco (nem a mão). Meus dedos se fecharam em torno da alça de minha bolsa de magia, e eu a puxei de volta.

Emma arregalou os olhos.

— Incrível! Como você fez isso?

Na verdade, eu também me perguntava. Considerando as circunstâncias, eu não podia acreditar que havia conseguido já na segunda tentativa.

— É, hum... magia — eu disse.

Minhas amigas me encaravam com uma mistura de confusão e medo, e a enormidade de meus problemas de repente me atingiu.

Um ano atrás, Liz, Emma e eu usávamos aquele trem para ir ao cinema ou a Funland. Ríamos dos toques ridículos do celular de Liz ou das fotos das meninas que odiávamos na escola que Emma manipulava no Photoshop. Os maiores perigos que me rondavam eram a culinária da vovó e a reação do vovô quando ele via meu boletim.

Agora vovô era um babuíno gigante. Vovó era um abutre do mal. Minhas amigas me olhavam como se eu fosse uma criatura de outro mundo, o que não chegava a ser mentira.

Mesmo com minhas ferramentas mágicas à mão, eu não tinha ideia do que ia fazer. Não possuía mais o poder pleno de Ísis a meu comando. Se tentasse lutar contra Babi e Nekhbet, eu poderia ferir meus avós e, provavelmente, acabaria morta. Mas, se eu não os detivesse, quem o faria? A possessão divina pode consumir um hospedeiro humano. Isso quase acontecera com tio Amós, que era um mago experiente e sabia como se defender. Meus avós eram idosos, frágeis e, definitivamente, desprovidos de magia. Eles não dispunham de muito tempo.

O desespero — muito pior que as asas da deusa abutre — tomou conta de mim.

Não percebi que chorava até sentir a mão de Liz em meu ombro.

— Sadie, querida, sentimos muito. É só um pouco... estranho, sabe? Conte para nós qual é o problema. Deixe-nos ajudar.

Respirei fundo. Eu havia sentido tanta saudade das minhas amigas! Sempre as achara um pouco estranhas, mas agora elas me pareciam maravilhosamente *normais* — parte de um mundo que não era mais o meu. As duas tentavam parecer corajosas, mas eu podia perceber que por dentro elas estavam aterrorizadas. Queria poder deixá-las para trás, escondê-las, afastá-las do perigo, mas eu me lembrava do que Nekhbet dissera: "Elas serão aperitivos deliciosos." Anúbis avisara que a deusa abutre perseguiria minhas amigas e as machucaria só para me atingir. Se elas estivessem comigo, eu poderia pelo menos tentar protegê-las. Não queria deixar a vida delas de cabeça para baixo, como aconteceu com a minha, mas elas tinham o direito de saber a verdade.

— Isso vai parecer completamente maluco — avisei.

Dei a elas a versão mais resumida possível — por que eu tinha deixado Londres, como os deuses egípcios haviam escapado para o mundo, como eu descobrira minha ascendência na magia. Falei sobre a luta contra Set, o surgimento de Apófis e nossa ideia insana de despertar o deus Rá.

Passamos por duas estações, mas foi tão bom contar a história para minhas amigas que perdi a noção do tempo.

Quando terminei, Liz e Emma se entreolharam, sem dúvida se perguntando qual era a maneira mais delicada de me informar que eu tinha pirado.

— Sei que parece impossível — argumentei —, mas...

— Sadie, acreditamos em você — disse Emma.

Eu pisquei.

— Acreditam?

— Claro que sim. — O rosto de Liz ficou vermelho, igual a quando ela saía de uma montanha-russa. — Nunca ouvi você falar sério desse jeito. Você... você mudou.

— É que agora sou uma maga, e... e não acredito em como isso soa *idiota*.

— É mais que isso. — Emma estudava meu rosto, como se eu estivesse me transformando em alguma coisa um tanto assustadora. — Você parece mais velha. Mais madura.

Sua voz tinha uma nota de tristeza, e percebi que eu estava me distanciando de minhas amigas. Era como se estivéssemos em lados opostos de um abismo que se tornava cada vez maior. E eu sabia, com uma certeza deprimente, que o espaço já era grande demais para eu poder pular de volta para o outro lado.

— Seu namorado é incrível — Liz acrescentou, provavelmente para me animar.

— Ele não é meu...

Parei. Não havia nenhuma possibilidade de eu ganhar a discussão com Liz. Além do mais, estava tão confusa com relação àquele maldito chacal Anúbis que não sabia nem por onde começar.

O trem desacelerou. Vi as placas que indicavam a estação de Waterloo.

— Ah, meu Deus — eu disse. — Queria ter descido na London Bridge. Preciso de uma ponte.

— Não podemos voltar? — perguntou Liz.

Um rugido no túnel atrás de nós foi a resposta. Eu me virei e vi uma sombra grande com pelos prateados brilhantes correndo entre os trilhos. Seu pé tocou o terceiro trilho, e faíscas surgiram; mas o deus babuíno seguiu adiante sem se incomodar. Quando o trem parou, Babi começou a se aproximar de nós.

— Voltar é impossível — falei. — Vamos ter que chegar à ponte de Waterloo.

— Mas fica a quase um quilômetro da estação! — protestou Liz. — E se ele nos alcançar?

Vasculhei minha bolsa e peguei meu cajado novo. No mesmo instante, ele se expandiu até atingir seu comprimento total, a ponta esculpida na forma de um leão resplandecendo com uma luz dourada.

— Nesse caso, acho que precisaremos lutar.

Devo descrever a estação de Waterloo como era antes ou depois de a termos destruído? O saguão principal era enorme. Tinha piso de mármore brilhoso, muitas lojas e quiosques, e um teto de vidro e vigas tão alto que um helicóptero poderia voar ali dentro sem dificuldades.

Rios de pessoas fluíam entrando e saindo da estação, misturando-se, separando-se, e às vezes esbarrando umas nas outras enquanto se dirigiam às várias escadas rolantes e plataformas.

Quando eu era pequena, aquele lugar me assustava. Tinha medo de que o imenso relógio vitoriano que pendia do teto caísse e me esmagasse. A voz nos alto-falantes era muito alta. (Prefiro ser sempre a coisa mais barulhenta a minha volta, obrigada.) A multidão de passageiros que permanecia hipnotizada sob o painel que listava as partidas, acompanhando o horário dos trens, me lembrava filmes de zumbis — que, reconheço, eu não deveria ter visto quando era pequena, mas sempre fui um tanto precoce.

De qualquer maneira, minhas amigas e eu corríamos pela estação, tentando chegar à saída mais próxima, quando uma escadaria atrás de nós explodiu.

A multidão se dispersou enquanto Babi emergia dos escombros. Homens de negócios gritavam, largando suas pastas e correndo para salvar suas vidas. Liz, Emma e eu encostamos no quiosque da Paperchase para não sermos atropeladas por um grupo de turistas gritando em italiano.

Babi uivou. Seu pelo estava encardido e coberto de fuligem do túnel. As mangas do cardigã do vovô estavam destroçadas, mas, milagrosamente, os óculos continuavam em sua cabeça.

Ele farejou o ar, provavelmente tentando encontrar meu rastro. E então uma sombra negra passou voando.

— Aonde vai, Sadie Kane? — Nekhbet gritou.

Ela pairava pelo terminal, descendo sobre a multidão já aterrorizada.

— Seu jeito de lutar é fugir? Você não é digna!

Uma voz calma ecoou pela estação:

— O trem das 8h02 vindo de Basingstoke chegará à plataforma três.

— ROOOAR!

Babi acertou uma estátua de bronze de algum coitado famoso e arrancou sua cabeça. Um policial correu em sua direção armado com uma pistola. Antes que eu pudesse gritar para que parasse, ele disparou contra Babi. Liz e Emma gritaram. A bala ricocheteou no pelo de Babi como se fosse revestido de titânio e destruiu uma placa do McDonald's. O policial desmaiou.

Eu nunca tinha visto tanta gente sair tão depressa de uma estação. Pensei em segui-las, mas decidi que seria perigoso demais. Eu não podia deixar aqueles deuses insanos matarem um monte de pessoas inocentes só porque eu estava entre elas; e se tentássemos nos unir à fuga, só ficaríamos presas ou seríamos pisoteadas no tumulto.

— Sadie, veja! — Liz apontou para cima, e Emma gritou.

Nekhbet voou para as vigas no teto e ficou empoleirada lá com os pombos. Ela olhou para nós e berrou para Babi.

— Lá está ela, meu querido! Ali!

— Queria que ela calasse a boca — resmunguei.

— Ísis foi insensata quando escolheu você — Nekhbet gritou. — Vou me alimentar de suas entranhas!

— ROOOOAR! — Babi disse, concordando animadamente.

— O trem das 8:14 de Brighton está atrasado — disse a voz na estação. — Desculpem-nos pelo inconveniente.

Babi já nos vira. Seus olhos queimavam com uma fúria primitiva, mas eu também vi algo do vovô em sua expressão. O jeito como enrugava a testa e deixava o queixo saliente — do jeito que vovô fazia quando ficava zangado com a tevê e gritava para os jogadores de rúgbi. Ver aquela expressão do deus babuíno quase me fez perder a coragem.

Eu não ia morrer ali. Não deixaria esses dois deuses nojentos machucarem minhas amigas ou consumirem meus avós.

Babi caminhou em nossa direção. Agora que nos encontrara, não parecia ter pressa para nos matar. Ele levantou a cabeça e emitiu o que se assemelhava a um latido grave para a esquerda e para a direita, como se chamasse alguém, reunindo os amigos para jantar. Os dedos de Emma apertaram meu braço. Liz gemeu:

— Sadie...?

A maior parte da multidão já havia abandonado a estação. Não se via mais ninguém da polícia. Talvez tivessem fugido, ou estavam todos a caminho de Canary Wharf, sem saber que o problema agora estava ali.

— Não vamos morrer — prometi às minhas amigas. — Emma, segure meu cajado.

— Seu... Ah, sim.

Ela o segurou cuidadosamente, como se eu lhe tivesse entregado uma bazuca, o que suponho que ele poderia ser com o feitiço apropriado.

— Liz — ordenei —, fique de olho no babuíno.

— Ficar de olho nele — ela repetiu. — Meio difícil perder o babuíno de vista.

Vasculhei minha bolsa de magia, listando desesperadamente tudo que havia nela. Varinha... boa para defesa, mas contra dois deuses de uma vez só eu precisava de mais. Filhos de Hórus, giz mágico — ali não era um bom lugar para desenhar um círculo protetor. Eu precisava chegar à ponte. Precisava ganhar tempo e sair daquele terminal.

— Sadie... — Liz me chamou.

Babi havia pulado sobre a cobertura da Body Shop. Ele rugiu, e babuínos menores começaram a aparecer de todos os lados — saltando por cima de passageiros ainda em fuga, descendo das vigas, saindo de lojas e escadas. Havia dúzia deles, todos vestindo camisetas de basquete pretas e prateadas. O basquete era uma espécie de esporte internacional entre os babuínos?

Até aquele dia, eu meio que gostava deles. Os que conhecera antes, como Khufu e seus amigos sociáveis, eram os animais sagrados de Tot, deus do conhecimento. Normalmente eram sábios e prestativos. Porém, eu suspeitava que a tropa de babuínos de Babi era bem diferente. Eles tinham pelo vermelho-sangue, olhos selvagens e presas que teriam feito um tigre-dentes-de-sabre se sentir complexado.

Eles começaram a se aproximar de nós, rosnando enquanto se preparavam para o ataque.

Tirei da bolsa um bloco de cera — não tinha tempo para modelar um *shabti*. Dois amuletos *tyet*, a marca sagrada de Ísis — ah, isso poderia ser útil. Então, encontrei um frasco de vidro fechado com rolha do qual eu tinha me esquecido por completo. Dentro dele havia um líquido espesso e escuro: minha primeira tentativa de preparar uma poção. Ficara séculos no fundo de minha bolsa, porque nunca me senti desesperada o bastante para testá-la.

Sacudi a poção. O líquido brilhou com uma fraca luz verde. Fragmentos de gosma rodopiaram dentro do frasco. Eu removi a rolha. Aquela coisa fedia mais que Nekhbet.

— O que *é* isso? — Liz perguntou.

— Nojento — respondi. — Pergaminho de animação misturado com óleo, água e mais alguns ingredientes secretos. Acho que ficou um pouco embolotado.

— Animação? — Emma indagou. — Você vai invocar desenhos?

— Seria brilhante — admiti. — Mas é mais perigoso. Se eu fizer direito, vou conseguir ingerir uma grande dose de magia sem me consumir.

— E se você fizer errado? — Liz quis saber.

Entreguei a cada uma delas um amuleto de Ísis.

— Segurem isto. Quando eu disser *vão*, corram para o ponto de táxi. Não parem.

— Sadie — Emma protestou —, que diabo...

Antes que eu pudesse perder a coragem, bebi toda a poção.

Acima de nós, Nekhbet gargalhou:

— Desista! Você não pode nos enfrentar!

A sombra de suas asas parecia se estender por toda a área da estação, levando os últimos passageiros a fugir em pânico e me causando um medo ainda maior. Eu sabia que era só um feitiço, mas, ainda assim, a tentação de aceitar uma morte rápida era quase irresistível.

Alguns babuínos se distraíram com o cheiro de comida e invadiram o McDonald's. Vários outros perseguiam um condutor de trem, batendo nele com revistas de moda enroladas.

Infelizmente, a maioria dos babuínos ainda prestava atenção em nós. Eles formaram um círculo amplo em torno do quiosque Paperchase. De seu posto de comando sobre a Body Shop, Babi uivou — uma evidente ordem de ataque.

A poção caiu em meu estômago. A magia invadiu meu corpo. Pelo gosto que eu sentia na boca, parecia que eu tinha engolido um sapo morto, mas agora eu entendia por que as poções eram tão populares entre os antigos magos.

O feitiço de animação, que eu levara dias para escrever e que normalmente precisaria de uma hora para ser conjurado, agora formigava em minha corrente sanguínea. O poder fervilhava na ponta de meus dedos. Meu único problema era canalizar a magia, garantir que ela não me fritasse.

Invoquei Ísis da melhor maneira possível naquelas circunstâncias, recorrendo a seu poder para me ajudar a dar forma ao encantamento. Visualizei o que eu queria, e a Palavra Divina apropriada surgiu na cabeça: *Proteger. N'dah.* Liberei a magia. Um hieróglifo dourado brilhou a minha frente:

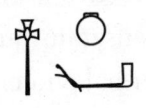

Uma onda de luz dourada tremulou pela estação. A tropa de babuínos hesitou. Babi tropeçou no telhado da Body Shop. Até Nekhbet grasnou e oscilou nas vigas do teto.

Por toda a estação, objetos inanimados começaram a se mover. Mochilas e valises de repente aprenderam a voar. Prateleiras de revistas, gomas de mascar, doces e uma variedade de bebidas frias irromperam de suas lojas e atacaram a tropa de babuínos. A cabeça de bronze arrancada da estátua surgiu do nada e se chocou contra o peito de Babi, jogando-o para trás e fazendo-o cair através da cobertura da Body Shop. Um tornado cor-de-rosa de exemplares do *Financial Times* cresceu em direção ao teto. Os jornais envolveram Nekhbet, que tropeçou desorientada e caiu de seu poleiro numa confusão cor-de-rosa e preta.

— Vão! — eu disse para minhas amigas.

Corremos para a saída, passando por babuínos ocupados demais para nos seguir. Um deles levava uma surra de meia dúzia de garrafas de água com gás. Outro se defendia de uma valise e vários BlackBerrys camicases.

Babi tentou levantar-se, mas um redemoinho de produtos da Body Shop o cercou — loções, esponjas e xampus, todos esmurrando-o, esguichando algo em seus olhos e tentando dar a ele um tratamento geral. Ele gritou irritado, escorregou e voltou a cair dentro da loja destruída. Eu duvidava que meu feitiço causasse aos deuses algum dano permanente, mas, com sorte, os manteria ocupados por alguns minutos.

Liz, Emma e eu saímos do terminal. Com a estação inteira evacuada, eu não esperava ver táxi na fila do ponto, e de fato o meio-fio estava vazio. Conformei-me com a ideia de ir correndo até a ponte Waterloo, apesar de Emma estar descalça e de eu ter ficado enjoada com a poção.

— Vejam! — disse Liz.

— Ah, muito bem, Sadie — Emma falou.

— O quê? — perguntei. — O que eu fiz?

Então notei o motorista: um homem extremamente baixinho e maltrapilho parado no final da pista dos táxis, vestido com um terno preto e segurando uma placa na qual estava escrito KANE.

Acho que minhas amigas pensaram que eu o invocara usando magia. Antes que pudesse dizer qualquer palavra em oposição, Emma gritou:

— Vamos!

E as duas correram na direção do homenzinho. Não tive alternativa senão segui-las. Lembrei-me do que Anúbis havia falado sobre mandar meu "motorista" vir me buscar. Supus que deveria ser aquele, mas quanto mais nos aproximávamos menos vontade eu tinha de conhecê-lo.

Ele tinha a metade de minha estatura, era mais encorpado que tio Amós e mais feio que qualquer pessoa no planeta. Os traços de seu rosto eram com certeza os de um homem de Neandertal. Sob a espessa monocelha, um olho era maior que o outro. A barba parecia ter sido usada para arear panelas engorduradas. A pele era cheia de marcas avermelhadas, e o cabelo lembrava um ninho incendiado e pisoteado.

Quando me viu, ele fez uma careta, o que não ajudou a melhorar sua aparência em nada.

— Já era hora! — Seu sotaque era americano. Ele arrotou na mão fechada, e o cheiro de *curry* quase me fez desmaiar. — A amiga de Bastet? Sadie Kane?

— Hã... Talvez. — Decidi que teria uma conversa séria com Bastet sobre os amigos que ela arranjava. — A propósito, há dois deuses tentando nos matar.

O homenzinho verruguento estalou os lábios, evidentemente despreocupado.

— Acho que vai querer uma ponte, então. — Ele se virou para o meio-fio e gritou: — BU!

Uma limusine Mercedes preta apareceu do nada, como se tivesse sido invocada.

O motorista olhou de novo para mim e arqueou as sobrancelhas.

— E então? Entrem!

Eu nunca estivera em uma limusine. Suponho que a maioria delas seja melhor que aquela que pegamos. O assento de trás estava entulhado de embalagens de *curry* para viagem, papéis de embrulho velhos, sacos de batatas fritas e várias meias sujas. Apesar disso, Emma, Liz e eu nos espremos no banco, porque nenhuma de nós queria ir na frente.

Você pode me achar maluca por entrar no carro de um homem desconhecido. E tem razão, é claro. Mas Bastet havia prometido nos ajudar, e Anúbis me prevenira da chegada de um motorista. O fato de essa ajuda vir na forma de um homenzinho com péssima higiene e uma limusine mágica não chegava a me surpreender. Eu já vira coisas mais estranhas.

Além disso, não tinha muita escolha. O efeito da poção passara, e o esforço para realizar toda aquela magia me deixara tonta e com as pernas bambas. Eu não tinha certeza de que conseguiria caminhar até a ponte Waterloo sem desmaiar.

O motorista pisou fundo e arrancou, saindo da estação. A polícia a cercara com faixas de isolamento, mas nossa limusine desviou das barreiras, de um aglomerado de carros da BBC e de uma multidão de curiosos, e ninguém nos deu atenção.

O motorista começou a assobiar uma canção parecida com "Short People". A cabeça dele quase não alcançava o apoio. Tudo que eu conseguia ver do homenzinho era um ninho imundo de cabelos e mãos peludas no volante.

Preso no para-sol do carro havia um cartão de identificação com a foto dele — mais ou menos. A fotografia havia sido tirada de muito perto, e mostrava apenas um nariz fora de foco e uma boca horrenda, como se ele tivesse tentado comer a câmera. O cartão anunciava: *Seu motorista é Bes.*

— Seu nome é Bes, né? — perguntei.

— É — ele disse.

— Seu carro tem cheiro de chulé — Liz murmurou.

— Se mais alguém fizer uma rima — Emma resmungou —, vou vomitar.

— É Sr. Bes? — indaguei, tentando relacionar o nome na mitologia egípcia. Eu tinha quase certeza de que eles não tinham um deus dos motoristas. — Lorde Bes? Bes, o Extremamente Baixo?

— Só Bes — ele grunhiu. — Um *s*. E não, NÃO é um nome de mulher. Se me chamar de Bessie, serei obrigado a matar você. Quanto a ser baixinho, sou o deus anão, então o que você esperava? Ah, se estiverem com sede, tem água mineral aí atrás.

Olhei para baixo. Duas garrafas de água meio vazias rolavam no chão perto de meus pés. Uma delas tinha batom na tampa. A outra parecia ter sido mastigada.

— Não estou com sede — decidi.

Liz e Emma murmuraram concordando. Fiquei surpresa por elas não estarem totalmente catatônicas depois dos eventos daquela tarde, mas, também, elas eram *minhas* amigas. E eu não andava com garotas suscetíveis, certo? Mesmo antes de eu descobrir a magia, era preciso uma constituição robusta e uma boa capacidade de adaptação para conseguir fazer amizade comigo.

[E não pedi sua opinião, Carter.]

Viaturas da polícia bloqueavam a ponte Waterloo, mas Bes desviou delas, pulou na calçada e continuou dirigindo. Os policiais nem piscaram.

— Estamos invisíveis? — perguntei.

— Para a maioria dos mortais. — Bes arrotou. — Eles são bem burros, não são? Exceto por vocês, coisa e tal.

— Você é mesmo um deus? — Liz perguntou.

— Dos grandes — Bes disse. — Sou *grande* no mundo dos deuses.

— Um grande deus dos anões — Emma disse impressionada. — Você quer dizer que é como em Branca de Neve, ou...

— Todos os anões. — Bes agitou as mãos em gestos amplos, o que me deixou um pouco nervosa, porque ele largou o volante. — Egípcios eram espertos. Eles honravam as pessoas que nasciam diferentes. Anões são considerados extremamente mágicos. Então, é, sou o deus dos anões.

Liz pigarreou.

— Não devemos usar um termo mais educado hoje em dia? Como... pessoa pequena, ou portador de deficiência vertical, ou...

— Ninguém vai me chamar de deus das pessoas portadoras de deficiência vertical — Bes resmungou. — Sou um anão! Ah, chegamos, bem a tempo!

Ele manobrou o carro e parou no meio da ponte. Olhei para trás e quase botei para fora o que tinha no estômago. Uma forma negra alada sobrevoava a margem do rio. Na extremidade da ponte, Babi cuidava do bloqueio à sua maneira. Estava arremessando viaturas no rio Tâmisa enquanto os oficiais corriam e disparavam suas armas, embora as balas parecessem não surtir qualquer efeito contra a pele de aço do deus babuíno.

— Por que paramos? — Emma perguntou.

Bes ficou em pé no banco e se espreguiçou, o que podia fazer com facilidade.

— É um rio — ele disse. — Um bom lugar para lutar contra deuses, eu acho. Toda aquela força da natureza fluindo sob os pés dificulta permanecermos ancorados no mundo mortal.

Olhando para ele com mais atenção, entendi o que Bes queria dizer. Seu rosto brilhava como uma miragem.

Um nó formou-se em minha garganta. Aquele era o momento da verdade. Estava me sentindo enjoada por causa da poção e do medo. Não tinha nenhuma certeza de ainda possuir magia suficiente para combater aqueles dois deuses. Mas não havia alternativa.

— Liz, Emma — falei. — Vamos sair.

— Vamos... sair? — Liz choramingou.

Emma engoliu em seco.

— Tem certeza?

— Sei que estão com medo — respondi —, mas precisam fazer exatamente o que eu disser.

Elas assentiram, hesitantes, e abriram as portas do carro. Pobrezinhas. Mais uma vez desejei tê-las deixado para trás; mas, honestamente, depois de ver meus avós possuídos, eu não suportava a ideia de perder minhas amigas de vista.

Bes conteve um bocejo.

— Precisa da minha ajuda?

— Hum...

Babi caminhava em nossa direção. Nekhbet voava em círculos sobre ele, gritando ordens. Se o rio os afetava de algum modo, não parecia.

Eu não imaginava como um deus anão poderia enfrentar aqueles dois, mas disse:

— Sim, preciso de ajuda.

— Certo. — Bes estalou os dedos. — Saiam, então.

— O quê?

— Não posso trocar de roupa com vocês aqui dentro, posso? Preciso pôr meu traje feioso.

— Traje feioso?

— Saiam — o anão ordenou. — Eu irei em um minuto.

Não precisamos de mais incentivo. Nenhuma de nós queria ver mais de Bes do que o necessário. Saímos, e ele travou as portas. As janelas eram bem escuras, então não consegui enxergar lá dentro. Até onde eu sabia, Bes podia estar relaxando, ouvindo música enquanto éramos destroçadas. Eu com certeza não tinha muita esperança de que uma troca de roupa pudesse derrotar Nekhbet e Babi.

Olhei para minhas amigas assustadas e depois para os dois deuses correndo em nossa direção.

— Esta vai ser nossa resistência final.

— Ah, não, não — disse Liz. — Não gosto nada dessa expressão "resistência final".

Vasculhei minha bolsa e tirei dela um pedaço de giz e os quatro Filhos de Hórus.

— Liz, ponha as estatuetas nos quatro pontos cardeais. Norte, sul etc. Emma, pegue o giz. Desenhe um círculo ligando as estátuas. Só temos alguns segundos.

Entreguei a ela o giz e ela me devolveu o cajado, e então tive um horrível lampejo de *déjà-vu*. Eu havia acabado de dar a minhas amigas as mesmas ordens que Zia Rashid me dera na primeira vez que enfrentamos juntas um deus inimigo.

Eu não queria ser como Zia. Por outro lado, pela primeira vez percebi quão corajosa ela deve ter sido para enfrentar uma deusa enquanto protegia dois novatos. Eu odiava admitir, mas isso me fez sentir um novo respeito por ela. Gostaria de ter sua bravura.

Levantei a varinha e o cajado e tentei me concentrar. O tempo parecia desacelerar. Projetei meus sentidos até tomar consciência de tudo que me cercava — Emma riscando com o giz para fechar o círculo, o coração de Liz batendo rápido demais, os pés enormes de Babi pisoteando a ponte enquanto ele corria em nossa direção, o Tâmisa fluindo sob a ponte, e as correntezas do Duat fluindo a minha volta com a mesma potência.

Amós certa vez me disse que o Duat é como um oceano de magia sob a superfície do mundo mortal. Se era verdade, então este lugar — uma ponte sobre água corrente — era como uma corrente estratosférica. Ali a magia fluía com mais força. Podia afogar os desatentos. Até os deuses podiam ser levados pela correnteza.

Tentei me ancorar concentrando-me na paisagem em torno de nós. Londres era *minha* cidade. Dali eu podia ver tudo — o Parlamento, a London Eye, até a Agulha de Cleópatra no Aterro Victoria, onde minha mãe havia morrido. Se eu fracassasse agora, tão perto de onde ela realizara sua última magia... Não, eu não podia deixar a situação chegar a esse ponto.

Babi estava a apenas um metro de distância quando Emma terminou o círculo. Toquei o risco de giz com o cajado, e uma luz dourada se ergueu.

O deus babuíno se chocou contra meu campo de força protetor, como se ali existisse uma parede de metal. Ele cambaleou para trás. Nekhbet se desviou no último segundo e voou em torno de nós, grasnando frustrada.

Infelizmente, a luz do círculo começou a tremular. Minha mãe havia me ensinado quando eu era ainda muito pequena: para toda ação corresponde uma reação oposta e de igual intensidade. O princípio se aplica tanto à magia quanto à ciência. A força do ataque de Babi me deixou enxergando pontos pretos. Se ele atacasse novamente, eu não sabia se conseguiria manter o círculo.

Fiquei pensando se devia sair dele, oferecer-me como alvo. Se canalizasse energia para o círculo antes, ele poderia se manter por um tempo, mesmo se eu morresse. Pelo menos minhas amigas sobreviveriam.

Zia Rashid provavelmente tivera o mesmo pensamento no Natal anterior, quando saíra do círculo para proteger Carter e eu. Ela havia sido tão corajosa que era irritante.

— O que quer que aconteça comigo — falei para minhas amigas —, permaneçam dentro do círculo.

— Sadie — Emma respondeu —, conheço esse tom de voz. O que quer que esteja planejando, não faça.

— Você não pode nos deixar — Liz pediu. Depois gritou para Babi com voz esganiçada: — V-vá embora, seu macaco espumante horroroso. Minha amiga aqui não quer destruir você, mas... mas ela vai!

Babi rosnou. Ele *estava* espumando, resultado do ataque dos produtos Body Shop, e cheirava maravilhosamente. Vários tons diferentes de espuma de xampu e sais de banho coloriam o pelo prateado.

Nekhbet não se saíra tão bem. Ela se empoleirou em um poste de luz, e parecia ter sido atacada por tudo o que havia na West Cornwall Pasty Company. Pedaços de presunto, queijo e batata cobriam o manto de penas, atestando a coragem dos embutidos encantados que tinham sacrificado a curta vida para atrasá-la. Seus cabelos estavam enfeitados com garfos de plástico, guardanapos e pedaços de jornal cor-de-rosa. Ela parecia bastante ansiosa para me fazer em pedaços.

A única boa notícia: era evidente que os ajudantes de Babi não haviam conseguido sair da estação ferroviária. Imaginei uma tropa de babuínos cobertos de comida sendo empurrados contra viaturas policiais e algemados. Isso me deixou um pouco mais animada.

— Você nos surpreendeu na estação, Sadie Kane — Nekhbet grasnou. — Reconheço que foi bem-feito. E nos trazer até esta ponte... Boa tentativa. Mas não somos tão fracos. Você não tem força para continuar lutando contra nós. Se nem consegue nos derrotar, não deve tentar despertar Rá.

— Vocês deveriam me ajudar — argumentei. — Não tentar me impedir.

— *Uhh!* — Babi gritou.

— De fato — concordou a deusa abutre. — Os fortes sobrevivem sem ajuda. Os fracos devem ser mortos e devorados. O que você é, criança? Seja sincera.

A verdade? Eu estava prestes a desmoronar. A ponte parecia girar sob meus pés. Sirenes uivavam nas duas margens do rio. Mais policiais haviam chegado aos bloqueios, mas por ora não faziam esforço algum para avançar.

Babi exibiu suas presas. Ele estava tão perto que eu podia sentir seu hálito nojento e o cheiro do xampu em seu pelo. Então, vi os óculos do vovô ainda na cabeça dele, e minha fúria voltou por completo.

— Pague para ver — respondi. — Sigo o caminho de Ísis. Destruo quem me desafia!

Consegui acender o cajado. Babi deu um passo atrás. Nekhbet bateu as asas em seu poste. Suas formas tremularam por um instante. O rio os enfraquecia, dissolvendo a conexão dos dois com o mundo mortal, como faz uma interferência em um celular. Mas não era o suficiente.

Nekhbet deve ter visto o desespero em meu rosto. Ela era um abutre. Era especialista em saber quando a presa era vencida.

— Um bom último esforço, criança — ela disse, quase com admiração —, mas você não tem mais nada. Babi, ataque!

O babuíno se ergueu sobre as patas de trás. Eu me preparei para avançar e atacar com uma última descarga de energia — recorrer a minha própria força vital e torcer para vaporizar os deuses. Eu precisava garantir a sobrevivência de Liz e de Emma.

Então a porta da limusine se abriu atrás de mim. Bes anunciou:

— Ninguém vai atacar ninguém! Exceto eu, é claro.

Nekhbet gritou alarmada. Virei para ver o que estava acontecendo. Imediatamente, desejei que pudesse arrancar meus olhos.

Liz fez um som de quem parecia prestes a vomitar.

— Deus, não! Isso é *errado*!

— *Agh!* — Emma gritou, uma perfeita imitação de babuinês. — Faça-o parar!

Bes realmente vestira seu traje feioso. Ele subiu no teto da limusine e ficou ali, as pernas firmes, com as mãos nos quadris, como o Super-homem — exceto por estar vestindo apenas a cueca.

Pelo bem dos que têm coração fraco, não vou fornecer todos os detalhes, mas Bes, em toda a glória de seu um metro de altura, exibia seu físico repugnante — pança, braços peludos, pés horríveis, pneus flácidos — e usava apenas uma sunga azul. Imagine a pessoa mais feia que você já viu na praia — aquela para quem trajes de banho deveriam ser proibidos. Bes era pior que isso.

Eu não sabia bem o que dizer, exceto:

— Vista uma roupa!

Bes riu, o tipo de gargalhada que significa: *Ha-ha, sou incrível!*

— Não enquanto eles não forem embora — Bes respondeu. — Ou serei forçado a espantá-los de volta para o Duat.

— Isso não é de sua conta, deus anão! — Nekhbet grasnou, desviando os olhos da horrorosidade dele. — Vá embora!

— Estas crianças estão sob minha proteção — ele insistiu.

— Não conheço você — falei. — Nunca o vi antes de hoje.

— Absurdo. Você solicitou expressamente minha proteção.

— Eu não pedi a Patrulha Sunga!

Bes saltou de cima do carro para a frente de meu círculo, colocando-se entre Babi e mim. O anão era ainda mais horrível visto por trás. Suas costas eram tão peludas que pareciam um pequeno casaco. E na parte de trás da sunga havia uma estampa: ORGULHO ANÃO.

Bes e Babi se encararam andando em círculos como lutadores. O deus babuíno atacou Bes, mas o anão era ágil. Ele escalou o peito do babuíno e acertou uma cabeçada em seu focinho. Babi cambaleou para trás e o anão continuou dando cabeçadas, usando o rosto como uma arma letal.

— Não o machuque! — gritei. — Meu avô está aí!

Babi caiu contra o parapeito da ponte, piscou, tentando se recuperar, mas Bes respirou na direção dele, e o cheiro de *curry* deve ter sido demais. Os joelhos do babuíno se dobraram. Seu corpo tremulou e começou a encolher. Ele desmoronou no chão e se transformou gradualmente em um aposentado parrudo e grisalho vestindo um cardigã esfarrapado.

— Vovô!

Não me contive. Deixei o círculo protetor e corri para perto dele.

— Ele vai ficar bem — Bes prometeu. Então, virou-se para a deusa abutre. — Agora é sua vez, Nekhbet. *Vá embora.*

— Ocupei este corpo de maneira justa e limpa! — ela berrou. — Gosto daqui!

— Você pediu.

Bes esfregou as mãos, respirou fundo e fez algo que nunca vou conseguir apagar da memória.

Se eu dissesse simplesmente que ele fez uma careta e gritou "Bu!", tecnicamente estaria correta, mas isso não serviria nem para dar uma ideia do terror.

A cabeça dele inchou. A mandíbula se desprendeu e a boca ficou quatro vezes maior do que era. Os olhos saltaram como toranjas. O cabelo ficou espetado como o de Bastet. Ele sacudiu o rosto, balançou a língua verde e gosmenta e rugiu um BUUUU! tão alto que o som se espalhou pelo Tâmisa como um tiro de canhão. A explosão de absoluta feiura arrancou as penas do manto de Nekhbet e apagou toda a cor de seu rosto. Eliminou a essência da deusa como um lenço de papel levado por uma tempestade. A única coisa que restou foi uma mulher idosa e aturdida em um vestido estampado, agachada no poste.

— Ai, Deus... — Vovó desmaiou.

Bes pulou e a segurou antes que ela caísse no rio. O rosto do anão voltou ao normal — bem, um *feio* normal, pelo menos — enquanto ele deitava vovó ao lado de vovô, no chão da ponte.

— Obrigada — eu disse a Bes. — Agora, será que pode fazer o favor de se vestir?

Ele abriu um sorriso cheio de dentes, e eu poderia ter passado sem isso.

— Você é legal, Sadie Kane. Entendo por que Bastet gosta de você.

— Sadie? — meu avô gemeu, abrindo as pálpebras trêmulas.

— Estou aqui, vovô. — Afaguei sua testa. — Como se sente?

— Com uma vontade estranha de comer manga. — Ele ficou vesgo. — E insetos, talvez. Você... você nos salvou?

— Na verdade, não — confessei. — Meu amigo aqui...

— É claro que ela salvou vocês — Bes disse. — Essa menina é muito corajosa. Uma excelente maga.

Vovô olhou para Bes e fez uma careta.

— Malditos deuses egípcios com suas malditas sungas pequenas. É por isso que não *fazemos* magia.

Suspirei aliviada. Quando vovô começava a reclamar, eu sabia que tudo ia ficar bem. Vovó ainda estava desmaiada, mas sua respiração parecia estável. A cor voltava a seu rosto.

— Precisamos ir — disse Bes. — Os mortais estão prontos para invadir a ponte.

Dei uma olhada para os bloqueios e vi o que ele queria dizer. Uma equipe de ataque se reunia: homens fortemente armados com fuzis, lança-

-granadas e provavelmente muitos outros brinquedos divertidos que podiam nos matar.

— Liz, Emma! — chamei. — Ajudem-me com meus avós.

Minhas amigas se aproximaram correndo e ajudaram vovô a se sentar, mas Bes avisou:

— Eles não podem vir conosco.

— O quê? — perguntei. — Mas você acabou de dizer...

— Eles são mortais — Bes disse. — Não têm lugar em nossa missão. Se vamos tomar o segundo papiro de Vlad Menshikov, temos que partir *agora*.

— Você sabe disso? — Só então lembrei que ele havia falado com Anúbis.

— Seus avós e suas amigas correrão menos perigo aqui — Bes disse. — A polícia vai interrogá-los, mas não vão considerar que idosos e crianças representem uma ameaça.

— Não somos crianças — Emma resmungou.

— Abutres... — vovó sussurrava inconsciente. — Embutidos...

Vovô tossiu.

— O anão está certo, Sadie. *Vá*. Logo estarei ótimo, embora seja uma pena que aquele tal babuíno não tenha deixado um pouco do poder dele comigo. Fazia séculos que eu não me sentia tão forte.

Olhei para o estado desgrenhado de meus avós e de minhas amigas. Senti como se meu coração estivesse esticado em mais direções que o rosto de Bes. Compreendi que o anão tinha razão: eles estariam mais seguros enfrentando uma equipe de ataque do que nos acompanhando. E compreendi também que eles não tinham lugar em uma missão de magia. Meus avós haviam feito muitos anos antes a opção de não usar suas habilidades ancestrais. E minhas amigas eram apenas mortais — corajosas, malucas, ridículas e maravilhosas mortais. Mas não podiam ir aonde eu tinha que ir.

— Sadie, tudo bem. — Emma ajeitou os óculos quebrados e tentou sorrir. — Podemos lidar com a polícia. Não vai ser a primeira vez que precisaremos ter uma conversinha, né?

— Vamos cuidar de seus avós — Liz prometeu.

— Não precisamos de cuidados — vovô reclamou. Depois teve um ataque de tosse. — Vá logo, minha querida. Aquele deus babuíno estava em minha cabeça. Posso dizer... ele quer acabar com você. Termine sua missão antes que ele volte para pegá-la. Não pude nem impedi-lo. Não consegui... — Ele olhou ressentido para as mãos trêmulas e envelhecidas. — Eu nunca me perdoaria. Agora vá embora!

— Sinto muito — eu disse a todos. — Eu não queria...

— Sente muito? — Emma me interrompeu. — Sadie Kane, essa foi a festa de aniversário mais *incrível* de todos os tempos. Agora vá!

Ela e Liz me abraçaram, e, antes que eu pudesse começar a chorar, Bes me conduziu de volta à limusine.

Seguimos para o norte em direção ao Aterro Victoria. Estávamos quase alcançando o bloqueio quando Bes reduziu a velocidade.

— O que foi? — perguntei. — Não podemos passar sem sermos vistos?

— Não são os mortais que me preocupam. — Ele apontou.

Todos os policiais, repórteres e curiosos em torno do bloqueio haviam dormido. Vários militares usando coletes à prova de bala estavam encolhidos no chão, abraçando os fuzis como se fossem ursinhos de pelúcia.

Diante das barricadas, impedindo a passagem de nosso carro, vimos Walt e Carter. Eles estavam desarrumados e ofegantes, como se tivessem corrido do Brooklyn até ali. Os dois tinham as varinhas em punho. Carter deu um passo adiante, apontando a espada para o para-brisa.

— Solte-a! — ele gritou para Bes. — Ou acabo com você!

Bes olhou para mim.

— Devo assustá-lo?

— Não! — eu disse. Aquilo era algo que eu *não* precisava ver de novo. — Eu cuido disso.

Desci da limusine.

— Olá, garotos. Chegaram em ótima hora.

Walt e Carter me olharam intrigados.

— Não está em perigo? — Walt me perguntou.

— Não mais.

Carter baixou a espada com relutância.

— Quer dizer que o sujeito feioso...

— É um amigo — completei. — Amigo de Bastet. E também é nosso motorista.

Carter parecia ao mesmo tempo confuso, irritado e constrangido, o que tornou o final de minha festa de aniversário satisfatório.

— Motorista para nos levar aonde? — ele perguntou.

— Para a Rússia, é claro — respondi. — Entrem.

CARTER

9. Fazemos um passeio com o deficiente vertical pela Rússia

Como sempre, Sadie deixou de mencionar alguns detalhes importantes, como, por exemplo, que Walt e eu quase morremos tentando encontrá-la.

Não foi divertido voar até o Museu do Brooklyn. Tivemos que ficar pendurados como o Tarzan, presos por uma corda que descia pela barriga do grifo, fugindo de policiais, bombeiros, funcionários públicos e várias senhorinhas que nos perseguiam com seus guarda-chuvas e gritavam: "Lá está o beija-flor! Matem-no!"

Quando conseguimos abrir um portal, eu quis levar Freak conosco, mas o funil rodopiante de areia meio que... bem, o assustou, então tivemos que deixá-lo para trás.

Quando chegamos a Londres, os aparelhos de televisão nas vitrines das lojas exibiam cenas da estação de Waterloo — alguma notícia sobre uma estranha comoção dentro do terminal, envolvendo animais em fuga e ventania. Caramba, quem poderia ter feito aquilo? Walt tinha um amuleto de Shu, o deus do vento, e o usamos para invocar uma rajada de vento e saltar para a ponte Waterloo. É claro que aterrissamos bem no meio de uma tropa policial fortemente armada. Ainda bem que eu me lembrava do feitiço do sono.

Então, *finalmente*, estávamos prontos para agir e salvar Sadie, e ela chega em uma limusine dirigida por um anão feio de sunga e *nos* acusa de estarmos atrasados.

Então, quando ela nos disse que o anão nos levaria até a Rússia, eu pensei: Ah, tanto faz. E entrei no carro.

A limusine seguiu por Westminster enquanto Sadie, Walt e eu trocávamos histórias.

Depois de ouvir o que Sadie havia enfrentado, eu já não achava que meu dia tinha sido tão ruim. Sonhar com Apófis e ver uma cobra com três cabeças na sala de treinamento não parecia nem um pouco tão assustador quanto deuses possuindo nossos avós. Eu nunca gostara muito da vovó e do vovô, mas, mesmo assim... credo.

Eu também não conseguia acreditar que nosso motorista era Bes. Papai e eu sempre ríamos das pinturas que o retratavam nos museus — seus olhos saltados, a língua balançando e a falta de roupas. Supostamente, ele podia afugentar quase qualquer coisa — espíritos, demônios, até outros deuses —, e era por isso que os plebeus egípcios o amavam. Bes tomava conta da classe baixa... hum, não quis fazer piada de anão. Pessoalmente, ele era *exatamente* como nas pinturas, só que com todas as cores, com todo o cheiro.

— Ficamos lhe devendo essa — eu disse a ele. — Você é amigo de Bastet?

Suas orelhas ficaram vermelhas.

— Sim... sou. De vez em quando ela me pede um favor. Eu tento ajudar.

Tive a sensação de que havia algo por trás dessa história que ele não queria revelar.

— Quando Hórus falou comigo — continuei —, ele avisou que alguns deuses poderiam tentar nos impedir de despertar Rá. Agora acho que já sabemos quem são eles.

Sadie suspirou.

— Se eles não gostavam de nosso plano, podiam ter mandado um torpedo malcriado. Nekhbet e Babi quase me destroçaram!

O rosto dela estava um pouco esverdeado. Seus coturnos estavam sujos de xampu e de lama, e sua jaqueta de couro favorita tinha uma mancha no ombro com o aspecto suspeito de cocô de abutre. Ainda assim, me impressionava o fato de ela estar consciente. Poções são difíceis de fazer e ainda mais difíceis de usar. Sempre se paga um preço ao canalizar tanta magia.

— Você foi ótima — eu disse a ela.

Sadie olhou ressentida para a faca preta em seu colo — a lâmina cerimonial que Anúbis lhe dera.

— Eu estaria morta se não fosse por Bes.

— Imagine... — Bes disse. — Ah, tudo bem, provavelmente estaria. Mas teria morrido com estilo.

Sadie virou a estranha lâmina preta, como se tentasse encontrar instruções nela.

— É uma *netjeri* — falei. — Uma lâmina *serpente*. Os sacerdotes a utilizavam para...

— A cerimônia da abertura da boca — ela concluiu. — Mas como isso pode nos ajudar?

— Não sei — admiti. — Bes?

— Rituais fúnebres. Procuro evitá-los.

Olhei para Walt. Objetos mágicos eram sua especialidade, mas ele não parecia estar prestando atenção. Desde que Sadie nos contara sobre sua conversa com Anúbis, Walt ficara terrivelmente quieto. Ele estava sentado ao lado dela, mexendo em seus anéis.

— Você está bem? — perguntei a ele.

— Sim... estou só pensando. — Walt olhou para Sadie. — Sobre lâminas *netjeri*, quer dizer.

Sadie mexeu no cabelo, como se tentasse criar uma cortina entre ela e Walt. O clima entre os dois era tão pesado que eu achava que nem uma lâmina mágica poderia atravessá-lo.

— Maldito Anúbis — ela resmungou. — Se dependesse dele, eu poderia ter morrido.

Seguimos em silêncio por um tempo depois disso.

Finalmente, Bes entrou na ponte Westminster e fez um retorno sobre o Tâmisa.

Sadie franziu a testa.

— Para onde estamos indo? Precisamos de um portal. Todos os melhores artefatos estão no British Museum.

— É — disse Bes. — E os outros magos sabem disso.

— Outros magos? — indaguei.

— Garoto, a Casa da Vida tem filiais no mundo todo. Londres é o Nono Nomo. Com aquela agitação toda em Waterloo, a Srta. Sadie acaba de acender uma enorme fogueira dizendo *Estou aqui!* para os seguidores de Desjardins. Pode apostar que eles já estão atrás de vocês. Vão vigiar o museu para o caso de tentarem ir para lá. Felizmente, conheço outro lugar onde podemos abrir um portal.

Recebendo lição de um anão. Eu deveria ter imaginado que em Londres havia outros magos. A Casa da Vida estava em todos os lugares. Fora da segurança da Casa do Brooklyn, não havia um único continente onde não estivéssemos ameaçados.

Percorremos o sul de Londres. O cenário ao longo da rua Camberwell era quase tão deprimente quanto meus pensamentos. Fileiras de edifícios imundos com tijolos aparentes e lojas baratas se estendiam pela rua. Uma mulher idosa em um ponto de ônibus nos olhou de cara feia. Na porta de um supermercado Asda, dois jovens mal-encarados olhavam para o Mercedes como se quisessem roubá-lo. Fiquei imaginando se eles eram deuses ou magos disfarçados, porque a maioria das pessoas sequer notava o carro.

Eu não tinha ideia de aonde Bes estava nos levando. Aquele não parecia ser o tipo de região onde se podia encontrar muitos artefatos egípcios.

Finalmente apareceu a nossa esquerda um grande parque: campos verdes cheios de neblina, alamedas e alguns muros arruinados que pareciam aquedutos cobertos de hera. O terreno era inclinado, na lateral de uma colina, e no cume havia uma torre de rádio.

Bes subiu na calçada e continuou dirigindo pela grama, derrubando uma placa que dizia NÃO PISE NA GRAMA. Aquele fim de tarde estava cinzento e chuvoso, então não havia muita gente por ali. Duas pessoas que corriam em uma alameda próxima nem olharam para nós, como se todo dia vissem limusines Mercedes cruzando o gramado do parque.

— Aonde vamos? — perguntei.

— Observe e aprenda, garoto — Bes respondeu.

Ser chamado de "garoto" por um sujeito menor que eu era um pouco irritante, mas fiquei quieto. Bes subiu a colina. Perto do cume havia uma escada de pedra de uns dez metros de largura construída sobre a encosta. Parecia não levar a lugar algum. Bes pisou com força no freio e nós paramos com um cavalo de pau. A colina era mais alta que eu havia imaginado. Abaixo de nós se estendia Londres inteira.

Então olhei com mais atenção para a escada. Duas esfinges de pedra desgastada repousavam uma de cada lado, vigiando a cidade. Tinham uns três metros de comprimento, com o típico corpo de leão e cabeça de faraó, mas pareciam totalmente deslocadas em um parque de Londres.

— Elas não são de verdade — falei.

Bes bufou.

— É claro que são.

— Quero dizer que não são do Egito Antigo. Não são tão velhas.

— Detalhes, detalhes — disse Bes. — Essa é a escada para o Palácio de Cristal. Antigamente, bem aqui nesta colina ficava um grande salão de exposições todo de vidro e aço, do tamanho de uma catedral.

Sadie franziu a testa.

— Li sobre isso na escola. A Rainha Vitória fez uma festa aqui, ou algo do tipo.

— Uma festa ou algo do tipo? — Bes resmungou. — Foi a Grande Exposição de 1851. Vitrine do poder do Império Britânico etc. As maçãs carameladas estavam ótimas.

— Você esteve lá? — perguntei.

Bes deu de ombros.

— O palácio foi destruído por um incêndio na década de 1930, graças a alguns magos idiotas... mas essa é outra história. Tudo o que resta agora são algumas relíquias, como esta escada e as esfinges.

— Uma escada para o nada — eu disse.

— Não é para o nada — Bes corrigiu. — Esta noite ela nos levará a São Petersburgo.

Walt se inclinou para a frente no banco. Seu interesse por estátuas aparentemente o tirara da melancolia.

— Mas se as esfinges não são realmente egípcias — ele disse —, como podem abrir um portal?

Bes abriu um sorriso mostrando os dentes.

— Depende do que você quer dizer com *realmente egípcias*, garoto. Todo grande império quer ser como o Egito. Ter objetos do Egito os faz se sentir importantes. É por isso que você tem "novos" artefatos egípcios em Roma, Paris, Londres, onde quiser. Aquele obelisco em Washington...

— Nem me fale dele, por favor — Sadie disse.

— Mesmo assim — Bes continuou —, essas esfinges são egípcias. Foram construídas para representar a conexão entre o Império Britânico e o Império Egípcio. Então, sim, elas podem canalizar magia. Especialmente se *eu* estiver dirigindo. E agora... — Ele olhou para Walt. — Chegou a hora de você descer.

Fiquei surpreso demais para dizer qualquer coisa, mas Walt baixou os olhos como se já esperasse por isso.

— Espere aí — disse Sadie. — Por que Walt não pode vir conosco? Ele é um mago. Pode nos ajudar.

Bes ficou sério.

— Walt, você não contou a eles?

— Não contou o quê? — Sadie inquietou-se.

Walt agarrou seus amuletos, como se entre eles houvesse um que o ajudasse a evitar aquela conversa.

— Não é nada. É sério. É que... eu deveria ajudar na Casa do Brooklyn. E Jaz pensou...

Ele hesitou, provavelmente percebendo que não devia ter mencionado o nome dela.

— Sim? — O tom de voz de Sadie era perigosamente calmo. — Como está Jaz?

— Ela... ela continua em coma — respondeu Walt. — Amós diz que ela provavelmente vai ficar bem, mas não era isso que...

— Ótimo — Sadie disse. — Fico feliz por saber que ela vai melhorar. Então você precisa voltar. Isso é ótimo. Pode ir. Anúbis disse que deveríamos nos apressar.

Nada sutil a maneira como ela despejou o nome dele no meio da conversa. Walt parecia ter levado um chute no peito.

Eu sabia que Sadie não estava sendo justa com ele. Pela conversa que tive com Walt na mansão, eu sabia que ele gostava dela. O que o incomodava agora, fosse o que fosse, não era nenhuma questão romântica com Jaz. Por outro lado, se eu tentasse apoiá-lo, Sadie simplesmente me mandaria cuidar de minha vida. Talvez eu até piorasse a situação entre os dois.

— Não é que eu queira voltar — ele disse.

— Mas você não pode vir conosco — Bes acrescentou com firmeza. Pensei ter detectado uma nota de preocupação na voz dele, talvez até pena. — Vá em frente, garoto. Está tudo bem.

Walt tirou algo do bolso.

— Sadie, com relação a seu aniversário... você, hum, provavelmente não quer mais nenhum presente. Não é uma lâmina mágica, mas fiz isto para você.

Ele pôs na mão dela um colar dourado contendo um pequeno símbolo egípcio:

— É o aro de basquete na cabeça de Rá — eu disse. Walt e Sadie me olharam carrancudos, e percebi que talvez eu não estivesse ajudando a magia daquele momento entre eles. — Quer dizer, é o símbolo que cerca a coroa solar de Rá — corrigi. — Um arco infinito, o símbolo da eternidade, certo?

Sadie engoliu em seco, como se a poção mágica ainda borbulhasse em seu estômago.

— Eternidade?

Walt olhou para mim de um jeito que dizia com toda a clareza: *Por favor, pare de ajudar.*

— Sim — ele disse —, hum, chama-se *shen*. Pensei que, bem, você está procurando Rá. E coisas boas, coisas importantes, devem ser eternas. Então talvez isso lhe dê sorte. Queria ter entregado a você hoje de manhã, mas... meio que perdi a coragem.

Sadie olhou para o talismã que brilhava em sua mão.

— Walt, eu não... quer dizer, obrigada, mas...

— Lembre-se apenas de que eu não queria ir embora — ele disse. — Se precisar de ajuda, é só me chamar. — Ele olhou para mim e se corrigiu: — Quer dizer, se vocês dois precisarem, é claro.

— Mas agora você precisa ir — Bes falou.

— Feliz aniversário, Sadie — disse Walt. — E boa sorte.

Ele saiu do carro e desceu a colina. Ficamos olhando até ele ser apenas uma minúscula figura na penumbra. Depois ele desapareceu entre as árvores.

— Dois presentes de despedida — murmurou Sadie. — De dois garotos lindos. Odeio minha vida.

Ela prendeu o colar no pescoço e tocou o símbolo *shen*.

Bes olhou para as árvores onde Walt havia desaparecido.

— Pobre garoto. Nasceu incomum mesmo. Não é justo.

— O que você quer dizer? — perguntei. — Por que estava tão aflito para mandar Walt embora?

O anão coçou a barba mal-ajambrada.

— Não cabe a mim explicar. Neste momento temos trabalho a fazer. Quanto mais tempo dermos a Menshikov para preparar suas defesas, mais difícil vai ficar.

Eu não estava disposto a desistir do assunto, mas Bes me lançou um olhar teimoso, e compreendi que não conseguiria tirar mais nenhuma resposta dele. Ninguém é capaz de ser mais teimoso que um anão.

— Rússia, então — eu disse. — Subindo de carro por uma escada que leva para o nada.

— Exatamente.

Bes pisou fundo no acelerador. O Mercedes revolveu grama e lama e disparou escada acima. Eu tinha certeza de que chegaríamos ao topo e o único resultado seria um eixo quebrado, mas no último segundo um portal de areia rodopiante se abriu a nossa frente. As rodas deixaram o chão, e a limusine preta voou impetuosamente para dentro do redemoinho.

Caímos com uma pancada forte sobre o pavimento do outro lado, dispersando um grupo de adolescentes surpresos. Sadie gemeu e afastou lentamente a cabeça do encosto do banco.

— Não podemos ir a lugar algum com *suavidade*? — ela perguntou.

Bes ligou o limpador de para-brisa e tirou a areia do vidro. Do lado de fora estava escuro e nevava muito. Edifícios de pedra do século dezoito e postes de luz margeavam um rio congelado. Para além do rio cintilavam mais prédios de contos de fada: cúpulas douradas de igreja, palácios brancos e mansões suntuosas pintadas de azul e verde, como se fossem ovos de Páscoa. Eu poderia ter acreditado que viajáramos trezentos anos no passado — exceto pelos carros, pela luz elétrica e, é claro, pelos adolescentes com *piercings*, cabelos tingidos e roupas pretas de couro gritando conosco em russo e batendo no capô do Mercedes porque quase os havíamos atropelado.

— Eles podem nos ver? — Sadie perguntou.

— Russos — Bes respondeu com uma espécie de admiração ressentida. — Um povo muito supersticioso. Eles tendem a enxergar a magia pelo que ela é. Precisaremos ser cuidadosos aqui.

— Você já esteve aqui antes? — indaguei.

Ele olhou como se dissesse *dã!* e apontou para os dois lados do carro. Havíamos descido entre duas esfinges de pedra sobre pedestais. Eram parecidas com muitas outras que eu vira antes — coroa sobre cabeça humana e corpo de leão —, mas eu nunca havia visto esfinges cobertas de neve.

— São autênticas? — perguntei.

— São os artefatos egípcios que foram levados mais ao norte no mundo — Bes explicou. — Foram saqueados de Tebas e trazidos para cá a fim de decorar a nova cidade imperial russa, São Petersburgo. Como eu disse, todo império novo quer ter um pouco do Egito.

Os garotos do lado de fora ainda gritavam e batiam no carro. Um deles quebrou uma garrafa em nosso para-brisa.

— Hum — disse Sadie —, não devemos seguir adiante?

— Bobagem — disse Bes. — Os jovens russos sempre se reúnem perto das esfinges. Têm feito isso há séculos.

— Mas é tipo meia-noite aqui — argumentei. — E está nevando.

— Já mencionei que eles são russos? — Bes falou. — Não se preocupem. Vou cuidar disso.

Ele abriu a porta do carro. Um vento glacial invadiu o Mercedes, mas Bes saiu vestindo nada além de sunga. Os garotos recuaram apressados. Eu não os culparia. Bes disse alguma frase em russo e depois rugiu como um leão. Os adolescentes gritaram e correram.

O corpo de Bes pareceu estremecer. Quando ele voltou ao carro, vestia um casaco quente de inverno, luvas felpudas e um chapéu forrado de pele.

— Viram? — ele disse. — Supersticiosos. Sabem que é melhor fugir de um deus.

— De um pequeno deus peludo de sunga, sim — Sadie falou. — Então, o que fazemos agora?

Bes apontou para um palácio vistoso de pedras brancas e douradas no outro lado do rio.

— Aquele é o Hermitage.

— Ermitãos moram lá? — perguntou Sadie.

— Não — respondi. — Já ouvi falar daquele lugar. Era o palácio do czar. Agora é um museu. A melhor coleção egípcia na Rússia.

— Papai levou você lá, imagino. — Sadie falou. Pensei que havíamos superado toda aquela história de ciúmes das viagens com papai, mas às vezes ela brotava de novo.

— Não, nunca fomos. — Tentei não parecer na defensiva. — Ele foi convidado a dar uma palestra lá certa vez, mas declinou.

Bes riu.

— Seu pai foi esperto. Os magos russos não recebem forasteiros muito bem. Eles protegem seu território com vigor.

Sadie olhou para o outro lado do rio.

— Está dizendo que o quartel-general do Décimo Oitavo Nomo fica *dentro* do museu?

— Em algum lugar — Bes confirmou —, mas está magicamente escondido, porque nunca encontrei a entrada. Aquela parte para a qual você está olhando é o Palácio de Inverno, antiga residência do czar. Há todo um complexo de mansões atrás dele. Ouvi dizer que seriam necessários onze dias para ver todas as peças que compõem as coleções do Hermitage.

— Mas, a menos que despertemos Rá, o mundo vai acabar em quatro dias — eu disse.

— Agora são três — Sadie corrigiu —, se já tiver passado da meia-noite. Estremeci.

— Obrigado por lembrar.

— Então façam o roteiro específico — disse Bes. — Comecem pela Sala do Egito Antigo. Piso térreo, museu principal.

— Você não vem conosco? — perguntei.

— Ele não pode, pode? — Sadie adivinhou. — Como Bastet não podia entrar na casa de Desjardins, em Paris. Os magos cercam seus quartéis-generais de encantamentos contra os deuses. Não é isso?

Bes fez uma careta ainda mais feia que seu rosto é normalmente.

— Vou acompanhá-los até a ponte, mas não posso ir mais longe. Se eu atravessar o rio Neva muito perto do Hermitage, vou disparar todo tipo de alarme. Vocês vão ter que dar um jeito de entrar sem serem vistos...

— Invadir um museu à noite — Sadie murmurou. — Temos tido tanta sorte com isso.

— ... e encontrar a entrada do Décimo Oitavo Nomo. E não sejam capturados com vida.

— Como assim? — perguntei. — É melhor ser capturado morto?

O olhar do anão era grave.

— Confiem em mim. Não vão querer ser prisioneiros de Menshikov.

Bes estalou os dedos, e de repente estávamos vestidos com casacos e calças pesados e botas de neve.

— Vamos, *malishi* — ele disse. — Vou acompanhá-los até a ponte Dvortsovyy.

A ponte ficava a menos de um quilômetro de onde estávamos, mas a distância parecia ser muito maior. Em março com certeza não era primavera em São Petersburgo. A escuridão, o vento e a neve estavam mais para janeiro no Alasca. Pessoalmente, eu teria preferido um dia escaldante no deserto egípcio. Mesmo com as roupas quentes que Bes materializara para nós, eu não conseguia parar de bater os dentes.

Bes não estava com pressa. A todo instante ele diminuía o passo e parecia um guia turístico, até que comecei a pensar que meu nariz ia cair congelado. Ele explicou que estávamos na ilha Vasilevsky, separada do centro de São Petersburgo pelo rio Neva. Apontava para as igrejas e suas torres e monumentos e, quando ficava animado, começava a falar em russo.

— Você passou bastante tempo aqui — falei.

Ele deu alguns passos em silêncio.

— A maior parte foi há muitos anos. Não era...

Bes parou tão repentinamente que esbarrei nele. Ele olhava atentamente para um grande palácio do outro lado da rua, com paredes amarelas e um telhado verde triangular. Toda iluminada na noite em meio à neve constante, a construção parecia irreal, como uma das imagens fantasmagóricas no Salão das Eras no Primeiro Nomo.

— É o palácio do Príncipe Menshikov — Bes murmurou.

A voz dele estava carregada de desprezo. Quase pensei que ele fosse gritar "BU" para o palácio, mas ele apenas rangeu os dentes.

Sadie me olhou à espera de uma explicação, mas não sou uma Wikipédia ambulante, como ela parece pensar. Tenho informações sobre o Egito, mas sobre a Rússia? Não muito.

— Por Menshikov, você se refere a Vlad, o Inalador? — perguntei.

— Ele é um descendente. — Bes contorceu os lábios numa expressão de desgosto. Falou uma palavra em russo, e eu seria capaz de apostar que era um insulto bastante ruim. — No século dezoito, o Príncipe Menshikov deu uma festa para Pedro, o Grande, o czar que construiu esta cidade. Pedro adorava anões. Nesse aspecto ele era muito parecido com os egípcios. Acreditava que traríamos sorte, então sempre mantinha alguns de nós em sua corte. Enfim, Menshikov queria entreter o czar, e para isso decidiu que seria divertido encenar um casamento de anões. Ele os obrigou... ele *nos* obrigou a vestir trajes de gala, fingir que nos casávamos e dançar. Todas as pessoas grandes ficaram rindo, gritando...

A voz dele fraquejou.

Bes descreveu a festa como se ela tivesse acontecido no dia anterior. Mas então lembrei que esse carinha esquisito era um deus. Ele já estava no mundo havia eras.

Sadie pôs a mão em seu ombro.

— Sinto muito, Bes. Deve ter sido horrível.

Ele fez uma careta.

— Magos russos... eles adoram capturar deuses, nos usar. Ainda posso ouvir aquela música de casamento e a gargalhada do czar...

— Como você escapou? — perguntei.

Bes me olhou furioso. Era evidente que eu havia feito uma pergunta infeliz.

— Já chega desse assunto. — Ele levantou a gola do casaco. — Estamos perdendo tempo.

Bes seguiu adiante, mas tive a sensação de que ele não estava realmente deixando para trás o palácio de Menshikov. De repente o amarelo-vivo de suas paredes e a brilhante iluminação de suas janelas pareceram sinistros.

Mais uns cem metros de caminhada contra um vento cortante, e chegamos à ponte. Do outro lado, o Palácio de Inverno reluzia.

— Vou dar a volta com o Mercedes pelo caminho mais longo — Bes disse. — Até a próxima ponte, e de lá contorno o Hermitage pelo sul. Assim há menos chance de alertar os magos de minha presença.

Agora eu entendia por que ele estava tão paranoico com relação a disparar alarmes. Os magos o haviam capturado em São Petersburgo uma vez. Lembrei-me do que ele nos dissera no carro: "Não sejam capturados com vida."

— Como vamos encontrar você se tivermos sucesso? — Sadie perguntou.

— *Quando* tiverem sucesso — Bes disse. — Seja otimista, garota, ou o mundo vai acabar.

— Certo. — Sadie estremeceu dentro do novo casaco. — Otimista.

— Encontro vocês na Nevsky Prospekt, a rua principal onde ficam todas as lojas, logo ao sul do Hermitage. Estarei no Museu do Chocolate.

— No *onde*? — perguntei.

— Bem, não é realmente um museu. Está mais para uma loja... Fica fechada a esta hora da noite, mas o proprietário sempre abre as portas para mim. Eles têm *tudo* de chocolate: jogos de xadrez, leões, cabeças de Vladimir Lênin...

— O comunista? — indaguei.

— Sim, professor Brilhante — Bes respondeu. — O comunista, *de chocolate*.

— Então vamos ver se entendi direito — Sadie disse. — Vamos invadir um museu nacional russo fortemente protegido, encontrar o quartel-general secreto dos magos, achar um papiro perigoso e fugir. Enquanto isso, você vai ficar comendo chocolate.

Bes assentiu solenemente.

— É um bom plano. Pode dar certo. Se acontecer alguma coisa e eu não conseguir encontrá-los no Museu do Chocolate, nossa saída é a ponte Egípcia ao sul, sobre o rio Fontanka. Virem à...

— Chega — disse Sadie. — Você *vai* nos encontrar na loja de chocolate. E *vai* providenciar para mim uma embalagem para viagem. E ponto final. Agora vá!

Bes deu um sorriso torto.

— Você é legal, garota.

Ele voltou lentamente para a limusine.

Olhei para o Palácio de Inverno no outro lado do rio meio congelado. Por alguma razão, Londres não parecia mais tão sombria ou perigosa.

— Estamos tão encrencados quanto imagino? — perguntei a Sadie.

— Mais — ela respondeu. — Vamos invadir o palácio do czar, então?

CARTER

10. A visita de um velho amigo vermelho

ENTRAR NO HERMITAGE não foi um problema.

Nem a mais perfeita segurança serve de proteção contra magia. Sadie e eu tivemos que unir forças para cruzar o limite exterior, mas, com um pouco de concentração, tinta, papiro e energia emprestada de nossos amigos divinos Ísis e Hórus, conseguimos fazer um passeio rápido pelo Duat.

Em um momento estávamos na praça do Palácio, um local deserto. Então tudo ficou cinzento e nebuloso. Senti um frio na barriga, como se estivesse em queda livre. Ficamos fora de sintonia com o mundo mortal e atravessamos os portões de ferro e as paredes de pedra para o interior do museu.

A Sala do Egito Antigo ficava no térreo, como Bes nos dissera. Voltamos ao mundo mortal e nos vimos no meio da coleção: sarcófagos em vitrines de vidro, pergaminhos com hieróglifos, estátuas de deuses e de faraós. Não era muito diferente de cem outras coleções egípcias que eu já havia visto, mas o cenário era bem impressionante. Acima de nós, havia um teto abobadado muito alto. O piso de mármore polido tinha padrões em losangos cinza e brancos, e andar nele era um pouco como caminhar numa ilusão de ótica. Fiquei imaginando quantos cômodos como aquele havia no palácio do czar, e se seriam realmente necessários onze dias para conhecer todos. Eu torcia para que Bes estivesse certo sobre a entrada secreta para o nomo estar localizada em algum lugar naquela sala. Não tínhamos onze dias para procurar.

Em menos de setenta e duas horas, Apófis se libertaria. Lembrei-me daquele olho vermelho brilhando sob os cascos de escaravelhos — uma força do caos tão poderosa que podia derreter sentidos humanos. Três dias, e aquela *coisa* estaria à solta no mundo.

Sadie invocou seu cajado e o apontou para a câmera de segurança mais próxima. As lentes racharam e emitiram um som de choque elétrico. Mesmo nas melhores circunstâncias, magia e tecnologia não se dão bem. Um dos feitiços mais fáceis do mundo é provocar pane em aparelhos eletrônicos. Só preciso olhar torto para um telefone celular para fazê-lo explodir. E computadores? Esqueça. Imaginei que Sadie simplesmente tivesse enviado através do sistema de segurança um pulso mágico capaz de destruir tudo o que era câmera e sensor ligado em rede.

Mas havia outras formas de vigilância — as *mágicas*. Peguei um pedaço de linho preto e um par de *shabti* simples de cera em minha bolsa. Envolvi os *shabti* com o tecido e disse um comando:

— L'mun.

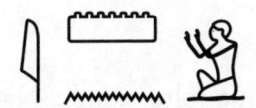

O hieróglifo para *Esconder* brilhou por um instante sobre o tecido. Do embrulho brotou uma escuridão disforme, como a nuvem de tinta expelida por uma lula. Ela se expandiu até nos cobrir com uma suave bolha de sombras. Podíamos ver através dela, mas minha esperança era de que ninguém pudesse enxergar ali dentro. A nuvem seria invisível para qualquer um do lado de fora.

— Dessa vez você conseguiu! — disse Sadie. — Quando dominou esse feitiço?

Devo ter corado. Eu havia passado meses obcecado tentando entender o feitiço de invisibilidade desde que vira Zia invocá-lo no Primeiro Nomo.

— Na verdade, ainda estou... — Uma fagulha dourada pipocou da nuvem escura para o exterior, como um rojão em miniatura. — Ainda estou aperfeiçoando.

Sadie suspirou.

— Bem... está melhor que na última vez. A nuvem parecia uma lâmpada de lava! E na tentativa anterior, quando ela ficou com cheiro de ovo podre...

— Podemos ir andando? — sugeri. — Por onde devemos começar?

Sadie olhava fixamente para uma das peças em exibição, e foi se aproximando dela como se estivesse em transe.

— Sadie?

Eu a segui até uma lápide de pedra calcária, um monólito de cerca de sessenta centímetros por noventa. A descrição ao lado estava em russo e em inglês.

— "Da tumba do escriba Ipi" — li em voz alta. — "Trabalhou na corte do Rei Tut." Por que está interessada em... ah.

Como sou estúpido. O desenho na lápide mostrava o escriba morto homenageando Anúbis. Depois de falar pessoalmente com ele, Sadie devia estar achando estranho vê-lo pintado em uma tumba de três mil anos, especialmente porque ali ele estava retratado com a cabeça de um chacal e vestindo um saiote.

— Walt gosta de você.

Não tenho ideia de por que soltei aquilo. Não era o momento nem o lugar apropriado. Sabia que não estava fazendo nenhum favor a Walt me colocando como seu defensor. Mas eu sentia pena dele desde que Bes o expulsara da limusine. O cara tinha vindo lá de Londres para me ajudar a salvar Sadie, e nós o havíamos abandonado no parque do Palácio de Cristal como se fosse uma carona indesejada.

Eu estava meio zangado com Sadie por dar um gelo em Walt e ficar tão apaixonada por Anúbis, que, além de ser cinco mil anos velho demais para ela, nem era humano. Ainda por cima, o jeito como ela esnobava Walt me fazia lembrar a maneira como Zia me tratara inicialmente. E talvez, se eu fosse honesto comigo, diria que também estava irritado com Sadie porque ela resolvera os próprios problemas em Londres sem precisar de nossa ajuda.

Uau. Isso soou realmente egoísta. Mas acho que era verdade. É incrível como uma irmã mais nova consegue irritar a gente de tantas maneiras diferentes ao mesmo tempo.

Sadie não tirava os olhos do monólito.

— Carter, você não tem a menor ideia do que está dizendo.

— Você não está dando chance ao cara — insisti. — Não sei o que está acontecendo com ele, mas sei que não tem nada a ver com você.

— Muito reconfortante, mas não é isso...

— Além do mais, Anúbis é um *deus*. Você não pode estar achando que...

— Carter! — ela disparou. Meu feitiço de camuflagem devia ser sensível a emoção, porque outra fagulha dourada disparou e escapou de nossa nuvem não tão invisível. — Eu não estava olhando para essa pedra por causa de Anúbis.

— Não?

— Não. E certamente não vou discutir com você sobre *Walt*. Ao contrário do que você deve imaginar, não passo todo o meu tempo acordada pensando em garotos.

— Só a maior parte do tempo?

Ela revirou os olhos.

— Olhe para a lápide, cérebro de passarinho. Ela tem uma margem, como uma moldura de janela ou...

— Uma porta — falei. — É uma porta falsa. Muitas tumbas têm isso. Era como um portal simbólico para que o *ba* da pessoa morta pudesse ir ao Duat e voltar.

Sadie sacou a varinha e traçou o contorno do monólito.

— Esse tal Ipi era um escriba, que era outra palavra usada para designar um mago. Ele pode ter sido um de nós.

— E daí?

— Talvez por isso a pedra esteja *brilhando*, Carter. E se essa porta falsa não for falsa?

Olhei para o monólito com mais atenção, mas não vi nenhum brilho. Achei que Sadie pudesse estar alucinando por causa da exaustão ou do excesso de poção no organismo. Mas então ela tocou o centro da pedra com a varinha e disse o primeiro comando que havíamos aprendido:

— *W'peh*.

Abrir. Um hieróglifo dourado brilhou sobre a pedra:

A lápide emitiu um raio de luz como se fosse um projetor de cinema. De repente, uma porta em tamanho natural cintilou diante de nós — um portal retangular mostrando a imagem nebulosa de outra sala.

Olhei para Sadie impressionado.

— Como fez isso? — perguntei. — Você nunca conseguiu fazer esse tipo de coisa antes.

Ela deu de ombros como se aquilo não tivesse grande importância.

— Antes eu não tinha treze anos. Talvez seja isso.

— Mas eu tenho quatorze! — protestei. — E *ainda* não consigo fazer isso.

— As meninas amadurecem mais depressa.

Rangi os dentes. Eu odiava os meses de março, abril e maio, porque até meu aniversário, em junho, Sadie podia dizer que era só um ano mais nova que eu. Ela sempre ficava metida depois do aniversário, como se de algum modo houvesse me alcançado e virado minha irmã *mais velha*. Que pesadelo.

Ela apontou para a porta brilhante.

— Você primeiro, querido irmão. Você é o dono da nuvem faiscante de invisibilidade.

Antes que eu perdesse a paciência, passei pelo portal.

Quase caí de cara no chão. O outro lado do portal era um espelho pendurado a um metro e meio do chão. Eu saíra sobre o console de uma lareira. Peguei Sadie quando ela passou pela abertura, bem na hora em que ela ia despencar.

— O.k... — ela sussurrou. — Alguém tem passado tempo demais lendo *Alice através do espelho*.

Eu ficara impressionado com a sala egípcia, mas ela não era nada comparada a este salão. Desenhos geométricos de cobre brilhavam no teto. Nas paredes havia colunas verdes e portas douradas. Um mosaico de mármore branco e dourado formava uma padronagem octogonal imensa no piso. Com um lustre resplandecente no alto da sala, as filigranas douradas e as pedras verdes e brancas cintilavam tanto que chegavam a ferir os olhos.

Então percebi que a maior parte da luz não vinha do lustre. Ela vinha do mago que conjurava um encantamento no outro lado da sala. Ele estava de costas para nós, mas pude ver que era Vlad Menshikov. Como Sadie descrevera, ele era um homenzinho franzino com cabelos grisalhos e encaracolados, e vestia um terno branco. Estava no centro de um círculo de proteção que pulsava com uma luz verde-esmeralda. Ele ergueu seu cajado, e a extremidade queimou como a chama de um maçarico. A sua direita, fora do círculo, havia um vaso verde do tamanho de um homem adulto. À esquerda, uma criatura que reconheci como sendo um demônio debatia-se em correntes brilhantes. Tinha um corpo humanoide peludo com pele arroxeada, mas entre seus ombros, no lugar da cabeça, havia um saca-rolhas gigante.

— Misericórdia! — ele gritou com voz aguda, metálica. Não me pergunte como um demônio consegue gritar tendo uma cabeça de saca-rolhas, mas o som reverberou pela rosca como se ela fosse um diapasão enorme.

Vlad Menshikov continuava cantando. O vaso verde pulsava iluminado.

Sadie me cutucou e cochichou:

— Olhe.

— É — cochichei de volta. — É uma espécie de ritual de invocação.

— Não — ela murmurou. — Olhe *ali*.

Minha irmã apontou para nosso lado direito. No canto da sala, a uns seis metros do console da lareira, havia uma escrivaninha de mogno antiga.

Sadie havia me falado das instruções de Anúbis: devíamos encontrar a escrivaninha de Menshikov. A segunda parte do *Livro de Rá* estaria na primeira gaveta. Seria aquela escrivaninha? Parecia fácil demais. Da maneira mais silenciosa possível, Sadie e eu descemos do console e caminhamos junto à parede. Eu rezava para que o manto de invisibilidade não soltasse mais faíscas.

Estávamos na metade do caminho até a escrivaninha quando Vlad Menshikov terminou seu cântico. Bateu no chão com o cajado, que ficou ali em pé, a extremidade ainda queimando com um milhão de graus. Menshikov virou ligeiramente a cabeça, e pude ver parte da armação branca de seus óculos de sol. Ele vasculhava os bolsos do paletó enquanto o grande vaso verde pulsava e o demônio acorrentado gritava.

— Não faça escândalo, Morte às Rolhas — Menshikov o censurou. A voz estava ainda mais áspera do que Sadie descrevera. Era como a de um fumante inveterado falando através das pás de um ventilador. — Você sabe que é preciso um sacrifício para invocar um deus importante. Não é nada pessoal.

Sadie me olhou intrigada e moveu os lábios como se dissesse: *Deus importante?*

Balancei a cabeça, confuso. A Casa da Vida não permitia que mortais invocassem deuses. Essa era a principal razão pela qual Desjardins nos odiava. Menshikov era, supostamente, seu camarada. Então, por que ele estava quebrando as regras?

— Dói! — O pobre demônio uivou. — Eu o servi por cinquenta anos, mestre! Por favor!

— Ei, ei — Menshikov falou sem uma gota de compaixão. — Eu *preciso* usar execração. Só a forma mais dolorosa de banimento pode gerar energia suficiente.

Menshikov tirou do bolso do paletó um saca-rolhas comum e um caco de cerâmica coberto de hieróglifos vermelhos.

Ele levantou os dois itens e voltou a cantar:

— Eu o nomeio Morte às Rolhas, Criado de Vladimir, Aquele que Se Torna a Noite.

Quando os nomes do demônio foram falados, as correntes mágicas fumegaram e se apertaram em volta de seu corpo. Menshikov segurou o saca-rolhas sobre a chama de seu cajado. O demônio se debatia e uivava. Quando o saca-rolhas menor ficou incandescente, a cabeça do demônio começou a fumegar.

Eu assistia a tudo horrorizado. Sabia sobre magia empática, é claro. A ideia era fazer algo pequeno afetar algo grande ligando os dois. Quanto mais parecidos fossem os objetos — como o saca-rolhas e o demônio —, mais fácil era vinculá-los. Bonecos de vodu funcionavam com base na mesma teoria.

Mas execração era assunto sério. Significava destruir completamente uma criatura — apagar da existência sua forma física e até seu nome. Era preciso magia pesada para produzir esse tipo de feitiço. Se fosse feita de maneira errada, podia destruir o mago. Mas, se realizada corretamente, a maioria das vítimas não tinha a menor chance. Mortais comuns, magos, fantasmas, até demônios podiam ser banidos da face da Terra. Execração talvez não pudesse destruir seres poderosos como os deuses, mas, ainda assim, seria como detonar uma bomba nuclear na cara deles. Eles seriam projetados para tão fundo no Duat que talvez nunca mais voltassem.

Vlad Menshikov trabalhava o feitiço como se isso fizesse parte de seu cotidiano. Ele continuou cantando enquanto o saca-rolhas começava a derreter, e o demônio derretia como ele. Menshikov derrubou o caco de cerâmica no chão — os hieróglifos vermelhos que formavam todos os vários nomes do demônio. Com uma última Palavra Divina, Menshikov pisou no caco e o esmigalhou. Morte às Rolhas se dissolveu junto com as correntes.

Normalmente não sinto pena de criaturas do mundo inferior, mas dessa vez não pude evitar um nó na garganta. Eu não conseguia acreditar na maneira casual como Menshikov havia eliminado seu criado só para impulsionar um feitiço maior.

Assim que o demônio desapareceu, o fogo no cajado de Menshikov apagou. Hieróglifos brilhavam em torno do círculo de invocação. O grande vaso verde tremeu e uma voz grave soou dentro dele:

— Olá, Vladimir. Há quanto tempo.

Sadie inspirou forte. Tive que cobrir sua boca para impedi-la de gritar. Nós dois conhecíamos aquela voz. Eu me lembrava muito bem dela na Pirâmide Vermelha.

— Set. — Menshikov não parecia sequer cansado depois do ritual de invocação. Ele soava incrivelmente calmo para alguém que se dirigia ao deus do mal. — Precisamos conversar.

Sadie afastou minha mão e sussurrou:

— Ele é maluco?

— Escrivaninha — cochichei. — Papiro. Sair daqui. *Agora*.

Pelo menos dessa vez ela não discutiu comigo, e começou a procurar alguns objetos na bolsa.

Enquanto isso, o grande vaso verde balançava como se Set estivesse tentando derrubá-lo.

— Um vaso de malaquita? — o deus falou em tom aborrecido. — Francamente, Vladimir. Pensei que nossas relações fossem mais amistosas.

A risada de Menshikov soava como um gato sendo esganado.

— Excelente para conter espíritos do mal, não é? E nesta sala há mais malaquita que em qualquer outro lugar no mundo. A Imperatriz Alexandra teve a sabedoria de mandar construí-la para ser usada como sala de recepção.

O vaso retiniu.

— Mas isto aqui tem cheiro de coisa velha, e é muito frio. Você alguma vez ficou preso em um vaso de malaquita, Vlad? Não sou um gênio. Eu falaria muito mais se pudéssemos nos sentar cara a cara, talvez com uma xícara de chá.

— Receio que não — Menshikov respondeu. — Agora você vai responder as minhas perguntas.

— Ah, muito bem — Set concordou. — Acho que o Brasil leva a Copa do Mundo. Aconselho investir em fundos de curto prazo e renda fixa. E nesta semana seus números da sorte são 2, 13...

— Não a essas perguntas! — O mago ficou impaciente.

Sadie tirou da bolsa uma bola de cera e trabalhou nela energicamente, criando uma forma animal. Eu sabia que ela ia avaliar se havia defesas mágicas na escrivaninha. Ela era melhor que eu nesse tipo de encantamento, mas eu não sabia ao certo como ela pretendia agir. A magia egípcia era razoavelmente aberta. Sempre há milhares de maneiras diferentes de se atingir um objetivo. O truque é ser criativo com o material disponível e escolher um caminho que não provoque sua morte.

— Você vai me dizer o que preciso saber — Menshikov exigiu —, ou este vaso vai ficar ainda mais desconfortável.

— Meu caro Vladimir. — A voz de Set transbordava um humor cruel. — O que você *precisa* saber pode ser bem diferente daquilo que você *quer* saber. Seu lamentável acidente não foi suficiente para lhe ensinar isso?

Menshikov tocou seus óculos, como se quisesse se certificar de que não haviam caído.

— Vai descrever para mim o encantamento que prendeu Apófis — ele anunciou em tom inflexível. — E, em seguida, vai me dizer como neutralizar os encantamentos em torno da Casa do Brooklyn. Você conhece as defesas de Kane melhor que ninguém. E depois que eu o destruir, não terei mais nenhuma oposição.

Ao assimilar o significado das palavras de Menshikov, fui invadido por uma onda de raiva que quase me fez perder a cabeça. Dessa vez, Sadie teve que tampar a *minha* boca.

— Calma! — ela cochichou. — Vai fazer o escudo de invisibilidade pipocar outra vez!

Afastei a mão dela e sussurrei:

— Mas ele quer libertar Apófis!

— Eu sei.

— E atacar Amós...

— Eu sei! Então me ajude a pegar a droga do papiro e vamos sair daqui! — Ela pôs o animal de cera sobre a escrivaninha (um cachorro, eu acho) e começou a escrever hieróglifos em suas costas com um estilo.

Respirei fundo para me acalmar. Sadie tinha razão, mas ainda assim... Menshikov falava em libertar Apófis e matar nosso tio. Que tipo de mago faz acordos com Set? Além de mim e Sadie. Aquilo foi diferente.

A gargalhada de Set ecoou dentro do vaso.

— Então: o aprisionamento de Apófis e os segredos da Casa do Brooklyn. Só isso, Vladimir? Eu me pergunto o que seu mestre Desjardins pensaria se descobrisse seu verdadeiro plano e que tipo de amigos você tem.

Menshikov pegou o cajado. A extremidade, esculpida como uma cabeça de serpente, brilhou mais uma vez.

— Tome cuidado com suas ameaças, *Dia do Mal*.

O vaso tremeu. Redomas de vidro estremeceram por toda a sala. O lustre chacoalhava como um sino dos ventos de três toneladas.

Olhei para Sadie em pânico.

— Ele acabou de...

— O nome secreto de Set — ela confirmou, ainda escrevendo em seu cachorro de cera.

— Como...

— Não sei, Carter. Fique quieto.

O nome secreto de um deus tem todo tipo de poder. Deve ser quase impossível de descobrir. Para realmente aprendê-lo, não basta ouvi-lo de uma pessoa qualquer. É necessário ouvi-lo diretamente do próprio deus, ou da pessoa que mais o amar. Tendo aprendido o nome, a pessoa em questão fica com uma vantagem mágica muito grande sobre esse deus. Sadie havia aprendido o nome secreto de Set durante nossa missão no Natal, mas como Menshikov o descobrira?

Dentro do vaso, Set grunhiu aborrecido.

— Eu realmente *odeio* esse nome. Por que não podia ser Dia da Glória? Ou Ceifador Vermelho Radical? Isso sim seria legal. Já era ruim quando só você o conhecia, Vlad. Agora tenho que me preocupar também com a garota Kane...

— Sirva-nos — Menshikov disse —, e os Kane serão destruídos. Você será o honrado tenente de Apófis. Vai poder erguer outro templo, até mais grandioso que a Pirâmide Vermelha.

— Aham — Set respondeu. — Talvez você não tenha notado, mas não me dou muito bem com esse conceito de segundo na hierarquia. Quanto a Apófis, ele não gosta que outros deuses recebam atenção.

— Libertaremos Apófis com ou sem sua ajuda — Menshikov avisou. — No equinócio, ele *vai* se levantar. Mas, se você nos ajudar a libertá-lo antes, será recompensado. Sua outra opção é a execração. Ah, sei que isso não destruirá você completamente, mas com seu nome secreto sou capaz de mandá-lo para o abismo por muitas eras, e vai ser muito, muito doloroso. Você tem trinta segundos para decidir, o.k.?

Cutuquei Sadie.

— Depressa.

Ela deu um tapinha no cachorro de cera. Ele ganhou vida e começou a farejar a escrivaninha à procura de armadilhas mágicas.

Set suspirou dentro do vaso.

— Bem, Vladimir, você sabe como fazer uma proposta tentadora. O aprisionamento de Apófis, é? Sim, eu estava lá quando Rá lançou a Serpente naquela prisão de escaravelhos. Acho que consigo lembrar os ingredientes que ele usou para prendê-lo. Que dia foi aquele! Eu vestia vermelho, acho.

E no banquete da vitória foram servidos deliciosos gafanhotos caramelizados e...

— Você tem dez segundos — Menshikov disse.

— Ah, eu vou ajudar! Espero que tenha papel e caneta à mão. A lista de ingredientes é longa. Vejamos... o que Rá usou como base? Cocô de morcego? E tinha também sapos secos, é claro. E depois...

Set começou a enunciar ingredientes enquanto o cachorro de cera de Sadie farejava a escrivaninha. Enfim, ele se deitou sobre o mata-borrão e dormiu.

Sadie me olhou intrigada.

— Nenhuma armadilha.

— Está fácil demais — sussurrei de volta.

Ela abriu a primeira gaveta. Lá estava o papiro, exatamente como o que havíamos encontrado no Brooklyn, e ela o enfiou na bolsa.

Estávamos na metade do caminho de volta para a lareira quando Set nos surpreendeu.

Ele continuava sua lista de ingredientes ridículos:

— E peles de cobra. Sim, três das grandes, salpicadas com molho de pimenta... — E parou de repente, como se tivesse tido uma revelação. Falou com a voz bem mais alta, dirigindo-se ao fundo da sala: — E ter uma vítima de sacrifício seria ótimo! Talvez um jovem mago idiota que não consegue criar um feitiço de invisibilidade decente, como CARTER KANE ali!

Eu parei. Vladimir Menshikov se virou, e meu pânico foi forte demais para o manto de invisibilidade.

Meia dúzia de faíscas douradas voaram disparadas com um alto e alegre *Ufííí!* A nuvem de escuridão se dissolveu.

Menshikov olhou diretamente para mim.

— Ora, ora... quanta bondade de vocês virem se entregar. Bom trabalho, Set.

— Hum? — ele perguntou num tom inocente. — Temos visitas?

— Set! — Sadie grunhiu. — Vou chutar seu *ba* por isso, então me ajude!

A voz no vaso pareceu surpresa:

— Sadie Kane? Que maravilha! Pena que estou preso *neste vaso* e ninguém *me deixa sair.*

A sugestão não foi muito sutil, mas ele não podia esperar que nós o libertássemos depois de ele nos ter delatado.

Sadie, já com varinha e cajado preparados, encarou Menshikov.

— Você está trabalhando com Apófis. Escolheu o lado errado.

Menshikov tirou os óculos. Seus olhos eram buracos de tecido cicatrizado, pele queimada e córneas ulceradas. Acredite, esse é o jeito *menos* nojento em que consigo em descrevê-lo.

— O lado errado? — Menshikov perguntou. — Menina, você não tem ideia dos poderes que estão em jogo. Há cinco mil anos, sacerdotes egípcios profetizaram como o mundo acabaria. Rá ficaria velho e cansado, e Apófis o engoliria e mergulharia o mundo na escuridão. O caos governaria para sempre. E esse tempo chegou! Vocês não podem impedir. Só podem escolher entre ser destruídos ou se curvar ao poder do Caos e sobreviver.

— Certo — Set comentou. — É uma pena que estou preso *neste vaso*. Caso contrário eu poderia *tomar partido e ajudar alguém*.

— Cale a boca, Set — Menshikov irritou-se. — Ninguém é louco o bastante para confiar em você. E quanto a vocês, crianças, é evidente que não representam a ameaça que eu imaginava.

— Que bom — eu disse. — Então podemos ir?

Menshikov riu.

— Vocês iriam procurar Desjardins para lhe contar o que ouviram? Ele não acreditaria em nada. Levaria vocês a julgamento e os executaria. Mas vou poupá-los do constrangimento. Vou matá-los agora.

— Que divertido! — disse Set. — Gostaria de ver isso, mas estou preso *neste vaso*.

Tentei raciocinar. Menshikov ainda estava dentro de um círculo de proteção, o que significava que ele tinha uma grande vantagem defensiva. Eu não tinha certeza de que poderia penetrar essa barreira, mesmo se conseguisse invocar um avatar de combate. Enquanto isso, ele estaria em condições de experimentar diferentes maneiras de nos destruir sem pressa alguma. Ele nos explodiria com magia elementar? Ele nos transformaria em insetos?

Menshikov jogou seu cajado no chão, e eu praguejei.

Soltar o cajado pode parecer um gesto de rendição, mas, em termos de magia egípcia, é problema. Normalmente significa: *Ei, vou invocar uma coisa grande e cruel para matar você enquanto fico em segurança dentro de meu círculo, rindo!*

Não deu outra: o cajado de Menshikov começou a se retorcer e crescer.

Ótimo, pensei. Outra serpente.

Mas havia alguma coisa errada com essa. No lugar da cauda, ela possuía uma segunda cabeça. De início imaginei que estávamos com sorte, e que Menshikov havia invocado um monstro com um raro defeito genético. Mas então germinaram quatro patas de dragão. Seu corpo cresceu até ficar do tamanho de um cavalo de tração, curvado como um U, com escamas sarapintadas de vermelho e verde, e uma cabeça de cascavel em cada extremidade. O monstro me lembrou um animal de duas cabeças dos livros do Dr. Dolittle. Mas o Dr. Dolittle nunca ia querer falar com *essa* coisa, e se falasse, a resposta provavelmente seria: "Olá, vou comer você."

As duas cabeças se viraram em nossa direção e chiaram.

— Já enfrentei minha cota de serpentes da semana — resmunguei.

Menshikov sorriu.

— Ah, mas serpentes são minha especialidade, Carter Kane! — Ele tocou um pingente prateado em uma corrente no pescoço; um amuleto com forma de cobra. — E essa criatura em particular é minha favorita: o *tjesu heru*. Duas bocas famintas para alimentar. Duas crianças problemáticas. Perfeito!

Sadie e eu nos entreolhamos. Tivemos um daqueles momentos em que conseguíamos ler perfeitamente a expressão do outro.

Nós dois sabíamos que não tínhamos como derrotar Menshikov. Ele deixaria o monstro nos esgotar e, se sobrevivêssemos, simplesmente nos destruiria com alguma outra coisa. O cara era um profissional. Acabaríamos mortos ou prisioneiros, e Bes nos havia prevenido de que não podíamos ser capturados vivos. Depois de ver o que acontecera com aquele demônio Morte às Rolhas, levei a sério o aviso de Bes.

Para sobreviver, precisaríamos fazer alguma maluquice — algo tão suicida que Menshikov jamais anteciparia. Precisávamos de ajuda *imediatamente*.

— Acha que devo? — Sadie perguntou.

— Faça — concordei.

O *tjesu heru* mostrou as presas gotejantes. Ninguém podia imaginar que uma criatura sem a parte de trás do corpo seria capaz de se mover com tanta velocidade, mas ele inclinou as duas cabeças em nossa direção, como uma ferradura gigante, e atacou.

Puxei a espada. Sadie foi mais rápida.

Ela apontou o cajado para o vaso de malaquita de Set e gritou seu comando preferido:

— *Ha-di!*

Eu tinha medo de que não funcionasse. Ela não havia tentado o feitiço de destruição desde que se separara de Ísis. Porém, pouco antes de o monstro me alcançar, o vaso se estilhaçou.

— *Nyet!* — Menshikov gritou.

Uma tempestade de areia explodiu na sala. Ventos quentes nos empurraram para a lareira. Uma parede de areia vermelha atingiu o *tjesu heru* e o fez se chocar de lado contra uma coluna de malaquita. Vlad Menshikov foi jogado para fora de seu círculo de proteção e bateu a cabeça em uma mesa. Ele desabou no chão e acabou completamente encoberto pela areia vermelha que rodopiava.

Quando a tempestade passou, um homem num traje de seda vermelha estava diante de nós. Ele tinha pele da cor de refresco de cereja, cabeça raspada, cavanhaque escuro e olhos negros brilhantes delineados com *kohl*. Parecia um demônio egípcio pronto para uma noite na cidade.

Ele sorriu e abriu as mãos num gesto eloquente, como se exclamasse: *Tá-dá!*

— Melhor assim. Obrigado, Sadie Kane!

À nossa esquerda, o *tjesu heru* chiava e se debatia, tentando ficar em pé. O monte de areia vermelha que cobria Vlad Menshikov começou a se mover.

— Faça alguma coisa, Dia do Mal! — Sadie ordenou. — Livre-se deles!

Set se retraiu.

— Não precisa apelar para o lado pessoal usando esse nome.

— Você talvez prefira Ceifador Vermelho Radical, então? — perguntei.

Set fez uma moldura com os dedos, como se imaginasse esse nome em sua carteira de motorista.

— Sim... esse *é* legal, não acha?

O *tjesu heru* ficou em pé, cambaleante. Ele balançou as duas cabeças e nos encarou, mas pareceu ignorar Set, embora tivesse sido ele quem o jogara contra a parede.

— Ele tem uma bela coloração, não é? — Set perguntou. — Um lindo exemplar.

— Mate-o de uma vez! — gritei.

Set pareceu chocado.

— Ah, eu não poderia fazer isso! Gosto muito de cobras. Além do mais, o pessoal do DTEM me esfolaria vivo.

— Detém?

— Deuses para o Tratamento Ético dos Monstros.

— Você está inventando isso! — gritei.

Set sorriu.

— Mesmo assim, receio que vocês tenham de lidar sozinhos com o *tjesu heru*.

O monstro chiou para nós, o que provavelmente significava: *Doce!* Levantei a espada para mantê-lo afastado.

O monte de areia vermelha se mexeu. O rosto aturdido de Menshikov surgiu. Set estalou os dedos e um grande pote de cerâmica surgiu no ar, arrebentando-se sobre a cabeça do mago. Menshikov caiu de volta no meio da areia.

— Vou ficar aqui distraindo Vladimir — disse Set.

— Não pode execrá-lo ou qualquer coisa assim? — Sadie perguntou.

— Ah, quem me dera! Infelizmente, fico bem limitado quando alguém se apodera de meu nome secreto, sobretudo quando esse alguém me dá ordens expressas para não matá-lo. — Ele lançou um olhar acusador para Sadie. — De qualquer maneira, posso ganhar alguns minutos para vocês, mas Vlad vai ficar bastante bravo quando recobrar a consciência. Então, eu me apressaria se fosse vocês. Boa sorte tentando sobreviver! E você, *tjesu heru*, boa sorte tentando comê-los!

Eu queria estrangular Set, mas tínhamos problemas maiores. Como se as palavras do deus o tivessem encorajado, o *tjesu heru* se lançou sobre nós. Sadie e eu disparamos para a porta mais próxima.

Corremos pelo Palácio de Inverno ouvindo as gargalhas de Set ecoando atrás de nós.

11. Carter faz algo incrivelmente estúpido (e ninguém se surpreende)

S A D I E

Eu entendo, Carter. De verdade.

Vai me fazer narrar a parte mais dolorosa. É claro, não posso culpá-lo. O que aconteceu foi bastante ruim para mim, mas para você... bem, eu também não ia querer falar sobre isso.

Lá estávamos no Palácio de Inverno, disparando pelos corredores de mármore polido que *não* tinham sido projetados como pista de atletismo. Atrás de nós, o *tjesu heru* de duas cabeças derrapava e trombava em paredes, tentando fazer as curvas, como acontecia com Muffin quando vovó lavava o chão. Só por isso o monstro não nos pegou imediatamente.

Como tínhamos teletransportado para a Sala de Malaquita, eu não fazia ideia de onde ficava a saída mais próxima. Não sabia nem se estávamos *no* Palácio de Inverno, ou se o escritório de Menshikov era só uma réplica bem--feita que existia apenas no Duat.

Já começava a pensar que nunca sairíamos, quando então dobramos uma curva, descemos correndo uma escada e vimos portas de aço e vidro que davam na praça do Palácio.

O *tjesu heru* estava bem atrás de nós. Ele escorregou e rolou pela escada, destruindo uma estátua de gesso de algum czar azarado.

Estávamos a dez metros da saída quando vi as correntes nas portas.

— Carter — arfei, apontando impotente para o cadeado.

Odeio admitir que me sentia muito fraca. Eu não tinha força para mais um feitiço. Quebrar o vaso de Set na Sala de Malaquita havia sido minha última cartada, e esse é um bom exemplo de por que não se deve usar a magia para resolver todos os problemas. Invocar uma Palavra Divina para quebrar o vaso havia consumido tanta energia que eu me sentia como se tivesse cavado buracos no chão sob sol forte. Teria sido muito mais fácil simplesmente jogar uma pedra. Se eu sobrevivesse a essa noite, decidi que incluiria algumas pedras em minha bolsa de ferramentas.

Estávamos a três metros da saída quando Carter apontou uma das mãos fechada para a porta. O Olho de Hórus queimou no cadeado, e as portas se abriram como se tivessem sido atingidas por um punho gigante. Eu não vira Carter fazer nada parecido desde nossa luta na Pirâmide Vermelha, mas não tinha tempo para ficar impressionada. Corremos para a noite de inverno lá fora, com o *tjesu heru* rugindo atrás de nós.

Você vai pensar que fiquei doida, mas meu primeiro pensamento foi: Isso foi fácil demais.

Apesar de o monstro nos perseguir e do negócio com Set (que eu estrangularia na primeira oportunidade — aquele canalha traiçoeiro!), eu não conseguia deixar de sentir que havíamos invadido o santuário íntimo de Menshikov e pegado o papiro sem quase nenhum problema. Onde estavam as armadilhas? Os alarmes? As maldições de burros explosivos? Eu tinha certeza de que havíamos roubado o papiro autêntico. Sentira nos dedos o mesmo formigamento de quando peguei seu outro pedaço no Museu do Brooklyn (sem o fogo, felizmente). Então, por que este não estava mais bem-protegido?

Eu estava tão cansada que fiquei alguns passos atrás de Carter, o que provavelmente salvou minha vida. Senti um arrepio no couro cabeludo e a escuridão acima de mim — uma sensação que lembrava muito a sombra das asas de Nekhbet. Olhei para cima e vi o *tjesu heru* passando por cima de nossa cabeça como se fosse um sapo colossal, calculando o bote para aterrissar...

— Carter, pare! — gritei.

No chão congelado, falar era mais fácil que fazer. Patinei até conseguir parar, mas Carter estava indo depressa demais. Ele caiu sentado e foi deslizando, a espada raspando a seu lado.

O *tjesu heru* caiu bem em cima dele. Não fosse por sua forma de U, Carter teria sido esmagado; mas o monstro se curvou sobre ele como um gigantesco par de fones de ouvido, as duas cabeças encarando-o, uma de cada lado.

Como algo tão grande podia ter pulado tão longe? Percebi tarde demais que deveríamos ter ficado dentro do palácio, onde a movimentação do monstro era mais difícil. Ali fora, não tínhamos a menor chance de fugir dele.

— Carter — falei —, fique completamente imóvel.

Ele parou na posição em que estava, com pés e mãos apoiados no chão. Das duas cabeças do monstro pingava um veneno que chiava e evaporava ao cair nas pedras congeladas.

— Ei! — gritei.

Como não tinha nenhuma pedra, peguei no chão um pedaço de gelo quebrado e joguei contra o *tjesu heru*. É claro que, em vez disso, acertei as costas de Carter. Mesmo assim, consegui atrair a atenção do monstro.

As duas cabeças se viraram para mim, um par de línguas tremulando. Concluído o primeiro passo: distrair o monstro.

Segundo passo: encontrar um jeito inteligente de tirá-lo de perto de Carter. Essa etapa estava me dando um pouco mais de trabalho.

Eu já havia usado minha única poção. Quase não tinha mais ferramentas de magia. O cajado e a varinha não teriam muita utilidade com minhas reservas mágicas esgotadas. A lâmina de Anúbis? Por algum motivo, eu não acreditava que essa fosse a situação apropriada para abrir a boca de alguém. O amuleto de Walt? Eu não tinha a menor ideia de como usá-lo.

Pela milionésima vez, me arrependi de haver me separado do espírito de Ísis. Teria sido muito bom poder acessar o vasto arsenal de magia de uma deusa. Mas, é claro, fora exatamente por isso que eu havia *precisado* me separar dela. Esse tipo de poder é inebriante, perigosamente viciador. Pode destruir sua vida muito depressa.

Mas e se eu pudesse formar uma ligação limitada? Na Sala de Malaquita, eu havia conseguido fazer o feitiço do *ha-di* pela primeira vez em meses. E, ainda que tenha sido difícil, não foi impossível.

Certo, Ísis, pensei. Eis o que preciso...

Não pense, Sadie, a voz dela sussurrou quase imediatamente, o que foi um choque. *A magia divina deve ser involuntária, como respirar.*

Quer dizer... Eu me detive. Não pense.

Bem, isso não devia ser muito difícil. Levantei meu cajado, e um hieróglifo dourado brilhou no ar. Um *tyet* de um metro de altura iluminou a praça, como a estrela de uma árvore de Natal.

O *tjesu heru* rosnou, seus olhos amarelos fixos no hieróglifo.

— Não gosta dele, é? — gritei. — É o símbolo de Ísis, seu monstrengo grande e feio. Agora, saia de perto de meu irmão!

Era um blefe, claro. Eu duvidava que o símbolo luminoso pudesse ter qualquer utilidade. Mas minha esperança era de que aquela criatura serpentiforme não fosse esperta o bastante para saber disso.

Devagar, Carter se arrastou para trás. Procurou a espada, mas ela estava a dez metros de distância — muito fora de alcance.

Mantive os olhos no monstro. Usei a base do cajado para traçar um círculo mágico na neve a minha volta. Não me daria muita proteção, mas era melhor que nada.

— Carter — chamei. — Quando eu disser vá, venha correndo para cá.

— Essa coisa é rápida demais! — ele disse.

— Vou tentar detonar o hieróglifo e cegar a fera.

Ainda acho que o plano teria funcionado, mas não tive nem uma chance de testá-lo. Em algum lugar a minha esquerda, ouvi botas esmagando a neve no chão. O bicho olhou na direção do som.

Um jovem apareceu no campo iluminado pelo hieróglifo. Ele vestia um pesado casaco de lã, usava um chapéu de policial e carregava nas mãos um fuzil, mas não devia ser muito mais velho que eu. Parecia estar soterrado no uniforme. Quando viu o monstro, seus olhos se escancararam, e ele tropeçou para trás, quase derrubando a arma.

O garoto gritou alguma frase para mim em russo, provavelmente algo como: "Por que aqui tem uma cobra monstruosa com duas cabeças e sem nenhum traseiro?"

A fera sibilou para nós dois — o que ela podia fazer, já que tinha duas cabeças.

— É um monstro — falei para o guarda. Eu tinha bastante certeza de que ele não me entendia, mas tentei manter o tom de voz equilibrado. — Fique calmo e não atire. Estou tentando salvar meu irmão.

O guarda engoliu em seco. Suas orelhas grandes eram o que estava segurando o chapéu. Ele olhou do monstro para Carter, e dele para o *tyet* brilhando acima de minha cabeça. Depois fez algo que eu não esperava.

Ele pronunciou uma palavra em egípcio antigo:

— *Heqat*.

O comando que eu sempre usava para invocar meu cajado. Seu fuzil se transformou em um bastão de carvalho de dois metros de comprimento com uma cabeça de falcão esculpida em uma das extremidades.

Maravilhoso, pensei. Os guardas são magos disfarçados.

Ele me dirigiu uma espécie de aviso em russo. Reconheci o nome *Menshikov*.

— Deixe-me adivinhar — eu disse. — Você quer me levar a seu líder.

O *tjesu heru* abocanhou o ar. Ele perdera rapidamente o medo de meu *tyet* brilhante. Carter não estava longe o bastante para sair correndo.

— Escute — falei para o guarda —, seu chefe, Menshikov, é um traidor. Ele invocou essa coisa para nos matar, para que não pudéssemos denunciar seus planos de libertar Apófis. Conhece a palavra *Apófis*? Cobra má. Cobra muito má! Agora, ou você me ajuda a matar esse monstro ou fique fora de meu caminho!

O guarda mago hesitou. Ele apontou para mim nervosamente.

— Kane. — Não era uma pergunta.

— Sim — concordei. — Kane.

Sua expressão era uma mistura de emoções — medo, incredulidade, talvez até admiração. Eu não sabia o que ele havia ouvido sobre nós, mas, antes que ele pudesse decidir se nos ajudava ou se lutava contra nós, a situação escapou ao controle.

O *tjesu heru* avançou. Meu irmão ridículo, em vez de rolar para longe dele, enfrentou o monstro.

Ele prendeu os braços em torno do pescoço direito da criatura e tentou montar em suas costas, mas o *tjesu heru* simplesmente virou a outra cabeça para atacar.

Em que meu irmão estava pensando? Talvez se julgasse capaz de cavalgar a besta. Talvez tentasse ganhar alguns segundos para que eu invocasse um feitiço. Se perguntar a ele agora, Carter vai dizer que não se lembra de nada do incidente. Mas, em minha opinião, o idiota cabeça-dura estava tentando me salvar, mesmo que para isso tivesse que se sacrificar. Que ousadia!

[Ah, sim, *agora* você tenta se explicar, Carter. Pensei que você não se lembrasse desse episódio! Fique quieto e me deixe contar a história.]

Como eu estava dizendo, o *tjesu heru* atacou Carter, e tudo pareceu ficar em câmera lenta. Eu me lembro de gritar e apontar meu cajado para o monstro. O soldado mago gritou em russo. A criatura cravou as presas no ombro esquerdo de Carter, que caiu no chão.

Esqueci meu círculo improvisado. Corri para ele, e meu cajado brilhou. Não sei como reuni aquele poder. Como Ísis dissera, eu não pensei. Apenas canalizei toda minha ira e meu choque para o cajado.

Ver Carter ferido era o insulto final. Meus avós haviam sido possuídos; minhas amigas, atacadas; e meu aniversário, arruinado. Mas meu irmão era outra história. Ninguém tinha permissão de machucá-lo.

Disparei um raio de luz dourada, que atingiu o monstro com a força de um jato de areia. O *tjesu heru* se desfez em pedaços até não restar nada além de um monte de pó fumegando na neve e alguns fragmentos do cajado destruído de Menshikov.

Corri para perto de Carter. Ele estava tremendo, com os olhos revirados. Dois furos em seu casaco soltavam fumaça.

— Kane — o jovem russo disse com um tom admirado.

Peguei uma lasca de madeira e mostrei a ele.

— Seu chefe Menshikov fez isso. Ele está trabalhando para Apófis. Menshikov, Apófis. Agora, afaste-se!

O mago pode não ter entendido minhas palavras, mas captou a mensagem. Ele se virou e correu.

Segurei a cabeça de Carter. Não conseguia carregá-lo sozinha, mas precisava tirá-lo dali. Estávamos em território inimigo. Eu precisava encontrar Bes.

Fiz um grande esforço para colocá-lo em pé. Então, alguém segurou o outro braço de Carter e nos ajudou a levantar. Era Set, sorrindo para mim, ainda com aquela ridícula roupa de dançarino de discoteca, coberto de pó de malaquita. Os óculos brancos de Menshikov, quebrados, estavam em sua cabeça.

— Você — falei, tão cheia de ódio que nem conseguia formular uma ameaça de morte decente.

— Eu — Set confirmou com alegria extrema. — Que tal tirarmos seu irmão daqui? Vladimir *não* está de bom humor.

A Nevsky Prospekt teria sido um lugar adorável para fazer compras, se não fosse madrugada, se não houvesse tanta neve caindo e se eu não estivesse carregando meu irmão envenenado e em coma. A rua tinha calçadas largas, perfeitas para passear, e uma ampla variedade de butiques, cafés, igrejas e mansões sofisticadas. Com todas aquelas placas em russo, eu não fazia ideia de como encontraria a loja de chocolate. E não via o Mercedes preto de Bes em lugar nenhum.

Set se ofereceu para carregar Carter, mas eu não deixaria o deus do caos cuidar sozinho de meu irmão, então o arrastamos juntos. Set tagarelava animadamente sobre o veneno do *tjesu heru*:

— Totalmente incurável! Fatal em cerca de doze horas. Impressionante! — E sobre a luta que tivera contra Menshikov: — Seis vasos quebrados na cabeça dele, e ainda está vivo! Invejo aquele crânio duro! — E sobre minhas chances de sobreviver por tempo suficiente para encontrar Bes: — Ah, você está frita, minha cara! Havia uma dúzia de magos experientes correndo ao encontro de Menshikov quando fiz minha, hum, saída estratégica. Logo virão atrás de você. Eu poderia ter destruído todos, é claro, mas não podia correr o risco de que Menshikov usasse meu nome secreto novamente. Talvez ele sofra uma amnésia e o esqueça. Então, se você morrer, serão dois problemas resolvidos. Ah, desculpe, acho que isso foi indelicado. Vamos!

A cabeça de Carter pendia para um lado. Sua respiração parecia quase tão ruim quanto a de Vlad, o Inalador.

Por favor, não pense que sou burra. É claro que eu me lembrava do mini--Carter de cera que Jaz me dera. Eu sabia que aquele era o tipo de emergência em que ele poderia ser útil. Como Jaz previra que Carter ia necessitar de cura, isso é algo que nem imagino. Mas era possível que a estatueta conseguisse tirar o veneno dele, apesar de Set ter dito que era incurável. O que, afinal, um deus do mal sabe sobre cura?

Mas havia problemas. Primeiro, eu conhecia muito pouco sobre magia de cura. Precisava de tempo para descobrir qual era o feitiço apropriado e, como eu tinha uma única estatueta de cera, não podia me dar o luxo de errar. Segundo, eu não podia fazer isso enquanto era perseguida por Menshikov e seu pelotão de capangas mágicos russos, nem queria baixar a guarda enquanto Set estivesse por perto. Eu não sabia por que ele havia decidido ser útil de repente, mas quanto antes pudesse me livrar dele melhor. Eu precisava encontrar Bes e recuar para algum lugar seguro — se é que esse lugar existia.

Set continuava tagarelando sobre todas as maneiras emocionantes como os magos poderiam me matar quando nos alcançassem. Finalmente, vi uma ponte adiante, sobre um canal congelado. Estacionado no meio dela estava o Mercedes preto. Bes estava recostado no capô, comendo pedaços de um tabuleiro de xadrez de chocolate. Ao lado dele havia uma grande sacola de plástico — a qual eu esperava que estivesse cheia de chocolate para mim.

Gritei para ele, mas Bes estava tão compenetrado no banquete de chocolate (o que acho compreensível) que não percebeu nossa presença até chegarmos a poucos metros de distância. Então, ele levantou a cabeça e viu Set.

Comecei a falar:

— Bes, não...

Tarde demais. Como um gambá, o deus anão ativou sua defesa padrão. Seus olhos pularam. A boca se escancarou de um jeito impossível. Ele gritou "BU!" tão alto que meus cabelos foram jogados para trás e fragmentos de gelo caíram dos postes da ponte.

Set pareceu não se afetar nem um pouco.

— Olá, Bes — ele disse. — Francamente, você não é tão assustador com chocolate espalhado pela cara.

Bes olhou irritado para mim.

— O que *ele* está fazendo aqui?

— Não foi ideia minha! — garanti. Contei uma versão resumida de nosso encontro com Menshikov. — E Carter acabou sendo ferido — concluí, o que parecia bem óbvio. — Precisamos tirá-lo daqui.

— Mas primeiro — Set interrompeu, apontando para a sacola do Museu do Chocolate ao lado de Bes —, não resisto a uma surpresa. O que tem aí? Um presente para mim?

Bes franziu a testa.

— Sadie queria uma lembrança. Eu trouxe para ela a cabeça de Lênin.

Set deu um tapa na coxa de Bes, satisfeito.

— Bes, que maldade! Ainda há esperança para você.

— Não estou falando da cabeça *verdadeira* — Bes explicou. — É de chocolate.

— Ah... que pena. Pode me dar um pedaço de seu tabuleiro, então? Adoro comer peões.

— Saia daqui, Set! — Bes disse.

— Bem, eu poderia fazer isso, mas, como nossos amigos estão a caminho, pensei que talvez devêssemos fazer um acordo.

Set estalou os dedos, e um globo de luz vermelha surgiu em sua frente. Nele, vimos a imagem holográfica de seis homens que vestiam uniformes de guardas entrando em dois carros esportivos brancos. Os faróis se acenderam. Os automóveis saíram a toda de suas vagas e depois atravessaram uma parede de pedra como se ela fosse feita de fumaça.

— Eu diria que vocês têm uns dois minutos. — Set sorriu, e o globo vermelho desapareceu. — Você se lembra dos capangas de Menshikov, Bes. Tem certeza de que quer encontrá-los de novo?

A expressão do deus anão ficou sombria. Ele esmagou com a mão uma peça de xadrez de chocolate branco.

— Seu mentiroso, trapaceiro, assassino...

— Pare! — falei.

Carter gemeu em seu torpor pelo envenenamento. Ou ele estava ficando mais pesado, ou eu estava ficando cansada de segurá-lo.

— Não temos tempo para discutir — continuei. — Set, você está se oferecendo para deter os magos?

Ele riu.

— Não, não. Ainda tenho esperança de que eles a matem, sabe? Mas eu pretendia revelar onde está o último papiro do *Livro de Rá*. É isso o que vocês estão procurando, não é?

Imaginei que ele mentia. É o que ele normalmente fazia... Mas, se estivesse falando sério...

Olhei para Bes.

— É possível que ele conheça a localização?

Bes grunhiu.

— Mais que possível. Os sacerdotes de Rá *deram*-lhe o papiro para que ele o protegesse.

— Por que raios eles fariam isso?

Set tentou parecer modesto.

— Por favor, Sadie. Fui um tenente leal a Rá. Se você fosse Rá e não quisesse ser incomodado por nenhum mago velho tentando acordá-lo, não confiaria o segredo de sua localização a seu servo mais temido?

Fazia sentido.

— Então onde está o papiro?

— Não com tanta pressa. Eu revelo a localização se *você* devolver meu nome secreto.

— Não mesmo!

— É muito simples. Só precisa dizer: "Eu lhe devolvo seu nome." Vai esquecer a maneira apropriada de dizê-lo...

— E então não terei mais poder sobre você! Você vai me matar!

— Você teria minha palavra de que não farei isso.

— É claro. Isso vale muito. E se eu usar seu nome secreto para *obrigar* você a me dizer?

Set deu de ombros.

— Se passar alguns dias pesquisando o encantamento correto, você talvez consiga. Infelizmente... — Ele pôs a mão em concha ao lado da orelha. Ao longe, pneus cantavam no asfalto... Dois carros em alta velocidade se aproximavam. — Você não tem alguns dias.

Bes praguejou em egípcio.

— Não faça isso, garota. Ele não é confiável.

— Podemos encontrar o papiro sem ele?

— Bem... talvez. Provavelmente não. Não.

Os faróis de dois carros surgiram na Nevsky Prospekt, a menos de um quilômetro de distância. Nosso tempo estava acabando. Eu precisava tirar Carter dali, mas, se Set era realmente nossa única possibilidade de encontrar o papiro, eu não podia deixá-lo escapar.

— Tudo bem, Set. Mas vou lhe dar uma última ordem.

Bes suspirou.

— Não suporto ver isso. Dê-me seu irmão. Vou colocá-lo no carro.

O anão pegou Carter e o deixou no banco traseiro do Mercedes.

Mantive os olhos em Set, tentando pensar na maneira *menos* terrível de selar esse acordo. Não podia simplesmente dizer a ele que *nunca* fizesse mal a minha família. Um pacto de magia tinha que ser formulado cuidadosamente, com limites claros e data de validade, ou o feitiço inteiro se dissiparia.

— *Dia do Mal*, você não fará mal à família Kane. Manterá a trégua conosco, pelo menos até... até Rá ser despertado.

— Ou até vocês tentarem despertá-lo e *falharem*? — Set sugeriu com ar inocente.

— Se isso acontecer — respondi —, o mundo vai acabar. Então, por que não? Farei o que você pede com relação a seu nome. Em troca, vai me fornecer a localização da última parte do *Livro de Rá*, sem truques nem mentiras. Depois, vai se retirar para o Duat.

Set considerou a proposta. Os dois carros esportivos brancos estavam a poucos quarteirões de distância agora. Bes fechou a porta do lado de Carter e voltou correndo.

— Negócio fechado — Set concordou. — Você vai encontrar o papiro em Baharia. Bes conhece o lugar a que me refiro.

Bes não parecia contente.

— Aquele lugar é altamente protegido. Vamos precisar usar o portal de Alexandria.

— Sim. — Set sorriu. — Vai ser interessante! Por quanto tempo você consegue prender a respiração, Sadie Kane?

— Como assim?

— Esqueça, esqueça. Agora, acho que você me deve um nome secreto.

— Eu lhe devolvo seu nome — falei. De repente, senti a magia me deixar. Eu ainda sabia o nome de Set: Dia do Mal. Mas, por algum motivo, não conseguia lembrar exatamente como eu costumava pronunciá-lo, ou como ele funcionava em um feitiço. A lembrança se apagara.

Para minha surpresa, Set não me matou imediatamente. Apenas sorriu e jogou para mim os óculos de Vlad Menshikov.

— No final das contas, espero que sobreviva, Sadie Kane. Você é bastante divertida. Mas, se a matarem, pelo menos aproveite a experiência!

— Puxa, obrigada!

— E só porque gosto tanto de você, tenho um recado para seu irmão. Diga a ele que o nome do vilarejo de Zia Rashid era al-Hamrah Makan.

— Por que isso...?

— Boa viagem!

Set desapareceu em uma bruma cor de sangue. A um quarteirão de distância, os dois carros esportivos brancos se aproximavam em alta velocidade. Um mago apareceu na abertura do teto solar do veículo que seguia na frente e apontou seu cajado em nossa direção.

— Hora de partir — disse Bes. — Entre!

Tenho algo a dizer sobre Bes: ele dirige como um maluco. E digo isso no melhor sentido possível. O gelo nas ruas não o incomodou nem um pouco. Nem sinais de trânsito, faixas de pedestres ou canais, dois dos quais ele transpôs sem se dar o trabalho de procurar uma ponte. Felizmente, a cidade estava praticamente vazia àquela hora da madrugada, ou tenho certeza de que ele certamente teria eliminado alguns russos.

Disparamos pelo centro de São Petersburgo enquanto os dois carros brancos vinham logo atrás de nós. Eu tentava segurar Carter junto a mim no banco traseiro. Seus olhos estavam entreabertos, e as córneas tinham um tom horrível de verde. Apesar do frio, ele queimava de febre. Consegui remover seu casaco de inverno e vi que sua camisa estava ensopada de suor. Dos ferimentos em seu ombro saía tanto pus que... Bem, talvez seja melhor que eu não descreva essa parte.

Olhei para trás. O mago no teto solar apontou seu cajado — uma tarefa complicada no meio de uma perseguição de carros em alta velocidade — e disparou um dardo branco brilhante da ponta, que voou para nós como um míssil.

— Abaixe-se! — gritei e empurrei Carter contra o banco.

O dardo quebrou o vidro de trás do Mercedes e passou direto pelo para-brisa. Se Bes tivesse estatura normal, teria acabado de ganhar de presente um *piercing* na cabeça. Mas o projétil não passou nem perto dele.

— Sou um anão — ele resmungou. — Eu não me abaixo!

Ele fez uma curva fechada para a direita. Atrás de nós, a vitrine de uma loja explodiu. Virei-me para olhar e vi a parede inteira se dissolver num amontoado de cobras vivas. Os perseguidores continuavam se aproximando.

— Bes, tire-nos daqui! — gritei.

— Estou tentando, garota. Estamos chegando na ponte Egípcia. Ela foi construída originalmente no século dezoito, mas...

— Não me interessa! Dirija e pronto!

É sério, era impressionante a quantidade de quinquilharias egípcias em São Petersburgo, e quão *pouco* eu me importava com elas. Ser perseguida por magos do mal arremessando dardos e bombas de cobras costuma ajudar a definir prioridades.

Basta dizer que: sim, existe uma ponte Egípcia sobre o rio Fontanka saindo do centro de São Petersburgo no sentido sul. Por quê? Nem imagino. E não me importo. Enquanto corríamos na direção dela, vi esfinges de pedra preta dos dois lados — esfinges femininas com coroas douradas de faraó —, e a única parte que me interessava era que elas podiam abrir um portal.

Bes gritou em egípcio. Uma luz azul brilhou sobre a ponte. Um redemoinho de areia apareceu.

— O que Set quis dizer quanto a eu prender a respiração? — perguntei.

— Com sorte não vai ser durante muito tempo — disse Bes. — Vamos ficar submersos menos de dez metros.

— Dez metros embaixo *d'água*?

BANG! O Mercedes inclinou para um lado. Só mais tarde compreendi que outro dardo devia ter atingido um pneu traseiro de nosso carro. Giramos no gelo e capotamos, e deslizamos de cabeça para baixo para dentro do redemoinho.

Bati com a cabeça. Abri os olhos, tentando me manter consciente, mas ou eu estava cega ou a escuridão era completa. Ouvi o barulho da água penetrando pelo furo que o dardo abrira no vidro, e o teto do Mercedes amassando como uma lata de alumínio.

Tive tempo para pensar: Adolescente por menos de um dia, e vou me afogar.

Depois apaguei.

12. Domino a fina arte de dizer nomes

É PERTURBADOR ACORDAR COMO galinha.

Meu *ba* flutuava por uma água escura. Minhas asas brilhantes se agitavam enquanto eu tentava descobrir para que lado ficava o alto. Presumi que meu corpo estava em algum lugar próximo, talvez já afogado no banco traseiro do Mercedes, mas eu não conseguia pensar em um jeito de voltar a ele.

Por que diabo Bes havia nos levado para um portal debaixo d'água? Eu esperava que o pobre Carter tivesse sobrevivido de algum modo; talvez Bes tenha sido capaz de tirá-lo do carro. Mas morrer envenenado, em vez de afogado, não parecia muito melhor.

Fui pega por uma corrente e arremessada para o Duat. A água se transformou em neblina fria. Uivos e rosnados preenchiam a escuridão. Minha aceleração foi diminuindo, e quando a neblina se dissipou eu estava de volta à Casa do Brooklyn, flutuando do lado de fora da porta da enfermaria. Em um banco encostado à parede, sentados juntos como velhos amigos, vi Anúbis e Walt Stone. Eles pareciam estar esperando uma notícia ruim. As mãos de Walt repousavam unidas no colo. Seus ombros estavam caídos. Ele trocara de roupa — uma camiseta sem mangas nova, short novo —, mas parecia não ter dormido desde que voltara de Londres.

Anúbis conversava com ele em um tom suave, como se tentasse amenizar sua dor. Eu nunca tinha visto Anúbis vestindo os tradicionais trajes egípcios antes: o peito nu, um colar de ouro e rubi pendurado no pescoço e um saiote preto simples enrolado na cintura. Não era um visual que eu recomendaria para a maioria dos garotos, mas em Anúbis ficava ótimo. Eu sempre imaginara que ele pareceria magrelo sem camisa (não que eu imaginasse isso com muita frequência, veja bem), mas ele estava em excelente forma. Devia haver uma ótima academia no mundo inferior, com lápides para supinos e tudo o mais.

Enfim, depois do choque de vê-los juntos, meu primeiro pensamento foi de que algo terrível devia ter acontecido com Jaz.

— O que foi? — perguntei, sem saber se eles podiam me ouvir. — O que aconteceu?

Walt não reagiu, mas Anúbis levantou a cabeça. Como sempre, meu coração fez uma dancinha da alegria sem minha autorização. Os olhos dele eram tão fascinantes que me esqueci completamente de como usar o cérebro.

— *Hum* — eu disse.

Eu sei, Liz teria ficado orgulhosa.

— Sadie — disse Anúbis. — Você não devia estar aqui. Carter está morrendo.

Isso me chacoalhou de volta à realidade.

— Eu sei, menino chacal! Eu não *pedi* para vir... Espere, por que *estou* aqui?

Anúbis apontou para a porta da enfermaria.

— Acho que o espírito de Jaz chamou você.

— Ela está morta? *Eu* estou morta?

— Nenhuma das duas. Mas ambas estão às portas da morte, o que significa que a alma de vocês pode conversar com bastante facilidade. Só não demore.

Walt ainda não tinha percebido minha presença.

— Não consegui contar a ela — ele murmurou. — Por que não consegui contar a ela?

Ele abriu as mãos. Abrigado nelas havia um amuleto *shen* dourado exatamente como aquele que ele me dera.

— Anúbis, qual é o problema com ele? — perguntei. — Ele não me ouve?

Anúbis pôs a mão no ombro de Walt.

— Ele não vê nenhum de nós, embora eu acredite que possa sentir minha presença. Ele me chamou em busca de orientação. Por isso estou aqui.

— Orientação sua? Por quê?

Acho que isso soou mais ríspido do que eu pretendia, mas, de todos os deuses que Walt poderia ter chamado, Anúbis me parecia a escolha menos provável.

Ele olhou para mim, e seus olhos eram mais melancólicos que de costume.

— Você deve entrar agora, Sadie — ele disse. — Tem muito pouco tempo. Prometo fazer o possível para aliviar a dor de Walt.

— A dor dele? — perguntei. — Espere aí...

Mas a porta da enfermaria se abriu, e as correntes do Duat me puxaram para dentro.

A enfermaria era a unidade médica mais agradável que eu já conhecera, mas isso não queria dizer muita coisa. Eu odiava hospitais. Meu pai costumava brincar que eu havia nascido gritando e não parara até me tirarem da maternidade. Eu tinha um medo mortal de agulhas, comprimidos e, sobretudo, do cheiro de gente *doente*. Pessoas mortas e cemitérios? Isso não me incomodava. Mas doença... ah, sinto muito, mas precisa cheirar tão *doente*?

A primeira visita que fiz a Jaz na enfermaria havia exigido toda a minha coragem. Essa segunda vez, mesmo em minha forma *ba*, não foi mais fácil.

O cômodo tinha mais ou menos o tamanho de meu quarto. As paredes eram revestidas de pedra rústica. As janelas largas deixavam entrar o brilho da noite de Nova York. Armários de cedro estavam cuidadosamente etiquetados com nomes de medicamentos, itens de primeiros socorros, amuletos mágicos e poções. Em um canto havia uma fonte com uma estátua em tamanho natural da deusa leoa Sekhmet, patrona dos curadores. Eu já ouvira dizer que a água que fluía das mãos de Sekhmet podia curar resfriado e gripe instantaneamente e fornecia boa parte da dose diária necessária de vitaminas e ferro, mas nunca tive coragem de beber um gole.

O barulho da fonte era bastante tranquilo. Em vez de antisséptico, havia no ar o perfume de baunilha das velas encantadas que flutuavam pelo recinto. Mesmo assim, o lugar me deixava tensa.

Eu sabia que as velas monitoravam as condições do paciente. A chama mudava de cor para indicar problemas. No momento, todas tremulavam em torno da única cama ocupada — a de Jaz. As chamas eram de um tom escuro de laranja.

As mãos de Jaz estavam cruzadas sobre o peito. Os cabelos louros haviam sido penteados sobre o travesseiro. Ela sorria suavemente, como se estivesse no meio de um sonho agradável.

Sentada ao pé da cama de Jaz estava... Jaz, ou pelo menos uma imagem verde tremulante de minha amiga. Não era um *ba*. A forma era totalmente humana. Fiquei imaginando se ela havia morrido, afinal, e se o que eu via era seu fantasma.

— Jaz... — Uma onda renovada de culpa me invadiu. Tudo o que tinha dado errado nos dois últimos dias começara com o sacrifício de Jaz, que havia sido culpa minha. — Você está...

— Morta? Não, Sadie. Este é meu *ren*.

Seu corpo transparente tremulou. Quando olhei mais atentamente, vi que ele era composto por imagens, como um vídeo 3-D da vida de Jaz. A bebê Jaz sentada em uma cadeira alta, sujando o rosto com papinha. Jaz aos doze anos dando cambalhotas no ginásio da escola, tentando uma vaga em sua primeira equipe de líderes de torcida. Jaz atual abrindo seu armário no colégio e encontrando um reluzente amuleto *djed* — nosso cartão de visita mágico que a levara ao Brooklyn.

— Seu *ren* — eu disse. — Outra parte de sua alma?

A imagem brilhante verde assentiu.

— Os egípcios acreditavam que havia cinco partes diferentes da alma. O *ba* é a personalidade. O *ren* é...

— Seu nome — eu lembrei. — Mas como *isso* pode ser seu nome?

— Meu nome é minha identidade — ela explicou. — A soma de minhas experiências. Desde que ele seja lembrado, eu ainda existo, mesmo que morra. Entendeu?

Não. Nem um pouco. Mas entendi que ela talvez morresse, e que seria minha culpa.

— Eu sinto muito. — Tentei não começar a chorar. — Se eu não tivesse pegado aquele papiro estúpido...

— Sadie, não lamente. Fico feliz por você ter vindo.

— Mas...

— Tudo acontece por um motivo, Sadie, até os eventos ruins.

— Isso não é verdade! — respondi — É muito injusto!

Como Jaz podia ser tão gentil e tranquila, mesmo estando em coma? Eu não queria ouvir que coisas ruins aconteceram como parte de um plano maior. Eu *odiava* quando as pessoas diziam isso. Havia perdido minha mãe. Tinha perdido meu pai. Minha vida fora virada de cabeça para baixo, e eu quase morrera inúmeras vezes. Agora, até onde eu sabia, *estava* morta ou morrendo. Meu irmão estava envenenado e se afogando, e eu não podia ajudá-lo.

— Nenhum motivo vale tudo isso — eu disse. — A vida é aleatória. É dura. É... é...

Jaz ainda sorria, e parecia estar se divertindo um pouco.

— Ah... — murmurei. — Você queria me deixar zangada, não é?

— Essa é a Sadie que todos amamos. O pesar não é realmente produtivo. Você fica melhor quando está brava.

— Hunf! — Imaginei que ela estivesse certa, mas não tinha que gostar disso. — Então por que me trouxe aqui?

— Dois assuntos — ela falou. — O primeiro é que você não está morta. E quando acordar, terá apenas uns poucos minutos para curar Carter. Vai precisar agir rapidamente.

— Usando a estátua de cera — eu disse. — Sim, entendi isso. Mas não sei *como*. Não sou boa em cura.

— Só há mais um ingrediente importante. Você sabe qual é.

— Não sei!

Jaz levantou uma sobrancelha como se eu estivesse apenas sendo teimosa.

— Está quase entendendo, Sadie. Pense em Ísis. Pense em como você canalizou seu poder em São Petersburgo. A resposta virá a você.

— Mas...

— Temos que nos apressar. O segundo assunto: você vai precisar da ajuda de Walt. Sei que é arriscado. Sei que Bes a preveniu contra isso. Mas use o amuleto para chamar Walt até você. É isso o que ele quer. Alguns riscos valem a pena, mesmo que signifique perder uma vida.

— Perder a vida *de quem*? Dele?

O cenário da enfermaria começou a se dissolver, tornando-se uma aquarela borrada.

— Pense em Ísis — Jaz repetiu. — E Sadie... *existe* um propósito. Você nos ensinou isso. Escolhemos acreditar no Maat. Criamos ordem a partir do caos, e beleza e significado a partir da aleatoriedade. Isso é o Egito. Por isso seu nome, seu *ren*, tem sobrevivido há milênios. Não se desespere. Caso contrário, o Caos vencerá.

Lembrava-me de ter dito algo parecido em uma de nossas aulas, mas nem mesmo naquela época eu acreditava nisso.

— Vou lhe contar um segredo — falei. — Sou uma péssima professora.

A forma de Jaz, todas as lembranças reunidas, começou a se transformar em névoa.

— Vou *lhe* contar um segredo — ela falou, sua voz cada vez mais distante. — Você foi uma excelente professora. Agora procure Ísis e veja como isso começou.

A enfermaria evaporou. De repente eu estava em um barco real, flutuando pelo Nilo. O Sol brilhava no céu. Palmeiras e relva de um verde vistoso cobriam as margens. Para além delas, o deserto se estendia até o horizonte — colinas vermelhas estéreis tão secas e proibitivas que poderiam estar em Marte.

O barco era como o que Carter descrevera de sua visão com Hórus, mas estava em melhores condições. A vela branca estufada tinha como brasão a imagem de um disco solar em radiantes tons de dourado e vermelho. Esferas de luz multicolorida corriam pelo convés, manejando os remos e puxando as cordas. Como faziam isso sem mãos eu não sei, mas não era a primeira vez que eu via uma tripulação mágica como aquela.

O casco estava incrustado de metais preciosos — desenhos em cobre, prata e ouro mostravam a jornada da embarcação pelo Duat, e hieróglifos invocavam o poder do Sol.

No meio do barco, uma tenda azul e dourada fazia sombra para o trono do deus sol, sem dúvida a cadeira mais impressionante e aparentemente desconfortável que eu já vira. No início pensei que fosse de ouro fundido. Depois percebi que era feita de fogo vivo — chamas amarelas que de algum modo foram esculpidas na forma de um trono. Entalhado em suas pernas e braços, hieróglifos brancos brilhavam tão intensamente que feriam meus olhos.

O ocupante do trono não era tão impressionante. Rá era um homem velho de pele grossa, encurvado como um ponto de interrogação, com a cabeça careca coberta por manchas, e um rosto tão enrugado e flácido que parecia uma máscara. Só os olhos delineados com *kohl* indicavam que ele ainda vivia, porque estavam cheios de dor e cansaço. Ele usava um colar e um saiote, que não caía *nem um pouco* tão bem nele quanto em Anúbis. Até esse momento, a pessoa mais velha que eu vira tinha sido Iskandar, o antigo Sacerdote-leitor Chefe, com dois mil anos. Mas Iskandar nunca parecera tão acabado, nem mesmo quando estava prestes a morrer. Para piorar a situação, a perna esquerda de Rá estava envolta em bandagens e inchada, duas vezes mais grossa que o normal.

Ele gemeu e apoiou a perna sobre uma pilha de almofadas. Dois furos pequenos em sua canela soltavam pus nas bandagens — parecidos com as marcas das presas no ombro de Carter. Enquanto Rá massageava a perna, veneno verde se espalhou pelas veias da coxa. Só de olhar para aquilo as penas de meu *ba* se arrepiaram em repulsa.

Rá olhou para o céu. Os olhos dele ficaram amarelos como seu trono.

— Ísis! — ele gritou. — Muito bem! Eu cedo!

Uma sombra surgiu sob a tenda. Uma mulher apareceu e se ajoelhou diante do trono. Eu a reconheci, é claro. Cabelos longos e negros cortados ao estilo Cleópatra e vestido branco e leve que enaltecia sua forma graciosa. Suas luminosas asas de arco-íris brilhavam como a aurora boreal.

Com a cabeça baixa e as mãos erguidas em súplica, ela parecia a imagem da humildade; mas eu conhecia Ísis bastante bem. Podia ver o sorriso que ela tentava esconder. Sentia sua alegria.

— Lorde Rá — ela disse. — Vivo para servi-lo.

— Ha! — Rá reagiu. — Você vive para o poder, Ísis. Não tente me enganar. Sei que criou a cobra que me picou! É por isso que ninguém mais consegue encontrar uma cura. Você deseja meu trono para seu marido, o arrogante Osíris.

— Meu senhor... — Ísis começou a protestar.

— Chega! Se eu fosse um deus mais jovem... — Rá cometeu o engano de mover a perna. Ele gritou de dor. O veneno verde se espalhou ainda mais pelas veias. — Não importa. — Ele suspirou infeliz. — Estou cansado deste mundo. Chega de tramas e ardis. Apenas cure o veneno.

— Com prazer, meu senhor. Mas vou precisar...

— De meu nome secreto — disse Rá. — Sim, eu sei. Prometa curar-me e terá o que deseja. E mais...

Ouvi o aviso na voz de Rá, mas ou Ísis não percebeu ou não se importava.

— Prometo curá-lo — ela disse.

— Então aproxime-se, deusa.

Ísis se inclinou para a frente. Pensei que Rá fosse sussurrar o nome em seu ouvido, mas, em vez disso, ele segurou sua mão e a colocou contra a testa enrugada dele. Os dedos dela arderam. Ísis tentou se afastar, mas Rá segurava seu pulso. O corpo todo do deus sol brilhava com imagens incandescentes de sua longa vida: a primeira manhã; seu barco solar brilhando na terra do Egito recentemente erguida; a criação dos outros deuses e homens mortais; as intermináveis batalhas de Rá contra Apófis quando ele passava pelo Duat todas as noites, mantendo o caos sob controle. Era coisa demais para assimilar — séculos transcorrendo em uma fração de segundo. Seu nome secreto era a soma de sua experiência, e mesmo então, naqueles tempos antigos, Rá era incrivelmente velho. A aura de fogo se espalhou pela mão de Ísis, subindo pelo braço até que todo o seu corpo estivesse envolvido por chamas. Ela gritou uma vez. Depois as chamas apagaram. Ísis caiu, e fumaça se desprendia de seu vestido.

— Então — disse Rá —, você sobreviveu.

Eu não conseguia determinar se o que ele sentia era decepção ou um respeito relutante.

Ísis levantou-se cambaleante. Parecia atordoada, como se tivesse acabado de atravessar uma zona de guerra, mas levantou a mão. Um hieróglifo de fogo queimava no centro da palma — o nome secreto de Rá, sintetizado em uma única palavra incrivelmente poderosa.

Ísis pousou a mão sobre a perna envenenada de Rá e recitou um encantamento. O veneno verde desapareceu das veias. O inchaço diminuiu. As bandagens caíram, e as duas marcas de presas se fecharam.

Rá reclinou-se no trono e suspirou com alívio.

— Finalmente. Não sinto dor.

— Meu senhor precisa repousar — sugeriu Ísis. — Um longo, longo descanso.

O deus sol abriu os olhos. Não havia mais fogo neles. Eram leitosos e opacos como os olhos de um mortal idoso.

— Bastet! — ele chamou.

A deusa gata materializou-se a seu lado. Ela vestia uma armadura egípcia de couro e ferro, e parecia mais jovem, embora talvez porque ainda não havia suportado séculos em uma prisão no abismo lutando contra Apófis. Senti-me tentada a gritar para preveni-la do que estava por vir, mas minha voz não funcionou.

Bastet olhou de soslaio para Ísis.

— Meu senhor, essa... *mulher* o está incomodando?

Rá balançou a cabeça.

— Daqui a pouco nada mais me incomodará, minha fiel gata. Venha comigo. Temos assuntos importantes a discutir antes de minha partida.

— Senhor? Aonde vai?

— Para uma aposentadoria forçada. — Rá olhou para Ísis. — É o que você quer, deusa da magia?

Ísis se curvou.

— Nunca, meu senhor!

Bastet sacou suas lâminas e se aproximou dela, mas Rá estendeu um braço.

— Já chega, Bastet — ele disse. — Tenho em mente outra luta para você, uma última e crucial batalha. Quanto a você, Ísis, pode pensar que venceu porque se apoderou de meu nome secreto. Percebe o que começou? Osíris pode se tornar faraó, mas seu reinado será breve e amargo. O trono real *dele* será um pálido reflexo de meu trono de fogo. Este barco não navegará mais pelo Duat. O equilíbrio entre Maat e Caos se degradará lentamente. O próprio Egito cairá. Os nomes de seus deuses virarão uma lembrança distante. Então, um dia, o mundo inteiro estará à beira da destruição. Você vai chamar por Rá, e eu não estarei lá. Quando esse dia chegar, lembre que sua ganância e sua ambição levaram a isso.

— Meu senhor.

Ísis se curvou respeitosamente, mas eu sabia que ela não pensava no futuro distante. Estava embriagada com a vitória. Acreditava que Osíris governaria o Egito para sempre e que Rá era só um velho tolo. Ela não sabia que, em pouco tempo, sua vitória se transformaria em tragédia. Osíris seria assassinado pelo irmão, Set. E um dia todas as outras previsões de Rá também se concretizariam.

— Vamos, Bastet — disse Rá. — Não nos querem mais aqui.

O trono explodiu em uma coluna de chamas, consumindo a tenda azul e dourada. Uma bola de fogo subiu ao céu até se perder no brilho do Sol.

Quando a fumaça se dissipou, Ísis estava sozinha e ria satisfeita.

— Consegui! — ela exclamou. — Osíris, você será rei! Eu me apoderei do nome secreto de Rá!

Eu queria dizer a ela que não se apoderara de coisa alguma, mas tudo o que eu podia fazer era assistir a Ísis dançando pelo barco. Ela estava tão satisfeita com o próprio sucesso que não prestou atenção às luzes mágicas desaparecendo. As cordas caíram. A vela ficou flácida. Os remos flutuaram na água, e o barco solar seguiu o rio à deriva, sem tripulação.

Minha visão embaçou, e mergulhei na escuridão.

Acordei em uma cama macia. Por um momento glorioso, pensei que estava de volta a meu quarto na Casa do Brooklyn. Poderia me levantar e tomar um delicioso café da manhã com meus amigos, Amós, Filipe da Macedônia e Khufu, e depois passaria o dia ensinando aos aprendizes como transformar em réptil uns aos outros. Soava maravilhoso.

Mas é claro que eu não estava em casa. Sentei-me e minha cabeça começou a girar. Estava em uma *king-size* com lençóis macios de algodão e uma pilha de travesseiros de penas. O quarto era bastante elegante, e a decoração era toda branca e radiante, o que não ajudava a diminuir minha tontura. Eu me sentia como se estivesse novamente na casa de Nut, a deusa do céu. A qualquer momento o quarto poderia se dissolver em nuvens.

Minhas pernas pareciam rígidas, mas consegui sair da cama. Eu vestia um daqueles roupões de hotel tão enormes e felpudos que eu parecia um Muppet albino. Cambaleei até a porta e encontrei uma linda sala de estar, também de um branco brilhante. Portas de correr de vidro se abriam para uma varanda, da qual era possível ver o mar de uma altura considerável — talvez quinze ou vinte andares. O céu e a água eram incrivelmente azuis.

Meus olhos precisaram de um momento para se ajustar à claridade. Em uma mesa próxima, vi minhas coisas e as de Carter arrumadas com cuidado — nossas roupas amarrotadas, nossas bolsas de magia e os dois papiros do *Livro de Rá*, além da sacola de Bes do Museu do Chocolate.

Carter vestia um roupão branco como o meu. Estava deitado no sofá, de olhos fechados. Seu corpo inteiro tremia. Bes estava sentado a seu lado, umedecendo a testa dele com uma compressa fria.

— Como... como ele está? — perguntei.

Bes olhou para mim. Parecia um turista em miniatura vestindo uma camisa havaiana escandalosa, short cáqui e chinelos de borracha. Era o americano feio... tamanho extrapequeno.

— Finalmente — ele disse. — Já estava começando a pensar que você nunca ia acordar.

Dei um passo adiante, mas a sala balançou para a frente e para trás.

— Cuidado. — Bes se aproximou correndo e segurou meu braço. — Você levou uma bela pancada na cabeça.

— Não tem importância — resmunguei. — Preciso ajudar Carter.

— Ele está muito mal, Sadie. Não sei se...

— Eu posso ajudar. Minha varinha, e a estatueta de cera...

— Sim, sim, tudo bem. Vou buscá-las.

Com a ajuda de Bes, cambaleei até Carter. Bes foi buscar minhas ferramentas enquanto eu examinava a testa de meu irmão. A febre estava mais alta que antes. As veias em seu pescoço haviam ficado verdes por causa do veneno, como as de Rá em minha visão.

Olhei intrigada para Bes.

— Por quanto tempo eu dormi?

— É quase meio-dia de terça-feira. — Ele espalhou meus itens de magia no chão, aos pés de Carter. — Então, mais ou menos doze horas.

— *Doze horas?* Bes, esse é o tempo *máximo* que Set disse que Carter poderia sobreviver antes que o veneno o matasse! Por que você não me acordou antes?

Ele ficou tão vermelho quanto sua camisa havaiana.

— Eu tentei! Tirei vocês dois do Mediterrâneo e os trouxe para o hotel, não foi? Usei todos os feitiços de despertar que conheço! Mas você continuava resmungando sobre Walt, Anúbis, nomes secretos...

— Tudo bem! — eu disse. — Só me ajude...

A campainha soou.

Bes fez um sinal me pedindo calma. Ele falou em outro idioma — possivelmente árabe — e um garçom do hotel abriu a porta. O homem se curvou para Bes, como se o anão fosse um sultão, e entrou empurrando um carrinho carregado com frutas tropicais, pães recém-assados e refrigerantes.

— Excelente — Bes falou. — Já volto.

— Você está perdendo tempo! — disse, irritada.

É claro que ele me ignorou. Pegou sua sacola em cima da mesa e tirou a cabeça de chocolate de Vladimir Lênin. Os olhos do garçom se escancararam. Bes pôs a cabeça no meio do carrinho e assentiu como se aquele fosse um arranjo de centro perfeito.

Deu mais algumas ordens em árabe ao garçom e entregou a ele um punhado de moedas de ouro. O garçom se curvou, aparentemente aterrorizado, e saiu do quarto andando de costas, ainda curvado.

— Onde estamos exatamente? — perguntei. — E por que você é tratado como um rei aqui?

— Alexandria, Egito — Bes respondeu. — Peço desculpas pela chegada turbulenta. É um lugar para onde é complicado se teletransportar. A velha capital de Cleópatra, sabe, onde o Império Egípcio caiu, então a magia acaba ficando meio distorcida. Os únicos portais em funcionamento são os da cidade velha, que fica perto da costa, dez metros debaixo d'água.

— E este lugar? É óbvio que é um hotel de luxo, mas como você...

— Suíte da cobertura, Four Seasons Alexandria. — Ele soava um pouco constrangido. — As pessoas no Egito ainda se lembram dos velhos deuses, mesmo que não admitam. Eu era popular naqueles tempos, então normalmente posso cobrar favores quando preciso. Desculpe, mas não tínhamos muito tempo. Eu poderia ter providenciado uma *villa* particular.

— Como você se atreve? — eu disse. — Esperar que eu fique feliz com um hotel cinco estrelas. Agora, por que não providencia para não sermos interrompidos enquanto curo Carter?

Peguei a estatueta de cera que Jaz me dera e me ajoelhei ao lado de meu irmão. A estatueta estava deformada após ter sido agitada para todos os lados dentro de minha bolsa. Mas Carter também não estava nada bem. Eu esperava que a conexão mágica ainda funcionasse.

— Carter — falei —, vou curar você. Mas preciso de sua ajuda.

Toquei sua testa febril. Agora sabia por que Jaz havia aparecido para mim como um *ren*, a parte da alma que representava seu nome. Sabia por que ela me mostrara a visão de Ísis e Rá.

"Está quase entendendo, Sadie", ela dissera.

Eu nunca havia pensado sobre isso antes, mas o *ren* é o mesmo que um nome secreto de alguém. Era mais que uma palavra especial. O nome secreto contém seus pensamentos mais sombrios, seus momentos mais constrangedores, seus maiores sonhos, seus piores medos, tudo embalado junto. É a soma de suas experiências, mesmo aquelas que você nunca gostaria de compartilhar. Seu nome secreto faz você ser quem é.

Por isso um nome secreto tem poder. Também é por isso que não é suficiente ouvir alguém pronunciar um nome secreto para saber como usá-lo. É preciso *conhecer* essa pessoa e entender sua vida. Quanto mais você entende a pessoa, mais poder o nome dela confere. Só se pode aprender um nome secreto a partir do próprio dono — ou da pessoa que mais o ama.

E por Deus, para mim, Carter era essa pessoa.

Carter, pensei, qual é seu nome secreto?

Mesmo doente, sua mente resistia a mim. Não se pode entregar assim seu nome secreto. Todo humano tem um, como cada cachorro também tem; mas a maioria dos humanos passa a vida toda sem saber disso, sem nunca colocar em palavras sua mais íntima identidade. É até compreensível. Tente resumir toda a sua existência em cinco palavras ou menos. Não é muito fácil, é?

— Você consegue — murmurei. — Você é meu irmão. Eu amo você. Todas as coisas constrangedoras e irritantes, que imagino que sejam a *maior parte* de você... mil Zias fugiriam se soubessem a verdade. Mas não eu. Eu ainda estarei aqui. Agora, diga-me seu nome, seu grande idiota, para que eu possa salvar sua vida.

Minha mão formigou sobre a testa dele. Sua vida passou por entre meus dedos — lembranças fantasmagóricas de quando éramos crianças e morávamos em Los Angeles com nossos pais. Vi minha festa de aniversário de seis anos e o bolo explodindo. Vi mamãe lendo para nós, na hora de dormir, trechos de um livro universitário de ciências; papai tocando jazz e dançando comigo pela sala enquanto Carter tampava os ouvidos e gritava "Pai!". Vi também momentos que eu não havia compartilhado com meu irmão: Carter e papai no meio de um tumulto em Paris; Carter e Zia conversando à luz de velas no Primeiro Nomo; Carter sozinho na biblioteca da Casa do Brooklyn, olhando para seu amuleto do Olho de Hórus e lutando contra a tentação de invocar o poder de um deus. Ele nunca me falara sobre isso, mas eu me senti aliviada. Havia pensado que fosse a única a sentir tamanha tentação.

Devagar, Carter relaxou. Seus piores temores passaram para mim, seus segredos mais constrangedores. Sua força ia desaparecendo à medida que o veneno chegava ao coração. Com o que ainda lhe restava de força de vontade, ele me disse seu nome.

[É claro que não vou dizer qual é. Você não poderia mesmo usá-lo, tendo ouvido de uma gravação, mas prefiro não arriscar.]

Ergui a estatueta de cera e falei o nome secreto de Carter. Imediatamente, o veneno recuou em suas veias. O boneco de cera ficou verde e derreteu em minhas mãos. A febre de Carter cedeu. Ele estremeceu, respirou fundo e abriu os olhos.

— Certo — falei com tom severo. — *Nunca* mais tente cavalgar uma maldita cobra monstruosa!

— Desculpe... — ele gemeu. — Você acabou de...

— Sim.
— Com meu nome secreto...
— Sim.
— E todos os meus segredos...
— Sim.

Ele gemeu de novo e cobriu o rosto, como se quisesse voltar ao coma; mas juro que não tinha intenção de atormentá-lo. Existe uma diferença entre manter seu irmão no lugar dele e ser cruel. Eu *não era* cruel. Além do mais, depois de visitar os recantos mais sombrios da mente de Carter, eu me sentia um pouco envergonhada, talvez até admirada. Não havia muito ali. Comparado a meus medos e segredos constrangedores... céus. Ele era *manso*. Desejei que nossos lugares nunca se invertessem e que ele tivesse que *me* curar.

Bes se aproximou com a cabeça de Lênin apoiada na parte interna do cotovelo. Era evidente que ele havia provado um pedaço, porque a testa de Lênin tinha sumido — vítima de uma chocolobotomia frontal.

— Bom trabalho, Sadie! — Ele arrancou o nariz de Lênin e ofereceu a Carter. — Aqui, garoto. Você merece.

Carter franziu a testa.

— Chocolate tem poderes mágicos de cura?

Bes bufou.

— Se tivesse, eu seria o anão mais saudável do mundo. Não. Só é gostoso.

— E você vai precisar de sua força — acrescentei. — Temos muito a conversar.

Apesar do prazo se aproximando — a partir do dia seguinte, só mais dois dias para o equinócio e o fim do mundo —, Bes insistiu para descansarmos até a manhã seguinte. Ele nos avisou que, se Carter se esforçasse demais física ou magicamente antes disso, por causa do envenenamento, ele poderia morrer.

Perder tempo me deixava bastante agitada, mas depois de todo o trabalho que tive para reanimar meu irmão, preferia mantê-lo vivo. E admito que eu não estava me sentindo muito melhor. Estava tão esgotada de magia que não creio que seria capaz de ir mais longe que até a varanda.

Bes ligou para a recepção e pediu a alguém que comprasse roupas novas e objetos pessoais para nós na cidade. Não sei como se diz *coturno* em árabe, mas a funcionária do hotel conseguiu encontrar um novo par. Quando trouxe nossas coisas, ela tentou entregar as botas a Carter, e fez uma expressão horrorizada quando Bes apontou para mim. Também recebi tinta para cabelo, uma calça jeans confortável, uma camiseta de algodão com estampa camuflada nas cores do deserto e um lenço de cabeça que devia ser a última moda entre as mulheres egípcias, mas decidi não usar, já que ele provavelmente não ia combinar com as mechas roxas que eu queria fazer no cabelo.

Carter ganhou um jeans, botas e uma camiseta com os dizeres *Propriedade da Universidade de Alexandria* em inglês e árabe. Era evidente que até a funcionária do hotel o identificara como um grande *nerd*.

A moça também conseguiu encontrar suprimentos para nossas bolsas de magia: blocos de cera, barbante e até um pouco de papiro e de tinta — embora eu duvide que Bes tenha explicado a ela para que serviriam.

Depois que ela saiu, Bes, Carter e eu pedimos mais comida ao serviço de quarto. Nós nos sentamos na varanda e vimos a tarde passar. A brisa do Mediterrâneo era fresca e agradável. A moderna Alexandria se estendia a nossa esquerda — uma mistura estranha de cintilantes arranha-céus, edifícios decadentes e ruínas antigas. A estrada litorânea tinha belas palmeiras e estava congestionada com todo tipo de veículos, de BMWs a burros. De nossa suíte de cobertura, tudo parecia um pouco irreal — a energia pura da cidade, a agitação e o congestionamento lá embaixo — enquanto permanecíamos sentados na varanda, sob o céu, comendo frutas frescas e os últimos pedaços derretidos da cabeça de Lênin.

Imaginei que era assim que os deuses se sentiam vendo o mundo mortal de sua sala do trono no Duat.

Ficamos conversando, e coloquei os dois papiros do *Livro de Rá* na mesa da varanda. Pareciam completamente simples e inofensivos, mas quase havíamos morrido para obtê-los. Faltava encontrar mais um, e então começaria a *verdadeira* diversão — descobrir como usá-los para despertar Rá. Parecia impossível fazer tanta coisa em apenas quarenta e oito horas, mas ali estávamos nós, exaustos e em repouso, forçados a descansar até a manhã seguinte. Com seu heroísmo estúpido, Carter acabara sendo mordido por aquela cobra do Dr. Dolittle... e ele diz que *eu* sou impulsiva. Enquanto isso, Amós e nossos aprendizes inexperientes ficaram sozinhos na Casa do Brooklyn, preparando as defesas contra Vlad Menshikov, um mago tão implacável que conseguira o nome secreto do deus do mal.

Contei a Carter o que havia acontecido em São Petersburgo depois de ele ter sido envenenado — como eu havia devolvido o nome de Set em troca da localização do último papiro: um lugar chamado Baharia. Descrevi minha visão de Anúbis e Walt, a conversa com o espírito de Jaz, e minha viagem de volta no tempo até o barco solar de Rá. A única informação que não revelei: que Set havia falado sobre o vilarejo de Zia chamar-se al--Hamrah Makan. E sim, sei que isso era errado — mas eu acabara de estar na cabeça de Carter. Agora entendia a importância de Zia para ele. Sabia quanto *qualquer* informação sobre ela o abalaria.

Carter estava sentado em uma espreguiçadeira e ouvia com atenção. Sua cor havia voltado ao normal. Os olhos estavam limpos e alertas. Era difícil acreditar que poucas horas antes ele estivera às portas da morte. Eu queria crer que tudo isso era resultado de meus poderes de cura, mas tinha a sensação de que sua recuperação se devia também em grande parte ao repouso, a vários *ginger ales* e a um cheeseburger com fritas trazido pelo serviço de quarto.

— Baharia... — Ele olhou para Bes. — Conheço esse nome. De onde conheço esse nome?

Bes coçou a barba. Ele estivera triste e quieto desde que contei nossa conversa com Set. O nome Baharia em especial parecia incomodá-lo.

— É um oásis bastante longe no deserto — ele falou. As múmias enterradas ali só foram descobertas em 1996. Na ocasião, um burro estúpido enfiou a pata em um buraco no chão e quebrou a tampa de uma tumba.

— Isso! — Carter sorriu para mim, com aquele ar de *Eba, história é legal!*, então percebi que ele já devia estar se sentindo melhor. — Ele se chama Vale das Múmias Douradas.

— Gosto de ouro — eu disse. — Mas de múmias... nem tanto.

— Ah, é só porque ainda não conheceu muitas delas — respondeu Bes. Eu não sabia se ele estava brincando, e achei melhor não perguntar.
— Então o último papiro está escondido lá?
Bes deu de ombros.
— Faria sentido. O oásis fica afastado. Só foi encontrado recentemente. Também há poderosas maldições para impedir o transporte via portais. Os arqueólogos mortais escavaram algumas tumbas, mas ainda existe uma imensa rede de túneis e câmaras que não foram abertas por ninguém em milhares de anos. *Muitas* múmias.

Imaginei aquelas múmias de filmes de terror com os braços estendidos, as ataduras se soltando, gemendo enquanto perseguiam mocinhas histéricas e estrangulavam arqueólogos.

— Quando você diz *muitas* múmias — perguntei —, estamos falando de quantas?
— Já encontraram algumas centenas — Bes respondeu — de umas dez mil.
— Dez mil?
Olhei para Carter, que não parecia nem um pouco incomodado.
— Sadie — ele disse —, elas não vão voltar à vida e matar você.
— Não — Bes concordou. — Provavelmente não. É quase certo que não.
— Obrigada — murmurei. — Já me sinto muito melhor.
(Sim, eu sei o que disse antes sobre não me incomodar com cemitérios e gente morta. Mas dez mil múmias? Isso era forçar a barra.)
— De qualquer maneira — disse Bes —, a maioria delas é da época dos romanos. Nem são egípcias de verdade. Um monte de latinos imitadores tentando entrar em *nossa* pós-vida porque é mais legal. Mas algumas das tumbas mais antigas... bem, vamos ter que ver. Com duas partes do *Livro de Rá*, vocês devem conseguir rastrear a terceira quando estiverem perto o bastante.
— Como, exatamente? — perguntei.
Bes deu de ombros.
— Quando objetos mágicos são quebrados, os pedaços agem como ímãs. Quanto mais se aproximam, mais se atraem.

Isso não me fazia sentir necessariamente melhor. Eu me imaginei correndo por um túnel com papiros em chamas colados nas mãos.

— Certo — falei. — Então tudo o que precisamos fazer é rastejar por uma rede de tumbas e passar por dez mil múmias de ouro que, provavelmente, quase certamente, não vão voltar à vida e nos matar.

— É — respondeu Bes. — Bem, elas não são realmente de ouro maciço. A maioria só foi pintada de dourado. Mas, sim, é isso.

— Faz grande diferença.

— Então está decidido. — Carter soava bastante eufórico. — Podemos partir de manhã. Qual é a distância até lá?

— Um pouco mais de trezentos quilômetros — respondeu Bes —, mas as estradas são difíceis. E portais... bem, como eu disse, o oásis está cercado de maldições contra eles. E mesmo que não estivesse, estamos de volta ao Primeiro Nomo. É aconselhável usar o mínimo possível de magia. Se vocês forem descobertos no território de Desjardins...

Ele não precisava concluir a frase.

Olhei para o horizonte de Alexandria, que contornava a costa brilhante do Mediterrâneo. Tentei imaginar como o lugar deve ter sido na Antiguidade, antes de Cleópatra, última faraó do Egito, escolher o lado errado em uma guerra civil romana e perder a vida e o reino. Essa era a cidade onde o Egito Antigo morrera. Não me parecia um lugar muito auspicioso para se começar uma missão.

Infelizmente, eu não tinha escolha. Teria que viajar trezentos quilômetros pelo deserto até um oásis isolado e procurar uma agulha em forma de papiro em um palheiro de múmias. Não via como poderíamos conseguir isso no tempo que nos restava.

Pior, eu ainda não havia revelado a Carter a última informação sobre o vilarejo de Zia. Podia simplesmente ficar de boca fechada. Essa seria a escolha egoísta. Podia ser até a escolha correta, já que eu precisava de sua ajuda e não podia correr o risco de distraí-lo. Mas eu não podia esconder isso dele. Invadira sua mente e aprendera seu nome secreto. O mínimo que eu devia fazer era ser honesta com ele.

— Carter... tem mais uma coisa. Set queria que você soubesse. O nome do vilarejo de Zia era al-Hamrah Makan.

Carter ficou um pouco verde de novo.

— E você se esqueceu de me contar?

— Lembre-se de que Set é um mentiroso — eu disse. — Ele não queria ser prestativo. Só revelou essa informação porque queria provocar o caos entre nós.

Eu já podia ver que o perdia. Sua mente estava presa em uma forte correnteza que o vinha arrastando desde janeiro — a ideia de que poderia salvar Zia. Agora que eu estivera dentro de seus pensamentos, sabia que ele não ia descansar — não *conseguiria* descansar — até que a encontrasse. Era algo que ia muito além de gostar da menina. Carter havia se convencido de que ela fazia parte de seu destino.

Um de seus segredos mais sombrios? No fundo, Carter ainda se ressentia por nosso pai não ter conseguido salvar nossa mãe, embora ela tivesse morrido por uma causa nobre, e embora tivesse sido uma opção dela se sacrificar. Carter simplesmente *não* podia falhar com Zia do mesmo modo, e não importava o que estava em jogo. Ele precisava de alguém que acreditasse nele, precisava de alguém para salvar — e estava convencido de que Zia era essa pessoa. Sinto muito, uma irmã mais nova não serve.

Isso me magoava, principalmente porque eu não concordava com ele, mas sabia que não seria bom discutir. Eu só o afastaria mais de mim.

— Al-Hamrah Makan... — ele disse. — Meu árabe não é muito bom. Mas *makan* é "lugar".

— Sim — Bes confirmou. — *Al-hamrah* significa "a vermelha".

Carter arregalou os olhos.

— O Lugar das Areias Vermelhas! A voz no Museu do Brooklyn disse que Zia dormia no Lugar das Areias Vermelhas. — Ele me olhou suplicando. — Sadie, são as ruínas do vilarejo natal dela. Foi *lá* que Iskandar a escondeu. Precisamos encontrá-la.

E pronto: o destino do mundo é jogado pela janela. Precisamos encontrar Zia.

Eu podia ter apontado várias questões: ele estava acreditando na palavra de um espírito do mal que, provavelmente, estava falando por Apófis. Se Apófis sabia onde Zia estava, por que nos diria, se não para nos distrair e atrasar? E se ele queria Zia morta, por que ainda não a matara? Além disso,

Set nos dera o nome al-Hamrah Makan. Set *nunca* tinha boas intenções. Era evidente que pretendia nos dividir. Por último, mesmo sabendo o nome do vilarejo, isso não significava que conseguiríamos encontrá-lo. O lugar havia sido destruído quase uma década antes.

Mas olhei para Carter e percebi que seria inútil tentar argumentar racionalmente. Essa não era uma escolha racional. Ele via uma chance de salvar Zia e ia aproveitá-la.

— Não é uma boa ideia — eu disse simplesmente.

E sim, era *muito* estranho ter que assumir o papel da irmã responsável.

Carter se virou para Bes.

— Você conseguiria encontrar esse vilarejo?

O deus anão ajeitou a camisa havaiana.

— Talvez, mas levaria algum tempo. Vocês têm pouco mais que dois dias. O equinócio começa depois de amanhã ao pôr do sol. Chegar ao oásis de Baharia vai levar um dia inteiro de viagem. Encontrar esse vilarejo em ruínas... mais um dia, tranquilamente, e, se ele for às margens do Nilo, fica na direção oposta. Quando tiverem o *Livro de Rá*, vão precisar de pelo menos mais um dia para descobrir como usá-lo. Garanto que despertar Rá vai exigir uma viagem ao Duat, onde o tempo é sempre imprevisível. Vocês terão de estar de volta com Rá ao amanhecer do equinócio...

— Não temos tanto tempo — resumi. — É o *Livro de Rá* ou Zia.

Por que eu pressionava Carter, se sabia o que ele ia dizer?

— Não posso abandoná-la. — Ele olhou para o Sol, que já mergulhava rumo ao horizonte. — Ela tem um papel a desempenhar, Sadie. Não sei qual é, mas é importante. Não podemos perdê-la.

Eu esperei. Era óbvio o que precisaria acontecer, mas Carter não diria. Respirei fundo.

— Vamos ter que nos separar. Você e Bes vão procurar Zia. Eu vou atrás do papiro.

Bes tossiu.

— Falando em ideias que não são boas...

Carter não conseguia me encarar nos olhos. Eu sabia que ele se importava comigo. Sabia que ele não queria se ver livre de mim, mas pude sentir seu alívio. Ele queria ser dispensado de suas responsabilidades para poder ir atrás de Zia.

— Você salvou minha vida — ele disse. — Não posso deixá-la ir sozinha ao deserto.

Tirei meu colar *shen*.

— Não vou sozinha. Walt se ofereceu para ajudar.

— Ele não pode — disse Bes.

— Mas você não me diz por quê — falei.

— Eu... — Bes hesitou. — Escute, prometi a Bastet que cuidaria de vocês, que os manteria em segurança.

— E espero que você cuide muito bem de Carter. Ele vai precisar que você encontre esse vilarejo. Quanto a mim, Walt e eu damos conta.

— Mas...

— Seja qual for a droga do segredo de Walt, do que quer que você esteja tentando protegê-lo, isso o está fazendo sofrer. Ele quer ajudar. E vou aceitar a ajuda.

O anão me encarou irritado, talvez imaginando se poderia gritar "BU!" e vencer a discussão. Acho que ele percebeu que sou teimosa demais.

Bes suspirou resignado.

— Dois jovens viajando sozinhos pelo Egito... um menino e uma menina. Vai parecer estranho.

— Direi que Walt é meu irmão.

Carter se retraiu. Não tive a intenção de ser ríspida, mas acho que o comentário foi um pouco ofensivo. Pensando em retrospecto, lamento ter falado aquilo, mas eu estava apavorada e furiosa. Carter tinha me colocado em uma posição impossível.

— Vá — falei com firmeza. — Salve Zia.

Ele tentou ler minha expressão, mas evitei encará-lo. Não era o momento para termos uma de nossas conversas silenciosas. Ele não queria realmente saber o que eu estava pensando.

— Como vamos nos encontrar? — Carter perguntou.

— Voltamos para cá — sugeri. — Nós partiremos ao amanhecer. Vamos nos dar vinte e quatro horas, não mais que isso, para que eu encontre o papiro, você localize o vilarejo de Zia, e nós dois voltemos para Alexandria.

Bes grunhiu.

— Não é tempo suficiente. Mesmo que tudo corra perfeitamente, isso os deixará com cerca de doze horas para montar o *Livro de Rá* e usá-lo antes da véspera do equinócio.

Ele tinha razão. Era impossível.

Mas Carter assentiu.

— É nossa única chance. Precisamos tentar.

Ele me olhou esperançoso, mas acho que eu já sabia que não nos encontraríamos em Alexandria. Nós éramos os Kane, o que significava que *tudo* daria errado.

— Tudo bem — murmurei. — Agora, se me dão licença, preciso arrumar minhas coisas.

Voltei para dentro antes que eu começasse a chorar.

CARTER

13. Um demônio entra em meu nariz

ÀQUELA ALTURA, EU DEVERIA mudar meu nome secreto para *Constrangido até a Morte pela Irmã*, porque isso resume bem minha existência.

Vou pular os preparativos para nossa viagem, como Sadie chamou Walt e explicou a situação, como Bes e eu nos despedimos ao amanhecer e alugamos um carro de um dos "amigos confiáveis" de Bes, e como o carro quebrou na metade do caminho para o Cairo.

Basicamente, vou pular direto para a parte em que Bes e eu estávamos chacoalhando por uma estrada de terra, na caçamba de uma caminhonete dirigida por uns beduínos, procurando um vilarejo que não existia mais.

Já era final de tarde, e eu começava a pensar que a estimativa de Bes de que precisaríamos de um dia para localizar al-Hamrah Makan era otimista demais. Cada hora perdida fazia meu coração parecer mais pesado. Eu havia arriscado tudo para ajudar Zia. Deixara Amós e nossos aprendizes sozinhos na Casa do Brooklyn, para se defenderem do mago mais maligno do mundo. Deixara minha irmã seguir sem mim na cruzada em busca do último papiro. Se eu não conseguisse achar Zia... bem, eu *não podia* falhar.

Viajar com nômades profissionais tinha suas vantagens. Uma delas era que os beduínos conheciam todas as vilas, fazendas e estradas de terra no Egito. Ficavam felizes em parar e perguntar aos locais sobre o vilarejo desaparecido que procurávamos.

Além disso, os beduínos reverenciavam Bes. Eles o tratavam como um amuleto vivo da sorte. Quando paramos para o almoço (que levou duas horas para ser preparado), os beduínos até mesmo nos deram a melhor parte do bode. Até onde eu podia perceber, a melhor parte do bode não era muito diferente da pior parte, mas suponho que essa fosse uma grande honra.

O ponto negativo de viajar com beduínos? Eles não tinham pressa. Levamos o dia todo em um trajeto sinuoso rumo ao sul pelo Vale do Nilo. Foi uma viagem de muito calor e tédio. Na caçamba da caminhonete, eu não conseguia nem conversar com Bes sem encher a boca de areia, então tive tempo demais para pensar.

Sadie descreveu muito bem minha obsessão. A partir do momento em que ela me disse o nome do vilarejo de Zia, não consegui me concentrar em mais nada. É claro, imaginei que fosse algum tipo de truque. Apófis queria nos separar e fazer com que fracassássemos em nossa missão. Mas eu também achava que ele dizia a verdade, ao menos porque a verdade era o que mais poderia me abalar. Apófis destruíra o vilarejo de Zia quando ela era criança — por qual motivo, eu não sabia. Agora ela estava escondida lá num sono mágico. A menos que eu a salvasse, Apófis a mataria.

Por que ainda não a matara se já sabia onde ela estava? Eu não tinha certeza — e isso me incomodava. Talvez ele ainda não tivesse poder para isso. Talvez não quisesse. Afinal, se ele estava tentando me atrair para uma armadilha, ela era a melhor isca. De qualquer maneira, Sadie estava certa: não era uma escolha racional para mim. Eu *tinha* que salvar Zia.

Apesar disso, me sentia um imbecil por deixar Sadie sozinha outra vez. Primeiro eu a deixara ir para Londres, mesmo sabendo que era uma péssima ideia. Agora a mandava atrás de um papiro em uma catacumba cheia de múmias. Certo, Walt a ajudaria, e normalmente ela era capaz de cuidar de si mesma. Mas um bom irmão teria ficado com ela. Sadie havia acabado de salvar minha vida, e eu meio que tinha dito: *Legal. Até mais. Divirta-se com as múmias.*

"Direi que Walt é meu irmão."

Ai.

Para ser bem honesto, Zia não era a única razão para minha ânsia por um pouco de solidão. Eu estava chocado por Sadie ter descoberto meu nome secreto. De repente ela me conhecia melhor que qualquer outra pessoa no mundo. Eu sentia como se ela tivesse me aberto na mesa de cirurgia, me examinado e costurado de novo. Meu primeiro impulso foi correr, colocar entre nós a maior distância possível.

Tentei imaginar se Rá tivera a mesma sensação quando Ísis descobriu seu nome — se essa era a verdadeira razão que o levara ao exílio: a completa humilhação.

Além do mais, eu precisava de tempo para processar o que Sadie havia conseguido fazer. Passáramos meses tentando reaprender o caminho dos deuses. Nós nos esforçávamos muito para entender como os magos da Antiguidade recorriam aos poderes dos deuses sem acabarem possuídos ou sobrepujados. Agora eu suspeitava que Sadie havia encontrado a resposta. Tinha algo a ver com o *ren* de um deus.

Um nome secreto não era só um nome, como uma palavra mágica. Era a soma das experiências do deus. Quanto mais você o entendesse, mais perto estaria de conhecer seu nome secreto e mais conseguiria canalizar seu poder.

Se isso era verdade, então o caminho dos deuses era, basicamente, magia empática — encontrar uma semelhança entre duas coisas, como um saca-rolhas comum e um demônio com cabeça de saca-rolhas, e usar essa similaridade para formar um vínculo mágico. Só que nesse caso o vínculo se formava entre o mago e um deus. Se você conseguisse encontrar uma característica ou experiência comum, poderia recorrer ao poder do deus.

Isso talvez possa explicar como abri as portas do Hermitage com o Punho de Hórus — um feitiço que eu nunca havia conseguido realizar sozinho. Sem pensar, sem precisar unir minha alma com a de Hórus, eu havia recorrido a suas emoções. Nós dois odiávamos a sensação de confinamento. Usei essa conexão simples para invocar um feitiço e quebrar as correntes. Agora, se eu pudesse descobrir como fazer de maneira mais confiável esse tipo de coisa, isso talvez pudesse nos salvar nas batalhas seguintes...

Percorremos quilômetros na caminhonete dos beduínos. O Nilo corria sinuoso por campos verdes e marrons a nossa esquerda. Não tínhamos nada para beber além da água com gosto de vaselina de uma garrafa plástica.

A carne de bode não havia caído bem em meu estômago. De vez em quando eu me lembrava do veneno que correra em meu sangue, e meu ombro começava a doer onde o *tjesu heru* me mordera.

Por volta das seis da tarde conseguimos nossa primeira pista. Um velho felá vendendo tâmaras no acostamento da estrada disse conhecer o vilarejo que procurávamos. Quando ele ouviu o nome al-Hamrah Makan, fez um sinal de proteção contra o Olho do Mal, mas, como era Bes quem perguntava, o homem nos contou o que sabia.

Ele disse que Areias Vermelhas era um lugar maligno, muito amaldiçoado. Ninguém ia visitá-lo naqueles dias. Mas o velho se lembrava do vilarejo antes de ter sido destruído. Nós o encontraríamos dez quilômetros ao sul, em uma curva do rio onde a areia ficava vermelho-vivo.

Ora, dã, pensei, mas não pude deixar de ficar animado.

Os beduínos decidiram parar e montar acampamento para passar a noite. Não seguiriam conosco pelo restante do caminho, mas disseram que ficariam honrados se Bes e eu usássemos sua caminhonete.

Alguns minutos depois, Bes e eu seguíamos viagem na picape. Bes usava um chapéu molenga quase tão feio quanto sua camisa havaiana. A aba era tão baixa que eu não sabia se ele conseguia enxergar à frente, especialmente porque seus olhos estavam quase na mesma altura do painel.

Cada vez que passávamos por um buraco, penduricalhos dos beduínos tilintavam no retrovisor — um disco metálico gravado com letras árabes, um aromatizante de pinho com a forma de uma árvore de Natal, dentes de algum animal presos em uma tira de couro e uma estatueta de Elvis Presley que estava ali por razões que eu não compreendia. O veículo não tinha suspensão, e quase não havia mais estofamento nos bancos. A sensação era a de estar cavalgando um touro mecânico. Mesmo sem os solavancos, meu estômago estaria reclamando. Após meses de busca e esperança, eu não conseguia acreditar que estava tão perto de encontrar Zia.

— Você parece péssimo — disse Bes.

— Obrigado.

— Estou falando no sentido mágico. Não parece pronto para lutar. O que quer que esteja nos esperando, você compreende que não vai ser amigável?

Sob a aba de seu chapéu, sua mandíbula se projetou para a frente, como se ele estivesse na expectativa de uma discussão.

— Você acha que isso é um erro — falei. — Acha que eu deveria ter ficado com Sadie.

Ele deu de ombros.

— Acho que, se você estivesse prestando atenção, teria visto a palavra ARMADILHA escrita em letras garrafais aqui. O antigo Sacerdote-leitor Chefe Iskandar não teria escondido sua namorada...

— Ela não é minha namorada.

— ... sem cercá-la de alguns encantamentos de proteção. *Tanto* Set *quanto* Apófis parecem querer que você encontre esse lugar, e isso significa que encontrá-lo *não pode* ser bom para você. Está deixando sua irmã e Walt sozinhos. E, ainda por cima, estamos passeando pelo quintal de Desjardins, e depois daquele episódio em São Petersburgo, Menshikov não vai descansar enquanto não encontrar vocês. Então, é, eu diria que essa não foi sua ideia mais brilhante.

Olhei pelo para-brisa. Queria ficar zangado com Bes por me chamar de idiota, mas temia que ele pudesse estar certo. Eu vinha desejando uma reunião feliz com Zia. O mais provável era que eu nem sobrevivesse a essa noite.

— Talvez Menshikov ainda esteja se recuperando dos ferimentos na cabeça — falei, esperançoso.

Bes riu.

— Vá por mim, garoto. Menshikov já está atrás de vocês. Ele nunca esquece uma ofensa.

Sua voz vibrava com raiva, como em São Petersburgo, quando ele nos contara sobre o casamento de anões. Imaginei o que realmente havia acontecido com Bes naquele palácio e por que ele ainda ruminava isso três séculos depois.

— Foi Vlad? — perguntei. — Foi ele quem capturou você?

Não era uma suposição tão absurda. Eu havia conhecido magos com centenas de anos. Mas Bes balançou a cabeça.

— Foi o avô dele, o Príncipe Alexandre Menshikov. — Bes falou o nome como se fosse um grande insulto. — Ele comandava em segredo o Décimo

Oitavo Nomo. Poderoso. Cruel. Muito parecido com o neto. Eu nunca havia lidado com um mago como aquele. Foi a primeira vez que me capturaram.

— Mas os magos não trancaram todos os deuses no Duat depois da queda do Egito?

— A maioria de nós, sim — Bes concordou. — Alguns dormiram durante dois milênios inteiros até seu pai nos libertar. Outros fugiam de tempos em tempos, e a Casa da Vida os encontrava e levava de volta. Sekhmet fugiu em 1918. Grande epidemia de gripe. Mas alguns deuses, como eu, permaneceram no mundo mortal durante todo esse tempo. Na Antiguidade, eu era só um cara simpático, sabe? Afugentava espíritos. Os plebeus gostavam de mim. Então, quando o Egito caiu, os romanos me adotaram como um de seus deuses. Depois, na Idade Média, os cristãos esculpiram gárgulas inspirados em mim, para proteger suas catedrais ou o que fosse. Criaram lendas sobre gnomos, anões, leprechauns prestativos... todas baseadas em mim.

— Leprechauns prestativos?

Ele fez uma careta.

— Você não acha que sou prestativo? Fico bem de *legging* verde.

— Eu não precisava dessa imagem.

Bes bufou.

— Enfim, a Casa da Vida nunca me procurou com muito interesse. Eu era sempre discreto e ficava longe de confusões. Nunca fui capturado até a Rússia. Acho que ainda seria prisioneiro lá se não fosse por... — Ele se interrompeu, como se percebesse que havia falado demais.

Bes saiu da estrada. A caminhonete sacolejou no terreno de terra batida e brita, seguindo para o rio.

— Alguém ajudou você a fugir? — deduzi. — Bastet?

O pescoço do anão ficou muito vermelho.

— Não... não foi Bastet. Ela estava presa no abismo, lutando contra Apófis.

— Então...

— O que interessa é que me libertei e consegui me vingar. Consegui fazer com que Alexandre Menshikov fosse condenado por corrupção. Foi humilhado, destituído de riqueza e títulos. Toda a família dele foi deportada para a Sibéria. O melhor dia de minha vida. Infelizmente, seu neto Vladimir voltou. Acabou se mudando para São Petersburgo, reconstruindo a fortuna do avô e assumindo o comando do Décimo Oitavo Nomo. Se Vlad tivesse a chance de me pegar...

Bes se mexeu no assento do motorista como se as molas o incomodassem.

— Acho que estou lhe contando isso porque... você é legal, garoto. O jeito como defendeu sua irmã na ponte Waterloo, pronto para me enfrentar... aquilo exigiu coragem. E tentar cavalgar um *tjesu heru*? Foi muito corajoso. Idiota, mas corajoso.

— *Hum*, obrigado.

— Você me lembra a mim mesmo — continuou Bes —, quando eu era um jovem anão. Você tem um jeito teimoso. Quando se trata de problemas com garotas, é completamente sem noção.

— Problemas com garotas? — Eu imaginava que ninguém poderia me deixar tão constrangido quanto Sadie quando ela descobriu meu nome secreto, mas Bes estava se saindo muito bem. — Isso não é só um problema com uma garota.

Bes olhou para mim como se eu fosse um pobre filhotinho perdido.

— Você quer salvar Zia. Eu entendo. Quer que ela goste de você. Mas quando você salva alguém... isso complica a situação. Não fique todo encantado com alguém que você não pode ter, especialmente se isso o cegar para alguém que realmente importa. Não... não cometa meus erros.

Ouvi o sofrimento na voz dele. Sabia que ele estava tentando ajudar, mas ainda era estranho ouvir conselhos amorosos de um deus de um metro e vinte de altura usando um chapéu horrível.

— A pessoa que salvou você — falei. — Era uma deusa, não era? Alguém além de Bastet... Alguém com quem você se envolveu.

Os dedos dele ficaram brancos ao apertar o volante.

— Garoto.

— Sim?

— Estou feliz por termos tido essa conversa. Agora, se dá valor a seus dentes...

— Vou ficar quieto.

— Muito bom. — Bes pisou no freio. — Porque acho que chegamos.

O Sol se punha atrás de nós. Tudo em nossa frente estava banhado de luz vermelha — a areia, a água do Nilo, as colinas no horizonte. Até as folhas das palmeiras pareciam ter sido pintadas com sangue.

Set ia adorar este lugar, pensei.

Não havia qualquer sinal de civilização, só algumas garças-cinzentas no céu e um ou outro ruído no rio: talvez peixes ou um crocodilo. Imaginei que aquele trecho do Nilo não devia ter sido muito diferente na época dos faraós.

— Venha — disse Bes —, traga suas coisas.

Ele não esperou por mim. Quando o alcancei, Bes estava em pé na margem do rio, deixando areia cair por entre os dedos das mãos.

— Não é só a luz — percebi. — Isso é vermelho *de verdade*.

Bes assentiu.

— Sabe por quê?

Minha mãe teria dito que era por causa do óxido de ferro ou alguma coisa parecida. Ela sempre tinha uma explicação científica para tudo. Mas algo me dizia que Bes não estava interessado nesse tipo de resposta.

— Vermelho é a cor do mal — falei. — Do deserto. Do caos. Da destruição.

Bes limpou a areia das mãos.

— Este não foi um bom lugar para construir um vilarejo.

Olhei em volta, à procura de algum sinal de assentamento. A areia vermelha se estendia em todas as direções por uns cem metros. Relva densa e salgueiros delimitavam a área, mas a areia propriamente dita estava completamente limpa. A maneira como ela brilhava e se movia sob meus pés me fez pensar nos montes de cascos ressecados de escaravelhos no Duat, prendendo Apófis. Eu realmente gostaria de não ter me lembrado disso.

— Não há nada aqui — falei. — Nenhuma ruína. Nada.

— Olhe novamente.

Bes apontou para o rio. Antigos juncos mortos brotavam em alguns pontos de uma área do tamanho de um campo de futebol. E então percebi que não eram juncos: eram tábuas e postes de madeira podres, restos de construções humildes. Caminhei até a beirada da água. Alguns metros rio adentro, a água era calma e rasa o suficiente para eu conseguir ver uma fileira de tijolos de barro submersos: a fundação de uma parede erodindo lentamente.

— O vilarejo inteiro afundou?

— Foi engolido — Bes explicou. — O Nilo está tentando levar o mal que aconteceu aqui.

Estremeci. As feridas das presas em meu ombro voltaram a latejar.

— Se este lugar é tão maligno, por que Iskandar esconderia Zia aqui?

— Boa pergunta — disse Bes. — Se quiser encontrar a resposta, vai ter que entrar na água.

Parte de mim queria correr de volta para a caminhonete. Na última vez em que eu entrara em um rio — o rio Grande, em El Paso — a experiência não fora boa. Lutáramos contra o deus crocodilo, Sobek, e por pouco não havíamos perdido a vida. *Este* era o Nilo. Deuses e monstros seriam muito mais fortes aqui.

— Você vem também, não é? — perguntei a Bes.

O canto de seus olhos tremeu.

— Água corrente não faz bem aos deuses. Enfraquece nossa conexão com o Duat...

Ele deve ter visto o desespero estampado em meu rosto.

— Sim, está certo — suspirou. — Estarei bem atrás de você.

Antes que eu pudesse amarelar, enfiei um pé no rio e afundei até o tornozelo.

— Nojento.

Segui adiante, e o som de meus pés na lama era como o de uma vaca mascando chiclete. Percebi um pouco tarde demais que estava muito mal preparado. Não tinha minha espada, porque a perdera em São Petersburgo. Não conseguira invocá-la de volta. Até onde eu sabia, os magos russos podiam tê-la derretido. Eu ainda tinha a varinha, mas ela servia mais para feitiços defensivos. Se precisasse atacar, estaria em séria desvantagem.

Peguei um pedaço de pau enterrado na lama e o usei para testar o terreno a minha volta. Bes e eu nos arrastávamos pela parte rasa, tentando encontrar algo útil. Derrubamos alguns tijolos com o pé, descobrimos algumas partes intactas de paredes e encontramos cacos de cerâmica. Pensei na história que Zia me contara: que o pai dela havia causado a destruição do vilarejo ao libertar um demônio preso em um jarro. Era bem possível que os cacos fossem daquele mesmo jarro.

Nada nos atacou, exceto os mosquitos. Não encontramos armadilhas. Mas cada ruído no rio me fazia pensar em crocodilos (e não do tipo albino amigável, como Filipe lá no Brooklyn) ou nos grandes peixes-tigre cheios de dentes que Zia me mostrara uma vez no Primeiro Nomo. Eu os imaginava nadando em volta de meus pés, tentando decidir que perna parecia mais saborosa.

Pelo canto do olho eu continuava vendo ondas e pequenos rodamoinhos, como se alguma coisa estivesse me seguindo. Quando eu enfiava a estaca na água, nada havia ali.

Depois de uma hora de busca, o Sol estava quase desaparecendo. Tínhamos que estar de volta a Alexandria na manhã seguinte para encontrar Sadie, o que nos deixava sem muito mais tempo para achar Zia. E dentro de vinte e quatro horas, no próximo pôr do sol, começaria o equinócio.

Continuamos procurando, mas não achamos nada mais interessante que uma bola de futebol murcha e enlameada e uma dentadura. [Sim, Sadie, era ainda mais nojenta que a do vovô.] Parei para espantar os mosquitos do pescoço. Bes pegou alguma coisa na água — um peixe ou um sapo agitado — e o enfiou na boca.

— Precisa *mesmo* fazer isso? — perguntei.

— O quê? — ele disse, ainda mastigando. — É hora do jantar.

Eu me virei enojado e enfiei a estaca na água.

Tunc.

Acertei algo mais duro que madeira ou tijolos de barro. Era pedra.

Acompanhei o contorno com a estaca. Não era um pedregulho. Era uma fileira plana de blocos lavrados. A borda declinava gradualmente em outra fileira uns trinta centímetros mais baixa: como uma escada descendo.

— Bes — chamei.

Ele se aproximou de mim. A água chegava quase em suas axilas. A imagem de seu corpo tremulava no rio, como se pudesse desaparecer a qualquer momento.

Mostrei a ele o que havia encontrado.

— Hum. — Ele mergulhou a cabeça. Quando voltou à tona, sua barba estava coberta de mato e sujeira. — É uma escada, sim. Parece a entrada de uma tumba.

— Uma tumba no meio de um vilarejo? — questionei.

Ouvi outro barulho na água a minha esquerda.

Bes franziu o cenho.

— Viu aquilo?

— Sim. Desde que pisamos na água. Você não havia notado?

Ele enfiou o dedo na água, como se verificasse a temperatura.

— Precisamos nos apressar.

— Por quê?

— Por nada, provavelmente. — Ele mentia ainda pior que meu pai. — Vamos dar uma olhada nessa tumba. Abra o rio.

Ele falou como se fosse uma solicitação perfeitamente normal, algo tipo *Passe o sal*.

— Sou um mago de combate — respondi. — Não sei abrir um rio.

Bes parecia ofendido.

— Ah, por favor. Isso é básico. Nos tempos de Khufu conheci um mago que abriu o Nilo só para que se pudesse ir ao fundo buscar o colar de uma garota. E também havia aquele cara israelense, Mickey.

— Moisés?

— É, esse mesmo — Bes disse. — Enfim, você deve ser perfeitamente capaz de abrir a água. Precisamos nos apressar.

— Se é assim tão fácil, por que você não faz?

— *Agora* decidiu ter atitude. Já disse, garoto, água corrente interfere no poder divino. Essa é provavelmente uma das razões pelas quais Iskandar escondeu sua amiga lá embaixo, se é que ela está lá. Você consegue. Só precisa... — De repente ele ficou tenso. — Vá para a margem.

— Mas você disse...

— Agora!

Antes que pudéssemos nos mover, o rio explodiu a nossa volta. Três trombas-d'água dispararam para o alto, e Bes foi puxado para o fundo.

Tentei correr, mas meus pés estavam presos no lodo. As trombas-d'água me cercaram. Elas giraram e assumiram formas humanas com cabeças, ombros e braços feitos de faixas de água agitada, como se fossem múmias criadas a partir do Nilo.

Seis metros correnteza abaixo, Bes emergiu.

— Demônios da água! — ele gritou arfante. — Espante-os!

— Como? — gritei de volta.

Dois deles se encaminharam para Bes. O deus anão tentava se manter à tona, mas a correnteza do rio aumentou e formou espuma, e ele já estava com água até as axilas.

— Vamos, garoto! — ele gritou. — Qualquer pastor conhecia feitiços contra demônios da água!

— Ótimo, encontre um pastor, então!

Bes gritou "BU!", e o primeiro demônio da água evaporou. Ele se voltou para o segundo, mas, antes que pudesse assustá-lo, o demônio lançou uma torrente em seu rosto.

Bes engasgou e caiu, expelindo água pelo nariz. O demônio o atacou, e o deus anão submergiu novamente.

— Bes! — gritei.

O terceiro demônio veio em minha direção. Levantei a varinha e consegui criar um escudo fraco de luz azul-clara. O demônio se chocou contra ele, empurrando-me para trás.

Sua boca e os olhos giravam como pequenos rodamoinhos. Olhar em seu rosto era como usar uma tigela de vidência. Eu podia sentir sua fome interminável, seu ódio pelos humanos. Ele queria romper todos os diques, devorar todas as cidades e afogar o mundo em um mar de caos. E começaria me matando.

Minha concentração fraquejou. A coisa me atacou, destruindo o escudo e me puxando para o fundo do rio.

Você já sentiu água entrando pelo nariz? Imagine uma onda inteira penetrando em suas narinas — uma onda *inteligente* que sabe exatamente como afogá-lo. Perdi minha varinha. Meus pulmões se encheram de líquido. Todo pensamento racional se transformou em pânico.

Eu me debatia e esperneava, sabendo que estava submerso em apenas um metro de água, mas não conseguia me levantar. Não enxergava nada no meio do lodaçal.

Minha cabeça emergiu, e vi uma imagem indistinta de Bes sendo chacoalhado em cima de uma tromba-d'água, gritando:

— Já falei BU! Fique com mais medo!

Afundei novamente, minhas mãos agarrando o lodo.

Meu coração batia disparado. Minha visão começou a escurecer. Ainda que eu tivesse conseguido pensar em um feitiço, não teria sido capaz de dizê-lo. Desejei ter os poderes de um deus do mar, mas essa não era exatamente a especialidade de Hórus.

Eu já estava perdendo a consciência quando alguma coisa agarrou meu braço. Desferi socos alucinados contra aquilo, e meu punho acertou um rosto barbado.

Voltei à superfície novamente, em busca de ar. Bes estava meio afogado a meu lado, gritando:

— Estúpido... *glub, glub*... tentei salvar seu... *glub, glub*...

O demônio me puxou para baixo mais uma vez, mas de repente meu raciocínio estava mais claro. Talvez aquela última dose de oxigênio tenha sido o que eu precisava. Ou talvez esmurrar Bes me despertara do pânico.

Lembrei que Hórus estivera em situação parecida antes. Set certa vez havia tentado afogá-lo, puxando-o para dentro do Nilo.

Agarrei-me a essa lembrança e me apoderei dela.

Estendi meu pensamento para o Duat e canalizei o poder do deus da guerra em meu corpo. A fúria me invadiu. Eu não ia me deixar oprimir. Segui o caminho de Hórus. *Não* ia deixar uma múmia líquida idiota me afogar em um metro de água.

Minha visão ficou vermelha. Gritei, expelindo a água dos pulmões em um jato poderoso.

BRUUUUM!

O Nilo explodiu, e eu caí em um campo de lama.

Em princípio eu estava cansado demais para fazer qualquer coisa além de tossir. Quando consegui ficar em pé e limpar o barro dos olhos, vi que o rio mudara seu curso. Agora ele descrevia uma curva em torno das ruínas do vilarejo. Expostos sobre o cintilante barro vermelho havia tijolos e tábuas, lixo, roupas velhas, o para-choque de um carro e ossos que podiam ser de animais ou humanos. Alguns peixes se debatiam no chão, tentando entender para onde fora o rio. Não havia sinal dos demônios da água. A uns três metros de distância, Bes me olhava irritado. Seu nariz sangrava, e ele estava enterrado no lodo até a cintura.

— Normalmente, quando se abre um rio — ele resmungou —, não é necessário socar um anão. Agora tire-me daqui!

Consegui libertá-lo, provocando um barulho de sucção tão impressionante que lamento não tê-lo gravado.

[Não, Sadie, não vou tentar imitá-lo no microfone.]

— Sinto muito — gaguejei. — Não tive a intenção...

Ele interrompeu meu pedido de desculpas com um gesto.

— Você deu um jeito nos demônios da água. Isso é o que importa. Agora vamos ver se você consegue lidar com *aquilo*.

Eu me virei e vi a tumba.

Era um poço retangular mais ou menos do tamanho de um closet, revestido de blocos de pedra. Uma escada descia até uma porta de pedra fechada, coberta com hieróglifos.

O maior deles era o símbolo da Casa da Vida:

— Aqueles demônios estavam guardando a entrada — disse Bes. — Pode haver algo pior lá dentro.

Sob o símbolo, reconheci uma fileira de hieróglifos fonéticos:

— Z-I-A — li. — Zia está lá dentro.

— E aquilo — Bes murmurou — é o que, no ramo da magia, chamamos de *armadilha*. Sua última chance de mudar de ideia, garoto.

Mas eu não estava realmente ouvindo.

Zia se encontrava lá embaixo. Mesmo que eu soubesse o que iria acontecer, não creio que tivesse conseguido me conter.

Desci a escada e empurrei a porta.

14. Na tumba de Zia Rashid

O SARCÓFAGO ERA FEITO de água.

Era uma silhueta humana muito grande com pés arredondados, ombros largos e um rosto sorridente magnânimo, como outros caixões egípcios que eu já tinha visto; mas esse era todo esculpido em puro líquido brilhante. Ficava em uma plataforma de pedra no meio de uma câmara quadrada. Arte egípcia decorava as paredes, mas não prestei muita atenção a isso.

Dentro do sarcófago, Zia Rashid flutuava em vestes brancas. Seus braços estavam cruzados sobre o peito. Ela segurava um cajado de pastor e um mangual de guerra, os símbolos de um faraó. Seu cajado e sua varinha flutuavam ao lado do corpo. Os cabelos pretos e curtos balançavam em torno do rosto, que era tão lindo quanto eu lembrava. Se você já viu a famosa escultura da Rainha Nefertiti, Zia me fazia lembrar dela, com as sobrancelhas arqueadas, as maçãs do rosto salientes, o nariz gracioso e lábios vermelhos perfeitos.

[Sadie diz que estou exagerando na descrição, mas é verdade. Há uma razão para Nefertiti ter sido chamada de a mulher mais linda do mundo.]

Quando me aproximei do sarcófago, a água começou a tremular. Uma ondulação desceu pelas laterais, traçando o mesmo símbolo muitas e muitas vezes.

Bes fez um som grave no fundo da garganta.

— Você não me contou que ela era uma deusa menor.

Eu não havia pensado em mencionar esse detalhe, mas é claro que fora por isso que Iskandar tinha escondido Zia. Quando nosso pai libertou os deuses no British Museum, um deles, a deusa do rio, Néftis, escolhera Zia como hospedeira.

— Aquele é o símbolo de Néftis? — deduzi.

Bes assentiu.

— Você não disse que essa garota era uma elementalista do fogo?

— Sim.

— Hum. Não é uma boa combinação. Não me admira que o Sacerdote-leitor Chefe a tenha colocado em animação suspensa. Um mago do fogo hospedando uma deusa da água... isso poderia matá-la, a menos que... ah, isso é muito sagaz.

— O quê?

— A combinação de água com fogo também poderia mascarar os poderes de Zia. Se Iskandar estava tentando escondê-la de Apófis... — Os olhos dele se arregalaram. — Santa Mãe Nut. Aqueles são o gancho e o mangual?

— Acho que sim. — Eu não sabia por que ele parecia tão chocado. — Não era comum pessoas importantes serem enterradas com eles?

Bes me olhou incrédulo.

— Você não entende, garoto. Aqueles são o gancho e o mangual *originais*, os instrumentos reais de Rá.

De repente me senti como se tivesse engolido uma bola de gude. Acho que não teria ficado mais surpreso se Bes tivesse me dito: *A propósito, você está encostado em uma bomba de hidrogênio!* O gancho e o mangual de Rá eram os símbolos mais poderosos do deus egípcio mais poderoso. Mas, nas mãos de Zia, eles não pareciam ser nada especiais. O gancho parecia um bastão gigante de caramelo azul e dourado. O mangual era um toco de madeira com três correntes com cravos em uma extremidade. Não brilhavam nem estavam marcados com uma inscrição PROPRIEDADE DE RÁ.

— Por que eles estariam aqui? — perguntei.

— Não sei — Bes respondeu —, mas são eles. A última notícia que ouvi sobre eles foi que estavam trancados nos cofres do Primeiro Nomo. Só o Sacerdote-leitor Chefe tinha acesso a ambos. Acho que Iskandar os enterrou com sua amiga ali.

— Para protegê-la?

Bes deu de ombros, claramente confuso.

— Isso seria como ligar o sistema de segurança de casa a um míssil nuclear. Completamente exagerado. Não me admira que Apófis não tenha conseguido atacá-la. Isso é uma *baita* proteção contra o Caos.

— O que acontece se eu despertá-la?

— Os encantamentos que a protegem serão desfeitos. Pode ser por isso que Apófis o mandou para cá. Quando sair do sarcófago, Zia se tornará um alvo mais fácil. Quanto ao motivo pelo qual Apófis a quer morta, ou por que Iskandar teria todo esse trabalho para protegê-la, sei tanto quanto você.

Estudei o rosto de Zia. Eu passara três meses sonhando encontrá-la. Agora estava quase com medo de acordá-la. Se quebrasse o encantamento do sono, eu poderia feri-la acidentalmente ou deixá-la vulnerável a um ataque de Apófis. Mesmo que eu conseguisse, e se ela acordasse e decidisse que me odiava? Eu queria acreditar que ela compartilhara a memória com seu *shabti*, de modo que pudesse se lembrar dos momentos que havíamos passado juntos. Mas, se ela não a tivesse compartilhado, eu não sabia se poderia suportar a rejeição.

Toquei o caixão de água.

— Cuidado, garoto — Bes me avisou.

Energia mágica percorreu meu corpo. Era sutil — como olhar no rosto de um demônio da água —, mas eu podia sentir os pensamentos de Zia. Ela estava presa em um sonho no qual se afogava. Estava tentando se apegar a sua última lembrança boa: o rosto bondoso de Iskandar enquanto ele colocava o gancho e o mangual em suas mãos. "Fique com eles, minha querida. Vai precisar. E não tema. Não será incomodada por sonhos."

Mas Iskandar se enganara. Pesadelos haviam invadido o sono de Zia. A voz de Apófis sibilava na escuridão: "Eu destruí sua família. E estou indo pegá-la." Zia via a demolição de seu vilarejo repetidas vezes enquanto Apófis ria, e o espírito de Néftis se agitava desconfortavelmente dentro dela. A magia de Iskandar também aprisionara a deusa naquele sono encantado, e ela tentava proteger Zia, invocando o Nilo para encobrir essa tumba e protegê-las ambas da Serpente. Mas ela não conseguia impedir os sonhos. Zia tinha o mesmo pesadelo caótico havia três meses, e sua sanidade estava em frangalhos.

— Preciso libertá-la — eu disse. — Ela está semiconsciente.

Bes inspirou por entre os dentes trincados.

— Isso não deveria ser possível, mas, se for verdade...

— Ela está em sério perigo.

Mergulhei minha mão mais fundo no sarcófago. Canalizei o mesmo tipo de energia que havia usado para abrir o rio, mas em menor escala. Lentamente, a água foi perdendo a forma, derretendo como um cubo de gelo. Antes que Zia caísse da plataforma, eu a segurei nos braços. Ela derrubou o gancho e o mangual. Seu cajado e sua varinha também caíram no chão.

Quando o sarcófago se desfez por completo, os olhos de Zia se abriram. Ela tentou respirar, mas parecia não estar conseguindo puxar o ar.

— Bes, qual é o problema com ela? — perguntei. — O que eu faço?

— A deusa — ele disse. — O corpo de Zia está rejeitando o espírito de Néftis. Leve-a para o rio!

O rosto de Zia começou a ficar azul. Ergui-a e corri pela escada escorregadia, o que não era fácil com ela esperneando e me batendo o tempo todo. Consegui caminhar pelo lamaçal sem cair e a coloquei delicadamente no chão perto da margem do rio.

Ela agarrava a garganta, os olhos cheios de medo; mas, assim que seu corpo tocou o Nilo, uma aura azul tremulou a sua volta. O rosto recuperou a coloração normal. Água jorrou de sua boca, como se ela tivesse se transformado em uma fonte humana. Lembrando agora, acho que aquilo foi bastante nojento, mas na hora eu estava aliviado demais para me importar com a cena.

A forma aquosa de uma mulher num vestido azul emergiu da superfície do rio. A maioria dos deuses egípcios enfraquece quando em contato com a água, mas Néftis era evidentemente uma exceção. Ela brilhava com poder.

Tinha uma coroa egípcia prateada sobre os longos cabelos negros. O rosto altivo me lembrava Ísis, mas essa mulher tinha sorriso mais doce e olhos mais gentis.

— Olá, Bes. — A voz dela era suave e sussurrante, como uma brisa na relva à margem do rio.

— Néftis — disse o anão. — Há quanto tempo.

A deusa da água olhou para Zia, que tremia em meus braços, ainda lutando para respirar.

— Lamento tê-la usado como hospedeira — disse Néftis. — Foi uma escolha infeliz que quase nos destruiu. Guarde-a bem, Carter Kane. Ela tem um bom coração e um destino importante.

— Que destino? — perguntei. — Como devo protegê-la?

Em vez de responder, o espírito de Néftis sumiu no Nilo.

Bes grunhiu em sinal de aprovação.

— O Nilo é onde ela deveria estar. É esse seu corpo apropriado.

Zia tossiu água e se curvou.

— Ela ainda não consegue respirar!

Fiz a única coisa em que pude pensar. Tentei a respiração boca a boca.

Sim, tudo bem, sei como isso soa, mas eu não estava pensando com clareza. [Pare de rir, Sadie.]

Honestamente, eu não estava tentando tirar proveito dela. Só queria ajudar.

Zia não interpretou dessa maneira. Ela me acertou um soco tão forte no peito que soltei um guincho parecido com o de um patinho de borracha. Depois ela se virou para o lado e vomitou.

Eu não imaginava que meu hálito estivesse *tão* ruim.

Quando ela olhou para mim novamente, seus olhos tinham um brilho furioso... como nos velhos tempos.

— Não se *atreva* a me beijar! — ela disparou.

— Eu não... Não quis...

— Onde está Iskandar? — Zia perguntou. — Pensei... — Os olhos dela perderam o foco. — Sonhei que... — Ela começou a tremer. — Pelo Egito eterno, ele não... *Não pode...*

— Zia...

Tentei pôr minha mão em seu ombro, mas ela me afastou. Virou-se para o rio e começou a soluçar, arranhando a lama.

Eu queria ajudá-la. Não suportava vê-la sofrer. Mas olhei para Bes, e ele tocou o nariz ensanguentado, como se me prevenisse: *Vá com calma, ou ela vai deixar seu nariz assim.*

— Zia, temos muito que conversar — eu disse, tentando não soar desapontado. — Venha, vamos sair de perto do rio.

Ela se sentou nos degraus da própria tumba e abraçou as próprias pernas. Suas roupas e o cabelo começavam a secar, mas, apesar da noite quente e do vento seco do deserto, ela ainda tremia.

Atendendo a um pedido meu, Bes trouxe o cajado e a varinha dela da tumba, e também o gancho e o mangual, mas ele não parecia muito feliz com isso. Carregava os objetos como se fossem venenosos.

Tentei explicar os acontecimentos a Zia: sobre o *shabti*, a morte de Iskandar, Desjardins ter se tornado Sacerdote-leitor Chefe e o que havia acontecido nos últimos três meses, desde a batalha contra Set, mas não sei quanto ela ouviu. Continuava balançando a cabeça, pressionando as mãos contra as orelhas.

— Iskandar não pode estar morto. — A voz dela vacilava. — Ele não faria... Não faria isso comigo.

— Ele estava tentando protegê-la — eu disse. — Não sabia que você teria pesadelos. Tenho procurado por você...

— Por quê? — ela perguntou. — O que você quer de mim? Eu me lembro de termos nos encontrado em Londres, mas depois disso...

— Conheci seu *shabti* em Nova York. Ela... você... levou a mim e Sadie ao Primeiro Nomo. Você começou nosso treinamento. Trabalhamos juntos no Novo México, e depois na Pirâmide Vermelha...

— Não. — Ela fechou os olhos com força. — Não, não era eu.

— Mas você consegue lembrar o que o *shabti* fez. Tente...

— Você é um Kane! — ela gritou. — Vocês são todos bandidos. E está aqui com... com *aquilo*. — Ela apontou para Bes.

— *Aquilo* tem nome — Bes resmungou. — Estou começando a me perguntar por que percorri meio Egito para acordar você.

— Você é um deus! — Zia exclamou. Depois olhou para mim. — E se *você* o invocou, vai ser executado!

— Escute aqui, menina — Bes disse —, você estava hospedando o espírito de Néftis. Portanto, se alguém deve ser executado...

Zia agarrou o cajado.

— Desapareça!

Felizmente ela ainda não havia recuperado toda a sua força. Conseguiu atirar uma coluna fraca de fogo no rosto de Bes, mas o anão afastou as chamas sem dificuldade alguma.

Agarrei a ponta do cajado.

— Zia, pare! Ele não é o inimigo.

— Posso bater nela? — Bes perguntou. — Você me bateu, garoto. Parece justo.

— Nada de bater em ninguém — eu disse. — E nada de lançar fogo. Zia, estamos do mesmo lado. O equinócio começa amanhã ao pôr do sol, e Apófis se libertará da prisão. Ele planeja destruir você. Estamos aqui para salvá-la.

O nome *Apófis* produziu um forte impacto. Ela fez um grande esforço para respirar, como se os pulmões estivessem se enchendo de água de novo.

— Não. Não, não é possível. Por que devo acreditar em você?

— Porque... — hesitei. O que eu poderia dizer? Porque nos apaixonamos há três meses? Porque enfrentamos muita coisa juntos e salvamos a vida um do outro? Essas lembranças não eram dela. Zia se lembrava de mim... mais ou menos. Mas o tempo que passamos juntos era como um filme ao qual ela havia assistido, com uma atriz desempenhando o papel dela, agindo como ela jamais teria agido.

— Você não me conhece — Zia falou com amargura. — Agora vá, antes que eu seja forçada a lutar contra você. Voltarei sozinha ao Primeiro Nomo.

— Talvez ela tenha razão, garoto — disse Bes. — É melhor irmos embora. Fizemos magia o bastante aqui para fazer disparar todo tipo de alarme.

Cerrei os punhos. Meus piores medos se concretizaram. Zia não gostava de mim. Tudo que havíamos vivido juntos se partira em pedaços com sua réplica de argila. Mas, como já devo ter comentado, fico teimoso quando me dizem que não posso fazer algo.

— Não vou deixar você. — Apontei para as ruínas do vilarejo. — Zia, este lugar foi destruído por Apófis. Não foi um acidente. Não foi culpa de seu pai. O alvo da Serpente era *você*. Iskandar a adotou porque sentia que você tinha um destino importante. Ele a escondeu com o gancho e o mangual do faraó pelo mesmo motivo: não só porque você estava hospedando uma deusa, mas porque ele estava morrendo e temia não poder mais protegê-la. Não sei qual é seu destino exatamente, mas...

— Pare! — Ela reacendeu a extremidade do cajado. Dessa vez ele brilhou com mais intensidade. — Está perturbando meus pensamentos. Você é igualzinho aos pesadelos.

— Você sabe que não sou. — Eu provavelmente devia ter calado a boca, mas não acreditava que Zia seria capaz de me incinerar. — Antes de morrer, Iskandar percebeu que o jeito antigo precisava ser restabelecido. Por isso ele deixou Sadie e eu vivermos. Deuses e magos precisam trabalhar juntos. Você... seu *shabti* compreendeu isso quando lutamos juntos na Pirâmide Vermelha.

— Garoto — Bes falou com mais urgência —, nós temos mesmo que ir.

— Venha conosco — eu disse a Zia. — Sei que você sempre se sentiu sozinha. Nunca teve ninguém além de Iskandar. Eu entendo, e sou seu amigo. Nós podemos protegê-la.

— Ninguém me *protege*! — Ela se levantou indignada. — Sou uma escriba na Casa da Vida!

Seu cajado atirou chamas. Procurei minha varinha, mas é claro que a perdera no rio. Instintivamente, minhas mãos pegaram os símbolos do faraó — o cajado de pastor e o mangual de guerra. Cruzei-os à minha frente de forma defensiva, e o cajado de Zia se estilhaçou instantaneamente. O fogo se dissipou.

Zia cambaleou para trás, e fumaça subia de suas mãos.

Ela me olhou em completo choque.

— Atreve-se a usar os símbolos de Rá?

Eu provavelmente parecia igualmente surpreso.

— Eu... não tive a intenção! Só quero conversar. Você deve estar com fome. Temos comida e água na caminhonete...

— Carter! — Bes ficou tenso. — Há algo errado...

Ele se virou tarde demais. Uma luz branca ofuscante explodiu em torno dele. Quando consegui enxergar novamente, Bes estava imóvel em uma jaula cujas grades brilhavam como tubos fluorescentes. Em pé ao lado dele estavam as duas pessoas que eu menos queria ver:

Michel Desjardins e Vlad, o Inalador.

Desjardins parecia ainda mais velho que em minha visão. Os cabelos grisalhos e a barba bifurcada estavam compridos e desgrenhados. As vestes cor de creme pendiam frouxas sobre seu corpo. A capa de pele de leopardo do Sacerdote-leitor Chefe caía em seu ombro esquerdo.

Vlad Menshikov, por outro lado, parecia descansado e pronto para uma boa partida de Vamos-Torturar-Kane. Ele vestia um terno de linho branco impecável e portava um novo cajado de serpente. Seu colar prateado em formato de cobra brilhava sobre a gravata. Em cima de seus cabelos encaracolados havia um chapéu Fedora branco, provavelmente para esconder os ferimentos que Set provocara. Ele sorria como se estivesse encantado em me ver, o que poderia ter sido convincente... só que ele estava sem os óculos de sol. Através das ruínas de cicatrizes e manchas vermelhas, aqueles olhos horríveis brilhavam com ódio.

— Como eu disse, Sacerdote-leitor Chefe — Menshikov chiou —, o movimento seguinte de Kane seria encontrar esta pobre garota e tentar aliciá-la.

— Desjardins, escute — falei. — Menshikov é um traidor. Ele invocou Set. Está tentando libertar Apófis...

— Está vendo? — gritou Menshikov. — Como previ, o menino tenta me culpar por sua magia ilegal.

— O quê? — reagi. — Não!

O russo se virou para examinar Bes, que ainda estava imobilizado na jaula brilhante.

— Carter Kane, você afirma que é inocente, apesar de descobrirmos que está se associando a deuses. Quem temos aqui? Bes, o anão! Felizmente, meu avô me ensinou um excelente feitiço de aprisionamento para essa criatura em particular. Ele também me mostrou muitos encantamentos de tormento que são... bastante eficientes com o deus anão. Sempre quis experimentá-los.

Desjardins torceu o nariz com desgosto, mas eu não conseguia determinar se era por minha causa ou por Menshikov.

— Carter Kane — disse o Sacerdote-leitor Chefe —, eu sabia que você cobiçava o trono do faraó. Sabia que estava tramando com Hórus. Mas agora o encontro segurando o gancho e o mangual de Rá, que recentemente descobrimos que haviam desaparecido de nosso cofre. Mesmo para você, esse é um ato descarado de agressão.

Olhei para as armas em minhas mãos.

— Não é bem assim. Acabei de encontrá-las...

Parei. Não podia revelar que os símbolos haviam sido enterrados com Zia. Mesmo se ele acreditasse em mim, isso podia colocá-la em perigo.

Desjardins assentiu como se eu tivesse confessado. Para minha surpresa, ele parecia um pouco triste com isso.

— Como eu pensava. Amós me garantiu que você era um honrado servidor do Maat. Em vez disso, descubro que você é um deus menor e um ladrão.

— Zia. — Virei-me para ela. — Você precisa me ouvir. Está em perigo. Menshikov trabalha para Apófis. Ele vai matar você.

Menshikov foi muito eficiente em parecer ofendido.

— Por que eu desejaria fazer mal a ela? Sinto que agora a jovem está livre de Néftis. Não é culpa dela se a deusa invadiu seu corpo físico. — Ele estendeu a mão para Zia. — Fico feliz por vê-la em segurança, criança. Não pode ser culpada pelas decisões estranhas de Iskandar em seus últimos dias de vida... Escondê-la aqui, agir com brandura com relação a esses criminosos Kane. Afaste-se do traidor. Volte para casa conosco.

Zia hesitou.

— Eu tive... tive sonhos estranhos...

— Está confusa — Desjardins falou em tom gentil. — É natural. Seu *shabti* estava lhe transferindo suas lembranças. Você *viu* Carter Kane e a irmã dele fazendo um pacto com Set na Pirâmide Vermelha. Em vez de destruir o Lorde Vermelho, eles o deixaram ir. Lembra-se disso?

Zia me estudou desconfiada.

— Tente lembrar por que fizemos isso — supliquei. — O Caos está se levantando. Apófis vai se libertar em menos de vinte e quatro horas. Zia, eu...

As palavras ficaram presas em minha garganta. Eu queria contar o que sentia por ela, mas seus olhos ficaram rígidos como âmbar.

— Não conheço você — Zia murmurou. — Lamento.

Menshikov sorriu.

— É claro que não o conhece, criança. Não tem relação alguma com traidores. Agora, com permissão de Lorde Desjardins, vamos levar esse jovem herege de volta ao Primeiro Nomo, onde ele terá um julgamento justo — Menshikov se virou para mim, seus olhos arruinados brilhando com o triunfo — e depois será executado.

S
A
D
I
E

15. Camelos são maus...

Sim, Carter, toda essa história com os demônios da água deve ter sido horrível. Mas *não* sinto pena de você, porque 1) você fez completamente por merecer, e 2) enquanto você resgatava Zia, *eu* enfrentava camelos.

Camelos são nojentos.

Você pode pensar: Mas, Sadie, esses eram camelos mágicos, invocados por um amuleto de Walt. Walt esperto! Certamente camelos mágicos não são tão ruins quanto camelos normais.

Pois agora posso atestar que camelos mágicos cospem, fazem cocô, babam, mordem, comem e, o mais nojento de tudo, fedem como camelos normais. Na verdade, sua nojeira é magicamente intensificada.

Não começamos com os camelos, é claro. Progredimos por uma série de meios de transporte cada vez piores. Primeiro pegamos um ônibus para uma cidadezinha a oeste de Alexandria; sem ar-condicionado e cheio de homens que desconheciam os benefícios do uso de desodorante. Depois contratamos um motorista para nos levar a Baharia; um motorista que primeiro teve a audácia de pôr para tocar um CD com os maiores sucessos do ABBA e de comer cebolas cruas, e depois nos levou para o meio do nada e — surpresa! — nos apresentou a seus amigos, os bandidos, que mal podiam esperar para assaltar adolescentes americanos indefesos. Eu adorei mostrar a eles como meu cajado se transforma em um grande leão faminto. Acho que os bandidos e o motorista estão correndo até agora. Porém, o carro havia morrido, nem toda a nossa magia foi capaz de fazer o motor voltar a funcionar.

Naquele momento, decidimos que era melhor sairmos de vista. Eu podia suportar os olhares maliciosos das pessoas da região. Podia aguentar ser vista com curiosidade como alguém esquisita — uma garota americana/inglesa com mechas roxas no cabelo, viajando sozinha com um garoto que não parecia ser seu irmão. Na verdade, isso praticamente descrevia minha vida. Mas, depois do incidente com os bandidos na estrada, Walt e eu percebemos *quanto* as pessoas estavam nos observando, vendo-nos como alvos.

Eu não queria chamar a atenção de mais bandidos, nem da polícia egípcia, nem, pior ainda, de magos disfarçados que poderiam estar à espreita. Então invocamos os camelos mágicos, encantamos um punhado de areia para nos indicar o caminho para Baharia, e começamos a travessia do deserto.

"Como estava o deserto, Sadie?" é o que você deve estar se perguntando.

Obrigada pelo interesse. Estava quente.

E outra coisa: por que diabos os desertos precisam ser tão imensos? Por que não podem ter apenas algumas centenas de metros de largura, só o suficiente para dar a ideia de areia, secura e desgraça, e depois ceder lugar a alguma paisagem mais apropriada, como um prado cortado por um rio, ou uma rua cheia de lojas?

Não tivemos essa sorte. O deserto era infinito. Eu era capaz de imaginar Set, o deus da desolação, rindo de nós enquanto nos arrastávamos por dunas intermináveis. Se aquela era sua casa, não gostei nem um pouco da decoração.

Dei a meu camelo o nome Katrina. Ela era um desastre natural. Babava o tempo todo e parecia acreditar que minhas mechas roxas eram algum tipo de fruta exótica. Estava obcecada pela ideia de comer minha cabeça. Ao camelo de Walt, dei o nome Hindenburg. Ele era quase tão grande quanto um zepelim e, definitivamente, também estava cheio de gás.

Enquanto cavalgávamos lado a lado, Walt parecia perdido em pensamentos, olhando para o horizonte. Ele atendera meu chamado em Alexandria sem hesitar. Como eu havia suspeitado, nossos amuletos *shen* estavam ligados. Com um pouco de concentração, eu havia conseguido mandar para ele uma imagem mental de nossa situação. Com um pouco mais de esforço, eu pudera literalmente puxá-lo para perto de mim através do Duat. Um item mágico bastante útil: garoto lindo instantâneo.

Mas, desde que havia chegado, ele ficara cada vez mais quieto e incomodado. Estava vestido como um adolescente americano comum em um passeio ao ar livre — camiseta preta que ficava muito bem nele, calças de tecido leve e botas. Mas, se você o olhasse mais atentamente, perceberia que viera equipado com todos os objetos mágicos que já havia criado. No pescoço ele tinha um verdadeiro zoológico de amuletos de animais. Três anéis cintilavam em cada mão. Na cintura havia um cinto de corda que eu nunca vira, então presumi que tinha poderes mágicos. Walt carregava também uma mochila, certamente cheia de mais apetrechos úteis. Apesar desse arsenal particular, ele parecia terrivelmente nervoso.

— Que clima agradável — comentei.

Walt me olhou intrigado, saindo de seu estado catatônico.

— Ah, desculpe, eu... estava pensando.

— Sabe, às vezes conversar ajuda. Por exemplo, hum, não sei. Se eu tivesse um problema muito sério, algum assunto perigoso, e que eu só tivesse confidenciado a Jaz... E se Bes soubesse o que estava acontecendo, mas não revelasse... E se eu tivesse aceitado participar de uma aventura com uma grande amiga, e tivesse horas para conversar enquanto atravessávamos o deserto, eu poderia me sentir tentada a dizer o que estava errado.

— Hipoteticamente — ele disse.

— Sim. E se essa garota fosse a última pessoa do mundo a saber o que havia de errado comigo e realmente se *importasse*... bem, imagino que ela ficaria muito frustrada por não ser informada. E ela poderia hipoteticamente estrangular você... digo, a mim. Hipoteticamente.

Walt abriu um sorriso fraco. Embora eu não possa dizer que os olhos dele me faziam derreter tanto quanto os de Anúbis, ele tinha um rosto lindo. Não era nada parecido com meu pai, mas tinha o mesmo tipo de força e beleza rústica — uma espécie de gravidade sutil que me fazia sentir segura, com os pés um pouco mais firmes no chão.

— Para mim, é difícil falar sobre isso — ele disse. — Não tive a intenção de esconder nada de você.

— Felizmente não é tarde demais.

Nossos camelos seguiam em frente. Katrina tentava beijar, ou talvez cuspir em Hindenburg, que respondia soltando gases. Achei aquilo um exemplo deprimente do relacionamento entre meninos e meninas.

— Tem a ver com o sangue dos faraós — finalmente Walt falou. — Vocês, os Kane, reúnem duas linhagens reais poderosas, as de Narmer e de Ramsés, o Grande, certo?

— Foi o que me disseram. Sadie, a Grande, até que soa bem.

Walt não respondeu. Talvez estivesse me imaginando como faraó, o que, devo admitir, é um conceito bem assustador.

— Minha linhagem real... — ele hesitou. — O que você sabe sobre Akhenaton?

— Sem pensar muito no assunto eu diria que ele foi um faraó. Provavelmente do Egito.

Walt riu, o que foi bom. Se eu conseguisse impedi-lo de ficar tão sério, talvez fosse mais fácil para ele se abrir.

— Nota dez — Walt confirmou. — Akhenaton foi o faraó que decidiu dar um fim em todos os antigos deuses e idolatrar apenas Áton, o Sol.

— Ah... certo. — A história me soava vagamente conhecida, o que me assustava, porque me fazia sentir quase tão *nerd* em assuntos do Egito quanto Carter. — Esse é o cara que mudou a capital, não é?

Walt assentiu.

— Ele construiu uma cidade inteiramente nova em Amarna. Era um cara meio esquisito, mas foi o primeiro a pensar que os deuses antigos eram ruins. Ele tentou banir a adoração a eles, fechar seus templos. Queria cultuar apenas um deus, mas fez uma escolha estranha para esse deus único. Ele achava que era o Sol. Não o deus sol, Rá, mas o *próprio* disco solar, Áton. Enfim, os antigos sacerdotes e magos, especialmente os sacerdotes de Amon-rá...

— Outro nome para Rá? — arrisquei.

— Mais ou menos — ele disse. — Então os sacerdotes dos templos de Amon-rá não ficaram muito felizes com Akhenaton. Depois que o faraó morreu, eles removeram a face de suas estátuas, tentaram apagar seu nome de todos os monumentos etc. Amarna foi completamente abandonada. O Egito voltou ao que era antes.

Tentei assimilar aquilo. Milhares de anos antes de Iskandar emitir uma ordem exilando os deuses, um faraó tivera essa mesma ideia.

— E esse foi seu tatara-alguma-coisa-avô? — perguntei.

Walt enrolou no pulso as rédeas do camelo.

— Sou um dos descendentes de Akhenaton. Sim. Temos a mesma aptidão para a magia que a maioria das linhagens reais, mas... temos problemas também. Os deuses não ficaram felizes com Akhenaton, como você pode imaginar. O filho dele, Tutancâmon...

— Rei Tut? — perguntei. — Você é parente do Rei Tut?

— Infelizmente — Walt respondeu. — Tutancâmon foi o primeiro a sofrer a maldição. Morreu aos dezenove anos. E foi um dos que teve mais sorte.

— Espere aí. Que maldição?

Nesse momento Katrina brecou com um guincho estridente. Eu sei, você vai protestar que camelos não guincham, mas está redondamente enganado. Quando chegou ao topo de uma enorme duna de areia, Katrina soltou um guincho molhado muito pior que o de pneus cantando. Hindenburg parou com um som mais flatulento.

Olhei para o outro lado da duna. Abaixo de nós, no meio do deserto, havia um nebuloso vale de campos verdes e palmeiras, uma mancha mais ou menos do tamanho do centro de Londres. Havia aves no céu. Pequenos lagos brilhavam ao sol da tarde. Aqui e ali havia alguns abrigos, de onde fogueiras lançavam fumaça. Depois de tanto tempo no deserto, meus olhos doíam ao ver todas aquelas cores, como quando você sai de um cinema escuro para uma tarde ensolarada.

Compreendi como os viajantes da Antiguidade deviam se sentir descobrindo um oásis como aquele após dias no deserto. Era o mais próximo do Jardim do Éden que eu jamais vira.

Mas os camelos não tinham parado para admirar o belo cenário. Havia uma trilha de pequeninas pegadas na areia, desde o limite do oásis até nossa duna. E subindo a encosta vi um gato com expressão bastante descontente.

— Finalmente — disse o gato.
Desci do lombo de Katrina e olhei incrédula para o felino. Não por ele falar — eu já tinha visto coisas mais estranhas —, mas porque reconhecia aquela voz.
— Bastet? — eu disse. — O que está fazendo dentro desse... o que *é* isso, exatamente?
O animal se apoiou nas patas traseiras e abriu as dianteiras, como se dissesse: *Voilà!*
— Um gato da raça mau-egípcio, é claro. Lindas manchas de leopardo, pelo azulado...
— Parece que foi batido no liquidificador.
Eu não queria ser grossa. O gato estava terrivelmente arrebentado. O pelo tinha falhas enormes. Até podia ter sido bonito um dia, mas eu estava mais inclinada a pensar que ele sempre tivera esse aspecto selvagem. O pelo que restava estava sujo e manchado, e seus olhos estavam inchados e tinham quase tantas cicatrizes quanto os de Vlad Menshikov.
Bastet — ou o gato — ou *quem quer que* estivesse no comando — voltou à posição de quadrúpede e fungou com indignação.
— Sadie, querida, creio que já falamos sobre cicatrizes de batalhas em gatos. Este velho felino é um guerreiro!
Um guerreiro que sempre perde, pensei, mas decidi não dizer isso.
Walt também desceu do lombo de Hindenburg.
— Bastet, como... onde você está?
— Ainda nas profundezas do Duat. — Ela suspirou. — Vou precisar de pelo menos mais um dia até poder sair. As coisas por aqui estão um pouco... caóticas.
— Você está bem? — perguntei.
O gato assentiu.
— Só preciso tomar cuidado. O abismo está fervilhando de inimigos. Todos os caminhos e vias fluviais habituais estão guardados. Vou ter que fazer

um desvio enorme para voltar em segurança, e como o equinócio começa amanhã ao pôr do sol, o tempo vai ser muito apertado. Achei que seria melhor mandar uma mensagem para vocês.

— Então... — Walt franziu o cenho. — Esse gato não é real?

— É claro que é real — disse Bastet. — Mas é controlado por uma porção de meu *ba*. Consigo falar facilmente através de gatos, ao menos por alguns minutos de cada vez, mas esta é a primeira vez que vocês se aproximam de um. Vocês sabiam disso? Inacreditável! Precisam conhecer mais gatos. A propósito, este mau-egípcio vai precisar de uma recompensa quando eu partir. Um bom peixe, talvez, ou leite...

— Bastet — eu a interrompi —, você disse que tinha uma mensagem?

— Certo. Apófis está acordando.

— Nós sabíamos disso!

— Mas é pior que imaginávamos — ela disse. — Ele tem uma legião de demônios trabalhando em sua jaula, e está calculando para que a fuga coincida com o momento em que vocês despertarem Rá. Na verdade, ele está *contando* com a libertação de Rá. Faz parte do plano dele.

Minha cabeça parecia estar virando geleia, embora talvez fosse porque Katrina estivesse mascando meu cabelo.

— Apófis *quer* a libertação do arqui-inimigo? Isso não faz sentido.

— Não posso explicar — disse Bastet —, mas à medida que eu me aproximava da prisão de Apófis pude vislumbrar os pensamentos dele. Suponho que todos esses séculos de luta tenham criado uma espécie de vínculo entre nós. De qualquer maneira, o equinócio começa amanhã ao pôr do sol, como já disse. No amanhecer seguinte, no dia vinte e um de março, Apófis planeja voltar do Duat. Ele pretende engolir o Sol e destruir o mundo. E acredita que seu plano de despertar Rá vai ajudá-lo nisso.

Walt franziu o cenho.

— Se Apófis quer nosso sucesso, por que está se esforçando tanto para nos atrapalhar?

— Ele está? — perguntei.

De repente uma dúzia de pequenas coisas que haviam me incomodado nos últimos dias se encaixaram: por que Apófis só havia *assustado* Carter no

Museu do Brooklyn, quando as Flechas de Sekhmet podiam tê-lo matado? Como havíamos escapado de São Petersburgo com tanta facilidade? Por que Set havia fornecido a localização do terceiro papiro?

— Apófis quer o caos — falei. — Ele quer dividir seus inimigos. Se Rá voltar, isso pode provocar uma guerra civil. Os magos já estão divididos. Os deuses lutariam entre si. Não haveria um governante reconhecido. E se Rá não renascer em uma forma nova e forte... se ele estiver velho e frágil como em minha visão...

— Então *não devemos* despertar Rá? — Walt perguntou.

— Essa também não é a resposta — eu disse.

Bastet inclinou a cabeça.

— Estou confusa.

Minha mente trabalhava em alta velocidade. Katrina, o camelo, ainda mastigava meu cabelo, transformando-o numa massa grudenta, mas nem percebi.

— *Temos* que seguir o plano. Precisamos de Rá. O Maat e o Caos têm de estar em equilíbrio, certo? Se Apófis retornar, Rá também precisa voltar.

Walt girava os anéis nos dedos.

— Mas se Apófis *quer* que Rá seja despertado, se ele acha que isso o ajudará a destruir o mundo...

— Temos que acreditar que Apófis está errado. — Lembrei-me de uma frase que o *ren* de Jaz havia me falado: "Escolhemos acreditar no Maat." — Apófis não pode imaginar que alguém seria capaz de unir deuses e magos. Ele acha que o retorno de Rá vai nos enfraquecer ainda mais. Precisamos provar que ele está enganado. Temos que criar ordem a partir do caos. Isso é o que o Egito sempre fez. É um risco, um risco *enorme*, mas, se não fizermos nada por medo de fracassarmos, estaremos nos colocando nas mãos de Apófis.

É difícil fazer um discurso motivador com um camelo lambendo sua cabeça, mas Walt assentiu. O gato não pareceu tão entusiasmado. Pensando bem, no entanto, gatos raramente demonstram entusiasmo.

— Não subestime Apófis — disse Bastet. — Você não lutou contra ele. Eu lutei.

— E é por isso que precisamos que você volte depressa. — Contei a ela sobre a conversa entre Vlad Menshikov e Set, e sua intenção de destruir a Casa do Brooklyn. — Bastet, nossos amigos estão correndo grave perigo. É possível que Menshikov seja ainda mais insano que Amós imagina. Assim que puder, vá para o Brooklyn. Tenho a sensação de que nossa batalha final vai acontecer lá. Vamos pegar o terceiro papiro e procurar Rá.

— Não gosto de batalhas finais — disse o gato. — Mas você está certa. Parece muito ruim. A propósito, onde estão Bes e Carter? — Ela olhou desconfiada para os camelos. — Vocês não os transformaram nesses aí, né?

— A ideia é tentadora — eu disse. — Mas, não.

Resumi o que Carter tinha resolvido fazer.

Bastet chiou em desagrado.

— Um desvio insensato! Vou ter uma conversa com aquele anão por ter deixado você andar por aí sozinha.

— E eu sou o quê, invisível? — Walt protestou.

— Desculpe, querido. Não quis dizer... — Os olhos do gato se agitaram. Ele tossiu como se fosse cuspir uma bola de pelos. — Minha conexão está falhando. Boa sorte, Sadie. A melhor entrada para as tumbas fica em uma pequena fazenda de tâmaras ao sudeste. Procure uma caixa-d'água preta. E fique atenta aos romanos. Eles são bastante...

O gato eriçou a cauda. Depois piscou e olhou confuso a sua volta.

— Que romanos? — perguntei. — Eles são bastante o quê?

— *Miau.* — O gato me encarava como se dissesse: *Quem é você e onde está a comida?*

Afastei o focinho do camelo de meu cabelo gosmento.

— Vamos, Walt — resmunguei. — Vamos procurar umas múmias.

Demos ao gato uns pedaços de carne-seca e um pouco de água de nosso suprimento. Não era tão bom quanto peixe e leite, mas o gato pareceu bastante satisfeito. Como ele podia ver o oásis e obviamente sabia se orientar por ali melhor que nós, deixamos o felino terminar sua refeição. Walt transformou os camelos de volta em amuletos, para minha alegria, e seguimos a pé para Baharia.

Não foi difícil encontrar a fazenda de tâmaras. A caixa-d'água preta ficava no limite da propriedade, e era a estrutura mais alta que havia por perto. Caminhamos na direção dela, percorrendo hectares de palmeiras que faziam uma boa sombra contra o sol. Vimos ao longe uma casa de adobe, mas não parecia haver ninguém por ali. Os egípcios provavelmente sabiam que não era bom ficar fora de casa no calor da tarde.

Quando chegamos à caixa-d'água, não vi nada que fosse claramente a entrada de uma tumba. A caixa-d'água parecia ser muito velha — quatro postes enferrujados de aço sustentando um tanque redondo do tamanho de uma garagem a uma altura de uns quinze metros. O tanque tinha um pequeno vazamento. De quando em quando, água caía do céu e batia na areia dura do chão. Não havia muito mais à volta, exceto outras palmeiras, algumas ferramentas agrícolas sujas e uma placa desgastada de compensado caída no chão. A placa tinha inscrições em árabe e em inglês pintadas com *spray*, provavelmente um esforço do fazendeiro para vender seus produtos no mercado. A parte em inglês dizia: *Tâmaras — melhor preço. Bebsi gelada*.

— Bebsi? — perguntei.

— Pepsi — disse Walt. — Li sobre isso na internet. Não existe o som do "p" em árabe. Todos aqui chamam o refrigerante de Bebsi.

— Quer dizer que todo mundo aqui toma Bebsi quando come bizza?

— Brovavelmente.

Bufei.

— Se este é um famoso sítio de escavação, não deveria haver mais atividade? Arqueólogos? Bilheterias? Vendedores de suvenir?

— Talvez Bastet tenha nos mandado para uma entrada secreta — Walt disse. — É melhor que precisar passar escondido por um bando de guardas e vigias.

Uma entrada secreta soava bem interessante, mas, a menos que a caixa-d'água fosse um teletransportador mágico, ou que uma das tamareiras tivesse uma porta oculta, eu não sabia onde poderia estar essa entrada tão útil. Chutei a placa da Bebsi. Não havia nada embaixo dela além de mais areia, que ia se transformando lentamente em lama com o pinga-pinga da caixa-d'água.

Então olhei com mais atenção para a mancha de umidade no chão.

— Espere aí.

Ajoelhei-me. A água estava se acumulando em um pequeno canal, como se a areia escorresse por uma fenda subterrânea. A fresta tinha cerca de um metro de comprimento e não era mais larga que um lápis, mas era reta demais para ser natural. Comecei a escavar a areia. Seis centímetros abaixo da superfície minhas unhas arranharam pedra.

— Ajude-me a limpar aqui — pedi a Walt.

Um minuto depois havíamos exposto uma pedra plana de calçamento de aproximadamente um metro quadrado. Tentei enfiar os dedos sob as extremidades molhadas, mas a pedra era muito espessa e pesada para ser levantada.

— Podemos usar algum objeto como alavanca — Walt sugeriu. — Para erguê-la.

— Ou... — eu disse. — Afaste-se.

Walt parecia pronto para protestar, mas quando peguei meu cajado ele teve a sensatez de sair da frente. Com minha nova compreensão sobre magia divina, minha conexão com Ísis foi mais uma *sensação* que um *pensamento* do que eu precisava. Lembrei-me de uma ocasião em que ela encontrara o caixão do marido no tronco de um cipreste e, tomada pela fúria e pelo desespero, explodira a árvore. Canalizei aquelas emoções e apontei para a pedra.

— Ha-di!

Boa notícia: o encantamento funcionou ainda melhor que em São Petersburgo. O hieróglifo brilhou na extremidade de meu cajado, e a pedra explodiu em pedacinhos, revelando um buraco negro abaixo.

Má notícia: eu não destruí só a pedra. Em torno do buraco, o solo começou a desmoronar. Walt e eu recuamos à medida que mais pedras iam caindo no buraco, e percebi que havia acabado de desestabilizar todo o teto de uma sala subterrânea. O buraco foi se alargando até chegar às estacas que sustentavam a caixa-d'água, que começou a ranger e balançar.

— Corra! — Walt gritou.

Não paramos até nos escondermos atrás de uma palmeira a trinta metros de distância. A caixa-d'água agora vazava por uma centena de rachaduras diferentes, balançava de um lado para o outro como um bêbado, e acabou caindo em nossa direção e se espatifando no chão, ensopando-nos da cabeça aos pés e provocando uma inundação entre as fileiras de palmeiras.

O barulho foi tão ensurdecedor que deve ter sido ouvido em todo o oásis.

— Ops — eu disse.

Walt olhou para mim como se eu fosse maluca. Acho que eu devia ser mesmo. Mas é tão tentador explodir as coisas, não é?

Corremos para a Cratera Memorial Sadie Kane. Ela agora tinha o tamanho de uma piscina. Cinco metros abaixo, sob um amontoado de areia e pedras, havia fileiras de múmias, todas envoltas em tecido velho e dispostas sobre lousas de pedra. Infelizmente agora elas tinham sido esmagadas, mas eu podia ver que estavam pintadas em tons radiantes de vermelho, azul e dourado.

— Múmias de ouro. — Walt parecia horrorizado. — Parte do sistema de tumbas que ainda não havia sido escavado. Você acabou de arruinar...

— Eu *disse* "ops". Agora me ajude a descer lá, antes que o dono dessa caixa-d'água apareça com uma espingarda.

SADIE

16. ... Mas não tão maus quanto os romanos

Para ser justa, as múmias naquela sala em particular já estavam bastante arruinadas, graças ao vazamento na caixa-d'água acima delas. Acrescente água a múmias para obter um aroma realmente horrível.

Escalamos os escombros e encontramos um corredor que conduzia subsolo adentro. Eu não sabia identificar se era natural ou construído, mas atravessava cerca de quarenta metros de rocha sólida até se abrir em outra câmara de sepultamento. Essa sala não havia sido danificada pela água. Tudo estava incrivelmente bem-preservado. Walt levara lanternas, e na luz tênue, múmias pintadas de dourado cintilavam sobre lousas de pedra e dentro de nichos esculpidos na parede. Havia pelo menos cem só nessa sala, e mais corredores seguiam em todas as direções.

Walt iluminou três múmias deitadas juntas em uma plataforma central. Os corpos estavam completamente envoltos em linho, o que as deixava parecidas com pinos de boliche. Os traços físicos tinham sido pintados no linho com detalhes meticulosos — mãos cruzadas sobre o peito, joias enfeitando o pescoço, saiote e sandálias, e uma coleção de hieróglifos protetores e imagens de deuses em uma faixa de cada lado. Tudo aquilo era típica arte egípcia, mas os rostos estavam feitos em estilo completamente distinto — retratos realistas que pareciam ter sido colados na cabeça das múmias. À esquerda havia um homem com um rosto fino e barbado e olhos escuros tristes.

À direita, uma bela mulher com cabelos castanhos encaracolados. Mas o que realmente me comoveu foi a múmia do meio. Era um corpo minúsculo — obviamente uma criança. O retrato era de um menino de uns sete anos. Ele tinha os olhos do homem e o cabelo da mulher.

— Uma família — Walt deduziu. — Sepultados juntos.

Havia algo encaixado sob o cotovelo direito da criança — um pequeno cavalo de madeira, provavelmente seu brinquedo favorito. Apesar de aquela família estar morta havia milhares de anos, não consegui evitar que meus olhos se enchessem de lágrimas. Aquilo era tão triste.

— Como eles morreram? — perguntei.

Uma voz ecoou no corredor bem a nossa frente:

— De consumpção.

Empunhei o cajado numa reação instantânea. Walt virou a lanterna na direção da porta, e um fantasma entrou na câmara. Pelo menos imaginei que fosse um fantasma, porque era possível enxergar através dele. Era um homem gordo e velho, com cabelos grisalhos curtos, bochechas de buldogue e expressão zangada. Estava vestido com uma túnica ao estilo romano e tinha os olhos delineados por *kohl*, então parecia-se um pouco com Winston Churchill — se o antigo primeiro-ministro tivesse dado uma festa doida de togas e se maquiado.

— Morreram recentemente? — Ele nos estudava desconfiado. — Não vejo recém-chegados há um bom tempo. Onde estão seus corpos?

Walt e eu nos entreolhamos.

— Na verdade — respondi —, estamos usando-os.

O fantasma levantou as sobrancelhas.

— *Di immortales!* Vocês estão vivos?

— Por enquanto — Walt disse.

— Então trouxeram oferendas? — O homem esfregou as mãos. — Ah, eles *disseram* que vocês viriam, mas esperamos séculos! Onde estavam?

— Hum... — Eu não queria desapontar um fantasma, sobretudo porque ele começava a brilhar mais intensamente, o que, na magia, costuma ser um prelúdio de explosão. — Talvez devamos nos apresentar. Sou Sadie Kane. E este é Walt...

— É claro! Precisam de meu nome para os encantamentos. — O fantasma pigarreou. — Eu sou Appius Claudius Iratus.

Fiquei com a sensação de que deveria estar impressionada.

— Certo. Isso não é egípcio, é?

O fantasma pareceu ofendido.

— Romano, é claro. Foi por termos seguido aqueles malditos costumes egípcios que todos nós viemos parar aqui! Já me bastava ter sido enviado para este oásis esquecido pelos deuses; como se Roma precisasse de uma legião inteira para proteger algumas fazendas de tâmaras! Ainda por cima tive o azar de adoecer. Eu disse para minha esposa em meu leito de morte: "Lobelia, faça um sepultamento romano tradicional. Nada desse absurdo que fazem por aqui." Mas não! Ela nunca me ouvia. *Tinha* que me mumificar, e meu *ba* ficou preso aqui para sempre. Mulheres! Ela provavelmente voltou para Roma e morreu da maneira apropriada.

— Lobelia? — perguntei, porque na verdade eu não havia escutado muito mais depois disso. Que tipo de pai dava a uma filha o nome de Lobelia?

O fantasma bufou e cruzou os braços.

— Mas vocês não vieram aqui para me ouvir resmungar, não é? Podem me chamar de Cláudio Irado. É a tradução para seu idioma.

Eu me perguntei como um fantasma romano conhecia nosso idioma; ou se nos entendíamos por algum tipo de telepatia. De qualquer maneira, não me senti aliviada ao saber que o nome dele era Cláudio Irado.

— *Hum...* — Walt levantou a mão. — Esse irado é de furioso? Ou é irado de agitado?

— Sim — Cláudio respondeu. — Agora, com relação às oferendas. Vejo cajados, varinhas e amuletos, então presumo que vocês sejam sacerdotes da Casa da Vida local, certo? Muito bom, muito bom. Nesse caso, já sabem o que fazer.

— O que fazer! — concordei com entusiasmo. — Sim, claro!

Cláudio estreitou os olhos.

— Ah, Júpiter. São novatos, não são? Será que o templo pelo menos *explicou* o problema para vocês?

— *Hum...*

Apressadamente ele se aproximou da família de múmias que estávamos olhando.

— Estes são Lucius, Flavia e o pequeno Purpens. Eles morreram vítimas da praga da consumpção. Estou aqui há tanto tempo que poderia lhes contar a história de praticamente *todo mundo*!

— Eles falam com você? — perguntei e me afastei da família de múmias. O pequeno Purpens já não parecia mais tão bonitinho.

Cláudio Irado moveu a mão num gesto de impaciência.

— Às vezes, sim. Não tanto quanto nos velhos tempos. Agora os espíritos passam a maior parte do tempo adormecidos. A questão é que, por pior que tenha sido a morte dessas pessoas, o destino delas *depois* da morte tem sido pior! Todos nós, todos esses romanos que vieram para o Egito, tivemos um sepultamento egípcio. Costumes locais, sacerdotes locais, mumificação dos corpos para a próxima vida etc. Achávamos que estávamos nos garantindo... duas religiões, o dobro de segurança. O problema é que vocês, tolos sacerdotes egípcios, não sabiam mais o que estavam fazendo! Quando nós chegamos, a maior parte de seu conhecimento de magia se havia perdido. Mas vocês nos avisaram? Não! Ficaram muito satisfeitos em pegar nosso dinheiro e fazer um trabalho fajuto.

— Ah. — Afastei-me um pouco mais de Cláudio Irado, que agora brilhava com uma intensidade razoavelmente perigosa. — Bem, tenho certeza de que a Casa da Vida tem um serviço de atendimento ao consumidor para esse...

— Não se pode ir só até a metade do caminho com esses rituais egípcios — ele resmungou. — Acabamos com corpos mumificados e almas eternamente presas a eles, e ninguém fez um acompanhamento! Ninguém fez as preces que nos ajudariam a seguir adiante para a próxima vida. Ninguém fez oferendas para nutrir nosso *ba*. Tem ideia da fome que estou sentindo?

— Temos um pouco de carne-seca — Walt ofereceu.

— Não pudemos ir para o reino de Plutão como bons romanos — continuou Cláudio Irado —, porque nosso corpo foi preparado para uma pós-vida diferente. Não pudemos ir para o Duat, porque não nos ofereceram os rituais egípcios apropriados. Nossa alma ficou presa aqui, ligada a esses corpos. Tem ideia do *tédio* que é aqui embaixo?

— Então, se você é um *ba* — perguntei —, por que não tem um corpo de ave?

— Já falei! Estamos todos bagunçados, nem fantasmas romanos, nem *ba* egípcio. Se eu tivesse asas, pode acreditar que voaria para fora daqui! Aliás, em que ano estamos? Quem é o imperador agora?

— Ah, o nome dele é... — Walt tossiu, depois continuou depressa: — Sabe, Cláudio, tenho certeza de que podemos ajudá-lo.

— Podemos? — eu disse. — Ah, sim! Podemos!

Walt assentiu encorajador.

— A questão é que... temos que encontrar algo antes.

— Um papiro — falei. — Parte do *Livro de Rá*.

Cláudio coçou sua considerável papada.

— E isso os ajudará a mandar nossa alma para a próxima vida?

— Bem... — eu disse.

— Sim — confirmou Walt.

— Possivelmente — acrescentei. — Não saberemos ao certo até o encontrarmos. Isso deve servir para despertar Rá, veja bem, o que vai ajudar os deuses egípcios. Acho que isso aumentaria sua chance de passar para a pós-vida. Além do mais, tenho um bom relacionamento com os deuses egípcios. Eles aparecem para o chá de vez em quando. Se você nos ajudar, poderei interceder por você.

Honestamente, eu só estava inventando coisas para dizer. Tenho certeza de que você vai se surpreender, mas às vezes fico tagarela quando estou nervosa.

[Ah, pare de rir, Carter.]

De qualquer maneira, a expressão de Cláudio Irado tornou-se mais perspicaz. Ele nos estudou como se estimasse o tamanho de nossas contas bancárias. Fiquei me perguntando se o Império Romano tinha vendedores de bigas, e se Cláudio Irado havia sido um deles. Imaginei-o em um comercial romano vestindo uma toga xadrez barata: "Devo ter ficado maluco para distribuir bigas por esses preços!"

— Bom relacionamento com os deuses egípcios — ele repetiu. — Interceder por mim, você diz.

Então, ele se voltou para Walt. A expressão de Cláudio era tão calculista, tão *ansiosa*, que senti um arrepio.

— Se o papiro que procuram é antigo, deve estar na seção mais velha das catacumbas. Alguns egípcios foram enterrados lá, sabem, muito antes da chegada dos romanos. Agora, o *ba* deles já foi. Para *eles*, não houve dificuldade de acesso ao Duat. Mas suas sepulturas continuam intactas, cheias de relíquias e coisa e tal.

— Você poderia nos levar até lá? — Walt perguntou, com muito mais entusiasmo que eu poderia sentir.

— Ah, sim. — Cláudio Irado nos deu seu melhor sorriso de "vendedor de bigas usadas". — E depois falaremos sobre um pagamento apropriado, certo? Venham, amigos. Não é longe.

Nota mental: Quando um fantasma se oferecer para guiar você catacumba adentro e o nome dele contiver a palavra *Irado*, é melhor dizer "não".

À medida que passávamos por túneis e câmaras, Cláudio Irado ia fazendo comentários incessantes sobre as várias múmias:

— Calígula, o vendedor de tâmaras: nome horrível! Mas quando seus pais lhe dão o nome de um imperador, mesmo que seja um psicótico, não há muito a fazer. Ele morreu depois de apostar com alguém que seria capaz de beijar um escorpião. Varens, o comerciante de escravos: homem nojento. Tentou entrar no ramo de gladiadores. Se você põe uma espada na mão de um escravo, bem... Acho que podem imaginar como ele morreu. Octavia, esposa do comandante da legião: adotou completamente os costumes locais! Mumificou até o gato da família. Ela chegou a acreditar que tinha o sangue dos faraós e tentou canalizar o espírito de Ísis. Nem preciso dizer que sua morte foi dolorosa.

Ele abriu um sorriso largo para mim, como se a situação fosse muito engraçada. Tentei não parecer horrorizada.

O que mais me impressionou foram a incrível quantidade e a variedade de múmias. Algumas eram envoltas em ouro de verdade. Seus retratos eram tão verossímeis que seus olhos pareciam me seguir enquanto eu passava. Elas repousavam sobre lousas de mármore ricamente esculpidas e eram cercadas por muitos objetos de valor: joias, vasos e até alguns *shabti*. Outras múmias pareciam feitas por crianças do maternal em uma aula de artes. Estavam enroladas grosseiramente, pintadas com hieróglifos irregulares e bonequinhos de palito representando os deuses. Os retratos não eram muito melhores que o que eu poderia ter feito — o que significa que eram bem ruins. Os corpos estavam em grupos de três, entulhando nichos rasos, ou simplesmente empilhados nos cantos da câmara.

Quando perguntei sobre essas, Cláudio Irado me deu uma resposta vaga:

— São plebeus. Gente pretensiosa. Não tinham dinheiro para artistas e ritos funerários, então tentaram uma abordagem do tipo "faça você mesmo".

Olhei para o retrato da múmia mais próxima, cujo rosto era uma imagem tosca pintada a dedo. Imaginei se o desenho teria sido feito por seus filhos enlutados, um último presente para a mãe. Apesar da qualidade ruim, achei o gesto muito carinhoso. Eles não tinham dinheiro nem talento artístico, mas haviam feito o melhor possível para enviá-la à pós-vida de forma amorosa. Na próxima vez que eu visse Anúbis, perguntaria sobre isso. Uma mulher como aquela merecia uma chance de felicidade no outro mundo, mesmo que não pudesse pagar. Já tínhamos esnobismo de sobra neste mundo sem exportá-lo para o além.

Walt nos seguia em silêncio. Sua lanterna iluminava uma ou outra múmia, como se ele ponderasse sobre o destino de cada uma. Imaginei se estaria pensando no Rei Tut, seu famoso antepassado, cuja tumba repousara em uma caverna não muito diferente desta.

Depois de vários outros túneis compridos e câmaras de sepultamento lotadas, chegamos a uma sala que era evidentemente muito mais antiga. As pinturas nas paredes estavam desbotadas, mas pareciam mais autenticamente egípcias, com aquelas pessoas andando de lado e os hieróglifos que de fato formavam palavras, em vez de servir apenas como decoração. No lugar dos retratos faciais realistas, as múmias ali tinham o rosto genérico sorridente e com olhos grandes que eu havia visto na maioria das máscaras mortuárias egípcias. Algumas haviam se desmanchado. Outras estavam guardadas em sarcófagos de pedra.

— Nativos — confirmou Cláudio Irado. — Egípcios nobres do período anterior ao domínio romano. O que vocês procuram deve estar por aqui em algum lugar.

Olhei em volta. A única outra saída da câmara estava bloqueada com escombros e pedras. Enquanto Walt começou a procurar, lembrei o que Bes dissera: que os dois primeiros papiros de Rá poderiam me ajudar a encontrar o terceiro. Tirei-os da mochila, na esperança de que apontassem a direção certa, como uma vara rabdomântica, mas nada aconteceu.

— O que é isto? — Walt perguntou do outro lado da sala.

Ele estava diante de uma espécie de altar — um nicho escavado na parede, com a estátua de um homem embalado como uma múmia. A estátua era esculpida em madeira, decorada com joias e metais preciosos. As ataduras brilhavam como pérolas sob a luz da lanterna. O homem segurava um cajado dourado com um símbolo *djed* prateado no topo. Em torno de seus pés havia vários roedores dourados — ratos, talvez. A pele do rosto era de um azul-turquesa brilhante.

— É meu pai — adivinhei. — Ah, quer dizer... Osíris, não é?

Cláudio Irado me olhou intrigado.

— Seu pai?

Felizmente Walt me salvou da necessidade de dar uma explicação.

— Não — ele disse. — Olhe a barba.

A barba da estátua era bastante incomum. Fina como um lápis, contornando o rosto desde as costeletas, com uma reta perfeita numa barbicha de bode — como se alguém houvesse desenhado a barba com uma caneta e depois colado a caneta no queixo.

— E o colar — Walt continuou. — Tem uma espécie de franja pendurada na parte de trás. Não vemos isso em Osíris. E esses animais aos pés dele... são ratos? Eu me lembro de alguma história envolvendo ratos...

— Pensei que vocês fossem sacerdotes — Cláudio Irado resmungou. — Esse é o deus Ptah, evidentemente.

— Ptah? — Eu já havia escutado vários nomes estranhos de deuses egípcios, mas esse era novo para mim. — Ptah, filho de Ptuh? É o deus do camarão?

Cláudio me olhou irritado.

— Você é sempre irreverente assim?

— Normalmente mais.

— Novata *e* herege — ele disse. — Que sorte a minha. Bem, garota, eu não deveria ter que ensinar *vocês* sobre seus próprios deuses, mas, pelo que entendo, Ptah era o deus dos artesãos. Nós o comparávamos ao nosso deus romano Vulcano.

— Então o que ele está fazendo em uma tumba? — Walt perguntou.

Cláudio coçou sua cabeça inexistente.

— Na verdade, eu nunca soube ao certo. Em geral ele não é visto em rituais fúnebres egípcios.

Walt apontou para o cajado da estátua. Quando olhei mais atentamente, percebi que o símbolo *djed* estava ligado a outra coisa, uma extremidade encurvada que me parecia muito familiar.

— É o símbolo *was* — disse Walt. — Significa poder. Muitos deuses têm cajados como esse, mas nunca percebi que se parece com...

— Sim, sim — Cláudio, impaciente, interrompeu. — A lâmina cerimonial do sacerdote para abertura da boca do morto. Francamente, vocês, sacerdotes egípcios, são imprestáveis. Não me admira que os tenhamos conquistado com tanta facilidade.

Minha mão agiu por conta própria, retirando da mochila a *netjeri* preta que Anúbis me dera.

Os olhos de Cláudio Irado brilharam.

— Ah, então você *não* é imprestável. Isso é perfeito! Com essa lâmina e o encantamento apropriado, vai poder tocar minha múmia e me libertar para o Duat.

— Não — respondi. — Não, não é só isso. A faca, o *Livro de Rá*, essa estátua do deus do camarão. Tudo isso se encaixa de alguma maneira.

O rosto de Walt se iluminou.

— Sadie, Ptah era mais que o deus dos artesãos, não é? Ele não era chamado de deus da abertura?

— Hum... É possível.

— Achei que você nos tinha dado essa aula. Ou será que foi Carter?

— Informações sem graça? Deve ter sido Carter.

— Mas é importante — insistiu Walt. — Ptah era um deus da criação. Em algumas lendas, ele criou a alma da humanidade simplesmente dizendo uma palavra. Pode reviver qualquer alma e abrir qualquer porta.

Meus olhos se voltaram para a passagem bloqueada por escombros, única saída da sala além da que tínhamos usado para entrar.

— Abrir qualquer porta?

Ergui os dois papiros de Rá e caminhei para o túnel fechado. Os rolos esquentaram a ponto de me causar desconforto.

— O último papiro está do outro lado — eu disse. — Precisamos passar por essa barreira de escombros.

Segurei a lâmina preta em uma das mãos e os papiros na outra. Falei o comando para abrir. Nada aconteceu. Voltei à estátua de Ptah e tentei do mesmo jeito. Nada.

— Alô, Ptah? — chamei. — Desculpe o comentário sobre o camarão. Escute, estamos tentando pegar o terceiro papiro de Rá, que está lá do outro lado. Suponho que você tenha sido posto aqui para abrir um caminho. Então, você se incomodaria?

Ainda sem resultado.

Cláudio Irado agarrou a barra da toga como se quisesse nos estrangular com ela.

— Escutem aqui, não sei por que vocês precisam desse papiro para nos libertar se já têm a lâmina. Mas por que não tentam fazer uma oferenda? Todos os deuses precisam de oferendas.

Walt vasculhou seu estoque. Colocou uma caixinha de suco e um pedaço de carne-seca aos pés da estátua.

Ela não fez nada. Nem os ratos de ouro aos pés dele pareciam interessados em nossa carne-seca.

— Porcaria de deus do camarão.

Eu me deixei cair no chão empoeirado. Estava entre duas múmias, mas não me importava mais. Não conseguia acreditar que estávamos tão perto do último papiro, depois de lutarmos contra demônios, deuses e assassinos russos, e o que nos impedia agora era um monte de pedras.

— Odeio sugerir — disse Walt —, mas você poderia explodir logo essa barreira com o feitiço *ha-di*.

— E fazer o teto desmoronar sobre nós? — perguntei.

— Vocês morreriam — concordou Cláudio. — E essa não é uma experiência que recomendo.

Walt se ajoelhou a meu lado.

— Deve haver alguma coisa... — Ele examinou os amuletos.

Cláudio Irado andava pela sala

— Ainda não entendo. Vocês são sacerdotes. Têm a lâmina cerimonial. Por que não podem nos libertar?

— A lâmina não é para você! — disparei. — É para Rá!

Tanto Walt quanto Cláudio olharam para mim. Eu não havia percebido antes, mas, assim que falei, soube que era verdade.

— Sinto muito — eu disse —, mas a lâmina é usada para a cerimônia de abertura da boca, para libertar uma alma. Vou precisar dela para despertar Rá. Por isso Anúbis me deu a lâmina.

— Você conhece Anúbis! — Cláudio aplaudiu, eufórico. — Ele pode libertar todos nós! E você... — Ele apontou para Walt. — Você é um dos escolhidos de Anúbis, não é? Pode conseguir mais lâminas se forem necessárias! Senti a presença do deus a sua volta assim que nos conhecemos. Ofereceu seus serviços a Anúbis quando ele percebeu que você estava morrendo?

— Espere aí... O quê? — perguntei.

Walt se recusava a olhar para mim.

— Não sou um sacerdote de Anúbis.

— Mas *morrendo*? — Minha voz falhou. — Como assim, você está morrendo?

Cláudio Irado parecia incrédulo.

— Então você não sabe? Ele carrega a velha maldição do faraó. Não a víamos com muita frequência em meu tempo, mas é claro que consigo reconhecê-la. De vez em quando alguém de uma das antigas linhagens reais egípcias...

— Cláudio, cale a boca — eu disse. — Walt, fale. Como funciona essa maldição?

Naquela luz fraca, ele parecia mais magro e velho. Na parede atrás dele, sua sombra lembrava um monstro deformado.

— A maldição de Akhenaton está em minha família — ele disse. — Uma espécie de doença genética. Não se manifesta em todas as gerações, nem em todas as pessoas, mas, quando ataca, é sério. Tut morreu aos dezenove. A maioria dos outros... doze, treze. Eu tenho dezesseis. Meu pai... Meu pai tinha dezoito. Nem o conheci.

— Dezoito? — Essa informação já levantava uma série de outras dúvidas, mas tentei manter o foco. — Não há cura...? — A culpa me invadiu, e eu me senti uma completa imbecil. — Ah, Deus. Por isso você estava conversando com Jaz. Ela é uma curadora.

Walt assentiu com expressão sombria.

— Pensei que ela poderia conhecer encantamentos que eu ainda não havia conseguido encontrar. A família de meu pai... Eles passaram anos procurando. Minha mãe tem buscado uma cura desde que nasci. Os médicos em Seattle não conseguiram fazer nada.

— Médicos — Cláudio Irado disse com desgosto. — Havia um na legião, ele adorava colocar sanguessugas em minhas pernas. Só me fez piorar. Agora, quanto a essa ligação com Anúbis e o uso dessa lâmina...

Walt balançou a cabeça.

— Cláudio, vamos tentar ajudá-lo, mas não com a lâmina. Conheço objetos mágicos. Tenho certeza de que ela só pode ser utilizada uma vez, e não podemos simplesmente criar outra. Se Sadie precisa dela para Rá, não podemos correr o risco de usá-la antes.

— Desculpas! — Cláudio trovejou.

— Se não calar a boca — avisei —, vou encontrar sua múmia e desenhar um bigode em seu retrato!

Cláudio ficou pálido como... bem, um fantasma.

— Você não ousaria!

— Walt — falei, tentando ignorar o romano —, Jaz conseguiu ajudar?

— Ela fez o possível. Mas essa maldição desafia curadores há três mil anos. Médicos modernos acham que tem a ver com anemia falciforme, mas eles não sabem. Há décadas tentam descobrir como Rei Tut morreu, mas não chegam a um acordo. Alguns dizem que foi envenenamento. Outros acham que foi uma doença genética. É a maldição, mas, é claro, eles não podem dizer isso.

— Não existe uma solução? Quer dizer, nós conhecemos *deuses*. Talvez eu possa curar você como Ísis curou Rá. Se eu soubesse seu nome secreto...

— Sadie, já pensei nisso — ele me interrompeu. — Pensei em tudo. Não há cura para a maldição. Só pode ser retardada se... se eu evitar a magia. Por isso me aperfeiçoei em talismãs e amuletos. Eles armazenam a magia com antecedência, então não exigem muito de quem os utiliza. Mas isso só tem ajudado um pouco. Eu *nasci* para fazer magia, então a maldição progride em mim independentemente do que eu faça. Alguns dias não são tão ruins. Em outros, sinto dores no corpo todo. Quando faço magia fica pior.

— E quanto mais você faz...

— Mais depressa morro.

Dei um soco no peito dele. Não consegui me conter. Toda a minha culpa e sofrimento se somaram e viraram raiva.

— Seu idiota! Por que está aqui, então? Devia ter mandado eu me virar! Bes o avisou para ficar no Brooklyn! Por que não seguiu o conselho?

O que eu disse antes sobre os olhos de Walt não me deixarem derretida? Retiro. Quando ele se virou para mim naquela tumba empoeirada, seus olhos eram tão escuros, ternos e tristes quanto os de Anúbis.

— Vou morrer de qualquer jeito, Sadie. Quero que minha vida tenha algum significado. E... quero passar o máximo de tempo que puder com você.

Isso doeu mais que um soco no estômago. Muito mais.

Acho que eu teria sido capaz de beijá-lo. Ou talvez de esbofeteá-lo.

Mas Cláudio Irado não era uma plateia muito simpática.

— Muito lindo, mas vocês prometeram me pagar! Vamos voltar às tumbas romanas. Libertem meu espírito de minha múmia. Então soltem os outros. Depois disso, podem fazer o que quiserem.

— Os outros? — perguntei. — Ficou irado?

Ele me encarou.

— Pergunta idiota — reconheci. — Mas há milhares de múmias. Só temos uma lâmina.

— Vocês prometeram!

— Não prometemos — respondi. — Você disse que discutiríamos o pagamento *depois* de encontrarmos o papiro. E aqui só encontramos um beco sem saída.

O fantasma rugiu, mais como um lobo que como um humano.

— Se não vierem a nós — ele avisou —, nós iremos a vocês.

Seu espírito brilhou, depois desapareceu num lampejo.

Olhei para Walt, nervosa.

— O que ele quis dizer com aquilo?

— Não sei. Mas temos que pensar em um jeito de passar por aqueles escombros e sair daqui... *Depressa.*

Apesar de todo o nosso esforço, nada aconteceu depressa. Não conseguíamos remover o entulho. Havia muitas pedras grandes e pesadas. Era impossível cavar uma passagem em torno delas, fosse por baixo ou por cima. Eu não me atrevia a tentar um feitiço *ha-di* ou a usar a magia da lâmina negra. Walt não tinha nenhum amuleto que pudesse nos ajudar. Eu estava confusa de verdade. A estátua de Ptah sorria para nós, mas não oferecia qualquer sugestão útil, e também não parecia interessada no suco ou na carne-seca.

Finalmente, coberta de poeira, encharcada de suor, caí sentada sobre um sarcófago de pedra e examinei meus dedos machucados.

Walt sentou-se a meu lado.

— Não desista. Deve haver um jeito.

— Será? — perguntei, sentindo-me especialmente ressentida. — Como deve haver uma cura para você? E se *não* houver? E se...

Minha voz falhou. Walt virou o rosto, escondendo-o nas sombras.

— Sinto muito — eu disse. — Isso foi terrível. Mas eu simplesmente não poderia suportar se...

Estava tão confusa que não sabia o que dizer, nem sabia o que eu sentia. Tudo que sabia era que eu não queria perder Walt.

— Você estava falando sério? — perguntei. — Quando disse que queria passar todo o tempo... você sabe.

Walt deu de ombros.

— Não é óbvio?

Não respondi, mas, por favor... *nada* é óbvio com os garotos. Para criaturas tão simples, eles eram bem incompreensíveis.

Imaginei que estava muito vermelha, então decidi mudar de assunto.

— Cláudio disse que sentiu o espírito de Anúbis em você. Tem falado muito com ele?

Walt girava seus anéis.

— Pensei que talvez Anúbis pudesse me ajudar. Talvez permitir algum tempo a mais para mim antes... antes do fim. Queria estar por aqui tempo suficiente para ajudar você a derrotar Apófis. Então eu pelo menos teria a sensação de ter feito algo útil na vida. E... havia outras razões para eu querer conversar com ele. Sobre alguns... alguns poderes que venho desenvolvendo.

— Quais tipos de poder?

Foi a vez de Walt mudar de assunto. Olhou para as próprias mãos, como se elas tivessem virado armas perigosas.

— O fato é que quase não fui ao Brooklyn. Quando recebi o amuleto *djed*, aquele cartão de visita que vocês enviaram, minha mãe não queria me deixar partir. Ela sabia que aprender magia aceleraria a maldição. Parte de mim estava com medo de ir. Outra estava com raiva. Parecia uma piada cruel. Vocês se ofereciam para me treinar na magia, e eu sabia que não sobreviveria por mais que um ou dois anos.

— Um ou dois anos? — Eu mal conseguia respirar. Sempre havia pensado que um ano era um período incrivelmente longo. Esperei uma *eternidade* para completar treze anos. E cada série na escola dava a impressão de ser para sempre. Mas, de repente, dois anos pareciam ser muito pouco. Eu teria apenas quinze, ainda nem poderia dirigir. Eu não conseguia imaginar como seria saber que ia morrer dali a dois anos... Talvez antes, se continuasse fazendo aquilo que eu havia nascido para fazer, praticando magia. — Por que você foi ao Brooklyn, então?

— Eu precisava ir. Passei a vida toda sob a ameaça da morte. Minha mãe tornou tudo muito sério, muito *grande*. Mas, quando cheguei ao Brooklyn, eu me senti como se tivesse um destino, um propósito. Mesmo que aquilo tornasse a maldição mais dolorosa, valia a pena.

— Mas é tão injusto.

Walt olhou para mim, e percebi que ele sorria.

— Essa frase é *minha*. Repito isso há anos. Sadie, eu *quero* estar aqui. Nos últimos dois meses tenho sentido como se vivesse de verdade pela primeira vez. E conhecer você... — Ele pigarreou. Era muito atraente quando ficava nervoso. — Comecei a me preocupar com pequenos detalhes. Meu cabelo. Minhas roupas. Se havia escovado os dentes. Quer dizer, estou *morrendo* e me preocupo com meus dentes.

— Você tem dentes lindos.

Ele riu.

— É isso que estou dizendo. Um comentário simples como esse faz eu me sentir melhor. De repente todas essas pequenas coisas parecem importantes. Não me sinto mais como se estivesse morrendo. Eu me sinto feliz.

Pessoalmente, eu me sentia horrível. Havia passado meses sonhando que Walt admitisse que gostava de mim, mas não assim — não do tipo: *Ah, posso ser honesto com você, porque vou morrer mesmo.*

E alguma coisa que ele dissera estava martelando na cabeça. Lembrou-me de uma aula que eu dera na Casa do Brooklyn, e uma ideia começou a se formar.

— De repente pequenas coisas parecem importantes — repeti. Olhei para um pequeno monte de entulho que havíamos removido da abertura. — Ah, não pode ser tão fácil.

— O quê? — perguntou Walt.

— Pedras.

— Acabei de abrir meu coração, e você está pensando em pedras?

— A porta — falei. — Magia empática. Acha que...

Ele piscou.

— Sadie Kane, você é um gênio.
— Sim, eu *sei* disso. Mas acha que podemos fazer funcionar?

Walt e eu começamos a recolher pedrinhas. Quebramos alguns fragmentos das pedras maiores e os acrescentamos a nosso monte. Fizemos o possível para construir uma réplica da coleção de detritos que bloqueava a passagem.

Minha esperança, é claro, era criar um vínculo empático, como eu fizera com Carter e a estatueta de cera em Alexandria. As pedras em nossa réplica eram provenientes do túnel desabado, então ambos os montes já estavam ligados pela substância, o que deveria facilitar o estabelecimento de um elo. Mas mover um objeto muito grande usando algo tão pequeno é sempre complicado. Se não fôssemos cuidadosos, poderíamos causar o desmoronamento da câmara. Eu não sabia em que profundidade estávamos, mas imaginava que havia sobre nós terra e pedras em quantidade suficiente para nos enterrar para sempre.

— Pronto? — perguntei.

Walt assentiu e sacou a varinha.

— Ah, não, menino amaldiçoado — eu disse. — Você só vai me dar cobertura. Se o teto começar a cair e precisarmos de um escudo, você interfere. Mas não vai fazer nenhuma magia além do estritamente necessário. Eu libero a passagem.

— Sadie, não sou frágil — ele reclamou. — Não preciso de uma protetora.

— Bobagem. Isso é papo de homem, e todo garoto gosta de ser paparicado.

— O quê? Meu Deus, como você é irritante!

Sorri com doçura.

— Você queria passar tempo comigo.

Antes que ele pudesse protestar, levantei a mão e comecei o encantamento.

Imaginei um vínculo entre nosso pequeno monte de pedrinhas e o entulho que fechava a passagem. Imaginei que no Duat eles eram um só. Falei o comando para *juntar*:

— *Hi-nehm.*

O símbolo ardeu suavemente sobre nossa miniatura.

Devagar e com cuidado, afastei algumas pedras do monte. O entulho que fechava a passagem se moveu.

— Está funcionando — disse Walt.

Eu não me atrevi a olhar. Continuei concentrada em minha tarefa — mover as pedras um pouco de cada vez, dispersando o monte em partes menores. Era quase tão difícil quanto mover as pedras de verdade. Entrei em transe. Quando Walt pôs a mão em meu ombro, eu nem sabia quanto tempo havia passado. Estava tão exausta que não conseguia enxergar direito.

— Acabou — ele avisou. — Você foi ótima.

A passagem estava aberta. Todo o escombro havia sido removido para os cantos da sala, formando amontoados menores.

— Bom trabalho, Sadie.

Walt se inclinou e me beijou. Ele provavelmente estava só expressando reconhecimento ou alegria, mas nem por isso o beijo me deixou menos tonta.

— *Hum...* — eu disse, demonstrando novamente meus incríveis dotes verbais.

Walt me ajudou a levantar. Seguimos pelo corredor para a sala seguinte. Depois de todo o trabalho que tivemos para chegar ali, o lugar não era grande coisa, apenas uma câmara quadrada de cinco metros de lado com apenas uma caixa vermelha laqueada sobre um pedestal de arenito. Em cima da caixa havia um puxador de madeira esculpido com a forma de um cachorro demoníaco com orelhas altas: o animal Set.

— Ah, isso não pode ser bom — Walt disse.

Mas fui até a caixa, levantei a tampa e peguei o papiro dentro dela.

— Sadie! — Walt gritou.

— O que é? — Eu me virei. — É a caixa de Set. Se ele quisesse me matar, poderia ter feito em São Petersburgo. Ele *quer* que eu pegue este papiro. Deve achar que vai ser divertido ficar me observando enquanto me mato tentando despertar Rá. — Olhei para o teto acima e gritei: — Não é isso, Set?

Minha voz ecoou pelas catacumbas. Eu não tinha mais o poder de invocar o nome secreto de Set, mas ainda sentia que aquilo havia chamado sua atenção. O ar ficou mais pesado. O chão tremeu como se alguma coisa embaixo dele, algo muito grande, estivesse rindo.

Walt suspirou.

— Preferia que você não se arriscasse assim.

— Falou o garoto que está disposto a morrer para passar um tempo comigo.

Ele se curvou num gesto exagerado.

— Retiro o que disse, Srta. Kane. Por favor, vá em frente em sua tentativa de se matar.

— Obrigada.

Olhei para os três papiros em minhas mãos — o *Livro de Rá* completo, provavelmente pela primeira vez desde o tempo em que Cláudio Irado usava pequenas fraldas romanas. Eu havia reunido os papiros, realizado o impossível, triunfado além de qualquer expectativa. Mas isso ainda não seria suficiente se não conseguíssemos encontrar Rá e despertá-lo antes da ascensão de Apófis.

— Não há tempo a perder — eu disse. — Vamos...

Um gemido profundo ecoou pelos corredores, como se alguma coisa — ou um *bando* inteiro de coisas — tivesse acordado de muito mau humor.

— Sair daqui — Walt completou. — Ótima ideia.

Quando passamos correndo pela sala anterior, dei uma olhada para a estátua de Ptah. Fiquei tentada a pegar de volta o suco e a carne-seca, só para ser má, mas decidi que não valia a pena.

Acho que não é culpa sua, pensei. Não deve ser fácil ter um nome como Ptah. Aproveite o lanche, mas eu preferia que você tivesse nos ajudado.

Continuamos correndo. Não foi fácil lembrar o caminho. Tivemos que voltar atrás duas vezes antes de encontrarmos a sala com a família de múmias onde havíamos conhecido Cláudio Irado.

Eu estava prestes a disparar cegamente pela sala rumo ao último túnel quando Walt me segurou e salvou minha vida. Ele direcionou a lanterna para a saída mais distante, depois para os corredores dos dois lados.

— Não — falei. — Não, não, não.

As três saídas estavam bloqueadas por figuras humanas envoltas em linho. Elas se amontoavam até onde eu podia enxergar ao longo de cada corredor. Algumas ainda completamente enroladas. Elas balançavam, arrastavam-se e chacoalhavam para a frente como se fossem casulos gigantes participando de uma corrida de saco. Outras múmias estavam parcialmente livres. Mancavam sobre pernas emaciadas, e as mãos eram como galhos secos agarrando suas ataduras. Muitas ainda ostentavam os retratos com os rostos pintados, e o efeito era macabro — máscaras realistas sorrindo serenamente sobre espantalhos mortos-vivos de ossos e linho pintado.

— Odeio múmias — gemi.

— Talvez um feitiço de fogo — sugeriu Walt. — Elas devem queimar com facilidade.

— Mas nós também vamos nos queimar! É muito apertado aqui.

— Tem uma ideia melhor?

Eu queria chorar. Tão perto da liberdade... E, justamente como eu temia, estávamos encurralados por uma multidão de múmias. Mas essas eram piores que as dos filmes. Eram silenciosas e lentas, coisas devastadas e patéticas que um dia haviam sido humanas.

Uma das múmias no chão agarrou minha perna. Antes que eu pudesse gritar, Walt se aproximou e tocou o pulso da coisa. A múmia se transformou imediatamente em poeira.

Olhei para ele fascinada.

— Era *esse* o poder com que você estava preocupado? Foi brilhante! Faça de novo!

No mesmo instante, me senti mal por sugeri-lo. O rosto de Walt estava rígido de dor.

— Não posso repetir isso mil vezes — ele disse num tom triste. — Talvez se...

Então, sobre a plataforma central, a família de múmias começou a se mexer.

Não vou mentir. Quando a múmia do pequeno Purpens sentou-se, quase tive um probleminha que teria arruinado meu jeans novo. Se meu *ba* pudesse se livrar de minha pele e sair voando, ele certamente teria ido.

Agarrei o braço de Walt.

No final do corredor, o fantasma de Cláudio Irado apareceu com uma luz bruxuleante. Enquanto ele caminhava em nossa direção, as outras múmias começaram a se mexer.

— Deviam se sentir honrados, meus amigos. — Ele nos lançou um sorriso ensandecido. — É necessário muita agitação para trazer um *ba* de volta a um velho corpo definhado. Mas nós simplesmente não podemos permitir que vocês partam até que nos libertem para a pós-vida. Usem a lâmina, façam seus encantamentos, e então poderão ir.

— Não podemos libertar todos vocês!

— Que pena — Cláudio lamentou. — Então vamos pegar a lâmina e nos libertar. Acho que mais dois corpos nas catacumbas não vão fazer diferença alguma.

Ele falou em latim, e todas as múmias se lançaram sobre nós, arrastando-se e mancando, caindo e rolando. Algumas se desmanchavam ao tentarem andar. Outras caíam e eram pisoteadas pelas companheiras. Mas a maioria se aproximava.

Recuamos pelo corredor. Eu tinha o cajado em uma das mãos. Com a outra, apertava com força a mão de Walt. Eu nunca havia sido boa para invocar fogo, mas consegui acender a extremidade do cajado.

— Vamos tentar de seu jeito — falei. — Atear fogo e correr.

Eu sabia que era uma ideia ruim. Em um espaço limitado, um incêndio seria tão fatal quanto as múmias. Morreríamos por inalação de fumaça, por falta de oxigênio ou pelo calor. Mesmo que conseguíssemos voltar para as catacumbas, só nos perderíamos e encontraríamos mais múmias.

Walt acendeu o próprio cajado.

— No três — sugeri. Olhei horrorizada para a múmia da criança caminhando em nossa direção, o retrato de um menino de sete anos sorrindo para mim do outro lado túmulo. — Um, dois...

Parei de contar. As múmias estavam a apenas um metro de distância, mas atrás de mim ecoou um novo som, como água corrente. Não, como algo deslizando. Uma massa de coisas vivas rastejando em nossa direção, milhares e milhares de garras pequeninas raspando nas pedras, talvez insetos ou...

— Agora é o três — Walt falou, nervoso. — Vamos botar fogo em tudo ou não?

— Fique contra a parede! — gritei.

Eu não sabia exatamente o que se aproximava, mas sabia que não queria estar no caminho. Empurrei Walt para a pedra e me apertei junto a ele, nosso rosto pressionado contra a parede enquanto uma onda de garras e pelos se chocava contra nós e passava por cima de nossas costas: um exército de roedores correndo pelo chão e pelas paredes, desafiando a gravidade.

Ratos. Milhares de ratos.

Eles passaram direto por nós, sem causar qualquer dano, exceto um ou outro arranhão. Talvez você esteja pensando que não foi tão ruim, mas alguma vez já esteve em pé e foi atropelado por um exército de ratos imundos? Não queira pagar para ver.

Os ratos inundaram a câmara de sepultamento. Eles investiram contra as múmias, rasgando e mastigando e guinchando seus agudos gritos de guerra. Elas se debateram sob o ataque, mas não tinham a menor chance. A sala era um furacão de pelos, dentes e linho rasgado. Parecia aqueles desenhos animados antigos, nos quais cupins cobriam uma tora de madeira e a transformavam em nada.

— Não! — gritou Cláudio Irado. — Não!

Mas ele era o único que gritava. As múmias se contorciam em silêncio sob a fúria dos ratos.

— Vou pegar vocês! — Cláudio rosnou enquanto seu espírito começava a se apagar. — Vou me vingar!

E, com um último olhar ameaçador, sua imagem desapareceu.

Os ratos se separaram e invadiram os três corredores, devorando as múmias que encontravam pelo caminho, até que a sala ficou silenciosa e vazia e no chão restaram apenas poeira, fiapos de linho e alguns ossos.

Walt parecia abalado. Eu me aproximei dele e o abracei. Provavelmente chorei de alívio. Era uma alegria poder abraçar e sentir o calor de um ser humano vivo.

— Está tudo bem. — Ele afagou meu cabelo, o que foi muito agradável. — Essa... essa era a história sobre os ratos.

— O quê?

— Eles... eles salvaram Mênfis.

Um exército inimigo sitiou a cidade, e as pessoas rezaram pedindo ajuda. O deus patrono delas mandou uma horda de ratos. Eles comeram os arcos do inimigo, suas sandálias, tudo o que conseguiram mastigar. Os invasores tiveram que recuar.

— O deus patrono... Você quer dizer...

— Eu.

Um agricultor egípcio apareceu no corredor do outro lado da sala. Ele usava vestes sujas, turbante e sandálias, e trazia um fuzil pendurado no ombro. Sorriu para nós, e, quando se aproximou, vi que seus olhos eram completamente brancos. A pele tinha uma coloração ligeiramente azulada, como se ele estivesse sufocando e adorasse a experiência.

— Lamento não ter respondido antes — disse o agricultor. — Sou Ptah. E não, Sadie Kane, não sou o deus do camarão.

— Por favor, sentem-se — disse o deus. — Peço desculpas pela bagunça, mas o que esperar dos romanos? Eles nunca limparam a própria sujeira.

Walt e eu continuamos em pé. Um deus sorridente armado com um fuzil era um pouco inquietante.

— Ah, tudo bem. — Ptah piscou seus olhos brancos. — Estão com pressa.

— Desculpe — eu disse. — Você é um fazendeiro?

Ptah olhou para suas vestes sujas.

— Só peguei emprestado este pobre coitado, sabem como é. Achei que vocês não iam se incomodar, considerando que ele vinha para cá disposto a matá-los a tiros por terem destruído a caixa-d'água.

— Não, tudo bem — falei. — Mas as múmias... O que vai acontecer com o *ba* delas?

Ptah riu.

— Não se preocupem com isso. Agora que os restos foram destruídos, suponho que o *ba* delas possa ir para qualquer que seja a pós-vida romana que os espera. Como devia ter sido.

Ele cobriu a boca com a mão e arrotou. Soltou uma nuvem de gás branco, que se fundiu a um *ba* brilhante e foi embora, flutuando corredor adentro.

Walt apontou para o espírito em forma de ave.

— Você por acaso...?

— Sim. — Ptah suspirou. — Eu tento nunca falar. É assim que crio, com palavras. Elas podem me causar problemas. Uma vez, só por diversão, inventei a palavra "ornitorrinco" e...

No mesmo instante, uma coisa peluda com bico de pato apareceu no chão, arrastando-se em pânico.

— Ah, puxa — Ptah disse. — Sim, foi exatamente isso o que aconteceu. Um descuido da língua. Realmente, só assim uma coisa dessas poderia ter sido criada.

Ele fez um gesto com a mão, e o ornitorrinco desapareceu.

— Enfim, preciso tomar cuidado, então não posso falar muito. Fico feliz por terem encontrado o *Livro de Rá*! Sempre gostei do velho camarada. Eu teria ajudado antes, quando você pediu, mas levei algum tempo para vir do Duat. Além do mais, só posso abrir uma porta por cliente. Achei que tivessem aquele corredor bloqueado perfeitamente sob controle. Mas vocês precisam de uma porta muito mais importante.

— Como assim? — perguntei.

— Seu irmão — falou Ptah. — Ele está com sérios problemas.

Mesmo exausta, esfarrapada e arranhada por ratos como eu estava, essa notícia me deixou muito nervosa. Carter precisava de ajuda. Eu tinha de salvar a pele ridícula de meu irmão.

— Pode nos mandar para lá? — perguntei.

Ptah sorriu.

— Pensei que você nunca fosse pedir.

Ele apontou para a parede mais próxima. As pedras se dissolveram num portal de areia rodopiante.

— E, querida, um conselho. — Os olhos leitosos de Ptah me estudaram. — Coragem. Esperança. Sacrifício.

Eu não sabia se ele lia em mim essas qualidades, se queria me incentivar, ou se *criava* as características de que eu precisava, como havia criado o *ba* e o ornitorrinco. De qualquer maneira, de repente me senti mais animada, com energia renovada.

— Você está começando a entender — ele me disse. — As palavras são a fonte de todo o poder. E nomes são mais que um ajuntamento de letras. Muito bem, Sadie. Você ainda pode conseguir.

Olhei para o funil de areia.

— O que vamos encontrar do outro lado?

— Amigos e inimigos — disse Ptah. — Mas não posso dizer quem é o quê. Se sobreviver, vá para o topo da Grande Pirâmide. Esse deve ser um ótimo ponto de entrada para o Duat. Quando ler o *Livro de Rá*...

Ele engasgou, curvou-se para a frente e derrubou o fuzil.

— Preciso ir — disse, levantando-se com grande esforço. — Este hospedeiro não aguenta mais. Mas, Walt... — Ele sorriu com tristeza. — Obrigado pelo suco e a carne-seca. *Existe* uma resposta para você. Não é uma de que vá gostar, mas é o melhor caminho.

— O que quer dizer? — Walt perguntou. — Qual é a resposta?

O agricultor piscou. De repente seus olhos estavam normais. Ele nos olhou surpreso, depois gritou em árabe e levantou a arma.

Agarrei a mão de Walt e, juntos, pulamos no portal.

17. Menshikov contrata um esquadrão da morte alegre

ACHO QUE ESTAMOS QUITES, Sadie. Primeiro, Walt e eu saímos correndo para salvá-la em Londres. Depois, você e Walt saíram correndo para me salvar. O único que se deu mal nas duas situações foi Walt. O coitado foi arrastado de um lado para o outro do mundo a fim de nos tirar de confusões. Mas admito que eu precisava de ajuda.

Bes estava preso em uma jaula de grades fluorescentes. Zia fora convencida de que éramos inimigos. Eu havia perdido a espada e a varinha. Segurava um gancho e um mangual que, aparentemente, eram roubados, e dois dos magos mais poderosos do mundo, Michel Desjardins e Vlad, o Inalador, estavam prontos para me prender, julgar e executar — não necessariamente nessa ordem.

Recuei até a escada da tumba de Zia, mas não havia para onde fugir. Barro vermelho se estendia em todas as direções, com destroços e peixes mortos salpicados aqui e ali. Eu não podia correr ou me esconder, o que me dava duas opções: render-me ou lutar.

Os olhos deformados de Menshikov brilharam.

— Fique à vontade para resistir, Kane. Usar força letal tornaria meu trabalho *muito* mais fácil.

— Vladimir, pare — Desjardins disse em um tom cansado, apoiando-se em seu cajado. — Carter, não seja tolo. Renda-se agora.

Há três meses, Desjardins teria ficado encantado com a possibilidade de me explodir em milhões de pedacinhos. Agora ele parecia triste e exausto, como se minha execução fosse uma necessidade desagradável. Zia estava ao lado dele. Ela olhava desconfiada para Menshikov, como se pudesse sentir algo maligno no mago.

Se eu pudesse aproveitar isso, talvez ganhar tempo...

— Qual é seu plano, Vlad? — perguntei. — Você nos deixou escapar de São Petersburgo com muita facilidade. Quase como se *quisesse* que despertássemos Rá.

O russo riu.

— E depois percorri meio mundo atrás de você para detê-lo?

Ele fazia o possível para parecer desdenhoso, mas seus lábios sugeriram um sorriso, como se estivéssemos compartilhando uma piada só nossa.

— Você não veio para me deter — arrisquei. — Está contando conosco para encontrar e reunir os papiros. Precisa que Rá desperte para libertar Apófis?

— Chega, Carter — Desjardins falou em um tom monótono, como um paciente na mesa de cirurgia contando de trás para a frente até a anestesia fazer efeito.

Eu não entendia por que ele estava tão apático, mas Menshikov parecia furioso pelos dois. Pelo ódio nos olhos do russo, pude ver que eu havia pisado em um calo.

— É isso, não é? — persisti. — O Maat e o Caos estão conectados. Para libertar Apófis, você precisa despertar Rá, mas quer controlar a invocação, garantir que Rá volte velho e fraco.

O novo cajado de carvalho de Menshikov incendiou-se com chamas verdes.

— Menino, você não tem ideia do que está dizendo.

— Set o provocou ao mencionar um erro do passado — lembrei. — Você já tentou despertar Rá antes, não foi? Usando o quê? O único papiro que você tinha? Foi assim que queimou o rosto?

— Carter! — Desjardins interrompeu. — Vlad Menshikov é um herói da Casa da Vida. Ele tentou *destruir* aquele papiro para que ninguém mais pudesse usá-lo. Foi *assim* que ele se feriu.

Por um momento fiquei chocado demais para falar.

— Isso... não pode ser verdade.

— Devia estudar mais, menino. — Menshikov cravou em mim seus olhos arruinados. — Os Menshikov descendem dos sacerdotes de Amon-rá. Já ouviu falar nesse templo?

Tentei lembrar as histórias que meu pai me contara. Eu sabia que Amon-rá era outro nome para Rá, o deus sol. E seu templo...

— Eles basicamente controlaram o Egito durante séculos — lembrei. — Opuseram-se a Akhenaton quando ele desafiou os antigos deuses, talvez até o tenham assassinado.

— Exato — Menshikov disse. — Meus antepassados eram defensores dos deuses! Foram eles que *criaram* o *Livro de Rá* e esconderam suas três partes, esperando que, um dia, um mago digno despertasse seu deus sol.

Tentei assimilar tudo aquilo. Não era difícil imaginar Vlad Menshikov como um antigo sacerdote sanguinário.

— Mas se você é descendente dos sacerdotes de Rá...

— Por que me oponho aos deuses? — Menshikov olhou para o Sacerdote-leitor Chefe como se eu tivesse formulado uma pergunta previsivelmente estúpida. — Porque os deuses destruíram nossa civilização! Quando o Egito caiu e Lorde Iskandar baniu o caminho dos deuses, até *minha* família já havia compreendido a verdade. O jeito antigo deveria ser proibido. Sim, tentei destruir o papiro, e assim redimir os pecados de meus antepassados. Aqueles que invocam os deuses devem ser dizimados.

Balancei a cabeça.

— Eu *vi* você invocando Set. Ouvi sua conversa sobre libertar Apófis. Desjardins, Zia... esse cara está mentindo. Ele vai matar vocês dois.

Desjardins olhou para mim como se estivesse em transe. Amós insistira que o Sacerdote-leitor Chefe era esperto, então como era possível que ele não percebesse a ameaça?

— Chega — Desjardins disse. — Venha conosco de forma pacífica, Carter Kane, ou será destruído.

Lancei um último olhar suplicante para Zia. Pude ver dúvida em seus olhos, mas ela não estava em condições de me ajudar. Ela acabara de despertar de um pesadelo de três meses. Zia queria acreditar que a Casa da Vida ainda era seu lar e que Menshikov e Desjardins eram os mocinhos. Não queria ouvir mais nada sobre Apófis.

Levantei o gancho e o mangual.

— Não vai ser de forma pacífica.

Menshikov assentiu.

— Então, será destruído.

Ele apontou o cajado para mim, e me deixei levar pelo instinto. Ataquei com o gancho.

Estava longe demais para alcançar Menshikov, mas alguma força invisível arrancou o cajado da mão dele e o arremessou no Nilo. Ele sacou a varinha, mas ataquei o ar novamente, e Menshikov voou para longe. Ele caiu de costas no chão com tanta força que o impacto deixou o molde de seu corpo na lama.

— Carter! — Desjardins empurrou Zia para trás de si. Seu cajado ficou incandescente com uma chama roxa. — Atreve-se a usar as armas de Rá?

Olhei perplexo para minhas mãos. Nunca antes sentira tamanho poder me obedecendo com tanta facilidade — como se eu tivesse nascido para ser um rei. Ouvi as palavras de Hórus no fundo de minha mente, impelindo-me a continuar: *Esse é seu caminho. Esse é seu direito legítimo.*

— Vocês vão me matar de qualquer jeito — respondi para Desjardins.

Meu corpo começou a brilhar. Eu me ergui do chão. Pela primeira vez desde o Ano-novo, eu estava envolvido pelo avatar do deus falcão — um guerreiro com cabeça de falcão três vezes maior que eu. Nas mãos dele havia réplicas holográficas imensas do gancho e do mangual. Eu não tinha prestado muita atenção ao mangual, mas era uma arma capaz de causar muita dor: um bastão de madeira com três correntes cheias de cravos, cada uma terminando em um asterisco espinhoso de metal — uma espécie de mistura de chicote e batedor de carne. Dei uma chicotada no chão e o guerreiro falcão imitou meu gesto. O mangual brilhante pulverizou os degraus de pedra da tumba de Zia, provocando uma chuva de pedaços de rocha.

Desjardins ergueu um escudo para se defender dos fragmentos. Zia arregalou os olhos. Eu imaginava que ela, provavelmente, estava ficando assustada e convencida de que eu era o bandido da história, mas eu precisava protegê-la. Não podia deixar que Menshikov a levasse.

— Magia de combate — Desjardins disse com desdém. — A Casa da Vida era assim quando seguíamos o caminho dos deuses, Carter Kane: mago lutando contra mago, ataques pelas costas e duelos entre os diferentes templos. Quer que esses tempos voltem?

— Não precisa ser assim — respondi. — Não quero lutar contra você, Desjardins, mas Menshikov é um traidor. Saia daqui. Deixe-me cuidar dele.

Menshikov levantou-se da lama sorrindo, como se tivesse gostado de ter sido arremessado.

— Cuidar de mim? Que confiante! Por favor, Sacerdote-leitor Chefe, deixe o menino tentar. Pode deixar que recolherei os pedaços dele quando terminar.

Desjardins começou a dizer:

— Vladimir, não. Não cabe a você...

Mas Menshikov não esperou. Ele bateu os pés no chão, e o lodo ficou branco e seco a sua volta. Duas linhas de terra endurecida correram em minha direção, cruzando-se como uma hélice de DNA. Eu não sabia o que elas fariam, mas com certeza não queria que me tocassem. Ataquei-as com o mangual, criando no solo um buraco bastante grande para caber uma banheira. As linhas brancas continuaram se aproximando, desceram por um lado do buraco e ressurgiram do outro, correndo em minha direção. Tentei sair do caminho, mas o avatar guerreiro não era muito rápido.

As linhas mágicas alcançaram meus pés. Subiram como trepadeiras pelas pernas do avatar até se enrolarem na cintura. Pressionaram meu escudo, drenando minha magia, e ouvi a voz de Menshikov invadindo minha mente.

Serpente, a voz sussurrava. *Você é um réptil rastejante*.

Resisti ao terror. Eu já havia sido transformado em animal contra a vontade, e foi uma das piores experiências da minha vida. Dessa vez acontecia em câmera lenta. O avatar lutava para manter sua forma, mas a magia de Menshikov era forte. As brilhantes trepadeiras brancas continuavam subindo, envolvendo meu peito.

Investi contra Menshikov brandindo o gancho. A força invisível o pegou pelo pescoço e o levantou do chão.

— Isso mesmo! — ele disse sufocando. — Mostre-me... seu poder... deus menor!

Ergui o mangual. Um golpe certeiro e eu esmagaria Vlad Menshikov como a um inseto.

— Não fará diferença — ele arfou, as mãos no pescoço. — O encantamento vai... derrotá-lo mesmo assim. Mostre-nos que você é... um assassino, Kane!

Ao olhar para o rosto apavorado de Zia, hesitei tempo demais. As trepadeiras envolveram meus braços. O avatar de combate caiu de joelhos, e eu soltei Menshikov.

A dor dominou meu corpo. Meu sangue ficou frio. Os membros do avatar encolheram, a cabeça de falcão transformou-se lentamente na de uma serpente. Senti meu coração batendo mais devagar, a visão escurecendo. O gosto do veneno invadiu minha boca.

— Pare! — Zia gritou. — Isso é demais!

— Pelo contrário — Menshikov falou, massageando o pescoço machucado. — Ele merece o pior. Sacerdote-leitor Chefe, viu como esse menino o ameaçou? Ele quer o trono do faraó. Deve ser destruído.

Zia tentou correr para mim, mas Desjardins a segurou.

— Interrompa o encantamento, Vladimir — ele disse. — O menino pode ser contido de um jeito mais humano.

— Humano, meu senhor? Ele tem pouco de humano!

Os dois magos se encararam. Não sei o que teria acontecido... Mas naquele momento um portal se abriu sob a jaula de Bes.

Já vi muitos portais, mas nenhum como aquele. O rodamoinho surgiu no nível do chão, uma área do tamanho de um trampolim, sugando areia vermelha, peixes mortos, madeira velha, cacos de cerâmica e uma jaula fluorescente contendo um deus anão. Quando a jaula entrou no turbilhão, as grades explodiram em lascas de luz. No momento em que Bes saiu do estado de paralisia, viu-se meio submerso em areia. Então falou alguns palavrões bastante criativos. Depois minha irmã e Walt surgiram do portal, suspensos horizontalmente como se estivessem correndo para o céu. Quando a gravidade agiu sobre eles, ambos sacudiram os braços e caíram de volta na areia. Teriam sido sugados, mas Bes os agarrou e conseguiu erguê-los do rodamoinho.

Bes os colocou em terra firme. Depois olhou para Vlad Menshikov, firmou os pés no chão e arrancou o short e a camisa havaiana como se fossem de papel. Seus olhos ardiam com fúria. Na sunga estavam estampadas as palavras ORGULHO ANÃO, o que eu realmente não precisava ter visto.

Menshikov só teve tempo para dizer:

— Como...?

— BU! — Bes gritou.

O som foi como o da explosão de uma bomba H — ou uma bomba F, de *feio*. O chão tremeu. O rio se agitou. Meu avatar se desfez, e o encantamento de Menshikov se dissolveu com ele — o gosto de veneno desapareceu de minha boca, a pressão foi aliviada e pude voltar a respirar. Sadie e Walt já estavam no chão. Zia havia recuado rapidamente. Mas Menshikov e Desjardins foram acertados em cheio pela onda de feiura.

Ambos ficaram aturdidos e se desintegraram totalmente.

Após um momento de choque, Zia falou, arfante:

— Você os matou!

— Que nada. — Bes limpou a poeira das mãos. — Só os mandei de volta para casa com o susto. Eles talvez fiquem inconscientes por algumas horas enquanto seu cérebro tenta processar a imagem de meu físico magnífico, mas vão sobreviver. Mais importante... — Seu olhar para Sadie e Walt era sério. — Vocês dois tiveram a ousadia de ancorar um portal em *mim*? Pareço uma relíquia?

Sadie e Walt foram sábios para não responder. Ficaram de pé, limpando-se da areia.

— Não foi ideia nossa! — Sadie protestou. — Ptah nos mandou aqui para ajudar vocês.

— Ptah? — repeti. — Ptah, o *deus*?

— Não, Ptah, o fazendeiro. Eu conto depois.

— Qual o problema com seu cabelo? — perguntei. — Parece que foi lambido por um camelo.

— Cale a boca. — Então ela notou Zia. — Meu Deus, é ela? A verdadeira Zia?

Zia recuou cambaleante, tentando acender o cajado.

— Para trás!

O fogo surgiu fraco.

— Não vamos lhe fazer mal — Sadie prometeu.

As pernas de Zia balançaram. As mãos tremeram. E aconteceu a única coisa lógica para alguém que tivera um dia como aquele depois de ter passado três meses em coma. Zia revirou os olhos e desmaiou.

— Garota forte — Bes grunhiu. — Ela suportou um "BU!" frontal de alta intensidade! Mesmo assim... é melhor a pegarmos e sairmos daqui. Desjardins não ficará longe para sempre.

— Sadie, conseguiu o papiro? — perguntei.

Ela tirou os três rolos de papiro da bolsa. Parte de mim sentiu alívio; a outra, medo.

— Precisamos chegar à Grande Pirâmide — ela disse. — Por favor, diga que vocês têm um carro.

Não apenas tínhamos um carro, como tínhamos também um bando inteiro de beduínos. Devolvemos a caminhonete bem depois do pôr do sol, mas os beduínos pareceram felizes ao nos ver, apesar de termos trazido mais três pessoas, uma delas inconsciente. De alguma forma, Bes convenceu-os a nos levarem até o Cairo. Depois de alguns minutos conversando dentro da tenda deles, Bes saiu vestindo roupas novas. Os beduínos o seguiram, rasgando em tiras os restos de sua camisa havaiana e enrolando-as cuidadosamente nos braços, na antena do rádio da caminhonete e no espelho retrovisor, como talismãs para dar sorte.

Subimos na caçamba do veículo. Estava cheia e barulhenta demais para conversarmos na viagem rumo ao Cairo. Bes nos disse para dormirmos um pouco enquanto ele vigiava. Prometeu ser gentil com Zia se ela acordasse.

Sadie e Walt dormiram imediatamente, mas fiquei olhando as estrelas por um tempo. Tinha a dolorosa consciência da presença de Zia — a *verdadeira* Zia — imersa num sono inquieto a meu lado, e das armas mágicas de

Rá, o gancho e o mangual, agora guardadas em minha bolsa. Meu corpo ainda vibrava devido à batalha. O encantamento de Menshikov se quebrara, mas eu ainda ouvia em minha cabeça a voz dele, tentando me transformar em um réptil de sangue frio — mais ou menos como ele.

Finalmente, consegui fechar os olhos. Sem proteção mágica, meu *ba* se afastou assim que adormeci.

Encontrei-me no Salão das Eras, em frente ao trono do faraó. Entre as colunas de cada lado brilhavam imagens holográficas. Exatamente como Sadie descrevera, a extremidade da cortina mágica passava do vermelho a um roxo escuro, indicando uma nova era. As imagens em roxo eram difíceis de distinguir, mas acho que vi duas figuras lutando diante de uma cadeira em chamas.

— Sim — disse a voz de Hórus. — A batalha se aproxima.

Ele apareceu de pé em meio a um feixe de luz tremulante, na escada sob o tablado onde o Sacerdote-leitor Chefe normalmente se sentava. Estava em sua forma humana, um jovem musculoso de pele bronzeada e cabeça raspada. Joias cintilavam em sua armadura de couro, e seu *khopesh* pendia da cintura. Os olhos brilhavam — um dourado, outro prateado.

— Como chegou aqui? — perguntei. — Este lugar não é protegido contra deuses?

— Não estou aqui, Carter. *Você* está. Mas já estivemos unidos um dia. Eu sou um eco em sua mente, a parte de Hórus que nunca o deixou.

— Não entendo.

— Apenas escute. Sua situação mudou. Você está à beira da grandiosidade.

Ele apontou para meu peito. Olhei para baixo e percebi que não estava em minha forma habitual de *ba*. Em vez de ave, eu era humano, vestido como Hórus em uma armadura egípcia. Nas mãos eu tinha o gancho e o mangual.

— Não são meus — falei. — Estavam enterrados com Zia.

— Poderiam ser seus — disse Hórus. — Os símbolos do faraó são como o cajado e a varinha, porém cem vezes mais poderosos. Mesmo sem prática, você conseguiu canalizar o poder deles. Imagine o que poderíamos fazer juntos. — Ele apontou para o trono vazio. — Como líder, você poderia unir a Casa da Vida. Nós poderíamos esmagar nossos inimigos.

Não vou negar: parte de mim sentiu um forte entusiasmo. Meses antes, a ideia de ser líder me apavorava. Agora a situação mudara. Minha compreensão sobre a magia crescera. Eu havia passado três meses ensinando e transformando nossos aprendizes em uma equipe. Entendia com mais clareza a ameaça que enfrentávamos e começava a descobrir como canalizar o poder de Hórus sem acabar sobrepujado. E se Hórus estivesse certo e eu pudesse liderar os deuses e magos contra Apófis? Eu gostava da ideia de destruir nossos inimigos, dar o troco nas forças do caos que haviam virado nossa vida de cabeça para baixo.

Então lembrei o jeito como Zia olhara para mim quando eu estava a ponto de matar Vlad Menshikov: como se *eu* fosse o monstro. Lembrei o que Desjardins dissera sobre os maus tempos antigos, quando mago lutava contra mago. Se Hórus era um eco em minha cabeça, talvez eu estivesse sendo afetado por seu desejo de governar. Agora eu o conhecia bem. Ele era um cara legal em muitos aspectos — corajoso, honrado, correto. Mas também era ambicioso, ganancioso, ciumento e obstinado quando perseguia seus objetivos. E seu maior desejo era comandar os deuses.

— O gancho e o mangual pertencem a Rá — falei. — Precisamos despertá-lo.

Hórus inclinou a cabeça.

— Mesmo que seja exatamente isso que Apófis queira? Mesmo que Rá esteja fraco e velho? Alertei você sobre as divisões entre os deuses. Você viu como Nekhbet e Babi tentaram resolver o problema por conta própria. A tensão só vai piorar. O caos se alimenta de líderes fracos, da falta de lealdade. É isso que Vladimir Menshikov procura.

O Salão das Eras tremeu. Ao longo de cada parede, a cortina de luz roxa se expandiu. À medida que a cena holográfica se alargava, pude ver que a cadeira era um trono de fogo, como aquele que Sadie descrevera de sua visão com o barco de Rá. Duas sombras lutavam agarradas, mas eu não conseguia distinguir se empurravam uma a outra *para* a cadeira ou para longe dela.

— Menshikov realmente tentou destruir o *Livro de Rá*? — perguntei.

O olho prateado de Hórus brilhou. Ele sempre parecia um pouco mais cintilante que o dourado, o que me desorientava, como se o mundo todo estivesse se inclinando para um lado.

— Como muitas coisas que Menshikov diz, essa foi uma verdade *parcial*. Houve um tempo em que ele pensava como você. Achava que podia trazer Rá de volta e restaurar o Maat. Imaginava-se o alto sacerdote de um novo templo glorioso, ainda mais poderoso que seus antepassados. Orgulhoso, ele se julgou capaz de reconstruir o *Livro de Rá* a partir do único papiro que tinha em mãos. Estava enganado. Rá fizera um grande esforço para não ser despertado. As maldições no papiro queimaram os olhos de Menshikov. O fogo do Sol feriu sua garganta porque ele ousou ler as palavras do encantamento. Depois disso, Menshikov ficou amargo. No início ele planejou destruir o *Livro de Rá*, mas não tinha esse poder. Então, criou um novo plano. Ele despertaria Rá, só que por vingança. É isso que ele tem esperado todos esses anos. Por isso ele quer que vocês reúnam os papiros e reconstruam o *Livro de Rá*. Menshikov quer ver o velho deus ser engolido por Apófis. Ele quer ver o mundo inteiro mergulhado na escuridão e no caos. Ele está completamente louco.

— Ah.

[Excelente resposta, eu sei. Mas o que dizer de uma história como essa?]

No tablado perto de Hórus, o trono vazio do faraó parecia flutuar na luz roxa. Aquela cadeira sempre me intimidou. Muito tempo antes, o faraó havia sido o governante mais poderoso do mundo. Controlara um império que durara vinte vezes mais tempo que meu país, os Estados Unidos, tinha de idade. Como eu poderia ser digno de me sentar ali?

— Você consegue, Carter — Hórus incentivou. — Você pode assumir o controle. Por que correr o risco de invocar Rá? Sua irmã vai ter que ler o livro. Você viu o que aconteceu com Menshikov quando um único papiro reagiu. Pode imaginar o triplo desse poder atingindo sua irmã?

Minha boca ficou seca. Já havia sido ruim eu ter deixado Sadie ir atrás do último papiro sem mim. Como eu poderia permitir que ela se arriscasse com algo capaz de deixá-la deformada como Vlad, o Inalador, ou pior?

— Agora você vê a verdade — disse Hórus. — Tome para si o gancho e o mangual. Assuma o trono. Juntos podemos derrotar Apófis. Podemos voltar ao Brooklyn e proteger seus amigos e seu lar.

Lar. Parecia muito tentador. E nossos amigos corriam um perigo terrível. Eu já havia testemunhado em primeira mão o que Vlad Menshikov era capaz de fazer. Imaginei o pequeno Felix ou a tímida Cleo tendo que lutar contra aquele tipo de magia. Imaginei Menshikov transformando nossos jovens aprendizes em cobras indefesas. Eu não tinha certeza nem do que Amós poderia fazer frente a ele. Com as armas de Rá, eu seria capaz de proteger a Casa do Brooklyn.

E então olhei para as imagens roxas tremulando contra a parede — duas figuras lutando diante do trono de fogo. Aquele era nosso futuro. A chave para o sucesso não era eu, nem Hórus — era Rá, o rei original dos deuses egípcios. Em comparação com o trono flamejante de Rá, o assento do faraó parecia tão importante quanto uma poltrona reclinável.

— Não somos suficientes — eu disse a Hórus. — Precisamos de Rá.

O deus cravou em mim seus olhos dourado e prateado, como se eu fosse uma presa a quilômetros de distância e ele considerasse se eu valia o mergulho.

— Você não entende a ameaça — ele decidiu. — Fique, Carter. E ouça os inimigos planejando sua morte.

Hórus desapareceu.

Ouvi passos nas sombras atrás do trono e uma respiração ofegante familiar. Torci para que meu *ba* estivesse invisível. Vladimir Menshikov apareceu no ambiente iluminado sustentando seu chefe, Desjardins.

— Estamos quase lá, meu senhor — Menshikov falou.

O russo parecia bastante descansado em seu novo terno branco. O único indício de nossa luta recente era um curativo no pescoço, onde eu o agarrara. Mas Desjardins parecia ter envelhecido uma década em algumas horas. Ele caminhava com dificuldade, amparando-se em Menshikov. Seu rosto estava esquálido. O cabelo havia se tornado completamente branco, e eu não achava que toda essa transformação tivesse sido causada pela visão de Bes de sunga.

Menshikov tentou ajudá-lo a subir no trono do faraó, mas Desjardins protestou.

— Nunca, Vladimir. O degrau. O degrau.

— Mas, senhor, com certeza sua condição...

— Nunca!

Desjardins repousou no degrau ao pé do trono. Eu não conseguia acreditar em quanto ele parecia pior.

— O Maat está enfraquecendo. — Ele estendeu a mão. Uma nuvem fraca de hieróglifos brotou de seus dedos e flutuou no ar. — Antes o poder do Maat me sustentava, Vladimir. Agora ele parece estar sugando minha força vital. Não consigo... — A voz dele desapareceu.

— Não tema, meu senhor — disse Menshikov. — Quando tivermos lidado com os Kane, tudo vai ficar bem.

— Vai? — Desjardins ergueu o rosto, e por um momento seus olhos brilharam de raiva como antes. — Você nunca tem dúvidas, Vladimir?

— Não, meu senhor — disse o russo. — Tenho dedicado minha vida a lutar contra os deuses. E continuarei lutando. Se me permite um comentário, Sacerdote-leitor Chefe, o senhor não devia ter recebido Amós Kane. As palavras dele são como veneno.

Desjardins pegou um hieróglifo no ar e o estudou enquanto ele rodopiava na palma de sua mão. Eu não reconhecia o símbolo, mas ele me lembrava um semáforo ao lado de um boneco de palitinho.

— *Menhed* — disse Desjardins. — A paleta do escriba.

Olhei para o brilho fraco do símbolo e vi sua semelhança com as ferramentas de escrita em minha bolsa. O retângulo era a paleta, com recipientes para tintas vermelha e preta. A figura de palitinhos era um cálamo preso por uma corda.

— Sim, meu senhor — Menshikov falou. — Que... interessante.

— Era o símbolo favorito de meu avô — Desjardins murmurou. — Jean-François Champollion, você sabe. Ele decifrou os hieróglifos utilizando a Pedra de Roseta. Foi o primeiro homem fora da Casa da Vida a conseguir.

— Sim, meu senhor. Já ouvi a história. — *Mil vezes*, sua expressão parecia dizer.

— Ele veio do nada para se tornar um grande cientista — continuou Desjardins — *e* um grande mago. Respeitado tanto por mortais quanto por magos.

Menshikov sorriu como se estivesse aturando uma criança cada vez mais irritante.

— E agora o senhor é o Sacerdote-leitor Chefe. Ele ficaria orgulhoso.

— Ficaria? — Desjardins ponderou. — Quando Iskandar aceitou minha família na Casa da Vida, ele disse que novo sangue e novas ideias eram bem-vindos. Ele tinha esperança de que nós revigorássemos a Casa. Mas o que trouxemos para cá? Não mudamos nada. Não questionamos nada. A Casa enfraqueceu. A cada ano temos menos iniciados.

— Ah, meu senhor. — Menshikov mostrou os dentes. — Deixe-me mostrar que *não* estamos fracos. Sua força de ataque está reunida.

Ele bateu palmas. No final do corredor, as enormes portas de bronze se abriram. No início não pude acreditar no que via, mas, quando o pequeno exército marchou em nossa direção, fui ficando cada vez mais alarmado.

Os doze magos eram a parte *menos* assustadora do grupo. Eram, em sua maioria, mulheres e homens mais velhos em suas tradicionais vestes de linho. Muitos tinham *kohl* contornando os olhos e hieróglifos tatuados nas mãos e no rosto. Alguns traziam mais amuletos que Walt. Os homens tinham a cabeça raspada; as mulheres, cabelo curto ou preso num rabo de cavalo. Todos estavam carrancudos, como uma turba de camponeses furiosos decididos a queimar o monstro de Frankenstein, mas em vez de ancinhos eles estavam armados com cajados e varinhas. Vários tinham espadas também.

Marchando dos dois lados do grupo havia demônios — cerca de vinte no total. Eu lutara contra demônios antes, mas tinha algo de diferente nesses. Eles se moviam com mais confiança, como se compartilhassem um propósito. Radiavam uma maldade tão intensa que tive a sensação de que meu *ba* estava se bronzeando ao sol. A cor da pele das criaturas variava do verde ao preto e ao violeta. Alguns vestiam armaduras, outros, peles de animais, e os demais, pijamas de flanela. Um deles tinha uma motosserra no lugar da cabeça. Outro, uma guilhotina. Um terceiro tinha um pé brotando entre os ombros.

Ainda mais assustadoras que os demônios eram as cobras aladas. Sim, eu sei, você está pensando: "Chega de cobras!" Acredite, depois de ser mordido pelo *tjesu heru* em São Petersburgo, eu também não estava feliz em vê-las. Essas não tinham três cabeças nem eram maiores que cobras normais, mas só de olhá-las eu já sentia arrepios. Imagine uma serpente com as asas de uma águia. Agora imagine-a voando velozmente e cuspindo longos jatos de fogo como um lança-chamas. Meia dúzia desses monstros rodeava o pelotão, voando de um lado para o outro e soltando labaredas. Era um milagre que nenhum dos magos tivesse sido chamuscado.

Quando o grupo se aproximou, Desjardins levantou-se com esforço. Os magos e demônios se ajoelharam diante dele. Uma das cobras aladas voou na frente do Sacerdote-leitor Chefe, e Desjardins a agarrou no ar com surpreendente velocidade. A serpente se retorceu em sua mão, mas não tentou atacá-lo.

— Uma *uraeus*? — Desjardins perguntou. — Isso é perigoso, Vladimir. Essas são criaturas de Rá.

Menshikov inclinou a cabeça.

— Elas já serviram ao templo de Amon-rá, Sacerdote-leitor Chefe, mas não se preocupe. Graças a minha ascendência sou capaz de controlá-las. Achei que seria adequado usar criaturas do deus sol para destruir quem deseja despertá-lo.

Desjardins soltou a serpente, que cuspiu fogo e se afastou voando.

— E os demônios? — perguntou. — Desde quando usamos criaturas do Caos?

— Todos estão controlados, meu senhor. — A voz de Menshikov soava tensa, como se ele estivesse ficando cansado de aturar o patrão. — Esses magos conhecem os devidos feitiços de aprisionamento. Eu os escolhi a dedo em nomos do mundo todo. São bastante habilidosos.

O Sacerdote-leitor Chefe olhou para um asiático em vestes azuis.

— Kwai, não é?

O homem assentiu.

— Se bem me lembro — Desjardins disse —, você foi exilado para o Tricentésimo Nomo, na Coreia do Norte, pelo assassinato de outro mago. E você, Sarah Jacobi — ele apontou para uma mulher vestida de branco e com cabelos negros espetados —, foi mandada para a Antártida por ter causado o tsunami no oceano Índico.

Menshikov pigarreou.

— Meu senhor, muitos desses magos tiveram problemas no passado, mas...

— São assassinos e ladrões sem escrúpulos — Desjardins disse. — São o que há de pior em nossa Casa.

— Mas estão determinados a provar sua lealdade — Menshikov garantiu. — Estão felizes com a oportunidade!

Ele sorriu para seus servos, como se os encorajasse a aparentar felicidade. Nenhum deles reagiu.

— Além do mais, meu senhor — Menshikov continuou apressadamente —, se quer que a Casa do Brooklyn seja destruída, não podemos ter escrúpulos. É pelo bem do Maat.

Desjardins franziu a testa.

— E você, Vladimir? Vai liderá-los?

— Não, meu senhor. Tenho plena confiança de que esse, hum, excelente grupo é capaz de lidar sozinho com a Casa do Brooklyn. Eles atacarão ao pôr do sol. Quanto a mim, seguirei os Kane até o Duat e cuidarei deles pessoalmente. E o senhor deveria ficar aqui e repousar. Mandarei um cristalomante a seus aposentos para que o senhor possa observar nosso progresso.

— "Ficar aqui" — Desjardins repetiu em tom amargo. — E "observar".

Menshikov se curvou.

— Vamos salvar a Casa da Vida. Prometo. Os Kane serão destruídos, os deuses serão devolvidos ao exílio. O Maat será restaurado.

Eu esperava que Desjardins tivesse o bom-senso de cancelar o ataque. Em vez disso, seus ombros caíram. Ele deu as costas a Menshikov e olhou para o trono vazio do faraó.

— Vá — disse cansado. — Tire essas criaturas da minha frente.

Menshikov sorriu.

— Meu senhor.

Ele se virou e saiu marchando do Salão das Eras, carregando a reboque seu exército pessoal.

Quando eles se foram, Desjardins levantou a mão. Uma esfera de luz desceu lentamente do teto e pousou em sua palma.

— Traga-me O *livro para derrotar Apófis* — Desjardins disse à luz. — Preciso consultá-lo.

A esfera mágica quicou levemente, como se fizesse uma mesura, e se afastou depressa.

Desjardins olhou para a cortina de luz roxa — a imagem das duas figuras lutando diante de um trono de fogo.

— Vou "observar", Vladimir — ele murmurou para si mesmo. — Mas não vou "ficar e repousar".

A cena desapareceu, e meu *ba* retornou ao corpo.

CARTER

18. Jogando na véspera do Juízo Final

Pela segunda vez naquela semana acordei em um sofá de quarto de hotel sem ter a menor ideia de como havia chegado lá.

Esse quarto não chegava nem perto de ser bom como o do Four Seasons Alexandria. As paredes tinham rachaduras. As vigas aparentes que cruzavam o teto estavam empenadas. Um ventilador portátil zumbia sobre a mesinha de centro, mas o ar era quente como o de uma fornalha. A luz da tarde entrava pelas janelas abertas. Da rua vinha o som de automóveis buzinando e de ambulantes apregoando seus produtos em árabe. A brisa tinha cheiro de escapamento de carro, adubo e essência de maçã — o aroma melado e frutoso da fumaça de narguilés. Em outras palavras, imaginei que provavelmente estivéssemos no Cairo.

Sadie, Bes, Walt e Zia estavam sentados em torno de uma mesa junto à janela, entretidos em um jogo de tabuleiro como se fossem velhos amigos. A cena era tão bizarra que pensei que ainda devia estar sonhando.

Então Sadie percebeu que eu havia acordado.

— Ora, ora. Da próxima vez que decidir fazer uma viagem mais longa com seu *ba*, Carter, avise-nos com antecedência. Não é divertido carregar você por três lances de escada.

Massageei a cabeça, que latejava.

— Dormi quanto tempo?

— Mais tempo que eu — disse Zia.

Ela estava linda: calma e descansada. Os cabelos recém-lavados estavam presos atrás das orelhas, e ela usava um vestido novo, branco e sem mangas que fazia sua pele bronzeada brilhar.

Acho que fiquei encarando-a de um jeito muito direto, porque Zia baixou o olhar. Seu pescoço ficou vermelho.

— São três da tarde — ela disse. — Estou acordada desde as dez da manhã.

— Você parece...

— Melhor? — Ela levantou as sobrancelhas, como se me desafiasse a discordar. — Você perdeu todos os momentos animados. Tentei lutar. Tentei fugir. Este é nosso terceiro quarto de hotel.

— O primeiro pegou fogo — contou Bes.

— O segundo explodiu — disse Walt.

— Eu *já* pedi desculpas. — Zia franziu a testa. — De qualquer maneira, sua irmã finalmente me acalmou.

— O que levou várias horas e toda a minha habilidade diplomática — Sadie disse.

— Você tem habilidade diplomática? — perguntei.

Ela revirou os olhos.

— Como se você fosse notar, Carter.

— Sua irmã é muito inteligente — Zia comentou. — Ela me convenceu a esperar você acordar para conversarmos, e só então julgar seus planos. É muito persuasiva.

— Obrigada — Sadie disse, presunçosa.

Olhei para as duas e comecei a sentir uma pontada de terror.

— Vocês estão se dando bem? *Não podem* se dar bem! Você e Sadie não se suportam!

— Aquilo era um *shabti*, Carter — Zia respondeu, embora seu pescoço ainda estivesse muito vermelho. — Acho Sadie... admirável.

— Ouviu? — Sadie disse. — Eu sou admirável!

— Isso é um pesadelo. — Sentei-me e derrubei os cobertores. Olhei para baixo e descobri que estava vestindo um pijama com estampa de Pokémon.

— Sadie — falei —, vou matar você.

Ela piscou inocentemente.

— Mas o ambulante pediu um preço muito bom por ele. E Walt disse que era seu tamanho.

Walt levantou as mãos.

— Não me culpe, cara. Tentei defender você.

Bes bufou, depois fez uma boa imitação da voz de Walt:

— "Pelo menos pegue os de tamanho GG com o Pikachu." Carter, suas coisas estão no banheiro. Agora, vamos jogar senet ou não?

Fui cambaleando até o banheiro e fiquei aliviado ao encontrar roupas normais esperando por mim — cueca limpa, jeans e uma camiseta sem Pikachu. Tentei ligar o chuveiro e ouvi um barulho parecido com o de um elefante moribundo, mas consegui um pouco de água com cheiro de ferrugem da torneira da pia e me lavei da melhor maneira que pude.

Quando saí, não me sentia exatamente revigorado, mas pelo menos não cheirava a peixe morto e carne de bode.

Meus quatro companheiros continuavam jogando senet. Eu já ouvira falar nisso — era supostamente um dos jogos mais antigos do mundo —, mas nunca tinha visto ninguém jogando. O tabuleiro era um retângulo dividido em três fileiras de dez espaços cada uma, com quadrados azuis e brancos. As peças eram círculos também nessas cores. Em vez de dados, havia quatro lâminas de marfim que pareciam palitos de picolé, brancos de um lado e marcados com hieróglifos do outro.

— Pensei que as regras desse jogo tivessem sido perdidas — comentei.

Bes levantou uma sobrancelha.

— Talvez para vocês, mortais. Os deuses nunca esqueceram.

— É muito fácil — disse Sadie. — Você faz um S em torno do tabuleiro. A primeira equipe a levar todas as peças ao final é a vencedora.

— Ha! — disse Bes. — O jogo é tão mais complexo que isso. São necessários anos para dominá-lo.

— É mesmo, deus anão? — Zia jogou os quatro palitos, e todos caíram com as marcas para cima. — Domine essa!

Sadie e Zia se cumprimentaram animadamente. Pelo visto elas formavam uma equipe. Sadie movimentou uma peça azul e jogou outra branca de volta ao início.

— Walt — Bes resmungou. — Eu falei para você não mexer aquela peça!

— Não é minha culpa!

Sadie sorriu para mim.

— Meninas contra meninos. Estamos apostando os óculos de Vlad Menshikov.

Ela mostrou os óculos quebrados de armação branca que Set lhe entregara em São Petersburgo.

— O mundo está prestes a acabar, e vocês estão apostando um par de óculos? — perguntei.

— Ei, cara — Walt respondeu —, somos multitarefas. Ficamos conversando durante umas seis horas, mas tínhamos que esperar você acordar para tomarmos decisões, não é?

— Além do mais — acrescentou Sadie —, Bes nos garantiu que não se pode jogar senet sem apostas. Isso abalaria as fundações do Maat.

— É verdade — confirmou o anão. — Walt, jogue logo.

Walt lançou os palitos, e três caíram com as marcas para baixo.

Bes praguejou.

— Precisamos de um dois para sairmos da Casa de Atum-rá, garoto. Já não expliquei?

— Desculpe!

Eu não sabia o que fazer, então puxei uma cadeira.

A vista da janela era melhor que eu imaginava. A um ou dois quilômetros de distância, as Pirâmides de Gizé brilhavam vermelhas ao sol da tarde. Devíamos estar na periferia a sudoeste da cidade — perto de Mansura. Eu havia estado naquela região umas dez vezes com meu pai a caminho de vários sítios de escavação, mas ainda assim era desorientador ver as pirâmides tão próximas.

Eu tinha um milhão de perguntas. Precisava contar a meus amigos sobre a visão de meu *ba*. Antes que eu conseguisse criar coragem, no entanto, Sadie começou um longo relato sobre o que eles haviam feito enquanto eu estava inconsciente. Na maior parte do tempo ela se concentrou em como eu era engraçado dormindo, e como eu choramingara quando me tiraram dos dois primeiros quartos incendiados. Ela descreveu o excelente pão sírio fresquinho, com falafel e carne temperada, que eles comeram no almoço ("Ah, lamento, não guardamos nada para você.") e as grandes pechinchas que conseguiram durante as compras no *suk*, o mercado aberto local.

— Foram fazer compras? — perguntei.

— Sim, é claro — ela disse. — Não podemos fazer nada antes do pôr do sol, mesmo. Foi o que Bes nos falou.

— Como assim?

Bes jogou os palitos e moveu uma de suas peças para a casa da chegada.

— O equinócio, garoto. Estamos bem perto dele, agora. Todos os portais do mundo vão parar de funcionar, exceto em dois momentos: pôr do sol e amanhecer, quando noite e dia estarão perfeitamente equilibrados.

— Além do mais — Sadie disse —, se quisermos encontrar Rá, vamos ter que seguir a jornada dele, o que significa ir ao Duat no pôr do sol e voltar de lá ao amanhecer.

— Como você sabe disso? — indaguei.

Ela pegou um papiro na bolsa — um rolo muito mais espesso que os que havíamos reunido. As beiradas brilhavam como fogo.

— O *Livro de Rá* — ela falou. — Juntei todas as partes. Pode me agradecer agora.

Minha cabeça começou a rodar. Lembrei o que Hórus dissera em minha visão sobre o papiro ter queimado o rosto de Menshikov.

— Está dizendo que leu os papiros sem... sem problemas?

Ela deu de ombros.

— Só a introdução: avisos, instruções, esse tipo de coisa. Não vou ler o encantamento propriamente dito enquanto não encontrarmos Rá, mas sei aonde vamos.

— Se decidirmos ir — falei.

Isso chamou a atenção de todos.

— *Se?* — Zia perguntou. Ela estava tão perto que chegava a ser doloroso, mas pude sentir a distância que colocava entre nós: inclinando-se para longe, mantendo os ombros tensos, indicando que eu devia respeitar seu espaço. — Sadie me disse que você estava muito determinado.

— Eu estava — respondi —, até descobrir o que Menshikov planeja.

Contei a eles minha visão: sobre a tropa de ataque de Menshikov se dirigindo ao Brooklyn no pôr do sol e sobre seu plano de vir atrás de nós pessoalmente no Duat. Expliquei o que Hórus dissera sobre os riscos de despertar Rá e que, em vez disso, eu podia usar o gancho e o mangual para lutar contra Apófis.

— Mas esses símbolos são sagrados para Rá — disse Zia.

— Eles pertencem a qualquer faraó forte o bastante para empunhá-los — respondi. — Se não ajudarmos Amós no Brooklyn...

— Seu tio e todos os seus amigos serão destruídos — Bes disse. — Pelo que você descreveu, Menshikov reuniu um pequeno exército danado. *Uraei*, as cobras flamejantes, são coisa *muito* ruim. Mesmo que Bastet volte a tempo de ajudá-los...

— Precisamos avisar Amós — disse Walt. — Preveni-lo, pelo menos.

— Você tem uma tigela de vidência? — indaguei.

— Melhor. — Ele pegou um telefone celular. — O que digo a ele? Vamos voltar?

Eu hesitei. Como poderíamos deixar Amós e meus amigos sozinhos para enfrentar um exército maligno? Parte de mim ansiava me apoderar das armas do faraó e esmagar o inimigo. A voz de Hórus ainda soava dentro de mim, impelindo-me a assumir o comando.

— Carter, você não pode ir ao Brooklyn. — Zia me encarou, e percebi que ela ainda estava apavorada. Tentava controlar o pânico, mas ele ainda borbulhava sob a superfície. — O que vi no Lugar das Areias Vermelhas... aquilo me perturbou demais.

Senti como se ela tivesse acabado de pisotear meu coração.

— Escute, lamento pela situação com o avatar, o gancho e o mangual. Eu não queria ter assustado você, mas...

— Carter, não foi *você* que me perturbou. Foi Vlad Menshikov.

— Ah... Certo.

Ela respirou fundo, abalada.

— Nunca confiei naquele homem. Quando concluí meu treinamento para iniciados, Menshikov solicitou que eu fosse designada para o nomo dele. Felizmente Iskandar recusou.

— Então... Por que não posso ir para o Brooklyn?

Zia examinou o tabuleiro de senet como se fosse um mapa de guerra.

— Acredito que você esteja dizendo a verdade. Menshikov é um traidor. O que descreveu de sua visão... Creio que Desjardins venha sendo afetado por magia do mal. Não é o enfraquecimento do Maat que está drenando a força vital dele.

— É Menshikov — Sadie deduziu.

— Acredito que sim... — A voz de Zia soou rouca. — E creio que meu velho mentor, Iskandar, *estava* tentando me proteger quando me colocou naquela tumba. Não foi por engano que ele me deixou ouvir a voz de Apófis em meus sonhos. Foi um tipo de aviso, uma última lição. Ele escondeu o gancho e o mangual comigo por alguma razão. Talvez soubesse que você me encontraria. De qualquer maneira, Menshikov precisa ser detido.

— Mas você acabou de dizer que não posso ir ao Brooklyn — protestei.

— Eu quis dizer que você não pode abandonar sua missão. Acho que Iskandar anteviu esse caminho. Ele acreditava que os deuses deviam se unir à Casa da Vida, e eu confio na opinião dele. Você *precisa* despertar Rá.

Quando ouvi Zia falar dessa maneira, senti pela primeira vez que nossa missão era real. E crucial. E muito, muito louca. Mas também senti uma pequena fagulha de esperança. Talvez ela não me odiasse completamente.

Sadie pegou os palitos de senet.

— Bem, está decidido, então. Ao pôr do sol, abriremos um portal no topo da Grande Pirâmide. Vamos seguir o antigo curso do barco solar pelo rio da Noite, encontrar Rá, despertá-lo e trazê-lo conosco ao amanhecer. E, se possível, achar algum lugar para jantarmos no caminho, porque estou com fome de novo.

— Vai ser perigoso — Bes disse. — Temerário. Provavelmente fatal.

— Então será um dia como qualquer outro para nós — resumi.

Walt franziu o cenho, ainda segurando o celular.

— E aí, o que devo dizer a Amós? Que ele está por si próprio?

— Não tanto — Zia respondeu. — Eu vou para o Brooklyn.

Eu quase engasguei.

— *Você?*

Ela me olhou irritada.

— Eu *sou* boa com magia, Carter.

— Não foi isso o que quis dizer. É que...

— Eu mesma quero falar com Amós — ela disse. — Quando a Casa da Vida aparecer, talvez eu possa intervir, ganhar tempo. Tenho alguma influência junto a outros magos... Ou pelo menos tinha quando Iskandar estava vivo. Alguns deles talvez ouçam a voz da razão, especialmente se Menshikov não estiver lá, instigando-os.

Pensei na turba furiosa de minha visão. *Razoável* não foi a primeira palavra que me veio à mente.

Aparentemente, Walt estava pensando o mesmo.

— Se você se teletransportar ao pôr do sol — ele disse —, vai chegar na mesma hora que os atacantes. Será um caos, não vai sobrar tempo para conversar. E se você tiver que lutar?

— Vamos torcer para não chegarmos a tanto — disse Zia.

Não era uma resposta muito reconfortante, mas Walt assentiu.

— Vou com você.

Sadie derrubou os palitos de senet no chão.

— O quê? Walt, não! Em sua condição...

Ela tapou a boca com as mãos, mas era tarde demais.

— Que condição? — perguntei.

Se Walt soubesse o feitiço do Olho do Mal, acho que ele o teria lançado em minha irmã naquele momento.

— A história de minha família — ele falou. — Algo que contei a Sadie... *confidencialmente.*

Ele não parecia muito feliz com isso, mas explicou a maldição de sua família, a linhagem de Akhenaton, e o que isso significava para ele.

Eu só fiquei quieto, atordoado. O comportamento discreto de Walt, suas conversas com Jaz, seu humor soturno... tudo passava a fazer sentido. De repente meus problemas pareciam muito menos importantes.

— Puxa, cara... — murmurei. — Walt...

— Olhe, Carter, o que quer que você pretenda dizer, aprecio o sentimento. Mas já cansei de condolência. Convivo com essa doença há anos. Não

quero as pessoas sentindo pena de mim nem me tratando como se eu fosse especial. Quero ajudar vocês. Vou levar Zia de volta ao Brooklyn. Assim Amós saberá que ela está indo em paz. Tentaremos postergar o ataque, resistir até o nascer do sol, para que vocês possam voltar com Rá. Além disso...
— Ele deu de ombros. — Se vocês fracassarem, e não pudermos impedir Apófis, amanhã estaremos todos mortos mesmo...

— Isso é que eu chamo de olhar pelo lado positivo — comentei. Então, algo me ocorreu: um pensamento tão inquietante que pareceu uma minirreação nuclear em minha cabeça. — Espere. Menshikov disse que descendia dos sacerdotes de Amon-rá.

Bes bufou com desdém.

— Odiava aqueles caras. Eram *tão* metidos a besta! Mas o que isso tem a ver com a história?

— Esses não foram os mesmos sacerdotes que lutaram contra Akhenaton e amaldiçoaram os antepassados de Walt? — perguntei. — E se Menshikov conhecer o segredo da maldição? E se ele puder curar...

— Pare. — A raiva na voz de Walt me pegou de surpresa. As mãos dele tremiam. — Carter, já estou conformado com meu destino. *Não* vou alimentar esperanças por nada. Menshikov é o inimigo. Mesmo que ele pudesse ajudar, não faria isso. E se vocês o encontrarem, não tentem fazer nenhum acordo. Não tentem argumentar com ele. Façam o que precisam fazer. Destruam-no.

Olhei para Sadie. Seus olhos cintilavam, como se finalmente eu tivesse feito algo certo.

— Tudo bem, Walt — falei. — Não vou mais tocar no assunto.

Mas Sadie e eu tivemos uma conversa silenciosa muito diferente. Enfim concordávamos plenamente sobre algum assunto. Visitaríamos o Duat. E enquanto estivéssemos lá, viraríamos o jogo contra Vlad Menshikov. E iríamos encontrá-lo, arrebentá-lo e obrigá-lo a nos dizer como curar Walt. De repente, eu me sentia muito melhor com relação a essa missão.

— Então partimos ao pôr do sol — Zia anunciou. — Walt e eu vamos para o Brooklyn. Você e Sadie vão para o Duat. Tudo certo.

— Exceto por um detalhe. — Bes encarou os palitos de senet que Sadie havia derrubado no chão. — Você *não* conseguiu esses pontos. É impossível!

Sadie olhou para baixo. Um sorriso iluminou seu rosto. Sem querer, ela havia conseguido um três, exatamente o que precisava para vencer.

Moveu sua última peça até a casa da chegada, depois pegou os óculos de Menshikov e os experimentou. Pareceriam sinistros nela. Não pude deixar de pensar na voz áspera e nos olhos dele, destruídos, e no que poderia acontecer com minha irmã se ela tentasse ler o *Livro de Rá*.

— O impossível é minha especialidade — ela falou. — Vamos, querido irmão. Vamos nos preparar para a Grande Pirâmide.

Se você algum dia visitar as pirâmides, fica a dica: é melhor vê-las de longe, tipo, no horizonte. Quanto mais você se aproxima, mais se desaponta.

Isso pode soar grosseiro, mas, em primeiro lugar, de perto as pirâmides vão parecer menores do que você imaginava. Todos que vão visitá-las dizem isso. É claro, elas foram as estruturas mais altas do mundo por milhares de anos, mas, comparadas aos edifícios modernos, não parecem tão impressionantes. Já perderam o revestimento de pedras brancas e o acabamento dourado que as tornavam tão legais na Antiguidade. Ainda são bonitas, especialmente quando iluminadas pelo pôr do sol, mas pode-se apreciá-las melhor de longe, sem ter que entrar no cenário turístico.

Esta é a segunda questão: a multidão de turistas e vendedores ambulantes. Não importa onde você passe as férias: Times Square, Piccadilly Circus ou o Coliseu em Roma. É sempre a mesma coisa: ambulantes vendendo camisetas e quinquilharias baratas e hordas de turistas suados reclamando e andando de um lado para o outro, tentando tirar fotos. As pirâmides não são diferentes, mas a multidão é maior e os vendedores são muito, muito insistentes. Eles conhecem muitas palavras em outros idiomas, mas o "não" está fora de seu vocabulário.

Enquanto andávamos no meio de toda aquela gente, os vendedores tentaram nos empurrar três passeios de camelo, uma dúzia de camisetas, mais amuletos do que Walt tinha no pescoço ("Preço especial! Boa magia!") e onze dedos de múmia legítimos, que, eu supus, provavelmente tinham sido feitos na China.

Perguntei a Bes se ele poderia afugentar a multidão, mas ele apenas riu.

— Não vale a pena, garoto. Os turistas estão aqui há quase tanto tempo quanto as pirâmides. Vou me certificar de que não nos vejam. Vamos subir de uma vez.

Guardas patrulhavam a base da Grande Pirâmide, mas nenhum deles tentou nos deter. Talvez Bes nos tenha tornado invisíveis de algum modo, ou talvez os guardas simplesmente tenham optado nos ignorar, já que estávamos com o deus anão. De qualquer maneira, logo descobri por que era proibido escalar as pirâmides: é difícil e perigoso. A Grande Pirâmide tem mais de cento e trinta metros de altura. As laterais de pedra não foram projetadas para serem escaladas. Eu quase caí duas vezes. Walt torceu o tornozelo. Alguns "degraus" tinham um metro e meio de altura, e precisávamos ajudar um ao outro a subi-los. Finalmente, após vinte minutos de muito esforço e suor, chegamos ao topo. A poluição sobre o Cairo fazia tudo ao leste parecer uma grande mancha indistinta, mas para oeste tínhamos uma boa visão do Sol descendo no horizonte, pintando o deserto de carmim.

Tentei imaginar como seria a vista daquele mesmo lugar uns cinco mil anos atrás, quando a pirâmide estava recém-construída. Teria o faraó Khufu ficado em pé ali, no alto da própria tumba, e admirado seu império? Provavelmente não. Ele provavelmente era esperto demais para fazer aquela escalada.

— Certo. — Sadie largou a bolsa no bloco de pedra mais próximo. — Bes, fique de olho. Walt, me ajude com o portal.

Zia tocou meu braço, e eu levei um susto.

— Podemos conversar? — perguntou.

Ela desceu alguns degraus da pirâmide. Meu coração disparou, mas consegui acompanhá-la sem tropeçar e fazer papel de idiota.

Zia estava olhando para o deserto. Seu rosto parecia corado no vermelho do pôr do sol.

— Carter, não me entenda mal. Sou grata por ter me despertado. Sei que agiu de bom coração.

Meu coração não estava muito bom, parecia preso em meu esôfago.

— Mas...? — perguntei.

Ela se abraçou.

— Preciso de tempo. Isso é muito estranho para mim. Talvez possamos ser... mais próximos algum dia, só que por enquanto...

— Você precisa de tempo — falei com a voz desafinada. — Presumindo que não vamos todos morrer hoje à noite.

Os olhos dela brilhavam dourados. Imaginei se aquela era a última cor que um inseto via antes de ficar preso em âmbar — e se o inseto pensava "Uau, isso é lindo" antes de ser paralisado para sempre.

— Vou fazer tudo que puder para proteger sua casa — ela disse. — Prometa que, se tiver que escolher, vai ouvir seu próprio coração, e não a vontade dos deuses.

— Prometo — respondi, embora não tivesse muita certeza. Eu ainda ouvia a voz de Hórus em minha mente, instigando-me a tomar as armas do faraó. Eu queria falar mais, dizer a ela como me sentia, mas tudo que consegui foi um: — *Hum...* sim.

Zia abriu um sorriso sem vida.

— Sadie tinha razão. Você é... Como ela disse? Encantadoramente desajeitado.

— Incrível. Obrigado.

Uma luz brilhou sobre nós, e um portal se abriu no topo da pirâmide. Diferentemente da maioria, esse não era de areia rodopiante. Ele brilhava com uma luz roxa: uma passagem direta para o Duat.

Sadie olhou para mim.

— Este é o nosso. Vamos?

— Tome cuidado — Zia me disse.

— Sim — respondi. — Não sou muito bom nisso, mas... sim.

Enquanto escalei para o topo da pirâmide, Sadie puxou Walt para perto e sussurrou no ouvido dele.

Walt assentiu, sério.

— Está bem.

Antes que eu pudesse perguntar o que havia sido aquilo, minha irmã olhou para Bes.

— Pronto?

— Irei atrás de vocês — ele prometeu. — Assim que eu fizer Walt e Zia passarem pelo portal deles. Encontrarei vocês no rio da Noite, na Quarta Casa.

— Na quarta o quê? — perguntei.

— Vocês verão — ele garantiu. — Agora, vão!

Olhei para Zia mais uma vez, imaginando se essa seria a última vez que a veria. Depois Sadie e eu pulamos no portal roxo turbulento.

O Duat é um lugar estranho.

[Sadie acabou de me chamar de Capitão Óbvio... Mas, ei, isso é algo que vale a pena comentar.]

As correntes do mundo espiritual interagem com seus pensamentos, puxando para lá e para cá, dando forma ao que você vê para adequar essas imagens ao que você conhece. Então, embora tivéssemos penetrado em outro nível de realidade, o lugar parecia o cais do rio Tâmisa, perto da casa do vovô e da vovó.

— Que falta de consideração — Sadie disse.

Entendi o que ela queria dizer. Era difícil para Sadie estar de volta a Londres depois de sua desastrosa viagem de aniversário. Além do mais, no último Natal, havíamos começado ali nossa primeira viagem ao Brooklyn. Tínhamos descido aquela escada com Amós até o atracadouro e entrado em um barco mágico. Na época, eu chorava a perda de meu pai, estava chocado por meus avós nos entregarem a um tio de quem eu nem me lembrava e apavorado com a ideia de viajar para o desconhecido. Agora, todos aqueles sentimentos se acumulavam dentro de mim, intensos e dolorosos como antes.

O rio estava coberto por neblina. Não havia luzes da cidade, só um brilho sinistro no céu. O horizonte de Londres parecia fluido — edifícios mudando de posição, erguendo-se e desaparecendo como se não conseguissem encontrar um lugar confortável para se instalarem.

Abaixo de nós, a neblina se dissipava sobre o atracadouro.

— Sadie, olhe — falei.

Ao pé da escada havia um barco ancorado, mas não era o de Amós. Era o do deus sol, exatamente como estivera em minha visão — uma embarcação que fora altiva no passado, com um convés amplo e lugar para vinte remadores, mas que agora mal conseguia flutuar. A vela estava rasgada, os remos, quebrados, e as cordas, cobertas de teias de aranha.

No meio da escada, impedindo a passagem, vi meus avós.

— Eles de novo — Sadie resmungou. — Vamos.

Ela marchou escada abaixo até ficar cara a cara com as imagens brilhantes de nossos avós.

— Saiam da frente — Sadie ordenou.

— Minha querida — vovó respondeu com os olhos cintilantes. — Isso é jeito de falar com sua avó?

— Ah, desculpe — Sadie respondeu. — Esta deve ser a parte em que eu digo: "Puxa, que dentes grandes você tem." Você não é minha avó, Nekhbet! Agora saia de minha frente!

A imagem da vovó tremulou. Seu vestido estampado transformou-se em um manto de sebentas penas pretas. Seu rosto contorceu-se em uma máscara flácida e enrugada, e a maior parte do cabelo caiu, o que a colocou na marca dos 9,5 no Feiômetro, empatada com Bes.

— Tenha mais respeito, amor — a deusa arrulhou. — Viemos apenas para lhe fazer uma advertência amigável. Vocês estão prestes a ultrapassar o Ponto sem Retorno. Se entrarem naquele barco, não poderão voltar. Não terão como parar até passarem pelas Doze Casas da Noite, ou até morrerem.

— *Aghh!* — vovô grunhiu.

Ele coçou as axilas, o que podia indicar que estava possuído pelo deus babuíno Babi — ou não, já que essa atitude não era tão estranha para vovô.

— Escutem Babi — Nekhbet insistiu. — Vocês não têm ideia do que os espera no rio. Você mal conseguiu enfrentar nós dois em Londres, menina. Os exércitos do Caos são muito piores!

— Desta vez ela não está sozinha. — Dei um passo adiante com o gancho e o mangual. — Agora, deem o fora.

Vovô grunhiu e recuou.

Os olhos de Nekhbet se estreitaram.

— Você ousaria brandir as armas do faraó? — Seu tom expressava uma ponta de admiração relutante. — Um movimento audacioso, criança, mas isso não vai salvá-los.

— Você não entendeu — respondi. — Estamos salvando *vocês* também. Estamos salvando *todos* nós de Apófis. Quando voltarmos com Rá, vocês vão ajudar. Vão seguir nossas ordens e convencer os outros deuses a fazer o mesmo.

— Ridículo — Nekhbet chiou.

Ergui o gancho, e o poder percorreu meu corpo — o poder de um rei. Esse gancho era o cajado de um pastor. Um rei lidera seu povo como um pastor lidera seu rebanho. Exerci minha vontade, e os dois deuses caíram de joelhos.

As imagens de Nekhbet e de vovô evaporaram, revelando a verdadeira forma dos deuses. Nekhbet era um abutre gigantesco com uma coroa de ouro na cabeça e um elaborado colar de joias no pescoço. Suas asas ainda eram negras e ensebadas, mas brilhavam como se ela tivesse rolado em pó de ouro. Babi era um babuíno cinza imenso com olhos flamejantes vermelhos, presas do tamanho de cimitarras e braços grossos como troncos de árvore.

Os dois me olhavam com puro ódio. Eu sabia que se hesitasse, se deixasse falhar o poder do gancho, eles me destroçariam.

— Jurem lealdade — ordenei. — Quando voltarmos com Rá, vocês obedecerão a ele.

— Vocês não vão conseguir — Nekhbet disse.

— Então não há nenhum mal em jurar lealdade. Jurem!

Ergui o mangual de guerra, e os deuses se retraíram.

— *Agh* — Babi murmurou.

— Nós juramos — disse Nekhbet. — Mas é uma promessa vazia. Vocês vão navegar para a morte.

Movi o gancho no ar, e os deuses desapareceram na neblina.

Sadie respirou fundo.

— Muito bom. Você mostrou confiança.

— Uma encenação completa.

— Eu sei — ela disse. — Agora vem a parte difícil: encontrar Rá e despertá-lo. E jantar em algum momento, de preferência. Sem morrer.

Olhei para o barco. Tot, o deus do conhecimento, uma vez nos dissera que sempre teríamos o poder de invocar um barco quando fosse necessário, porque tínhamos o sangue dos faraós. Mas nunca pensei que seria *esse* barco, e nesse estado lamentável. Duas crianças em uma embarcação decadente, sozinhas contra as forças do Caos.

— Todos a bordo — falei para Sadie.

S
A
D
I
E

19. A vingança de Alceu, o deus alce

Eu deveria mencionar que Carter estava vestindo saia.

[Ha! Você *não* vai pegar o microfone. Agora é minha vez.]

Ele se esqueceu de contar isso, mas, assim que entramos no Duat, mudamos de aparência e percebemos que usávamos roupas do Egito Antigo.

Elas ficaram muito boas em mim. Meu vestido de seda branca brilhava. Meus braços estavam enfeitados com braceletes e anéis de ouro. Confesso que o colar de joias era um pouco pesado, como um daqueles aventais de chumbo que usamos para bater radiografia no dentista, e meu cabelo trançado tinha laquê suficiente para petrificar um deus importante. Mas, apesar disso, eu sabia que estava encantadora.

Carter, por outro lado, vestia um saiote — um pedaço simples de linho envolvendo a metade inferior de seu corpo, com o gancho e o mangual pendurados em uma espécie de cinto de utilidades em sua cintura. O peito estava nu, exceto por um colar dourado como o meu. Seus olhos haviam sido contornados por *kohl*, e ele estava descalço.

Para os padrões do Egito Antigo, tenho certeza de que ele devia parecer altivo e valente, um belo espécime de masculinidade. [Viu? Consegui dizer isso sem rir.] E suponho que Carter não era o garoto sem camisa mais feio do mundo, mas isso não significava que eu quisesse me aventurar pelo mundo inferior com um irmão vestindo apenas joias e uma toalha de banho.

Assim que entramos no barco do deus sol, uma farpa entrou no pé de Carter.

— Por que você está descalço? — perguntei.

— Não foi ideia *minha*! — Ele se encolheu ao arrancar do pé um fragmento de convés do tamanho de um palito de dentes. — Deve ser porque os antigos guerreiros lutavam descalços. Sandálias ficavam escorregadias com o suor e o sangue, e tal.

— E o saiote?

— Esqueça, está bem?

Era fácil falar, mas fazer...

O barco se afastou do atracadouro, depois ficou preso em um remanso alguns metros correnteza abaixo. Começamos a girar em círculos.

— Uma perguntinha — falei. — Você sabe alguma coisa sobre barcos?

— Nada — Carter confessou.

Nossa vela rasgada era mais ou menos tão útil quanto um lenço de papel. Os remos estavam quebrados ou pendiam inúteis dentro da água, e pareciam bem pesados. Eu não imaginava como nós dois poderíamos remar um barco projetado para uma tripulação de vinte pessoas, mesmo *se* o rio permanecesse calmo. Em nossa última viagem pelo Duat, eu me sentira em uma montanha-russa.

— E aquelas bolas de luz brilhante? — perguntei. — Como a tripulação que tínhamos no *Rainha Egípcia*?

— Você pode invocar algumas?

— Certo — resmunguei. — Devolva as perguntas mais difíceis para mim.

Olhei a nosso redor, na esperança de ver um botão com a inscrição: APERTE AQUI PARA CONSEGUIR MARUJOS BRILHANTES! Não vi nada tão útil. Eu sabia que o barco do deus sol já tivera uma tripulação de luzes. Eu as observara em minha visão. Mas como invocá-las?

A tenda estava vazia. O trono de fogo havia desaparecido. O barco era silencioso, exceto pela água gorgolejando pelas frestas do casco. O movimento circular do navio começava a me dar enjoo.

Então, uma sensação horrível começou a se insinuar em mim. Várias vozes baixas sussurravam no fundo de meus pensamentos: *Ísis. Ardilosa. Envenenadora. Traidora.*

Percebi que a náusea não era só pela correnteza rodopiante. O navio inteiro me enviava pensamentos maliciosos. As tábuas sob meus pés, a balaustrada, os remos, o cordame — cada parte do barco do deus sol odiava minha presença.

— Carter, o barco não gosta de mim — anunciei.

— Está dizendo que o barco tem bom gosto?

— Ha-ha. Estou dizendo que ele sente Ísis. Ela envenenou Rá e o obrigou a partir para o exílio. Este barco se lembra disso.

— Bem... Peça desculpas, ou algo assim.

— Oi, barco — falei, me sentindo meio idiota. — Desculpe pela história do envenenamento. Mas é que... não sou Ísis. Sou Sadie Kane.

Traidora, as vozes sussurraram.

— Entendo por que vocês pensam dessa maneira — admiti. — Provavelmente tenho em mim esse cheiro de "magia de Ísis", não é? Mas, honestamente, mandei Ísis embora. Ela não mora mais aqui. Meu irmão e eu vamos trazer Rá de volta.

O barco estremeceu. As várias vozes silenciaram, como se pela primeira vez em sua vida imortal estivessem realmente perplexas. (Bem, elas ainda não haviam *me* conhecido, certo?)

— Isso seria bom, não? — arrisquei. — Rá de volta, como nos velhos tempos, passeando pelo rio, e por aí vai? Estamos aqui para consertar as coisas, mas para isso temos que fazer a viagem pelas Casas da Noite. Se puderem colaborar...

Uma dúzia de esferas luminosas ganhou vida. Elas me cercaram como um enxame enfurecido de bolas de tênis flamejantes, emanando um calor tão intenso que pensei que elas incendiariam meu vestido novo.

— Sadie — Carter preveniu. — Elas não parecem felizes.

E ele acha estranho quando o chamo de Capitão Óbvio.

Tentei manter a calma.

— Comportem-se — eu disse às luzes com severidade. — Isso não é para mim. É para Rá. Se quiserem seu faraó de volta, tratem de ocupar seus postos.

Achei que seria frita como um pedaço de frango, mas permaneci firme. Como eu estava cercada, não tinha mesmo muita escolha. Exerci minha magia e tentei impor minha vontade às luzes — do mesmo jeito que teria agido para transformar alguém em rato ou em lagarto.

Vocês serão úteis, ordenei. *Farão seu trabalho de maneira obediente.*

Houve um chiado coletivo dentro de minha cabeça, o que significava que ou um cano havia estourado em meu cérebro ou as luzes estavam cedendo.

A tripulação se espalhou. Todos ocuparam seus postos: puxavam cordas, emendavam a vela, manejavam os remos não quebrados e direcionavam o leme.

O casco rachado gemeu quando o barco começou a descer a correnteza. Carter suspirou.

— Bom trabalho. Você está bem?

Assenti, mas ainda sentia minha cabeça girando. Eu não sabia dizer se havia convencido as esferas, ou se elas estavam apenas ganhando tempo, esperando a hora da vingança. De qualquer maneira, não estava satisfeita por precisar deixar nosso destino em suas mãos.

Navegamos para a escuridão. A paisagem urbana de Londres desapareceu. Experimentei a conhecida sensação no estômago de queda livre à medida que nos aprofundávamos no Duat.

— Estamos entrando na Segunda Casa — supus.

Carter agarrou o mastro para se equilibrar.

— Está falando sobre as Casas da Noite, como Bes mencionou? O que são elas, aliás?

Era estranho explicar mitos egípcios para Carter. Achei que talvez ele estivesse debochando de mim, mas, não, meu irmão parecia verdadeiramente perplexo.

— É alguma coisa que li no *Livro de Rá* — respondi. — Cada hora da noite é uma "Casa". Temos que passar pelos doze estágios do rio, que representam as doze horas da noite.

Carter olhou para a escuridão diante de nós.

— Então, se estamos na Segunda Casa, quer dizer que já passou uma hora? Não pareceu ser tanto tempo.

Ele estava certo. Não pareceu. Por outro lado, eu não tinha ideia de como o tempo fluía no Duat. Uma Casa da Noite poderia não corresponder exatamente a uma hora mortal no mundo lá em cima.

Anúbis certa vez me contara que estava no Mundo dos Mortos havia cinco mil anos, mas ainda se sentia como um adolescente, como se o tempo não tivesse passado.

Estremeci. E se saíssemos do outro lado do rio da Noite e descobríssemos que várias eras haviam transcorrido? Eu tinha acabado de completar treze anos. Não estava pronta para fazer treze mil.

Também me arrependi de ter pensado em Anúbis. Toquei o amuleto *shen* em meu colar. Depois de tudo o que havia acontecido com Walt, a ideia de ver Anúbis me fez sentir estranhamente culpada, mas também um pouco animada. Talvez ele nos ajudasse em nossa jornada. Talvez me levasse a algum lugar reservado para conversarmos, como na última vez em que tínhamos visitado o Duat — um pequeno cemitério romântico, jantar para dois no Café Caixão...

Pare com isso, Sadie, pensei. Concentre-se.

Tirei o *Livro de Rá* da bolsa e estudei novamente as instruções. Já as havia lido várias vezes, mas eram obscuras e confusas, como um livro de matemática. O papiro estava cheio de termos como "primeiro do Caos", "sopro na argila", "o rebanho da noite", "renascido do fogo", "as terras do sol", "o beijo da lâmina", "o apostador da luz", e "o último escaravelho" — e a maioria deles não fazia sentido para mim.

Imaginei que, enquanto passávamos pelos doze estágios do rio, eu teria que ler as três partes do *Livro de Rá* em três lugares distintos, provavelmente para reviver os diferentes aspectos do deus sol, e cada um dos três aspectos nos apresentaria alguma espécie de desafio. Eu sabia que se fracassasse — se errasse uma única palavra enquanto lia os encantamentos — acabaria pior que Vlad Menshikov. A ideia me apavorava, mas eu não podia pensar na possibilidade de fracasso. Precisava simplesmente ter esperança de que, na hora certa, a linguagem confusa do papiro faria sentido.

A correnteza acelerou. O vazamento do casco também. Carter demonstrou sua habilidade com magia de combate invocando um balde e removendo água enquanto eu me concentrava em manter a tripulação na linha. Quanto mais nos aprofundávamos no Duat, mais rebeldes as esferas brilhantes ficavam. Elas se incandesciam contra minha vontade, lembrando quanto desejavam me incinerar.

É enervante descer um rio mágico com vozes sussurrando dentro de sua cabeça: *Morra, traidora, morra.* De vez em quando eu tinha a sensação de que estávamos sendo seguidos. Eu me virava e pensava ter visto uma mancha esbranquiçada na escuridão, como a imagem que fica depois de um flash, mas então achava que devia ser minha imaginação. Mais enervante ainda era a escuridão a nossa frente — sem margens, sem pontos de referência, sem visibilidade alguma. A tripulação poderia nos levar diretamente para um pedregulho ou para a boca de um monstro, e só perceberíamos tarde demais. Continuamos navegando pela escuridão vazia.

— Por que isso é tão... nada? — murmurei.

Carter esvaziou seu balde. A cena era estranha: um menino vestido de faraó, com os símbolos reais do gancho e do mangual, retirando água de um barco rachado.

— Talvez as Casas da Noite sigam os padrões humanos de sono — ele sugeriu.

— Padrões o quê?

— Humanos de sono. Mamãe costumava nos falar sobre eles antes de dormirmos. Lembra?

Eu não lembrava. Mas, também, eu tinha apenas seis anos quando minha mãe morreu. Ela era cientista, além de maga, e não via nada de estranho em ler as leis de Newton ou a tabela periódica para os filhos na hora de ir para a cama. A maior parte daquilo havia entrado por um ouvido e saído pelo outro, mas eu *queria* lembrar. Sempre ficava irritada por Carter se lembrar da mamãe muito melhor que eu.

— O sono tem diferentes estágios — Carter falou. — Tipo, nas primeiras horas, o cérebro está quase em coma; é um sono realmente profundo e quase sem sonhos. Talvez seja por isso que esta parte do rio esteja tão escura e homogênea. Mais tarde, o cérebro passa pela fase R.E.M., que é uma sigla em inglês para "movimentos rápidos dos olhos". É nela que os sonhos acontecem. Os ciclos tornam-se mais rápidos e vívidos. Talvez as Casas da Noite sigam um padrão assim.

Para mim, tudo isso parecia um pouco exagerado. Por outro lado, mamãe sempre nos dissera que ciência e magia não eram mutuamente excludentes.

Ela falava que eram dois dialetos de um mesmo idioma. Bastet uma vez nos contara que havia milhões de canais e afluentes no rio do Duat. A geografia podia mudar a cada jornada, respondendo aos pensamentos do viajante. Se o rio tinha a forma de *todas* as mentes adormecidas do mundo, se seu curso se tornava mais vívido e agitado com o transcorrer da noite, então tínhamos uma viagem difícil pela frente.

O rio se tornou mais estreito depois de um tempo. Surgiram margens dos dois lados — areia vulcânica preta brilhando sob as luzes de nossa tripulação mágica. O ar ficou mais frio. A parte inferior do barco raspava nas pedras e nos bancos de areia, o que piorou os vazamentos. Carter desistiu de usar o balde e pegou uma porção de cera em sua bolsa de magia. Juntos, tentamos fechar os furos, recitando encantamentos de reparação para manter o barco inteiro. Se eu tivesse chiclete, também teria usado.

Não passamos por nenhuma placa de TERCEIRA CASA, POSTO DE SERVIÇOS NA PRÓXIMA SAÍDA, mas era evidente que havíamos penetrado um trecho diferente do rio. O tempo passava numa velocidade alarmante, e ainda não havíamos *feito* nada.

— Talvez o primeiro desafio seja o tédio — sugeri. — Quando vai acontecer alguma coisa?

Eu não devia ter falado isso em voz alta. Bem a nossa frente, uma forma surgiu na escuridão. Um pé do tamanho de um colchão d'água pisou a proa da embarcação e nos fez parar.

E não era um pé muito bonito. Masculino, definitivamente. Os dedos estavam sujos de lama, e as unhas eram amarelas, rachadas e compridas. As tiras da sandália de couro estavam cobertas por líquen e cracas. Resumindo, o pé tinha aparência e cheiro que sugeriam que ele estivera repousando na mesma rocha no meio do rio e usando a mesma sandália por vários milhares de anos.

Infelizmente o pé estava preso a uma perna, que estava presa a um corpo. O gigante se abaixou a fim de olhar para nós.

— Está entediada? — A voz dele retumbou, mas não de maneira hostil. — Eu poderia matá-la se isso ajudasse.

Ele usava um saiote como o de Carter, só que o do gigante tinha tecido suficiente para fazer dez velas. Seu corpo era humanoide e musculoso, coberto de pelos humanos — o tipo de cabelo corporal nojento que me faz sentir vontade de fundar uma instituição beneficente de serviços de depilação para homens excessivamente peludos. Ele tinha cabeça de carneiro: focinho branco com uma argola de latão e longos chifres curvos adornados com dezenas de sinos de bronze. Os olhos eram bastante afastados, com luminosas íris vermelhas e pupilas que eram riscos verticais. Suponho que tudo isso soe um tanto amedrontador, mas o homem-carneiro não me pareceu perverso. Na verdade, ele me parecia bem familiar, por alguma razão. Ele tinha um aspecto mais melancólico que ameaçador, como se estivesse naquela rocha no meio do rio por tanto tempo que esquecera o motivo.

[Carter está me perguntando desde quando me comunico com carneiros. Cale a boca, Carter.]

Eu estava francamente com pena do homem-carneiro. Os olhos dele transbordavam solidão. Eu não conseguia acreditar que ele nos machucaria — até ele retirar da cintura duas facas muito grandes com lâminas curvas como seus chifres.

— Ficou em silêncio — ele disse. — Isso é um sim para minha sugestão de matá-la?

— Não, obrigada! — falei, tentando soar grata pela oferta. — Uma palavra e uma pergunta, por favor. A palavra é *pedicure*. A pergunta é: Quem é você?

— Ahhh-ha-ha-ha — ele respondeu, balindo como um carneiro. — Se você soubesse meu nome, não teríamos que nos apresentar, e eu poderia deixar você passar. Infelizmente, ninguém nunca sabe meu nome. Uma pena. Vejo que encontrou o *Livro de Rá*. Reviveu a tripulação dele e conseguiu navegar em seu barco até a entrada da Quarta Casa. Ninguém jamais chegou tão longe. Lamento muitíssimo, mas terei que cortá-la em pedaços.

Ele ergueu as facas, uma em cada mão. Nossas esferas brilhantes tremiam em frenesi, sussurrando: *Sim! Corte-a! Sim!*

— Só um momento — pedi ao gigante. — Se dissermos seu nome, você nos deixa passar?

— Naturalmente — ele confirmou. — Mas ninguém nunca disse.

Olhei para Carter. Essa não era a primeira vez que nos paravam no rio da Noite e nos desafiavam a dizer o nome de um guardião sob pena de morrer. Aparentemente, era uma experiência bastante comum para as almas egípcias e magos que cruzavam o Duat. Mas eu não acreditava que nosso teste seria tão fácil. Agora eu já tinha certeza de que reconhecia o homem-carneiro. Nós havíamos visto sua estátua no Museu do Brooklyn.

— É ele, não é? — perguntei a Carter. — O cara que parece o Alceu?

— Não o chame de Alceu! — Carter sussurrou. Ele olhou para cima, para o homem-carneiro gigante, e perguntou: — Você é Khnum, não é?

O homem-carneiro emitiu um som profundo, vindo da garganta. Ele passou uma das facas na balaustrada do barco.

— Isso é uma pergunta? Ou é sua resposta final?

Carter piscou.

— *Hum...*

— Não é nossa resposta final! — gritei, percebendo que quase havíamos caído em uma armadilha. — Não mesmo. Khnum é seu nome comum, não é? E você está pedindo seu nome verdadeiro, seu *ren*.

Khnum inclinou a cabeça, fazendo tilintar os sinos em seus chifres.

— Seria ótimo. Mas ninguém sabe meu nome verdadeiro. Até eu mesmo o esqueci.

— Como pode esquecer o próprio nome? — Carter perguntou. — E, sim, isso é uma pergunta.

— Sou parte de Rá — respondeu o deus carneiro. — Sou seu aspecto no mundo inferior, um terço de sua personalidade. Mas quando Rá parou de fazer sua jornada noturna, ele não precisou mais de mim. Deixou-me aqui na entrada da Quarta Casa, dispensado como um casaco velho. Agora guardo a entrada... Não tenho outro propósito. Se eu pudesse recuperar meu nome, poderia oferecer meu espírito a quem me libertasse. Meu libertador poderia me reunir a Rá, mas, até lá, não posso sair deste lugar.

Ele soava terrivelmente deprimido, como um carneirinho perdido, ou melhor, um carneiro perdido com dez metros de altura e facas muito grandes. Eu queria ajudá-lo. Mais que isso, queria encontrar um jeito de não ser feita em pedaços.

— Se não lembra seu nome — falei —, por que não poderíamos lhe dizer qualquer nome antigo? Como você saberia se é a resposta certa?

Khnum deixou as facas cortarem a superfície da água.

— Nunca pensei nisso.

Carter me encarou como se dissesse: *Por que contou a ele?*

O deus carneiro baliu.

— Acho que vou reconhecer meu *ren* quando o ouvir — ele decidiu —, embora não possa ter certeza. Por ser apenas parte de Rá, não tenho certeza de muita coisa. Perdi a maioria de minhas lembranças, meu poder e minha identidade. Não sou mais que uma sombra de meu antigo eu.

— Seu antigo eu devia ser enorme — murmurei.

O deus talvez tenha sorrido, embora fosse difícil determinar, com aquela cara de carneiro.

— Lamento que não tenham meu *ren*. Você é uma menina inteligente. É a primeira a chegar até aqui. A primeira e a melhor. — Ele suspirou, desolado. — Ah, bem. Suponho que seja hora da matança.

A primeira e a melhor. Eu estava pensando rápido.

— Espere — falei. — Eu sei seu nome.

— Você sabe? — Carter gritou. — Diga a ele!

Pensei em um verso do *Livro de Rá: primeiro do Caos*. Recorri às lembranças de Ísis, a única deusa que já soube o nome secreto de Rá, e comecei a entender a natureza do deus sol.

— Rá foi o primeiro deus a se levantar do Caos — eu disse.

Khnum franziu o cenho.

— Esse é meu nome?

— Não, escute. Você disse que não era completo sem Rá, só uma sombra de seu antigo eu. Mas isso também é válido para *todos* os outros deuses egípcios. Rá é mais velho, mais poderoso. Ele é a fonte *original* do Maat, como...

— Como a raiz primária dos deuses — Carter sugeriu.

— Certo — eu disse. — Não tenho ideia do que seja uma raiz primária, mas... certo. Durante todo esse tempo, os outros deuses desapareceram lentamente, perderam poder, porque Rá desapareceu. Eles podem não admitir, mas Rá é o *coração* deles. Eles dependem de Rá. Todo esse tempo, estivemos nos perguntando se valia a pena trazer Rá de volta. Não sabíamos por que isso era tão importante, mas agora entendo.

Carter assentiu, se acostumando lentamente com a ideia.

— Rá é o centro do Maat. Ele tem que voltar se os deuses quiserem vencer.

— E é por isso que Apófis quer trazer Rá de volta — deduzi. — Os dois estão conectados: Maat e Caos. Se Apófis puder engolir Rá enquanto o deus sol estiver velho e fraco...

— Todos os deuses morrem — concluiu Carter. — O mundo se desfaz no Caos.

Khnum virou a cabeça para poder me estudar com um brilhante olho vermelho.

— Isso tudo é muito interessante — ele disse. — Mas ainda não ouvi meu nome secreto. Para despertar Rá, você deve antes dizer meu nome.

Abri o *Livro de Rá* e inspirei profundamente. Comecei a ler a primeira parte do encantamento. Agora, você pode estar pensando: Caramba, Sadie, seu grande teste foi ler algumas palavras em um papiro? O que há de tão difícil nisso?

Se você pensa assim, é porque nunca leu um encantamento. Imagine ler em voz alta em cima de um palco, diante de mil professores hostis ansiosos para lhe darem notas baixas. Imagine que você só pode ler olhando para o reflexo invertido em um espelho. Imagine que todas as palavras estão misturadas, e que você tem que colocar as frases na ordem certa enquanto as lê. Imagine que, se cometer um engano, se gaguejar uma vez, se errar a pronúncia de uma palavra, você morre. Imagine fazer tudo isso ao mesmo tempo e terá uma vaga ideia do que é ler um encantamento em um papiro.

Apesar disso, eu me sentia estranhamente confiante. O encantamento de repente fazia sentido.

— Eu o nomeio Primeiro do Caos — disse. — Khnum, que é Rá, o Sol poente. Eu invoco seu *ba* para despertar o Grande, porque sou...

Meu primeiro quase erro fatal: o papiro dizia algo como "insira seu nome aqui". E quase li alto desse jeito: "Porque eu sou insira seu nome aqui!"

O que é? Teria sido um erro aceitável. Mas consegui dizer:

— Eu sou Sadie Kane, restauradora do trono de fogo. Eu o nomeio Sopro na Argila, o Carneiro do Rebanho da Noite, o Divino...

Quase errei de novo. Tinha certeza de que o título egípcio era *o Divino Oveiro*. Mas isso não fazia sentido, a menos que Khnum tivesse poderes mágicos que eu preferia não saber. Felizmente, lembrei-me de algo que havia visto no Museu do Brooklyn. Khnum era mostrado como um oleiro esculpindo um humano a partir de argila.

— ... Divino Oleiro — corrigi-me. — Eu o nomeio Khnum, protetor da quarta entrada. Devolvo seu nome. Devolvo sua essência a Rá.

Os olhos do deus se arregalaram. As narinas inflaram.

— Sim. — Ele guardou as facas. — Muito bom, senhorita. Pode entrar na Quarta Casa. Mas tome cuidado com o fogo, e prepare-se para a segunda forma de Rá. Ele não vai receber sua ajuda com tanta gratidão.

— O que você quer dizer? — perguntei.

Mas o corpo do deus carneiro se dissolveu na névoa. O *Livro de Rá* sugou as colunas de fumaça e se enrolou. Khnum e sua ilha haviam desaparecido. O barco seguiu por um túnel mais estreito.

— Sadie, aquilo foi incrível — disse Carter.

Normalmente eu teria ficado feliz por impressioná-lo com meu brilhantismo. Mas meu coração estava disparado. Minhas mãos suavam, e eu achava que ia vomitar. Além de tudo isso, sentia a tripulação de esferas brilhantes se recuperando do susto, voltando a resistir a mim.

Não cortou, elas reclamavam. *Não cortou!*

Cuidem de sua vida, respondi em pensamento. E mantenham o barco em movimento.

— Hum, Sadie? — Carter perguntou. — Por que seu rosto está ficando vermelho?

Achei que ele estivesse me acusando de corar. E então percebi que ele também estava vermelho. O barco todo estava inundado por uma luz rubi. Virei para olhar para a frente, e minha garganta produziu um som não muito diferente do balido de Khnum.

— Ah, não — eu disse. — Este lugar de novo, não.

Uns cem metros à frente, o túnel se abria em uma caverna imensa. Reconheci o gigantesco e borbulhante Lago de Fogo; porém, de um ângulo diferente do que eu vira na última vez.

Estávamos ganhando velocidade, seguindo para uma série de cascatas, como se estivéssemos em um toboágua. No final, a água se transformava em uma cachoeira de fogo e despencava quase um quilômetro até o lago abaixo. Estávamos sendo arrastados para o precipício sem possibilidade alguma de pararmos.

Mantenham o barco em movimento, a tripulação sussurrava animadamente. *Mantenham o barco em movimento!*

Nós provavelmente tínhamos menos de um minuto, porém pareceu mais. Acho que o tempo voa quando você está se divertindo, mas ele realmente se arrasta quando você está sendo arremessado para a morte.

— Precisamos virar o barco! — disse Carter. — Mesmo que aquilo *não seja* fogo, jamais sobreviveremos à queda!

Ele começou a gritar para as esferas de luz.

— Virem! Remem! S.O.S.!

Elas o ignoraram alegremente.

Olhei para o abismo flamejante e o Lago de Fogo lá embaixo. Apesar das ondas de calor nos envolvendo como um sopro de dragão, eu sentia frio. Compreendi o que tinha que acontecer.

— Renascido no fogo — falei.

— O quê? — Carter perguntou.

— É um verso do *Livro de Rá*. Não podemos virar. Precisamos continuar... direto para o lago.

— Você ficou maluca? Vamos ser queimados!

Abri a bolsa de magia e vasculhei as ferramentas.

— Precisamos conduzir o barco através do fogo. Isso fazia parte do renascimento do Sol em todas as noites, certo? Rá teria feito isso.

— Rá não era inflamável!

Agora estávamos a apenas vinte metros da catarata. Minhas mãos tremiam enquanto eu despejava tinta em minha paleta de escrita. Se você nunca tentou usar um conjunto de caligrafia estando em pé em cima de um barco, saiba que não é fácil.

— O que está fazendo? — Carter perguntou. — Vai escrever seu testamento?

Respirei fundo e mergulhei o cálamo na tinta preta. Visualizei os hieróglifos de que precisava. Eu queria que Zia tivesse vindo conosco. Não só porque nos déramos muito bem no Cairo [Ah, pare de se lamentar, Carter! A culpa não é *minha* se ela percebeu que eu sou a inteligente da família], mas porque Zia era especialista em hieróglifos de fogo, e era justamente disso que precisávamos.

— Levante o cabelo — eu disse a Carter. — Preciso pintar sua testa.

— Não vou mergulhar para a morte com um MANÉ rabiscado na testa!

— Estou tentando salvar sua vida. Depressa.

Ele afastou o cabelo. Pintei os símbolos de *fogo* e *escudo* em sua testa, e no mesmo instante meu irmão entrou em combustão.

Eu sei — foi como um sonho tornando-se realidade e um pesadelo, tudo ao mesmo tempo. Ele saltitou pelo barco, gritando alguns palavrões bem criativos, até perceber que o fogo não o feria. Ele simplesmente estava envolvido em uma camada protetora de chamas.

— O que, exatamente... — Seus olhos se arregalaram. — Segure-se!

O barco se inclinou vertiginosamente na cachoeira. Rabisquei os hieróglifos no dorso de minha mão, mas não ficaram tão bons. Fui coberta por chamas fracas. Porém, não havia mais tempo para nada melhor. Agarrei-me à balaustrada e mergulhamos no vazio.

É estranho que tantos pensamentos passem pela cabeça de uma pessoa que está mergulhando para a morte certa. Do alto, o Lago de Fogo parecia muito bonito, como a superfície do Sol. Eu me perguntava se sentiria o impacto ou alguma dor, ou se apenas evaporaríamos. Era difícil enxergar qualquer coisa enquanto atravessávamos cinzas e fumaça, mas tive a impressão de ver a um ou dois quilômetros de distância uma ilha que me era familiar — o templo negro onde eu havia conhecido Anúbis. Imaginei se ele poderia me ver de lá e se correria para me salvar. Pensei se minhas chances de sobrevivência seriam maiores se eu me jogasse do barco, como se estivesse mergulhando de um penhasco, mas não tive coragem de fazê-lo. Agarrei-me à balaustrada com toda a minha força. Não sabia se o escudo mágico de fogo estava me protegendo, mas eu suava muito, e tive quase certeza de que minha garganta e boa parte de meus órgãos internos tinham ficado no alto da cachoeira.

Finalmente, a queda terminou com um contido *tchbuuuuum*.

Como descrever a sensação de mergulhar em um lago de fogo líquido? Bem… queimava. Mas também era, de alguma forma, úmido. Eu não me atrevi a respirar. Depois de um momento de hesitação, abri os olhos. Tudo que conseguia ver eram turbilhões de chamas vermelhas e amarelas. Ainda estávamos embaixo da água… ou do fogo? Percebi duas coisas: eu não estava morrendo queimada e o barco seguia em frente.

Não podia acreditar que meus loucos hieróglifos de proteção haviam funcionado. Enquanto o barco deslizava pelas correntes agitadas de calor, ouvi a tripulação sussurrando em meus pensamentos — agora mais alegre que zangada.

Renovar, as luzes diziam. *Nova vida. Nova luz.*

Aquilo soava promissor, até eu me dar conta de fatos menos agradáveis. Eu ainda não conseguia respirar. Meu corpo gostava de respirar. E também estava ficando muito mais quente. Eu podia sentir o hieróglifo de proteção falhando, a tinta queimando minha mão. Tateei às cegas e agarrei um braço — o de Carter, presumi. Ficamos de mãos dadas, e, apesar de eu não conseguir vê-lo, era reconfortante saber que ele estava ali. Talvez fosse minha imaginação, mas o calor pareceu diminuir.

Muito tempo atrás, Amós nos dissera que éramos mais poderosos juntos. Aumentávamos a magia um do outro só por estarmos próximos. Eu torcia para que isso fosse verdade agora. Tentei fazer meus pensamentos se comunicarem com Carter, pedirem a ele que me ajudasse a manter o escudo de fogo.

O barco seguiu viagem por entre as chamas. Tive a sensação de que começávamos a subir, mas devia ser fruto de minha imaginação esperançosa. Minha visão foi escurecendo. Meus pulmões gritavam. Perguntei-me se acabaria como Vlad Menshikov caso eu inalasse fogo.

Bem na hora em que eu percebi que ia desmaiar, o barco empinou e nós emergimos.

Arfei — e não só porque precisava de ar. Havíamos aportado na margem do lago fervente, diante de um grande portal de pedra calcária parecido com a entrada do templo antigo que eu vira em Luxor. Eu ainda segurava a mão de Carter. Pelo que podia notar, nós dois estávamos bem.

O barco solar estava melhor que "bem". Havia sido renovado. A vela brilhava muito branca, com o símbolo dourado do Sol radiante no centro. Os remos estavam consertados e polidos. A pintura, refeita em preto, dourado e verde. O casco não tinha mais vazamentos, e a tenda no convés era novamente um belo pavilhão. Não havia trono, nem Rá, mas a tripulação brilhava intensa e alegremente enquanto amarrava as cordas no atracadouro.

Não consegui me conter. Abracei Carter e comecei a chorar.

— Você está bem?

Ele se afastou sem jeito e assentiu. O hieróglifo em sua testa se apagara.

— Graças a você — ele disse. — Onde...

— Terras Ensolaradas — anunciou uma voz conhecida.

Bes desceu a escada para o atracadouro. Ele vestia uma camisa havaiana nova e ainda mais escandalosa e, da cintura para baixo, apenas a sunga, então não posso dizer que a visão tenha sido um colírio para meus olhos. Agora que estava no Duat, ele brilhava brandamente com seu poder. O cabelo estava mais escuro e encaracolado e o rosto parecia décadas mais jovem.

— Bes! — eu disse. — Por que demorou tanto? Walt e Zia estão...

— Eles estão bem. E eu avisei a vocês que os encontraria na Quarta Casa. — Bes apontou o dedão para uma placa esculpida no arco de pedra. — Antes se chamava Casa do Descanso. Aparentemente, mudaram o nome.

A placa estava escrita em hieróglifos, mas não tive dificuldade para entendê-la.

— Comunidade de Assistência Permanente Terras Ensolaradas — eu li. — Antiga Casa do Descanso. Sob Nova Direção. O que exatamente...

— Temos que ir andando — Bes avisou. — Antes que seu perseguidor chegue.

— Perseguidor? — Carter repetiu.

Bes apontou para o alto da cachoeira de fogo, agora a uns setecentos metros de distância. Em princípio eu nada vi. Mas então notei um risco branco contrastando com as chamas vermelhas — como se um homem num terno de sorveteiro tivesse mergulhado no lago. Pelo visto, eu não havia imaginado aquela mancha esbranquiçada na escuridão. *Estávamos* sendo seguidos.

— Menshikov? — falei. — Isso... isso é...

— Problema — disse Bes. — Agora vamos. Precisamos encontrar o deus sol.

20. Visitamos a casa da hipopótama prestativa

S
A
D
I
E

Hospitais. Salas de aula. Agora vou acrescentar à minha lista de lugares menos apreciados: lares de idosos.

Isso pode soar estranho, já que eu morava com meus avós. Suponho que a casa deles conte como um lar de idosos. Mas me refiro a *instituições*. Casas de repouso. São horríveis. Têm um cheiro que é uma mistura profana de comida de refeitório, produtos de limpeza e pensionistas. Os reclusos (desculpe, pacientes) parecem sempre muito infelizes. E esses lugares têm nomes absurdamente alegres, como Terras Ensolaradas. Francamente.

Passamos pelo portal de pedra calcária e entramos em um grande hall aberto — a versão egípcia de assistência permanente. Fileiras de colunas pintadas em cores vivas eram incrustadas com argolas de ferro que sustentavam tochas acesas. Vasos com palmeiras e hibiscos floridos estavam espalhados pelo lugar numa tentativa fracassada de criar uma atmosfera animada. Grandes janelas permitiam ver o Lago de Fogo, o que deve ser uma paisagem encantadora para quem aprecia enxofre. As paredes eram pintadas com cenas da pós-vida egípcia, além de hieróglifos com lemas alegres como IMORTALIDADE COM SEGURANÇA e A VIDA COMEÇA AOS 3000!

Luzes serviçais cintilantes e *shabti* de argila em uniformes brancos de médico se moviam pelo lugar, carregando bandejas com medicamentos e empurrando cadeiras de rodas. Os pacientes, porém, não eram muito ativos.

Uma dúzia de figuras minguadas vestidas em camisolas hospitalares de linho ocupava assentos em pontos diferentes da sala, olhando para o nada. Outras vagavam pelo cômodo, empurrando suportes com bolsas de soro penduradas. Todas usavam braceletes com seu nome em hieróglifos.

Alguns pareciam humanos, mas muitos tinham cabeça de animal. Um homem idoso com cabeça de garça se balançava em uma cadeira metálica dobrável, desferindo bicadas nas peças de um jogo de senet sobre a mesinha. Uma velhinha com cabeça grisalha de leoa se movia pelo lugar em uma cadeira de rodas, resmungando em miados. Um homem enrugado de pele azulada não muito mais alto que Bes abraçava uma das colunas de pedra calcária e chorava baixinho, como se tivesse medo de que a coluna tentasse abandoná-lo.

Em outras palavras, a cena era deprimente.

— Que lugar *é* este? — perguntei. — São todos deuses?

Carter parecia tão perplexo quanto eu. Bes estava absurdamente chocado.

— Nunca estive aqui — ele admitiu. — Ouvi boatos, mas... — Ele engoliu como se tivesse acabado de comer uma colher cheia de pasta de amendoim. — Venham. Vamos procurar o posto de enfermagem.

O posto era um balcão de granito em formato de arco crescente com uma fileira de telefones (embora eu não pudesse imaginar para quem eles ligariam do Duat), um computador, muitas pranchetas e um disco de pedra do tamanho de um prato com um mostrador triangular — um relógio de sol. O que parecia estranho, já que não havia Sol.

Atrás do balcão, de costas para nós, uma mulher gorda e baixinha conferia uma lousa branca com nomes e horários de medicamentos. Seus cabelos pretos e brilhantes estavam trançados, descendo pelas costas como uma enorme cauda de castor, e a touca de enfermeira mal cabia em sua cabeça larga.

Estávamos a meio caminho do balcão quando Bes parou.

— É ela.

— Quem? — Carter perguntou.

— Isso é péssimo. — Bes ficou pálido. — Eu deveria saber... Maldição! Vocês vão ter que continuar sem mim.

Olhei com mais atenção para a enfermeira, que ainda estava de costas para nós. Ela parecia um pouco imponente, com braços muito robustos, pescoço mais grosso que minha cintura e a pele de uma estranha coloração arroxeada. Mas eu não conseguia entender por que ela incomodava tanto Bes.

Pensei em perguntar, mas ele havia se agachado atrás do vaso mais próximo. A planta não era grande o bastante para escondê-lo, e certamente não camuflava sua camisa havaiana.

— Bes, pare com isso — falei.

— Shhh! Estou invisível!

Carter suspirou.

— Não temos tempo para isso. Vamos, Sadie.

Ele seguiu rumo ao balcão da enfermagem.

— Com licença — meu irmão falou.

A enfermeira se virou, e eu gritei. Tentei controlar o choque, mas foi difícil, porque a mulher era uma hipopótama.

Não quero dizer em um sentido jocoso. Ela era *realmente* uma hipopótama. Seu focinho comprido tinha a forma de um coração de cabeça para baixo, com bigodes espetados e narinas miúdas, e na boca havia dois grandes dentes inferiores. Seus olhos eram pequenos e redondos. O rosto emoldurado por abundantes cabelos pretos era bem estranho, mas nem um pouco tão peculiar quanto o corpo. Sua blusa de enfermeira estava aberta, como se fosse uma jaqueta, mostrando um sutiã de biquíni que... como dizer de forma delicada?... tentava cobrir muita coisa com muito pouco pano. A barriga roxa e cor-de-rosa estava incrivelmente inchada, como se ela estivesse grávida de nove meses.

— Posso ajudá-los? — ela perguntou. Sua voz era agradável e gentil, diferente do que se poderia esperar de um hipopótamo. Pensando bem, eu não esperaria voz *alguma* de um hipopótamo.

— *Hum*, hipo... quer dizer, olá! — gaguejei. — Meu irmão e eu estamos procurando... — Olhei para Carter e vi que ele *não* olhava para o rosto da enfermeira. — Carter!

— O quê? — Ele se recompôs de seu transe. — Ah, sim. Desculpe. Ah, você não é uma deusa? Tawaret, ou algo assim?

A mulher-hipopótama exibiu os dois dentões no que eu esperava que fosse um sorriso.

— Ah, que bom ser reconhecida! Sim, querido. Sou Tawaret. Vocês disseram que estão procurando alguém? Um parente? Vocês são deuses?

Atrás de nós, o hibisco fez um ruído quando Bes ergueu o vaso e tentou levá-lo para trás de uma coluna. Tawaret arregalou os olhos.

— Aquele é Bes? — ela perguntou. — Bes!

O anão levantou-se de repente e ajeitou a camisa. Seu rosto estava mais vermelho que o de Set.

— Esta planta parece bem saudável — ele murmurou. — Vou dar uma olhada nas outras ali.

Ele começou a se afastar, mas Tawaret o chamou novamente.

— Bes! Sou eu, Tawaret! Aqui!

Ele parou como se Tawaret tivesse disparado um tiro em suas costas. Virou-se devagar, com um sorriso torturado.

— Ah... oi, Tawaret. Uau!

Ela saiu de trás do balcão, usando sapatos de salto alto que pareciam impróprios para uma mamífera aquática grávida. Abriu os braços volumosos para um abraço, e Bes estendeu a mão. Eles acabaram executando uma dança esquisita, meio abraço, meio aperto de mão, o que tornou a situação bastante óbvia para mim.

— Então, vocês dois namoravam? — perguntei.

Bes me fuzilou com o olhar. Tawaret corou, e foi a primeira vez que constrangi um hipopótamo.

— Há muito tempo... — Ela se virou para o deus anão. — Bes, como vai? Depois daquela ocasião horrível no palácio, tive medo...

— Bem! — ele gritou. — Sim, obrigado. Bem. Você está bem? Bom! Estamos aqui para tratar de um assunto importante, como Sadie estava prestes a lhe dizer.

Ele me chutou na canela, o que achei bem desnecessário.

— Sim, certo — falei. — Estamos procurando Rá, para despertá-lo.

Se Bes esperava dar uma nova direção aos pensamentos de Tawaret, o plano funcionou. Ela abriu a boca numa exclamação silenciosa, como se eu tivesse acabado de sugerir algo terrível, como uma caçada a hipopótamos.

— Despertar Rá? — ela falou. — Ah, céus... Ah, isso é lamentável. Bes, você os está ajudando com isso?

— Aham — ele gaguejou. — É só, você sabe...

— Bes está nos fazendo um favor — eu disse. — Nossa amiga Bastet pediu a ele que cuidasse de nós.

Percebi imediatamente que havia piorado a situação. A temperatura no ambiente pareceu ter caído cinco graus.

— Entendo — disse Tawaret. — Um favor para Bastet.

Eu não sabia o que dissera de errado, mas tentei ao máximo consertar.

— Por favor. Escute, o destino do mundo está em jogo. É muito importante encontrarmos Rá.

Tawaret cruzou os braços numa postura cética.

— Querida, Rá está desaparecido há milênios. E tentar despertá-lo seria terrivelmente perigoso. Por que agora?

— Diga a ela, Sadie. — Bes se insinuava para trás, como se estivesse se preparando para mergulhar no vaso de hibisco. — Não precisamos fazer segredo. Tawaret é completamente confiável.

— Bes! — Ela se animou imediatamente e agitou os cílios. — Está falando sério?

— Sadie, fale! — Bes implorou.

E eu falei. Mostrei a Tawaret o *Livro de Rá*. Expliquei por que precisávamos despertar o deus sol: a ameaça da ascensão de Apófis, o caos e a destruição em massa, o mundo prestes a acabar ao amanhecer etc. Era difícil interpretar suas expressões hipopotâmicas [sim, Carter, tenho *certeza* de que a palavra existe], mas, enquanto eu falava, Tawaret torcia o cabelo com evidente nervosismo.

— Isso não é bom — ela disse. — Não é nada bom.

Ela olhou para trás, para o relógio de sol. Apesar da ausência de Sol, o ponteiro projetava uma sombra clara sobre o hieróglifo para número cinco.

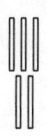

— O tempo está acabando — disse Tawaret.

Carter franziu o cenho olhando para o relógio de sol.

— Este lugar não é a Quarta Casa da Noite?

— Sim, querido — Tawaret concordou. — Existem outros nomes, como Terras Ensolaradas, Casa do Descanso, mas também é a Quarta Casa.

— Então, como o relógio de sol pode estar no cinco? — ele perguntou. — Não devíamos, sei lá, estar parados na quarta hora?

— Não é assim que funciona, garoto — Bes interferiu. — O tempo no mundo mortal não para de correr só porque você está na Quarta Casa. Se quiser seguir a viagem do deus sol, precisa se manter em sincronia com o tempo dele.

Senti que se aproximava uma daquelas explicações absurdas. Eu estava preparada para aceitar a gloriosa ignorância e seguir adiante em nossa procura por Rá, mas Carter, naturalmente, não podia simplificar as coisas.

— Então o que acontece se nos atrasarmos muito? — ele indagou.

Tawaret verificou o relógio mais uma vez, que estava se arrastando lentamente para depois do cinco.

— As casas são conectadas a suas horas da noite. Você pode permanecer em cada uma pelo tempo que desejar, mas só pode entrar ou sair delas perto da hora que representam.

— Aham. — Eu massageei as têmporas. — Por acaso tem algum remédio para dor de cabeça nesse seu posto de enfermagem?

— Não é tão confuso assim — disse Carter, só para me irritar. — É como uma porta giratória. Você precisa esperar pela abertura e passar por ela.

— Mais ou menos — Tawaret concordou. — *Existe* uma pequena tolerância na maioria das Casas. Por exemplo, você pode deixar a Quarta Casa praticamente quando quiser. Mas certas entradas são intransponíveis, a menos que você acerte o horário exato. Só se pode entrar na Primeira Casa ao pôr do sol. E só se pode sair da Décima Segunda Casa ao amanhecer. Na entrada da Oitava Casa, a Casa dos Desafios... só é possível passar durante a oitava hora.

— Casa dos Desafios? — repeti. — Já odeio essa.

— Ah, vocês têm a companhia de Bes. — Tawaret o encarou com um olhar sonhador. — Os desafios não serão problema.

Bes olhou para mim com ar de pânico, como se dissesse: *Salve-me!*

— Mas, se demorarem demais — Tawaret continuou —, as entradas se fecharão antes que vocês consigam passar. Ficarão trancados no Duat até amanhã à noite.

— E se não detivermos Apófis — falei —, não vai *haver* um amanhã à noite. *Essa* parte eu entendi.

— Então, pode nos ajudar? — Carter perguntou a Tawaret. — Onde está Rá?

A deusa mexeu no cabelo. Suas mãos eram uma mistura de humano e hipopotâmico, com dedos curtos e roliços e unhas grossas.

— Esse é o problema, meu bem — ela respondeu. — Não sei. A Quarta Casa é enorme. Rá provavelmente está em algum lugar por aqui, mas há uma infinidade de corredores e portas. Temos *muitos* pacientes.

— E não os acompanham? — Carter perguntou. — Não têm um mapa ou algo do tipo?

Tawaret balançou a cabeça com tristeza.

— Faço o melhor que posso, mas somos só eu, os *shabti* e as luzes serviçais... E há milhares de velhos deuses.

Fiquei desanimada. Eu mal conseguia guardar na cabeça os mais ou menos dez deuses importantes que havia conhecido, mas *milhares*? Só naquela sala eu havia contado doze pacientes, seis corredores conduzindo em diferentes direções, duas escadas e três elevadores. Talvez fosse minha imaginação, mas eu achava que alguns corredores haviam surgido depois de nossa chegada.

— *Todos* esses idosos são deuses? — perguntei.

Tawaret assentiu.

— Muitos eram divindades secundárias mesmo nos velhos tempos. Os magos acharam que aprisioná-los não valia o esforço. Ao longo dos séculos, eles foram se perdendo, solitários e esquecidos. Com o tempo, acabaram chegando aqui. Eles simplesmente esperam.

— Pela morte?

Tawaret tinha um olhar distante.

— Eu gostaria de saber. Às vezes eles desaparecem, mas não sei se apenas se perdem pelos corredores, se encontram uma nova sala para se esconder, ou se realmente desaparecem no nada. A triste verdade é que tanto faz. Seus nomes foram esquecidos pelo mundo superior. Quando seu nome não é mais pronunciado, de que serve a vida?

Ela olhou para Bes, como se tentasse dizer alguma coisa.

O deus anão desviou o olhar rapidamente.

— Aquela é Mekhit, não é? — Ele apontou para a velha mulher-leoa que se locomovia na cadeira de rodas. — Tinha um templo perto de Abidos, acho. Uma deusa leoa secundária. Sempre era confundida com Sekhmet.

A leoa rosnou debilmente quando Bes disse o nome de Sekhmet. Depois voltou a conduzir sua cadeira, miando baixo.

— História triste — falou Tawaret. — Ela veio para cá com o marido, o deus Onúris. Eles eram um casal de celebridades nos velhos tempos, tão romântico! Certa vez ele viajou até a Núbia para resgatá-la. Eles se casaram. Pensamos que aquele era um final feliz. Mas os dois foram esquecidos. Chegaram aqui juntos. Então Onúris desapareceu. A consciência de Mekhit começou a sumir logo depois. Agora ela passa o dia todo na cadeira de rodas circulando sem rumo. Não lembra o próprio nome, apesar de lembrarmos a ela o tempo todo.

Pensei em Khnum, que havíamos conhecido no rio, e em como ele parecia triste por não saber seu nome secreto. Olhei para a velha deusa Mekhit, miando e rosnando e deslizando sem qualquer lembrança de sua antiga glória. Imaginei como seria cuidar de mil deuses naquele estado — cidadãos idosos que nunca melhoravam nem morriam.

— Tawaret, como você suporta isso? — perguntei, espantada. — Por que trabalha aqui?

Ela encostou acanhadamente em sua touca.

— Longa história, meu bem. E temos muito pouco tempo. Nem sempre estive aqui. Já fui uma deusa protetora. Afugentava os demônios, embora não tão bem quanto Bes.

— Você era bem assustadora — Bes comentou.

A deusa hipopótama suspirou com adoração.

— Que *amor*! Eu também protegia as mães na hora do parto...

— Você fazia isso porque está grávida? — Carter perguntou, indicando a enorme barriga.

Tawaret parecia confusa.

— Não. De onde tirou essa ideia?

— Hum...

— Então! — eu intervim. — Você estava explicando por que cuida de deuses idosos.

Tawaret olhou para o relógio de sol, e me assustei ao ver quão rápido a sombra se arrastava para o seis.

— Sempre gostei de ajudar as pessoas, mas no mundo superior, bem... ficou claro que eu não era mais necessária.

Ela teve o cuidado de não olhar para Bes, mas o deus anão ficou ainda mais corado.

— E *era* necessário que alguém cuidasse dos deuses idosos — Tawaret continuou. — Suponho que entendo a tristeza deles. Sei bem como é esperar eternamente.

Bes cobriu a boca com o punho fechado e tossiu.

— Olhem só a hora! — ele disse. — Sim, sobre Rá. Você o viu desde que veio trabalhar aqui?

— É possível — Tawaret considerou. — Vi um deus com cabeça de falcão em uma sala na ala sudeste há, sei lá, eras. Achei que fosse Nemty, mas pode ter sido Rá. Às vezes ele gostava de usar a forma de falcão.

— Para que lado? — perguntei. — Se pudermos chegar perto, o *Livro de Rá* talvez nos guie até ele.

Tawaret olhou para Bes.

— É *você* quem está me pedindo isso, Bes? Acredita mesmo que é importante ou só está fazendo porque Bastet pediu?

— Não! Sim! — Ele bufou, exasperado. — Quer dizer, sim, é importante. Sim, estou pedindo. Preciso de sua ajuda.

Tawaret pegou uma tocha na coluna mais próxima.

— Nesse caso, venham por aqui.

Vagamos pelos corredores de uma casa de repouso mágica infinita, guiados por uma enfermeira hipopótama que carregava uma tocha. Só mais uma noite comum para os Kane.

Passamos por tantos quartos que perdi a conta. A maioria das portas estava fechada, mas havia algumas abertas, e por elas vi velhos deuses frágeis em suas camas, encarando a tela azul tremulante de uma televisão, ou simplesmente chorando no escuro. Depois de vinte ou trinta quartos assim, parei de olhar. Era deprimente demais.

Eu segurava o *Livro de Rá*, torcendo para que ele se aquecesse quando nos aproximássemos do deus sol, mas não tive sorte. Tawaret hesitava em cada interseção. Era evidente que não tinha certeza do caminho por onde nos levava.

Depois de mais alguns corredores e nenhuma mudança no papiro, comecei a ficar nervosa. Carter deve ter notado.

— Está tudo bem — ele prometeu. — Nós vamos encontrá-lo.

Lembrei como o marcador do relógio de sol se movia depressa no posto de enfermagem. E pensei em Vlad Menshikov. Queria acreditar que ele havia sido transformado em russo frito quando caiu no Lago de Fogo, mas isso provavelmente era querer demais. Se ele ainda nos perseguia, não devia estar muito longe.

Entramos em outro corredor e Tawaret parou.

— Ah, céus.

A nossa frente, uma idosa com cabeça de sapo pulava de um lado para o outro — e quando digo que ela pulava, quero dizer que ela dava saltos de três metros de altura, coaxava um pouco, saltava na direção da parede e ficava ali grudada por algum tempo antes de ir para outra parede. Seu corpo era humano, vestido com uma camisola verde do hospital, mas a cabeça era totalmente anfíbia: marrom, úmida e cheia de verrugas. Os olhos saltados se viravam em todas as direções, e, pelo som perturbado de seu coaxar, deduzi que ela estava perdida.

— Heket escapou outra vez — disse Tawaret. — Com licença um minuto.

Ela correu até a mulher-sapo.

Bes tirou um lenço do bolso da camisa havaiana e secou a testa nervosamente.

— O que será que aconteceu a Heket? Ela é a deusa sapa, sabe?

— Eu jamais teria imaginado — disse Carter.

Observei Tawaret tentando acalmar a velha deusa. Ela falava com voz doce, prometendo ajudar Heket a encontrar seu quarto se ela parasse de pular pelas paredes.

— Ela é brilhante — comentei. — Tawaret, quer dizer.

— É — concordou Bes. — É, ela é competente.

— *Competente?* — eu disse. — É nítido que ela gosta de você. Por que você é tão...

De repente a verdade me atingiu como um raio. Eu me senti quase tão obtusa quanto Carter.

— Ah, entendi. Ela mencionou uma ocasião horrível no palácio, não foi? Foi ela quem o libertou na Rússia.

Bes enxugou o pescoço com o lenço. Ele estava realmente suando muito.

— P-por que diz isso?

— Porque você fica muito constrangido perto dela! Como... — Eu ia dizer "como se ela tivesse visto você de cueca", mas duvidava de que isso fosse grande coisa para o deus das sungas. — Como se ela já tivesse visto você em seu pior, e você quisesse esquecer.

Bes olhou para Tawaret com uma expressão sofrida, como havia olhado para o Príncipe Menshikov em São Petersburgo.

— Ela *sempre* está me salvando — disse amargurado. — E é sempre maravilhosa, generosa, bondosa. Nos velhos tempos, todos achavam que nós namorávamos. Sempre diziam que formávamos um casal fofo... Os dois deuses afugentadores de demônios, os dois desajustados, enfim. Chegamos a sair algumas vezes, mas Tawaret era muito... muito *bondosa*. E eu era meio obcecado por outra pessoa.

— Bastet — Carter adivinhou.

Os ombros do deus anão se curvaram.

— Óbvio assim, hein? Sim, Bastet. Ela era a deusa mais popular entre os plebeus. Eu era o deus mais popular. Então, bem, nós nos encontrávamos nos festivais e coisas do tipo. Ela era... bem, linda.

Típico comportamento masculino, pensei. *Só enxergam a aparência.* Mas fiquei de boca fechada.

— Enfim — Bes suspirou —, Bastet me tratava como um irmão mais novo. Ainda trata. Não tem o menor interesse em mim, mas levei algum tempo para me dar conta. Estava tão obcecado que não fui muito bom para Tawaret ao longo dos anos.

— Mas ela foi ajudá-lo na Rússia — eu disse.

Ele assentiu.

— Mandei pedidos de socorro. Pensei que Bastet viria me ajudar. Ou Hórus. Ou alguém. Eu não sabia onde eles estavam, sabem, mas tinha muitos amigos nos velhos tempos. Imaginei que alguém apareceria. A única que veio foi Tawaret. Ela arriscou a vida ao entrar escondida no palácio durante o casamento de anões. Viu a coisa toda: como eu era humilhado diante das pessoas grandes. Durante a noite, ela invadiu minha jaula e me libertou. Eu devo tudo a ela. Mas, depois que me vi livre... Eu fugi. Sentia tanta vergonha que não conseguia encará-la. Cada vez que penso nela, penso naquela noite e ouço as gargalhadas.

A dor na voz dele era intensa, como se descrevesse acontecimentos do dia anterior, não de três séculos antes.

— Bes, não é culpa dela — falei com tom suave. — Tawaret gosta de você. É evidente.

— Tarde demais — ele falou. — Eu a magoei muito. Gostaria de poder voltar no tempo, mas...

Bes hesitou. Tawaret caminhava para nós, levando a deusa sapa pelo braço.

— Agora, querida — ela dizia —, venha conosco, e vamos encontrar seu quarto. Não precisa mais pular.

— Mas é um salto de fé — Heket coaxou. — Meu templo fica por aqui em algum lugar. Era em Qus. Linda cidade.

— Sim, querida — disse Tawaret. — Só que seu templo já não existe mais. Todos os nossos templos se foram. Mas você tem um quarto bonito...

— Não — Heket murmurou. — Os sacerdotes vão me oferecer sacrifícios. Tenho que...

Ela cravou em mim os grandes olhos amarelos, e compreendi como uma mosca deve se sentir logo antes de ser capturada pela língua de um sapo.

— Lá está minha sacerdotisa! — Heket falou. — Ela veio me visitar.

— Não, querida — Tawaret protestou. — Essa é Sadie Kane.

— Minha sacerdotisa. — Heket tocou meu ombro com a palma da mão úmida, e me esforcei para não recuar. — Diga ao templo para começar sem mim, está bem? Irei mais tarde. Pode dizer isso a eles?

— Hum, sim — respondi. — É claro, Srta. Heket.

— Bom, bom. — Seus olhos encararam o vazio. — Muito sono agora. Trabalho difícil, lembrar...

— Sim, querida — Tawaret disse. — Por que não se deita em um desses quartos por enquanto?

Ela conduziu Heket ao quarto vago mais próximo.

Bes a seguiu com olhos tristes.

— Sou um anão terrível.

Talvez eu devesse tê-lo tranquilizado, mas minha mente estava processando outros assuntos.

"Começar sem mim." Heket dissera. "Um salto de fé."

De repente eu não conseguia respirar.

— Sadie? — Carter perguntou. — O que houve?

— Eu sei por que o papiro não está nos guiando — falei. — Preciso começar a segunda parte do encantamento.

— Mas ainda não chegamos lá — Carter disse.

— Nem vamos chegar, a menos que eu comece o encantamento. É parte da busca por Rá.

— O que é? — Tawaret surgiu ao lado de Bes, e o susto quase o fez pular da camisa havaiana.

— O encantamento — repeti. — Tenho que dar um salto de fé.

— Acho que a deusa sapa a infectou — Carter reclamou.

— Não, seu idiota! — eu disse. — Essa é a única maneira de encontrar Rá. Tenho certeza.

— Ei, garota — Bes disse —, se você começar esse encantamento e não tivermos encontrado Rá quando sua leitura terminar...

— Eu sei. O encantamento vai explodir em minha cara.

Quando eu disse *explodir*, eu quis dizer literalmente. Se o encantamento não encontrasse o alvo apropriado, o poder do *Livro de Rá* estouraria em meu rosto.

— É o único jeito — insisti. — Não temos tempo de vagar pelos salões para sempre, e Rá só vai aparecer se o invocarmos. Precisamos provar nosso valor assumindo o risco. Vocês vão ter que me conduzir. Não posso errar as palavras.

— Você tem coragem, querida. — Tawaret levantou a tocha. — Não se preocupe, vou guiar você. Faça sua leitura.

Abri o papiro na segunda parte. As fileiras de hieróglifos, que antes pareciam frases desconexas e truncadas, agora faziam perfeito sentido.

— Eu invoco o nome de Rá — li em voz alta —, o rei adormecido, senhor do sol do meio-dia, que se senta no trono de fogo...

Bem, deu para você entender. Descrevi como Rá se ergueu do mar de Caos. Lembrei sua luz brilhando sobre a terra primordial do Egito, levando vida ao Vale do Nilo. Enquanto eu lia, ia me sentindo mais quente.

— Sadie, você está fumegando — disse Carter.

Difícil não entrar em pânico quando alguém faz um comentário como esse, mas percebi que Carter tinha razão. Havia fumaça saindo de meu corpo, formando uma coluna cinzenta que preenchia o corredor.

— É minha imaginação — perguntou Carter — ou a fumaça está nos mostrando o caminho? Ai!

O grito no final foi porque pisei no pé dele, o que eu podia fazer muito bem sem perder a concentração. Ele entendeu a mensagem: *Cale a boca e comece a andar*.

Tawaret segurou meu braço e me guiou para a frente. Bes e Carter nos acompanharam um de cada lado, como seguranças. Seguimos a trilha de fumaça por mais dois corredores e subimos um lance de escada. O *Livro de Rá* em minhas mãos ficou quente a ponto de ser desconfortável. A fumaça de meu corpo começou a encobrir as letras.

— Você está indo bem, Sadie — disse Tawaret. — Esse corredor me é familiar.

Não sei como ela conseguia diferenciar os corredores, mas me mantive concentrada no papiro. Descrevi o barco solar de Rá navegando pelo céu. Falei de sua sabedoria real e das batalhas que ele vencera contra Apófis.

Uma gota de suor escorreu por meu rosto. Meus olhos começaram a arder. Eu esperava que não estivessem literalmente em chamas.

Quando cheguei ao verso "Rá, o zênite do sol...", percebi que estávamos parados diante de uma porta.

Ela não parecia diferente de nenhuma outra, mas eu a empurrei e entrei. Continuei lendo, embora estivesse me aproximando rapidamente do final do encantamento.

Lá dentro, o quarto era escuro. Na luz bruxuleante da tocha de Tawaret, vi o homem mais velho do mundo dormindo em uma cama — o rosto enrugado, os braços finos como gravetos, a pele tão translúcida que eu conseguia ver todas as veias. Algumas múmias em Baharia pareciam mais vivas que aquele ser abatido.

— A luz de Rá retorna — eu li.

Gesticulei com a cabeça para as janelas fechadas por pesadas cortinas, e felizmente Bes e Carter entenderam a mensagem. Eles abriram as cortinas, e a luz vermelha do Lago de Fogo inundou o quarto. O velho não se moveu. Sua boca estava fechada, como se os lábios estivessem costurados.

Fiquei junto à cama e continuei lendo. Descrevi Rá despertando ao amanhecer, sentado em seu trono enquanto o barco subia ao céu, as plantas se voltando para o calor do Sol.

— Não está funcionando — Bes murmurou.

Entrei em pânico. Restavam apenas dois versos. Eu podia sentir a força do encantamento retrocedendo, começando a esquentar meu corpo. Eu ainda fumegava, e não gostava do cheiro de Sadie grelhada. Precisava acordar Rá ou seria queimada viva.

A boca do deus... É claro.

Apoiei o papiro na cama de Rá e fiz o possível para mantê-lo aberto com uma das mãos.

— Eu canto louvores ao deus sol.

Estendi a mão livre para Carter e estalei os dedos.

Graças a tudo o que é sagrado, meu irmão entendeu.

Ele vasculhou minha bolsa e me passou a *netjeri*, a lâmina negra de Anúbis. Se havia um momento para abertura da boca, era esse.

Encostei a lâmina nos lábios do homem e disse o último verso do encantamento:

— Desperte, meu rei, com o novo dia.

O velho arfou. A fumaça entrou em sua boca como se ele tivesse se tornado um aspirador de pó, e a magia do encantamento o invadiu. Minha temperatura voltou ao normal. Quase caí no chão de alívio.

Os olhos de Rá se abriram lentamente. Com um fascínio horrorizado, vi o sangue voltar a percorrer suas veias, inflando-o lentamente como um balão de ar quente.

Ele se virou para mim, os olhos desfocados e leitosos cobertos de catarata.

— Hã?

— Ele ainda parece velho — Carter falou, nervoso. — Não devia ter rejuvenescido?

Tawaret se curvou para o deus sol (algo que você não deve tentar fazer em casa se for uma hipopótama grávida calçando salto alto) e tocou a testa de Rá.

— Ele ainda não está inteiro — disse. — Vocês vão ter que completar a jornada da noite.

— A terceira parte do encantamento — Carter deduziu. — Ele tem mais um aspecto, não é? O escaravelho?

Bes assentiu, embora não parecesse muito otimista.

— Khepri, o besouro. Se encontrarmos a última parte de sua alma, talvez ele renasça devidamente.

Rá abriu um sorriso desdentado.

— Gosto de zebras!

Eu estava tão cansada que não sabia se o escutara direito.

— Desculpe, você falou em zebras?

Ele sorriu para nós como uma criança que acabara de descobrir algo maravilhoso.

— Doninhas são doentes.

— Ceeerto — Carter disse. — Talvez ele precise disto...

Ele retirou do cinto o gancho e o mangual, e os ofereceu a Rá. O velho deus pôs o gancho na boca e começou a sugá-lo como se fosse uma chupeta.

Comecei a me sentir pouco à vontade, e não só por causa da condição de Rá. Quanto tempo já havia passado, e onde estava Vlad Menshikov?

— Vamos levá-lo ao barco — decidi. — Bes, você poderia...

— Sim. Com licença, Lorde Rá. Preciso carregá-lo.

Ele ergueu o deus sol da cama e saímos do quarto apressadamente. Rá não devia ser muito pesado, e Bes não teve dificuldade alguma para nos acompanhar, apesar das pernas curtas. Disparamos pelo corredor, refazendo nossos passos, enquanto Rá murmurava:

— *Uíííí! Uíííí! Uíííí!*

Talvez *ele* estivesse se divertindo, mas eu estava mortificada. Havíamos enfrentado tantos problemas, e era *esse* tipo de deus que havíamos despertado? Carter parecia tão preocupado quanto eu.

Passamos correndo por outros deuses decrépitos, que ficaram todos muito agitados. Alguns apontavam e faziam ruídos gorgolejantes. Um velho deus com cabeça de chacal sacudiu seu suporte de soro e gritou:

— Lá vem o Sol! Lá vai o Sol!

Chegamos ao saguão, e Rá disse:

— *Oh-oh. Oh-oh* no chão.

A cabeça dele balançava. Achei que ele quisesse descer. Depois percebi que ele olhava para algo. No piso, junto a meu pé, havia um brilhante colar prateado: um amuleto familiar em forma de cobra.

Para alguém que até poucos minutos antes estava fumegando, de repente senti um frio no estômago.

— Menshikov — eu disse. — Ele esteve aqui.

Carter sacou a varinha e examinou o saguão.

— Mas onde ele está? Por que largaria o colar e iria embora?

— Ele o deixou de propósito — sugeri. — Quer nos provocar.

Assim que o disse, percebi que era verdade. Quase podia ouvir Menshikov rindo enquanto prosseguia em sua viagem rio abaixo, deixando-nos para trás.

— Precisamos ir para o barco! — falei. — Depressa, antes que...

— Sadie. — Bes apontou para o posto de enfermagem. Sua expressão era grave.

— Ah, não — Tawaret gemeu. — Não, não, não...

O mostrador do relógio de sol apontava para o oito. Isso significava que, mesmo que pudéssemos deixar a Quarta Casa, mesmo que pudéssemos passar pela Quinta, Sexta e Sétima Casas, não faria diferença. De acordo com o que Tawaret nos dissera, os portões da Oitava Casa já estariam fechados.

Por isso Menshikov nos deixara ali sem se dar o trabalho de nos enfrentar. Já estávamos derrotados.

21. Ganhamos algum tempo

C
A
R
T
E
R

DEPOIS DE ME DESPEDIR de Zia na Grande Pirâmide, não imaginei que pudesse ficar ainda mais deprimido. Estava enganado.

Em pé no atracadouro do Lago de Fogo, eu me sentia perfeitamente capaz de pular como uma bala de canhão na direção da lava.

Não era justo. Havíamos ido tão longe e arriscado tanto só para sermos derrotados por um limite de tempo. Fim do jogo. Como *alguém* poderia conseguir a façanha de reerguer Rá? Era impossível.

Carter, isto não é um jogo, a voz de Hórus disse em minha cabeça. *Não é para ser possível. Vocês devem continuar.*

Eu não via motivo. A entrada da Oitava Casa já estava fechada. Menshikov seguira viagem e nos deixara para trás.

Talvez esse tenha sido o plano desde o início. Ele nos permitiria despertar Rá parcialmente, de forma que o deus sol permanecesse velho e frágil. Depois, Menshikov partiria e nos deixaria presos no Duat, e faria qualquer magia maligna que fosse para libertar Apófis. Quando chegasse o momento de amanhecer, não haveria Sol para nascer, nem o retorno de Rá. Em vez disso, Apófis se levantaria e destruiria a civilização. Nossos amigos teriam passado a noite inteira lutando em vão na Casa do Brooklyn. Dali a vinte e quatro horas, quando finalmente conseguíssemos sair do Duat, encontraríamos o mundo transformado em uma terra vazia e escura, governada pelo

Caos. Tudo com o que nos importávamos teria desaparecido. Então Apófis poderia engolir Rá e completar sua vitória.

Por que devíamos seguir em frente se a batalha estava perdida?

Um general nunca demonstra desespero, disse Hórus. *Ele inspira confiança em suas tropas. Ele os leva adiante, mesmo que seja para a morte.*

Você é o Sr. Divertido, pensei. Quem disse que podia voltar para dentro da minha cabeça?

Mas, por mais que Hórus fosse irritante, ele tinha razão. Sadie falara sobre esperança — sobre acreditar que poderíamos criar o Maat a partir do Caos, mesmo se parecesse impossível. Talvez isso fosse o que podíamos fazer: continuar tentando, acreditando que éramos capazes de salvar alguma coisa do desastre.

Amós, Zia, Walt, Jaz, Bastet e nossos jovens aprendizes... todos eles contavam conosco. Se nossos amigos ainda estivessem vivos, eu não podia desistir. Devia a eles o esforço.

Tawaret nos acompanhou até o barco solar enquanto dois *shabti* levavam Rá a bordo.

— Bes, sinto muito — ela disse. — Gostaria de poder fazer mais.

— Não é sua culpa. — Bes estendeu a mão como se quisesse apenas cumprimentá-la, mas, quando os dedos se tocaram, ele segurou a mão dela com força. — Tawaret, nunca foi sua culpa.

Ela choramingou.

— Ah, Bes...

— *Uííííí!* — Rá interrompeu quando os *shabti* o puseram dentro do barco. — Vejo zebras! *Uííííí!*

Bes pigarreou.

Tawaret soltou a mão dele.

— Vocês... vocês precisam ir. Talvez Aaru possa dar alguma resposta.

— Aaru? — perguntei. — Quem é esse?

Tawaret não chegou a sorrir, mas a expressão em seus olhos era cheia de ternura.

— Não é quem, querido. *Onde*. É a Sétima Casa. Mande lembranças a seu pai.

Eu me animei um pouco.

— Meu pai está lá?

— Boa sorte, Carter e Sadie.

Ela nos beijou no rosto, o que foi mais ou menos como ser empurrado por um dirigível simpático, eriçado e ligeiramente úmido.

A deusa olhou para Bes, e tive certeza de que ela ia chorar. Mas ela se virou e subiu a escada correndo, seguida pelos *shabti*.

— Doninhas estão doentes — Rá disse, pensativo.

E com essa amostra de sabedoria divina, nós embarcamos. A tripulação reluzente manejou os remos, e o barco solar se afastou do atracadouro.

— Comer. — Rá começou a mastigar um pedaço de corda.

— Não, você não pode comer isso, seu velho tapado — Sadie o censurou.

— Hum, garota? — Bes chamou. — Não acho que você deva chamar o rei dos deuses de velho tapado.

— Bem, ele *é* — ela respondeu. — Venha, Rá, vamos para debaixo da tenda. Quero fazer uma constatação.

— Sem tenda — ele resmungou. — Zebras.

Sadie tentou segurar seu braço, mas ele fugiu rastejando e mostrou a língua. Finalmente, Sadie pegou o gancho do faraó em meu cinto (sem pedir permissão, é claro) e o sacudiu como se fosse um osso para um cachorro.

— Quer o gancho, Rá? Um lindo e saboroso gancho?

Rá estendeu a mão debilmente. Sadie recuou e acabou conseguindo atrair Rá para debaixo da tenda. Assim que ele chegou ao tablado vazio, uma luz brilhante explodiu a sua volta, cegando-me completamente.

— Carter, olhe! — gritou Sadie.

— Eu adoraria.

Pisquei para apagar os pontos amarelos de minha vista. Sobre o tablado havia uma cadeira de ouro líquido, um trono flamejante gravado com hieróglifos brancos cintilantes. Era exatamente como Sadie descrevera sua visão, mas, na vida real, era o móvel mais lindo e aterrorizante que eu já vira. A tripulação luminosa zumbia entusiasmada, mais brilhante que nunca.

Rá nem pareceu notar a cadeira ou não se importou com ela. A camisola de hospital dera lugar a vestes reais e um colar de ouro, mas ele ainda era o mesmo velho decadente.

— Sente-se — Sadie disse.

— Não quero cadeira — ele resmungou.

— Isso foi quase uma frase completa — falei. — Talvez seja um bom sinal?

— Zebras! — Rá tomou o gancho de Sadie e mancou pelo convés, gritando: — *Uíííííí! Uíííííí!*

— Lorde Rá — Bes chamou. — Cuidado!

Pensei em agarrar o deus sol antes que ele caísse do barco, mas não sabia como a tripulação reagiria a isso. Então, Rá resolveu esse problema por nós. Ele se chocou contra o mastro e caiu deitado no convés.

Todos nós corremos, mas o velho deus parecia estar apenas tonto. Ele babava e resmungava enquanto nós o arrastávamos de volta à tenda e o sentávamos em seu trono. Foi complicado, porque o trono irradiava um calor de uns mil graus, e eu não queria pegar fogo (de novo); mas a quentura não parecia incomodar Rá.

Nós nos afastamos e olhamos para o rei dos deuses, que roncava caído em sua cadeira, abraçado ao gancho como se fosse um ursinho de pelúcia. Coloquei o mangual sobre suas pernas, esperando que isso fizesse alguma diferença — talvez completasse seus poderes ou algo parecido. Mas não tivemos essa sorte.

— Doninhas doentes — Rá murmurou.

— Contemplemos — disse Sadie com amargura. — O glorioso Rá.

Bes dirigiu a ela um olhar irritado.

— Isso mesmo, garota. Deboche. Nós, os deuses, adoramos mortais rindo de nós.

A expressão de Sadie se abrandou.

— Sinto muito, Bes. Não tive a intenção...

— Que seja.

Ele saiu pisando duro para a proa do barco.

Sadie me olhou com ar suplicante.

— Honestamente, eu não quis...

— Ele só está estressado — eu disse a ela. — Como todos nós. Vai dar tudo certo.

Sadie limpou uma lágrima do rosto.

— O mundo vai acabar, estamos presos no Duat, e você acha que vai dar tudo certo?

— Vamos ver o papai. — Tentei soar confiante, apesar de não sentir confiança alguma. *Um general nunca demonstra desespero.* — Ele vai nos ajudar.

Navegamos pelo Lago de Fogo até as margens se estreitarem e o fogo se tornar água novamente. O brilho do lago desapareceu atrás de nós. A correnteza ficou mais rápida, e eu soube que havíamos entrado na Quinta Casa.

Pensei em meu pai e me perguntei se ele seria ou não capaz de nos ajudar. Nos últimos meses ele estivera estranhamente silencioso. Acho que isso não devia ter me surpreendido, já que agora ele era o Senhor do Mundo Inferior. Provavelmente, o sinal de celular não era dos melhores por aqui. Mesmo assim, pensar em vê-lo no momento de meu maior fracasso me deixava nervoso.

Embora estivesse escuro no rio, o trono de fogo era quase brilhante demais para ser olhado. Nosso barco iluminava as margens com um fulgor delicado.

Além das duas margens, viam-se vilarejos fantasmagóricos no meio da penumbra. Almas perdidas corriam até o rio para nos ver passar. Depois de tantos milênios na escuridão, elas pareciam perplexas ao verem o deus sol. Muitas tentaram gritar de alegria, mas as bocas não emitiram som. Outras estendiam os braços para Rá. Todas sorriam ao serem envolvidas pela luz cálida. Suas imagens pareciam se solidificar. A cor voltava ao rosto e às roupas. À medida que essas criaturas iam sumindo na escuridão atrás de nós, eu guardava na memória a imagem dos rostos agradecidos e das mãos estendidas.

De algum jeito isso fez com que me sentisse melhor. Pelo menos lhes havíamos mostrado o Sol uma última vez antes que o Caos destruísse o mundo.

Eu me perguntava se Amós e nossos amigos ainda estavam vivos, defendendo a Casa do Brooklyn contra o pelotão de ataque de Vlad Menshikov e esperando nossa volta. Eu gostaria de poder ver Zia novamente, nem que fosse só para pedir desculpas por ter falhado.

A Quinta e a Sexta Casa passaram depressa, mas eu não saberia dizer quanto tempo havia transcorrido de fato. Vimos mais vilarejos fantasmas, praias feitas de ossos, cavernas inteiras onde *ba* alados voavam confusos, batendo nas paredes e cercando o barco solar como mariposas em torno de uma lâmpada na varanda. Navegamos por algumas corredeiras assustadoras, mas a tripulação luminosa fazia parecer fácil. Algumas vezes, monstros parecidos com dragões se erguiam do rio, mas Bes gritava "BU!" e eles mergulhavam choramingando. Rá dormiu o tempo todo, roncando irregularmente em seu trono flamejante.

Finalmente o rio se tornou mais manso e largo. A água era cremosa como chocolate derretido. O barco solar entrou em mais uma caverna, cujo teto cheio de cristais azuis refletia a luz de Rá, dando a impressão de que o Sol atravessava um céu azul brilhante. Relva e palmeiras cobriam a margem. Ao longe, sobre colinas verdejantes, viam-se chalés brancos de adobe que pareciam confortáveis. Um bando de gansos passou voando acima de nós. O ar tinha cheiro de jasmim e de pão recém-saído do forno. Todo o meu corpo relaxou — como no fim de uma longa viagem, ao entrar em casa e finalmente desabar na cama.

— Aaru — Bes anunciou. Ele já não soava mal-humorado. As linhas de preocupação em seu rosto se abrandaram. — A pós-vida egípcia. A Sétima Casa. Acho que vocês chamariam de Paraíso.

— Não que eu esteja reclamando — Sadie disse. — Aqui é muito mais bonito que Terras Ensolaradas, e enfim sinto cheiro de comida decente. Mas isso quer dizer que morremos?

Bes balançou a cabeça.

— Essa era parte regular da viagem noturna de Rá. Sua parada de descanso, digamos. Ele passava algum tempo com seu anfitrião, comia, bebia e repousava antes da última parte da jornada, que era a mais perigosa.

— Seu anfitrião? — perguntei, embora tivesse uma boa ideia de quem Bes estava falando.

Nosso barco se aproximou de um atracadouro, onde um homem e uma mulher esperavam por nós. Meu pai vestia seu habitual terno marrom. Sua pele reluzia com uma coloração azulada. Mamãe brilhava com um branco fantasmagórico, sem chegar a tocar os pés no chão.

— É claro — respondeu Bes. — Esta é a Casa de Osíris.

— Sadie, Carter. — Papai nos abraçou como se ainda fôssemos crianças pequenas, mas nenhum de nós reclamou.

Ele estava sólido e humano, tão parecido com sua antiga forma que tive que usar toda a minha força de vontade para não chorar. Seu cavanhaque estava cuidadosamente aparado. A cabeça careca brilhava. Até o perfume tinha o mesmo cheiro: um suave aroma de âmbar.

Ele nos afastou um pouco para nos examinar, e seus olhos brilhavam. Quase cheguei a acreditar que voltara a ser um mortal comum, mas, olhando atentamente, via outra camada em sua aparência, como uma imagem indistinta sobreposta: um homem de pele azul e vestes brancas com a coroa de um faraó. Em seu pescoço havia um amuleto *djed*, o símbolo de Osíris.

— Papai — falei. — Nós fracassamos.

— Shhh — ele disse. — Nada disso. Este é um momento de descanso e renovação.

Mamãe sorriu.

— Temos acompanhado o progresso de vocês. Os dois têm sido muito corajosos.

Vê-la era ainda mais difícil que ver meu pai. Eu não podia abraçá-la porque ela não possuía substância física, e quando ela tocou meu rosto, tudo o que senti foi uma brisa morna. Mamãe era exatamente como eu lembrava: cabelos louros soltos sobre os ombros, olhos azuis cheios de vida... Mas agora era só um espírito. O vestido branco parecia ser feito de névoa. Quando eu olhava diretamente para ela, mamãe parecia se dissolver à luz do barco solar.

— Estou tão orgulhosa de vocês dois — ela disse. — Venham, preparamos um banquete.

Eu estava aturdido enquanto nos guiavam pela terra. Bes se encarregou de levar o deus sol, que parecia de bom humor depois de ter batido a cabeça no mastro e tirado um cochilo. Rá ofereceu a todos um sorriso desdentado e disse:

— Ah, bonito. Banquete? Zebras?

Serviçais fantasmagóricos vestindo roupas do Egito Antigo nos conduziram rumo a um pavilhão aberto cercado por estátuas dos deuses em tamanho natural. Atravessamos uma ponte sobre um fosso cheio de crocodilos albinos, que me fizeram pensar em Filipe da Macedônia e no que poderia estar acontecendo na Casa do Brooklyn.

E então entrei no pavilhão e meu queixo caiu.

Havia um banquete cobrindo uma mesa comprida de mogno — *nossa* antiga mesa de jantar da casa em Los Angeles. Vi até o risco que eu havia feito na madeira com meu primeiro canivete suíço — única vez em que me lembro de ter deixado meu pai realmente zangado. As cadeiras eram de inox com assentos de couro, exatamente como eu recordava; e quando eu olhava para fora, a paisagem tremulava e se modificava — num momento eram as colinas verdejantes e o céu azul da pós-vida, e em outro eram as paredes brancas e largas janelas de vidro de nossa antiga casa.

— Ah... — Sadie murmurou baixinho.

Seus olhos estavam fixos no centro da mesa. Entre bandejas de pizza, tigelas de morango com açúcar e todo tipo de comida que você puder imaginar, havia um bolo de sorvete azul e branco, exatamente o mesmo que havíamos explodido no aniversário de seis anos de Sadie.

— Espero que não se importe — mamãe falou. — Achava uma pena que você nunca tivesse conseguido provar o bolo. Feliz aniversário, Sadie.

— Por favor, sentem-se — papai convidou abrindo os braços. — Bes, velho amigo, pode acomodar Lorde Rá à cabeceira da mesa?

Fui me sentar na cadeira mais afastada de Rá, porque não queria que ele babasse em mim enquanto ruminava a comida em sua boca sem dentes, mas mamãe disse:

— Ah, aí não, querido. Sente-se a meu lado. Essa cadeira é para... outro convidado.

Ela disse as últimas palavras como se deixassem um gosto amargo em sua boca.

Olhei em volta da mesa. Havia sete cadeiras, e éramos apenas seis.

— Quem mais virá?

— Anúbis? — Sadie arriscou, esperançosa.

Papai riu.

— Não, não é Anúbis, embora eu tenha certeza de que ele estaria aqui se pudesse.

Sadie deixou cair os ombros como se alguém tivesse puxado o ar de dentro dela.

[Sim, Sadie, *foi* evidente.]

— Onde ele está, então? — ela perguntou.

Papai hesitou o suficiente para que eu percebesse seu desconforto.

— Ele saiu. Vamos comer?

Eu me sentei e aceitei uma fatia de bolo servida por um garçom fantasma. Não é de se imaginar que eu sentiria fome enquanto o mundo acabava e nossa missão fracassava, e ficaria no Mundo dos Mortos sentado a uma mesa que fizera parte de meu passado, junto ao fantasma de minha mãe e a meu pai em cor de mirtilo. Mas meu estômago não se incomodava com nada disso. Ele me fez perceber que eu ainda estava vivo e que precisava de comida. O bolo era de chocolate com sorvete de baunilha. O sabor era perfeito. Antes que eu me desse conta, havia comido a fatia inteira e me servia de pizza de *pepperoni*. As estátuas dos deuses estavam atrás de nós — Hórus, Ísis, Tot, Sobek —, vigiando nossa refeição em silêncio. Do lado de fora do pavilhão, as terras de Aaru se estendiam como se a caverna não tivesse fim: colinas e prados verdes, rebanhos de gado gordo, campos de grãos, pomares cheios de tamareiras. Riachos cortavam os brejos em um mosaico de ilhas, exatamente como no delta do Nilo, com vilarejos típicos de cartão-postal para os mortos abençoados. Veleiros deslizavam pelo rio.

— Essa é a paisagem vista pelos antigos egípcios — papai contou, como se pudesse ler meus pensamentos. — Mas cada alma vê Aaru um pouco diferente.

— Como nossa casa em Los Angeles? — perguntei. — Nossa família reunida em torno da mesa de jantar? Isso é real?

Os olhos de meu pai ficaram tristes, como acontecia sempre que eu perguntava sobre a morte de mamãe.

— O bolo de aniversário está bom, né? — ele perguntou. — Minha menininha tem treze anos. Mal posso acreditar...

Sadie empurrou seu prato para o chão, e ele se partiu em vários pedaços no piso de pedra.

— Que importância tem isso? — ela gritou. — O maldito relógio de sol, as entradas estúpidas... nós fracassamos!

Ela deitou a cabeça entre os braços cruzados e começou a chorar.

— Sadie. — Mamãe flutuava ao lado dela como uma nuvem amiga. — Está tudo bem.

— Bolo da lua — Rá falou prestativo, a boca contornada com cobertura de bolo branca. Ele começou a escorregar da cadeira, e Bes o ajeitou.

— Sadie tem razão — eu disse. — Rá está em condição pior que imaginávamos. Mesmo que pudéssemos levá-lo de volta ao mundo mortal, ele jamais conseguiria derrotar Apófis, a menos que Apófis morra de rir.

Papai franziu o cenho.

— Carter, ele ainda é Rá, o faraó dos deuses. Tenha respeito.

— Não gosto de bolhas! — Rá espantou com a mão uma luz serviçal que tentava limpar sua boca.

— Lorde Rá — meu pai falou —, lembra-se de mim? Sou Osíris. Você jantava aqui em minha mesa todas as noites, descansando antes de sua jornada para o amanhecer. Lembra-se disso?

— Quero doninha — disse Rá.

Sadie bateu com a mão na mesa.

— O que isso *significa*, afinal?

Bes pegou um punhado de coisas cobertas de chocolate — eu temia que fossem gafanhotos — e as colocou na boca.

— Não terminamos o *Livro de Rá*. Precisávamos ter encontrado Khepri.

Papai afagou o cavanhaque.

— Sim, o deus escaravelho, a forma de Rá ao nascer do sol. Talvez, se encontrarem Khepri, Rá possa renascer completamente. Mas teriam que passar pela entrada da Oitava Casa.

— Que está fechada — acrescentei. — Teríamos que, sei lá, fazer o tempo voltar.

Bes parou de mastigar os gafanhotos. Ele escancarou os olhos como se acabasse de ter uma revelação e encarou, incrédulo, meu pai.

— Ele? Você o convidou?

— Quem? — indaguei. — Do que estão falando?

Olhei para meu pai, mas ele não me encarou.

— Pai, o que foi? — insisti. — Existe algum jeito de passarmos? Você pode nos teletransportar para o outro lado ou alguma coisa assim?

— Eu adoraria, Carter. Mas a jornada deve ser percorrida. Ela é parte do renascimento de Rá, não posso interferir nisso. Porém, você tem razão: precisam de mais tempo. Pode haver um meio, embora eu jamais ousasse sugeri-lo se não houvesse tanto em jogo...

— É perigoso — avisou nossa mãe. — Acho perigoso *demais*.

— O que é perigoso demais? — Sadie perguntou.

— Suponho que seja eu — disse uma voz atrás de mim.

Virei-me e vi um homem em pé com as mãos no encosto de minha cadeira. Ou ele se aproximara tão silenciosamente que eu não o escutara, ou se materializara ali.

O recém-chegado parecia ter uns vinte anos, era magro, alto e de certo modo glamouroso. Seu rosto era totalmente humano, mas as íris eram prateadas. A cabeça estava raspada, exceto por um rabo de cavalo preto liso em um dos lados, como costumavam usar os jovens no Egito Antigo. O terno prata parecia ter sido feito sob medida na Itália (só sei disso porque Amós e meu pai prestam *muita* atenção a ternos). O tecido brilhava como numa mistura bizarra de seda e papel-alumínio. A camisa era preta e não tinha colarinho, e vários quilos de correntes de platina adornavam seu pescoço. O maior pendurical era um amuleto prata em forma de lua crescente. Quando seus dedos tamborilavam no encosto de minha cadeira, seus anéis e o Rolex de platina reluziam. Se eu o tivesse visto no mundo mortal, deduziria que era um jovem indígena americano bilionário proprietário de um cassino. Mas ali no Duat, com aquele amuleto de lua crescente pendurado no pescoço...

— Bolo da lua! — Rá exclamou com alegria.

— Você é Khonsu! — deduzi. — O deus da lua.

Ele sorriu para mim de forma maliciosa, olhando-me como se eu fosse um aperitivo.

— A seu dispor — respondeu. — Vamos disputar um jogo?

— Você não — Bes grunhiu.

Khonsu abriu os braços como se quisesse abraçar todo mundo.

— Bes, meu velho! Como tem passado?

— Não me venha com essa de "meu velho", seu canalha.

— Estou magoado! — Khonsu sentou-se a minha direita e se inclinou para mim com ar conspirador. — O pobre Bes fez uma aposta comigo há muito tempo, sabe? Ele queria mais tempo com Bastet. Apostou alguns metros de sua altura. Receio que tenha perdido.

— Não foi isso o que aconteceu! — Bes rugiu.

— Cavalheiros — papai interveio em seu tom de pai severo. — Vocês dois são convidados a minha mesa. Não vou tolerar brigas.

— É claro, Osíris. — Khonsu abriu um sorriso largo. — É uma honra estar aqui. E esses são seus famosos filhos? Maravilhoso! Então prontas para o jogo, crianças?

— Julius, eles não entendem os riscos — nossa mãe protestou. — Não podemos permitir que façam isso.

— Esperem um minuto — Sadie disse. — Fazer *o quê*, exatamente?

Khonsu estalou os dedos, e toda a comida da mesa desapareceu, substituída por um cintilante tabuleiro prateado de senet.

— Nunca ouviu falar de mim, Sadie? Ísis não contou algumas histórias? Ou Nut? Ah, essa sabia apostar! A deusa do céu não pararia de jogar enquanto não ganhasse cinco dias inteiros de mim. Sabe quais são as chances de alguém ganhar todo esse tempo? Insignificantes! Claro, ela é coberta de estrelas e, como dizem, uma pessoa de sorte *tem* boa estrela...

Khonsu riu da própria piada. Ele não pareceu se incomodar por ser o único a achar graça.

— Eu lembro — falei. — Você jogou com Nut, e ela ganhou luar suficiente para criar cinco dias a mais, os Dias do Demônio. Assim ela burlou a ordem de Rá para que seus cinco filhos não nascessem em nenhum dia do ano.

— Nut doida — Rá resmungou. — Muito doida.

O deus da lua ergueu uma sobrancelha.

— Puxa, Rá *está* mal, não é? Mas, sim, Carter Kane. Você tem toda a razão. Sou o deus da lua, mas também tenho alguma influência sobre o tempo. Posso prolongar ou abreviar a vida dos mortais. Até os deuses podem ser afetados por meus poderes. A Lua é mutável, entende? Sua luz aumenta e diminui. Em minhas mãos, o tempo também pode aumentar ou diminuir. Você precisa de... quanto, três horas a mais? Posso criar esse tempo para vocês usando o luar, desde que aceitem apostar comigo. Posso fazer com que a entrada da Oitava Casa não tenha se fechado ainda.

Eu não entendia como isso seria possível — voltar no tempo, acrescentar três horas à noite. Mas, pela primeira vez desde que saímos de Terras Ensolaradas, senti uma pequena fagulha de esperança.

— Se você pode ajudar, por que simplesmente não nos *dá* esse tempo extra? O destino do mundo está em jogo.

Khonsu riu.

— Boa! *Dar* tempo! Não, falando sério. Se eu começasse a distribuir de graça algo tão valioso, o Maat desmoronaria. Além do mais, ninguém pode jogar senet sem apostar. Bes pode confirmar.

Bes cuspiu uma perna de gafanhoto de chocolate.

— Não faça isso, Carter. Sabe o que diziam antigamente sobre Khonsu? Existe um poema sobre ele entalhado nas pedras de algumas pirâmides. O título é "Hino do Canibal". Por um preço, Khonsu ajudaria o faraó a destruir quaisquer deuses que o incomodassem. Khonsu devoraria a alma deles e adquiriria sua força.

O deus da lua revirou os olhos.

— História antiga, Bes! Não devoro uma alma há... Em que mês estamos? Março? Enfim, eu me adaptei completamente ao mundo moderno. Hoje sou bastante civilizado. Devia ver minha cobertura no Luxor em Las Vegas. Quer dizer, *obrigado*! A América tem uma civilização decente!

Ele sorriu para mim, e seus olhos prateados brilharam como os de um tubarão.

— Então, o que me dizem, Carter? Sadie? Vamos jogar senet. Três peças para mim, três para vocês. Precisarão de três horas de luar, então vocês dois vão ter que encontrar mais alguém a fim de fazer a aposta. Para cada peça que sua equipe conseguir tirar do tabuleiro, ofereço uma hora extra. Se ganharem, terão as três horas, tempo suficiente para passarem pela entrada da Oitava Casa.

— E se perdermos? — perguntei.

— Ah... você sabe. — Khonsu gesticulou como se isso fosse só um detalhe insignificante. — Para cada peça que *eu* tirar do tabuleiro, pego o *ren* de um de vocês.

Sadie se inclinou para a frente.

— Vai conseguir nosso nome secreto... quer dizer, vamos ter que compartilhá-lo com você?

— Compartilhar... — Khonsu afagou o rabo de cavalo, como se tentasse lembrar o significado da palavra. — Não, não compartilhar. Eu vou *devorar* seus ren. Entenderam?

— Vai apagar parte de nossa alma — Sadie falou. — Levar nossas lembranças, nossa identidade.

O deus da lua deu de ombros.

— Vendo pelo lado positivo, vocês não morreriam. Apenas...

— Apenas nos transformaríamos em vegetais — ela completou. — Como Rá, ali.

— Não quero vegetais — Rá resmungou, irritado. Ele tentou mastigar a camisa de Bes, mas o deus anão se afastou.

— Três horas — eu disse. — Valendo contra três almas.

— Carter, Sadie, vocês não precisam concordar — minha mãe avisou. — Não esperamos que corram o risco.

Eu a vira tantas vezes em fotos e em minhas lembranças, mas pela primeira vez realmente notei sua semelhança com Sadie ou quanto minha irmã começava a ficar parecida com ela. As duas tinham a mesma determinação intensa no olhar. Ambas erguiam o queixo quando se preparavam para lutar. E nenhuma delas conseguia esconder muito bem os sentimentos. Pela voz trêmula de minha mãe eu podia dizer que ela já sabia o que precisava acontecer. Estava nos dizendo que tínhamos alternativas, mas compreendia muito bem que isso não era verdade.

Olhei para Sadie, e chegamos a um acordo silencioso.

— Mãe, tudo bem — falei. — Você deu sua vida para fechar a prisão de Apófis. Como espera que recuemos agora?

Khonsu esfregou as mãos.

— Ah, sim, a prisão de Apófis! Seu amigo Menshikov está lá agora, afrouxando as amarras da Serpente. Tenho tantas apostas sobre o que vai acontecer! Vocês chegarão a tempo de detê-lo? Devolverão Rá ao mundo? Derrotarão Menshikov? Nessa estou dando cem contra um.

— Julius, fale com eles! — mamãe falou para meu pai em desespero. — É perigoso demais.

Papai ainda segurava um prato com um pedaço de bolo. Ele olhava para o sorvete derretido como se aquilo fosse a coisa mais triste do mundo.

— Carter e Sadie — ele enfim disse —, eu trouxe Khonsu até aqui para que vocês tivessem a opção. Mas, seja qual for a decisão, estou orgulhoso de vocês. Se o mundo acabar nesta noite, isso não vai mudar.

Ele me encarou, e vi em seus olhos quanto ele sofria com a ideia de nos perder. No último Natal, no British Museum, ele havia sacrificado a vida para libertar Osíris e restaurar o equilíbrio do Duat. Deixara-nos sozinhos, e por muito tempo eu me ressentira disso. Agora percebia como era estar no lugar dele. Meu pai se dispusera a abrir mão de tudo, até da própria vida, por um propósito maior.

— Eu entendo, pai — respondi. — Somos os Kane. Não fugimos de escolhas difíceis.

Ele não respondeu, mas assentiu devagar. Seus olhos brilhavam de ardoroso orgulho.

— Finalmente Carter tem razão — Sadie disse. — Khonsu, vamos jogar esse seu jogo idiota.

— Excelente! — Khonsu respondeu. — Temos duas almas. Duas horas a conquistar. Ah, mas vocês precisam de três horas para atravessar a entrada a tempo, não é? Hum. Receio que não possam contar com Rá. Ele não está em seu juízo perfeito. Sua mãe já está morta. Seu pai é o juiz do mundo inferior, então não se qualifica para apostar a alma...

— Eu jogarei — Bes falou. Sua expressão era grave, porém determinada.

— Meu velho! — Khonsu exclamou. — Que prazer!

— Cale a boca, deus da lua — Bes disse. — Não gosto disso, mas vou jogar.

— Bes, você já fez muito por nós — agradeci. — Bastet jamais esperaria que...

— Não estou fazendo isso por Bastet! — ele resmungou. Depois respirou fundo. — Escutem, vocês dois são demais. Nesses últimos dias... pela primeira vez em séculos me senti novamente querido. Importante. Não como uma atração de circo. Se as coisas não derem certo, apenas digam a Tawaret...

— Ele pigarreou e lançou a Sadie um olhar emocionado. — Digam a ela que tentei voltar no tempo.

— Ah, Bes! — Sadie levantou-se e contornou a mesa correndo. Abraçou o anão e beijou seu rosto.

— Tudo bem, tudo bem — ele resmungou. — Não precisa ficar melosa. Vamos jogar.

— Tempo é dinheiro — Khonsu concordou.

Nossos pais se levantaram.

— Não podemos ficar — papai disse. — Mas, crianças...

Ele parecia não saber como concluir o pensamento. *Boa sorte* não teria sido suficiente, eu acho. Podia ver a culpa e a preocupação em seus olhos, mas papai se esforçava muito para não demonstrar o sentimento. *Um bom general*, Hórus teria dito.

— Amamos vocês — mamãe terminou. — Vocês vão vencer.

Depois disso, nossos pais se transformaram em névoa e desapareceram. Do lado de fora do pavilhão tudo escureceu como um palco de teatro. O jogo de senet passou a brilhar mais intensamente.

— Brilhante — disse Rá.

— Três peças azuis para vocês — Khonsu anunciou. — Três peças prateadas para mim. E então, alguém se sente com sorte?

O jogo começou razoavelmente bem. Sadie jogava os palitos com habilidade. Bes tinha milhares de anos de experiência como jogador. E eu fiquei encarregado de mover as peças e garantir que Rá não as comesse.

No início não dava para saber quem estava ganhando. Apenas jogávamos os palitos e movíamos as peças, e era difícil acreditar que a partida valia nossa alma, ou nosso nome verdadeiro, ou seja lá como você preferir chamar isso.

Mandamos uma peça de Khonsu de volta ao início, mas ele não pareceu se chatear. Ele se mostrava encantado com praticamente tudo.

— Isso não o incomoda? — perguntei a certa altura. — Devorar almas inocentes?

— Não. — Ele acariciou o amuleto de lua crescente. — Por que me incomodaria?

— Estamos tentando salvar o mundo — Sadie disse. — O Maat, os deuses... tudo. Não se importa se o mundo desmoronar no Caos?

— Ah, não seria tão ruim — Khonsu disse. — A mudança vem em fases, Maat e Caos, Caos e Maat. Como deus da lua, aprecio a variação. Agora, Rá, coitado, ele sempre manteve um roteiro. O mesmo caminho toda noite. Tão previsível e chato. Aposentar-se foi a atitude mais interessante que ele tomou. Se Apófis assumir o comando e engolir o Sol, bem... Suponho que a Lua ainda mantenha seu lugar.

— Você é maluco — Sadie falou.

— Ha! Aposto mais cinco minutos de luar que estou perfeitamente são.

— Esqueça — ela disse. — Jogue logo.

Khonsu lançou os palitos. A má notícia: ele conseguiu um progresso alarmante. Tirou um cinco e conseguiu levar uma de suas peças quase até o fim do tabuleiro. A boa notícia: a peça ficou presa na Casa das Três Verdades, o que significava que ele precisaria tirar um três para movê-la dali.

Bes estudou o tabuleiro com grande atenção. Ele não parecia gostar do que via. Uma de nossas peças voltara ao início, e duas estavam na última fileira do tabuleiro.

— Cuidado agora — Khonsu aconselhou. — É aí que as coisas ficam interessantes.

Sadie conseguiu um quatro, o que nos dava duas opções. Nossa peça da frente poderia sair. Ou a segunda peça poderia tirar a peça de Khonsu da Casa das Três Verdades e mandá-la de volta ao início.

— Tire-o — falei. — É mais seguro.

Bes balançou a cabeça.

— E então *nós* vamos ficar presos na Casa das Três Verdades. As chances de ele obter um três são pequenas. Retire sua primeira peça. Assim vocês vão garantir pelo menos uma hora extra.

— Mas uma hora não resolve nosso problema — Sadie disse.

Khonsu parecia se divertir com nossa indecisão. Ele bebeu vinho de um cálice prateado e sorriu. Enquanto isso, Rá se entretinha tentando tirar os cravos de seu mangual de guerra.

— Ai, ai, ai.

Minha testa estava coberta de suor. Como eu podia suar em um jogo de *tabuleiro*?

— Bes, tem certeza?

— É sua maior aposta — ele respondeu.

— Pelo menos é maior que Bes. — Khonsu riu.

Fiquei com vontade de dar um soco no deus da lua, mas fiquei quieto. E removi nossa primeira peça do tabuleiro.

— Parabéns! — disse ele. — Eu lhes devo uma hora de luar. Agora é minha vez.

Khonsu jogou os palitos. Eles rolaram pela mesa de jantar, e me senti como se alguém tivesse ligado um compressor em meu peito, espremendo meu coração. Khonsu havia tirado um três.

— Ops! — Rá derrubou o mangual.

Khonsu retirou sua peça do tabuleiro.

— Ah, que pena. Agora, que *ren* eu tomo primeiro?

— Não, por favor! — Sadie pediu. — Vamos negociar. Pode pegar de volta a hora que ganhamos.

— As regras não são essas — lembrou Khonsu.

Olhei para o talho que eu havia feito na mesa quando tinha oito anos. Sabia que aquela lembrança estava prestes a desaparecer, como todas as outras. Se eu desse meu *ren* a Khonsu, pelo menos Sadie ainda poderia recitar a última parte do encantamento. Ela precisaria de Bes para protegê-la e orientá-la. Eu era o único dispensável.

— Eu... — comecei a falar.

— O meu — Bes adiantou-se. — O lance foi ideia minha.

— Bes, não! — gritou Sadie.

O anão levantou-se. Ele plantou os pés no chão e cerrou os punhos, como se estivesse se preparando para soltar um "bu". Eu queria que ele gritasse e assustasse Khonsu, mas, em vez disso, ele nos fitou com resignação.

— Fazia parte da estratégia, garotos.

— O quê? — perguntei. — Você *planejou* isso?

Ele despiu a camisa havaiana, dobrou-a com cuidado e a deixou sobre a mesa.

— O mais importante é retirar suas três peças do tabuleiro sem perder mais que uma. Esta era a única maneira de conseguir isso. Agora vocês o vencerão com facilidade. Às vezes é necessário perder uma peça para ganhar o jogo.

— Tem razão — concordou Khonsu. — Que alegria! O *ren* de um deus! Preparado, Bes?

— Bes, não — supliquei. — Isso não está certo.

Ele me olhou carrancudo.

— Ei, garoto, *você* estava disposto a se sacrificar. Está dizendo que não sou tão corajoso quanto um projetinho de mago? Além do mais, eu sou um deus! Quem sabe? Às vezes nós voltamos. Agora, ganhe o jogo e saia daqui. E chute Menshikov no joelho por mim.

Tentei pensar em alguma coisa para dizer, algo que impedisse aquilo, mas Bes falou:

— Estou pronto.

Khonsu fechou os olhos e inalou profundamente, como se inspirasse o ar fresco da montanha. A forma de Bes tremulou. Ele se dissolveu em uma coleção de imagens que se alternavam rapidamente: um grupo de anões dançando em um templo à luz da fogueira; uma multidão de egípcios celebrando um festival, carregando Bes e Bastet nos ombros; Bes e Tawaret vestindo togas em uma *villa* romana, comendo uvas e rindo juntos em um canapé; Bes vestido como George Washington, com a cabeleira coberta de pó e terno de seda, fazendo cambalhotas na frente de uma tropa de ingleses; Bes na farda verde de fuzileiro naval americano, afugentando um demônio vestindo uniforme nazista na Segunda Guerra Mundial.

À medida que a silhueta dele se desmanchava, imagens recentes foram surgindo: Bes em um uniforme de motorista com uma placa com o nome KANE; Bes nos retirando da limusine naufragada no Mediterrâneo; Bes em Alexandria, lançando feitiços em mim, tentando desesperadamente me curar quando eu estava envenenado; Bes e eu na traseira da caminhonete dos beduínos, dividindo carne de bode e água com gosto de vaselina enquanto viajávamos ao longo da margem do Nilo. Sua última lembrança: duas crianças, Sadie e eu, olhando para ele com amor e preocupação. Depois a imagem desapareceu, e Bes também. Até sua camisa havaiana sumiu.

— Você o pegou inteiro! — gritei. — O corpo... Tudo! Não era esse o trato!

Khonsu abriu os olhos e suspirou profundamente.

— Foi delicioso. — Ele sorriu para nós como se nada tivesse acontecido. — Acho que é sua vez de jogar.

Seus olhos prateados eram frios e luminosos, e tive a sensação de que pelo restante da vida eu odiaria olhar para a Lua.

Talvez fosse a raiva, ou a estratégia de Bes, ou talvez estivéssemos apenas com sorte, mas até o final do jogo Sadie e eu arrasamos Khonsu com enorme facilidade. Devolvíamos suas peças ao início do tabuleiro a cada oportunidade. Em cinco minutos, nossa última peça saiu do jogo.

Khonsu abriu os braços.

— Muito bem! Vocês têm três horas. Se correrem, ainda conseguirão passar pela entrada da Oitava Casa.

— Odeio você — disse Sadie. Era a primeira vez que ela falava desde que Bes desaparecera. — Você é frio, calculista, horrível...

— E sou exatamente o que vocês precisavam. — Khonsu tirou do pulso o Rolex de platina e atrasou o ponteiro do tempo: uma, duas, três horas. A nossa volta, as estátuas dos deuses tremeram e pularam como se o mundo de repente estivesse sendo rebobinado. — Agora — Khonsu disse —, querem gastar o tempo que conquistaram com tanto sacrifício reclamando? Ou querem salvar esse pobre, velho e tolo rei?

— Zebras? — Rá murmurou esperançoso.

— Onde estão nossos pais? — perguntei. — Deixe-nos pelo menos nos despedir.

Khonsu balançou a cabeça.

— O tempo é precioso, Carter Kane. Já deveria ter aprendido essa lição. É melhor vocês irem agora; mas, se quiserem jogar comigo de novo algum dia, por segundos, horas, ou até dias, é só me avisar. Vocês têm crédito.

Não aguentei. Investi contra Khonsu, mas o deus da lua desapareceu. Todo o pavilhão desbotou até sumir, e Sadie e eu nos vimos novamente no convés do barco solar, navegando pelo rio escuro. Os tripulantes luminosos zumbiam a nossa volta, manejando os remos e controlando a vela. Rá estava sentado em seu trono flamejante, brincando com o gancho e o mangual, como se fossem marionetes tendo uma conversa imaginária.

A nossa frente, uma enorme porta dupla de pedra surgiu na escuridão. Havia oito serpentes gigantescas esculpidas na rocha, quatro de cada lado. Os portões estavam se fechando lentamente, mas o barco solar passou por eles bem a tempo, e entramos na Oitava Casa.

Devo dizer que a Casa dos Desafios não parecia muito desafiadora. Enfrentamos monstros, é verdade. Serpentes saíram do rio. Demônios se levantaram. Navios cheios de fantasmas tentaram abordar o barco solar. Destruímos todos eles. Eu estava tão furioso, tão devastado com a perda de Bes, que via cada ameaça com o rosto de Khonsu, o deus da lua. Nossos inimigos não tiveram chance.

Sadie recitava encantamentos que eu jamais a vira usar. Ela invocou camadas de gelo que provavelmente correspondiam a suas emoções, deixando um rastro de demônios-*icebergs* por onde passamos. Transformou uma tripulação inteira de piratas fantasmas em bonecos com pescoço de mola e a cara de Khonsu, e depois pulverizou todos com uma miniexplosão nuclear.

Enquanto isso, Rá se divertia com seus brinquedos, e as luzes serviçais se agitavam pelo convés, aparentemente sentindo que nossa viagem chegava a uma fase crítica. Passamos num instante pelas Nona, Décima e Décima Primeira Casas. De vez em quando eu ouvia um barulho na água atrás de nós, como se fosse o remo de outro barco. Eu me virava para olhar, pensando que talvez Menshikov estivesse, de algum modo, de novo em nosso encalço, mas nada via. Se alguém *estivesse* nos seguindo, sabia que seria melhor não aparecer.

Finalmente ouvi um rugido adiante, como outra cachoeira ou sequência de corredeiras.

As esferas de luz trabalhavam furiosamente baixando a vela, manejando os remos, mas continuávamos ganhando velocidade.

Passamos sob um arco baixo esculpido como a deusa Nut, seus membros estrelados estendidos de forma protetora e o rosto sorrindo de modo acolhedor. Tive a sensação de que entrávamos na Décima Segunda Casa, última parte do Duat antes de sairmos para um novo amanhecer.

Eu esperava ver literalmente a luz no fim do túnel, mas, pelo contrário, nosso caminho havia sido sabotado. Era possível ver para onde o rio *deveria* seguir.

O túnel continuava em frente, saindo lentamente do Duat. Eu sentia até o cheiro do ar fresco — o aroma do mundo mortal.

No entanto, a extremidade do túnel havia sido drenada e agora era um campo de lodo. A nossa frente, o rio despencava num poço gigantesco, como se um asteroide tivesse aberto um buraco na terra e desviado o curso d'água para baixo. E nós corríamos para essa queda.

— Podemos pular — Sadie falou. — Abandonar o barco...

Mas acho que chegamos à mesma conclusão. Precisávamos do barco solar. Precisávamos de Rá. Tínhamos que seguir o curso do rio para onde quer que ele nos levasse.

— É uma armadilha — disse Sadie. — Obra de Apófis.

— Eu sei — respondi. — Vamos lá dizer a ele que não gostamos do trabalho que fez.

Nós nos agarramos ao mastro enquanto o barco despencava no abismo.

Tive a impressão de que caímos para sempre. Sabe a sensação de mergulhar em uma piscina muito funda, e seu nariz e ouvidos parecerem a ponto de explodir e os olhos de saltarem da cabeça? Imagine essa sensação multiplicada por cem. Afundávamos no Duat mais do que nunca — mais do que qualquer mortal deveria ir. As moléculas de meu corpo pareceram se aquecer, vibrando tão intensamente quanto se fossem se espalhar para todos os lados.

Não houve impacto.

Não batemos contra o fundo.

O barco simplesmente mudou de direção, como se "embaixo" tivesse virado "ao lado", e navegamos para dentro de uma caverna que brilhava com uma luz forte vermelha. A pressão mágica era tão intensa que meus ouvidos apitavam.

Eu estava enjoado e quase não conseguia pensar direito, mas reconheci a margem da qual nos aproximávamos: uma praia feita de milhões de cascos de escaravelhos mortos, movendo-se e subindo enquanto uma força vinda de baixo — uma enorme forma de serpente — tentava se libertar.

Dezenas de demônios usavam pás para escavar a praia. E em pé na margem, esperando por nós pacientemente, estava Vlad Menshikov, suas roupas chamuscadas e fumegando, o cajado brilhando com uma luz verde.

— Sejam bem-vindas, crianças — ele disse do outro lado da água. — Venham, juntem-se a mim para o fim do mundo.

CARTER

22. Amigos nos lugares mais estranhos

Menshikov parecia ter nadado pelo Lago de Fogo sem escudo mágico. O cabelo grisalho encaracolado fora reduzido a uns fiapos pretos. O terno branco estava rasgado e cheio de buracos de queimadura. O rosto ficara todo coberto de bolhas, e agora os olhos destroçados já não pareciam tão estranhos. Como Bes teria dito, Menshikov usava seu traje feioso.

A lembrança de Bes me enfureceu. Tudo o que havíamos enfrentado, tudo o que havíamos perdido, tudo era culpa de Vlad Menshikov.

O barco solar encalhou na praia de carapaças de escaravelho.

— Olá-á-á-á-á!

Rá cantarolou e se levantou cambaleando. Ele começou a perseguir uma esfera azul pelo convés, como se ela fosse uma borboleta bonita.

Os demônios soltaram as pás e se reuniram na praia. Eles se entreolhavam, confusos, sem dúvida se perguntando se aquilo era algum tipo de truque. Certamente aquele velho babão e tolo não podia ser o deus sol.

— Maravilhoso — Menshikov disse. — Trouxeram Rá, afinal.

Levei um instante para perceber o que estava diferente na voz dele. A respiração rascante desaparecera. Seu tom agora era um barítono profundo e aveludado.

— Eu estava preocupado — ele prosseguiu. — Vocês passaram tanto tempo na Quarta Casa que achei que ficariam presos até a próxima noite.

Poderíamos ter libertado Lorde Apófis sem a ajuda de vocês, é claro, mas seria muito inconveniente vir atrás de vocês mais tarde. Assim é bem melhor. Lorde Apófis vai acordar faminto. Ficará muito satisfeito com o lanche que vocês trouxeram.

— Uíííí, lanche.

Rá riu. Ele cambaleou pelo barco, tentando acertar a luz serviçal com o mangual.

Os demônios começaram a rir. Menshikov olhou para eles com um sorriso indulgente.

— Sim, muito divertido — ele falou. — Meu avô entreteve Pedro, o Grande, com um casamento de anões. Eu farei ainda melhor. Vou divertir o Lorde do Caos em pessoa com um deus sol senil!

A voz de Hórus soou urgente em minha cabeça: *Tome as armas do faraó. Esta é sua última chance!*

Bem no fundo, eu sabia que isso era uma ideia ruim. Se eu me apoderasse das armas do faraó agora, jamais as devolveria. E os poderes que eu receberia não seriam suficientes para derrotar Apófis. Mesmo assim, a tentação era forte. Seria maravilhoso tomar o gancho e o mangual daquele deus Rá velho e idiota e usá-los para arrebentar Menshikov.

Os olhos do russo brilhavam de malícia.

— Uma revanche, Carter Kane? Certamente. Notei que dessa vez você não trouxe seu anão babá. Vamos ver o que consegue fazer sozinho.

Minha visão ficou rubra, e nada tinha a ver com a luz dentro da caverna. Desci do barco e invoquei o avatar do deus falcão. Eu nunca havia tentado o feitiço em parte tão profunda do Duat. O resultado foi mais intenso que eu esperava. Em vez de ser cercado por uma imagem holográfica brilhante, eu me senti crescer e ficar mais forte. Minha visão ficou muito mais aguçada.

— Carter? — Sadie falou em um tom estrangulado.

— Pássaro grande! — disse Rá.

Olhei para baixo e descobri que eu era um gigante de carne e osso de cinco metros de altura, vestido com a armadura de guerra de Hórus. Levei minhas mãos enormes à cabeça e toquei penas em vez de cabelos.

Minha boca era um bico afiado. Gritei eufórico, e um guincho ecoou pela caverna. Os demônios recuaram às pressas, nervosos. Olhei para baixo e vi Menshikov, que agora parecia insignificante como um rato. Eu estava pronto para pulverizá-lo, mas Menshikov riu com desdém e apontou seu cajado.

Não sei o que ele planejava, mas Sadie foi mais rápida. Ela arremessou o próprio cajado, que se transformou em um milhafre do tamanho de um pterodátilo.

Típico. Eu fazia algo genial, como me metamorfosear em um falcão guerreiro, e Sadie tinha que me superar. Seu gavião agitou o ar com as asas gigantescas, e Menshikov e os demônios foram lançados para trás às cambalhotas pela praia.

— Dois pássaros grandes! — Rá começou a aplaudir.

— Carter, me proteja! — Sadie pegou o *Livro de Rá*. — Preciso começar o encantamento.

Eu achava que o milhafre gigante estava fazendo um ótimo trabalho de guarda-costas, mas dei um passo à frente e me preparei para lutar.

Menshikov se levantou.

— Por favor, Sadie Kane, comece seu pequeno encantamento. Será que não entende? O espírito de Khepri *criou* esta prisão. Rá cedeu parte da alma, sua capacidade de renascer, para manter Apófis acorrentado.

Sadie parecia ter levado uma bofetada no rosto.

— O último escaravelho...

— Exatamente — Menshikov concordou. — Todos esses escaravelhos foram multiplicados a partir de um: Khepri, a terceira alma de Rá. Meus demônios o encontrarão em algum momento, cavando os cascos. Ele é um dos únicos escaravelhos ainda vivos, e quando o esmagarmos Apófis estará livre. Mesmo que o invoquem de volta para Rá, Apófis ainda será libertado! De qualquer maneira, Rá está fraco demais para lutar. Apófis o devorará, como previram as antigas profecias, e o Caos destruirá o Maat de uma vez por todas. Vocês não podem vencer.

— Você é insano — eu disse, e minha voz soou muito mais grave que o habitual. — Também será destruído.

Vi a luz fraturada nos olhos dele e o que percebi me chocou profundamente. Menshikov não queria nada daquilo. Vivera com o sofrimento e o desespero por tanto tempo que Apófis distorcera sua alma, tornando-o prisioneiro do próprio ódio. Vladimir Menshikov fingia se gabar, mas não se sentia vitorioso. Por dentro ele estava aterrorizado, derrotado, infeliz. Era escravo de Apófis. Quase senti pena dele.

— Já estamos mortos, Carter Kane — ele disse. — Este lugar nunca deveria receber humanos. Não está sentindo? O poder do Caos penetra nosso corpo, consome nossa alma. Mas tenho planos maiores. Um *hospedeiro* pode viver indefinidamente, por mais que esteja doente, por mais que tenha sido ferido. Apófis já curou minha voz. Logo estarei inteiro outra vez. Viverei para sempre!

— Um hospedeiro... — Quando entendi o que ele dizia, cheguei perto de perder o controle de minha forma gigantesca. — Não está falando sério, Menshikov. Pare com isso antes que seja tarde demais.

— E morrer? — ele perguntou.

Atrás de mim, outra voz falou:

— Existem coisas piores que a morte, Vladimir.

Eu me virei e vi um segundo barco flutuando até a margem — um pequeno esquife cinza com um único remo mágico que se movia sozinho. O Olho de Hórus havia sido pintado na proa da embarcação, e seu único passageiro era Michel Desjardins. Agora o Sacerdote-leitor Chefe tinha cabelos e barba brancos como neve. Hieróglifos brilhantes se desprendiam de suas vestes cor de creme, deixando uma trilha de Palavras Divinas.

Desjardins desembarcou.

— Você está brincando com algo *muito* pior que a morte, meu velho amigo. Reze para que eu o mate antes que você realize seu propósito.

De todas as coisas estranhas que eu vivi naquela noite, ver Desjardins entrando na luta *a nosso lado* foi, definitivamente, a mais esquisita.

Ele passou por entre minha forma gigantesca de falcão e o enorme milhafre de Sadie como se não fossem grande coisa e plantou seu cajado nos escaravelhos mortos.

— Renda-se, Vladimir.

Menshikov riu.

— Já olhou para si mesmo ultimamente, meu senhor? Minhas maldições têm drenado sua força há meses, e o senhor nem percebeu. Agora está quase morto. *Eu* sou o mago mais poderoso do mundo.

Era verdade que Desjardins não parecia bem. Seu rosto estava quase tão magro e enrugado quanto o do deus sol, mas a nuvem de hieróglifos que o cercava parecia mais forte. Seus olhos brilhavam com intensidade, como meses antes, no Novo México, quando ele nos enfrentara nas ruas de Las Cruces e jurara nos destruir. Ele deu mais um passo à frente, e a multidão de demônios recuou. Creio que eles reconheceram a pele de leopardo nos ombros de Desjardins como um sinal de poder.

— Falhei em muitas coisas — admitiu Desjardins. — Mas não vou falhar agora. *Não* vou deixar que você destrua a Casa da Vida.

— A Casa? — A voz de Menshikov ficou estridente. — Ela morreu há séculos! Devia ter sido encerrada quando o Egito caiu. — Menshikov chutou algumas carapaças secas. — A Casa tem tanta vida quanto esses cascos vazios. Acorde, Michel! O Egito acabou, não significa mais nada, é história antiga. É hora de destruir o mundo e começar de um modo novo. O Caos sempre vence.

— Nem sempre. — Desjardins virou-se para Sadie: — Comece o encantamento. Eu cuido desse pobre coitado.

O chão se ergueu sob nossos pés, tremendo com a tentativa de Apófis de se libertar.

— Pense bem, criança — Menshikov avisou. — O mundo vai acabar de qualquer jeito. Mortais não podem sair vivos desta caverna, mas vocês foram deuses menores. Juntem-se novamente a Ísis e a Hórus, jurem servir Apófis, e talvez sobrevivam a esta noite. Desjardins sempre foi seu inimigo. Matem-no agora e deem o corpo como uma oferenda a Apófis! Garantirei a ambos posições de honra em um mundo novo governado pelo Caos, sem regras restritivas. Posso inclusive lhes dar o segredo da cura de Walt Stone.

Ele sorriu ao ver a expressão perplexa de Sadie.

— Sim, minha menina. Eu *sei* como curá-lo. O remédio tem sido passado de geração em geração entre os sacerdotes de Amon-rá. Mate Desjardins, una-se a Apófis, e o menino que você ama será poupado.

Vou ser bem honesto. As palavras dele eram convincentes. Eu conseguia imaginar um mundo novo onde tudo era possível, onde não havia leis, nem mesmo as da física, um lugar onde poderíamos ser tudo o que desejássemos.

O Caos é impaciente. É aleatório. E, acima de tudo, é egoísta. Ele destrói simplesmente em função da mudança, alimentando-se de si mesmo numa fome constante. Mas o Caos também pode ser atraente. Ele o seduz para que acredite que nada mais importa, exceto o que *você* quer. E havia *tantas* coisas que eu queria. A voz restaurada de Menshikov era suave e confiante, como o tom de Amós sempre que ele usava magia para persuadir os mortais.

Esse era o problema. A promessa de Menshikov era um truque. As palavras nem eram dele. Estavam saindo dele à força. Seus olhos se moviam como se estivessem lendo um *teleprompter*. Ele exprimiu a vontade de Apófis, mas, após terminar, quando me encarou, por um breve instante pude ver seus pensamentos verdadeiros — um apelo torturado que ele teria gritado se pudesse controlar a própria boca — *Mate-me agora, por favor*.

— Lamento, Menshikov — eu disse sinceramente. — Magos e deuses devem se unir. O mundo pode precisar de reparos, mas vale a pena preservá-lo. Não deixaremos o Caos vencer.

Depois disso, muitas coisas aconteceram ao mesmo tempo. Sadie abriu o papiro e começou a ler. Menshikov gritou:

— Atacar!

E os demônios avançaram. O milhafre gigante abriu as asas, desviando um raio de chamas verdes do cajado de Menshikov que provavelmente teria incinerado Sadie. Ataquei para protegê-la enquanto Desjardins invocava um rodamoinho em torno do próprio corpo e voava em direção a Menshikov.

Andei por entre os demônios. Derrubei um que tinha cabeça de navalha, agarrei seus tornozelos e o girei como uma arma, cortando seus aliados e transformando-os em areia. O milhafre gigante de Sadie pegou outros dois demônios em suas garras e os jogou no rio.

Enquanto isso, Desjardins e Menshikov se ergueram no ar, presos dentro de um tornado. Eles giravam um em torno do outro, disparando jatos de fogo, veneno e ácido. Os demônios que chegavam perto demais derretiam instantaneamente.

No meio de tudo isso, Sadie lia o *Livro de Rá*. Eu não sabia como ela conseguia se concentrar, mas suas palavras soavam altas e claras. Ela invocava o amanhecer e a chegada de um novo dia. Uma névoa dourada começou a se espalhar em torno de seus pés, envolvendo os cascos secos, como se procurasse vida. Toda a praia estremeceu, e, nas profundezas, Apófis rugiu ultrajado.

— Ah, não! — Rá gritou atrás de mim. — Vegetais!

Eu me virei e vi um dos maiores demônios subindo no barco solar, levando facas nas quatro mãos. Rá deu um muxoxo ao monstro e fugiu às pressas, escondendo-se atrás de seu trono de fogo.

Arremessei o Cabeça de Lâmina no meio de um bando de amigos dele, peguei a lança de outro demônio e a atirei na direção do barco.

Se fosse somente *eu* arremessando, minha total falta de pontaria poderia ter feito com que eu empalasse o deus sol, o que teria sido muito constrangedor. Felizmente, minha nova forma gigante tinha a mira de Hórus. A lança atingiu em cheio as costas do demônio de quatro braços. Ele soltou as facas, cambaleou até a balaustrada e caiu no rio da Noite.

Rá inclinou-se para fora do barco e soltou um último muxoxo, para lhe dar uma lição.

Desjardins ainda rodopiava em seu tornado, travando combate contra Menshikov. Eu não conseguia saber qual mago estava em vantagem. O milhafre de Sadie fazia o possível para protegê-la, empalando demônios com o bico e esmagando-os com as imensas garras. Sadie permanecia concentrada. A névoa dourada ia ficando mais densa à medida que se espalhava pela praia.

Os demônios restantes começaram a recuar quando Sadie disse as últimas palavras do encantamento:

— Khepri, o escaravelho que se levanta da morte, o renascimento de Rá!

O *Livro de Rá* desapareceu com um lampejo. O chão tremeu, e da massa de carapaças mortas um único escaravelho se ergueu no ar, um besouro de um dourado vivo que flutuou até Sadie e pousou em suas mãos.

Sadie sorriu em triunfo. Quase me atrevi a acreditar que havíamos vencido. Mas uma risada sibilante preencheu a caverna. Desjardins perdeu o controle de seu rodamoinho, e o Sacerdote-leitor Chefe voou na direção do barco solar, batendo na proa com tanta força que quebrou a balaustrada e ficou caído completamente imóvel.

Vladimir Menshikov desceu ao chão, aterrissando agachado. Em torno de seus pés, os cascos de escaravelho se dissolveram, transformando-se em areia de cor vermelho-sangue.

— Brilhante! — ele disse. — Brilhante, Sadie Kane!

Menshikov levantou-se, e toda a energia mágica da caverna pareceu fluir para seu corpo — névoa dourada, luz vermelha, hieróglifos brilhantes —, tudo sendo absorvido por Menshikov como se de repente ele tivesse a força da gravidade de um buraco negro.

Seus olhos arruinados se curaram. As bolhas do rosto deram lugar a uma pele lisa, jovial e bonita. O terno branco se reparou, e em seguida o tecido se tornou vermelho-escuro. Sua pele se agitou, e percebi com um frio na espinha que ele criava escamas.

— Ah, não. Preciso de zebras — Rá resmungou no barco solar.

A praia toda se cobriu de areia vermelha.

Menshikov estendeu a mão para minha irmã.

— Entregue-me o escaravelho, Sadie. Terei piedade de você. Você e seu irmão viverão. Walt viverá.

Sadie agarrou o escaravelho. Eu me preparei para atacar. Mesmo no corpo do falcão guerreiro gigante, eu podia sentir a energia do Caos cada vez mais forte, sugando minha força. Menshikov nos avisara que nenhum mortal podia sobreviver àquela caverna, e eu acreditava nele. Não tínhamos muito tempo, mas precisávamos deter Apófis. Em meus pensamentos, aceitei o fato de que morreria. Agora eu estava agindo pelo bem de nossos amigos, pela família Kane, por todo o mundo mortal.

— Quer o escaravelho, Apófis? — A voz de Sadie era carregada de desprezo. — Venha buscá-lo, seu nojento... — Ela xingou Apófis com algumas palavras tão horríveis que vovó teria lavado sua boca com sabão durante um ano. [E não, Sadie, não vou dizê-las ao microfone.]

Menshikov deu um passo em sua direção. Peguei uma pá que um dos demônios havia largado. O milhafre gigante de Sadie voou na direção de Menshikov, as garras prontas para atacar, mas o russo sacudiu a mão como se espantasse uma mosca. O monstro dissolveu-se numa nuvem de penas.

— Acha que sou um deus? — Menshikov trovejou.

Enquanto ele se concentrava em Sadie, me aproximei por trás, fazendo o possível para chegar perto sem ser visto — o que não é fácil quando se tem a forma de um homem-pássaro de cinco metros de altura.

— Eu sou o próprio Caos! — Menshikov berrou. — Vou arrancar seus ossos, dissolver sua alma e mandá-la de volta para a sopa primordial de onde você veio. Agora me dê o escaravelho!

— Tentador — Sadie respondeu. — O que você acha, Carter?

Menshikov percebeu a armadilha tarde demais. Ataquei e acertei-o com a pá no alto de sua cabeça. Menshikov desmoronou. Joguei meu corpo contra o dele e o espremi contra a areia, então me levantei e pisei novamente, enterrando-o um pouco mais. Empurrei-o para dentro da areia o máximo que pude, e então Sadie apontou em sua direção e disse o hieróglifo para fogo. A areia derreteu e endureceu até que formou um caixão de vidro sólido.

Eu teria cuspido em cima dele, além disso, mas não tinha certeza de que conseguiria com aquele bico de falcão.

Os demônios sobreviventes fizeram o que era mais sensato. Fugiram apavorados. Alguns pularam no rio e se dissolveram, o que nos economizou um bom tempo.

— Não foi tão difícil — Sadie falou, embora eu pudesse perceber que a energia do Caos também começava a abatê-la. Acho que nem aos cinco anos, quando teve pneumonia, ela pareceu tão debilitada.

— Depressa — eu disse. Minha adrenalina estava desaparecendo rapidamente. Minha forma de avatar estava começando a parecer um excesso de duzentos quilos de peso morto. — Leve o escaravelho até Rá.

Ela assentiu e correu para o barco solar; ainda estava no meio do caminho quando o caixão de vidro de Menshikov explodiu.

A magia explosiva mais poderosa que eu já testemunhara era o *ha-di* de Sadie. Essa explosão foi umas cinquenta vezes mais forte.

Uma onda de areia e cacos de vidro potente me derrubou e destroçou meu avatar. De volta ao corpo normal, sem enxergar nada e sentindo dores, rastejei para longe da risada de Apófis.

— Aonde você foi, Sadie Kane? — Apófis falou com a voz grave como um tiro de canhão. — Onde está aquela garotinha má com meu escaravelho?

Pisquei para limpar a areia dos olhos. Vlad Menshikov — não, ele podia parecer Vlad, mas agora era Apófis — estava a uns quinze metros de distância, contornando a cratera que ele abrira na praia. Ou ainda não me vira ou presumira que eu estivesse morto. Ele procurava Sadie, mas ela não estava à vista. A explosão podia tê-la enterrado na areia, ou pior.

Minha garganta se fechou. Eu queria me levantar e atacar Apófis, mas meu corpo não obedecia. Minha magia estava esgotada. O poder do Caos sugava minha força vital. Só por estar perto de Apófis eu me sentia desmanchando — as sinapses do cérebro, o DNA, tudo que fazia de mim Carter Kane se dissolvia devagar.

Finalmente Apófis abriu os braços.

— Não tem importância. Mais tarde eu procuro seu corpo. Antes, vou cuidar do velho.

Por um segundo pensei que ele se referia a Desjardins, que ainda estava caído inerte sobre a balaustrada quebrada do barco, mas, ignorando o Sacerdote-leitor Chefe, Apófis subiu na embarcação e aproximou-se do trono de fogo.

— Olá, Rá — ele disse com tom gentil. — Há quanto tempo.

Uma voz fraca soou atrás do trono.

— Não posso brincar. Vá embora.

— Você quer um doce? — Apófis ofereceu. — Nós costumávamos brincar tão bem juntos. Todas as noites, um tentando matar o outro. Não lembra?

Rá esticou a cabeça careca por cima do trono.

— Um doce?

— Que tal uma tâmara recheada? — Apófis fez uma surgir do nada. — Você costumava adorar tâmaras recheadas, não é? Tudo que precisa fazer é sair daí e me deixar devorá... quer dizer, entretê-lo.

— Quero um biscoito — Rá exigiu.
— De que tipo?
— Biscoito de doninha.

Agora vou dizer: esse pedido de biscoito de doninha provavelmente salvou o universo como o conhecemos.

Apófis recuou um passo, evidentemente confuso com um pedido que era ainda mais caótico que *ele*. E nesse momento Michel Desjardins atacou.

O Sacerdote-leitor Chefe devia estar fingindo, ou talvez tivesse se recuperado rapidamente. Ele se levantou e se jogou sobre Apófis, empurrando-o em cima do trono flamejante.

Menshikov gritou com a antiga voz áspera. O vapor chiou como água jogada em uma churrasqueira. As vestes de Desjardins pegaram fogo. Rá correu para a popa do barco e cutucou o ar com o gancho, como se isso pudesse fazer os homens maus desaparecerem.

Eu me levantei com dificuldade, mas ainda tinha a sensação de carregar algumas centenas de quilos extras. Menshikov e Desjardins lutavam diante do trono. Essa era a cena que eu vira no Salão das Eras: o primeiro momento de uma nova era.

Sabia que devia ajudar, mas corri pela praia, tentando achar o local onde vira Sadie pela última vez. Caí de joelhos e comecei a cavar.

Desjardins e Menshikov lutavam, gritando Palavras Divinas. Olhei para o barco e vi uma nuvem de hieróglifos e luz vermelha rodopiando à volta deles à medida que o Sacerdote-leitor Chefe invocava o Maat e Apófis dissolvia seus encantamentos com o Caos. Quanto a Rá, o todo-poderoso deus sol, ele fugira para a popa do barco e se encolhera sob o leme.

Continuei cavando.

— Sadie — murmurei. — Vamos. Onde você está?

Pense, disse a mim mesmo.

Fechei os olhos. Pensei em Sadie — em cada lembrança que compartilhávamos desde o Natal. Havíamos vivido separados durante anos, mas, nos últimos três meses, eu me tornara mais próximo dela que de qualquer outra pessoa no mundo. Se ela havia conseguido descobrir meu nome secreto enquanto eu estava inconsciente, certamente eu era capaz de encontrá-la em um monte de areia.

Corri alguns metros para a esquerda e voltei a cavar. No mesmo instante toquei o nariz de Sadie. Ela gemeu, o que pelo menos significava que estava viva. Limpei a areia de seu rosto e ela tossiu. Sadie então levantou os braços, e eu a puxei. Senti um alívio tão grande que quase chorei; mas, como sou um homem, eu me contive.

[Cale a boca, Sadie. Eu estou contando essa parte.]

Apófis e Desjardins ainda lutavam a bordo do barco solar.

— *Heh-sieh!* — Desjardins gritou.

E um hieróglifo brilhou entre eles:

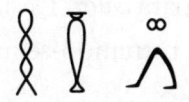

Apófis foi arremessado para fora do barco, como se tivesse sido fisgado por um trem em movimento. Ele passou por cima de nós e aterrissou na areia a mais de dez metros de distância de onde estávamos.

— Muito bom — Sadie murmurou atordoada. — O hieróglifo *para trás*.

Desjardins desembarcou cambaleante. Suas vestes ainda fumegavam, mas ele tirou da manga uma estatueta de cerâmica — uma cobra vermelha entalhada com hieróglifos.

Sadie espantou-se.

— Um *shabti* de Apófis? A pena para quem faz um desses é a morte!

Eu podia entender por quê. Imagens tinham poder. Nas mãos erradas, poderiam fortalecer ou até invocar o ser que representam, e uma estátua de Apófis era perigosa demais. Mas era também um ingrediente necessário para certos encantamentos...

— Uma execração — eu disse. — Ele está tentando apagar Apófis.

— Isso é impossível! — disse Sadie. — Ele será destruído!

Desjardins começou a entoar. Hieróglifos brilharam no ar em torno dele, girando e formando um cone de força protetora. Sadie tentou se levantar, mas não estava muito melhor que eu.

Apófis sentou-se. Seu rosto era um pesadelo de queimaduras devido ao trono de fogo. Ele parecia um hambúrguer malpassado e derrubado na areia.

[Sadie diz que isso é nojento demais. Bem, lamento, é a verdade.]

Quando viu a estatueta nas mãos do Sacerdote-leitor Chefe, ele rugiu ultrajado.

— Você enlouqueceu, Michel? Não pode me execrar!

— Apófis — Desjardins entoava —, eu o nomeio Lorde do Caos, Serpente nas Trevas, Medo das Doze Casas, o Odiado...

— Pare! — Apófis gritou. — Não posso ser contido!

Ele soprou um jato de fogo contra Desjardins, mas a energia simplesmente se juntou à nuvem que girava em torno do Sacerdote-leitor Chefe, transformando-se no hieróglifo para *calor*. Desjardins cambaleou para a frente, envelhecendo a olhos vistos, tornando-se mais encurvado e frágil, porém sua voz continuava forte.

— Eu falo pelos deuses! Falo pela Casa da Vida. Sou um servo do Maat. Eu o rebaixo.

Desjardins jogou a serpente vermelha ao chão, e Apófis caiu para o lado.

O Lorde do Caos arremessou tudo o que tinha contra Desjardins — gelo, veneno, raios, pedras —, mas nada o atingiu. Tudo simplesmente se tornava hieróglifo no campo de proteção em torno do Sacerdote-leitor Chefe, o Caos subjugado em padrões de palavras: no idioma divino da criação.

Desjardins esmagou a estatueta de cerâmica sob seu pé. Apófis se contorceu em agonia. A coisa que havia sido Vladimir Menshikov se desfez como uma concha de cera, e uma criatura se ergueu dela — uma cobra vermelha coberta de uma substância viscosa, como um filhote saindo do ovo. Ela começou a crescer, suas escamas vermelhas brilhando e os olhos cintilantes.

Sua voz sibilava em minha cabeça: *Não posso ser contido!*

Mas a criatura tinha dificuldade de se levantar. A areia se movia a sua volta. Um portal se abria, ancorado no próprio Apófis.

— Eu apago seu nome — disse Desjardins. — Eu o removo da memória do Egito.

Apófis gritou. A praia implodiu em torno dele, engolindo a serpente e sugando a areia vermelha para o rodamoinho.

Agarrei Sadie e corri para o barco. Desjardins caíra de joelhos, exausto, mas consegui de alguma forma segurá-lo pelo braço e arrastá-lo para a praia. Juntos, Sadie e eu o levamos para o barco solar. Rá finalmente saiu de seu esconderijo sob o leme. As esferas de luz manejaram os remos, e nos afastamos enquanto a praia inteira afundava na água escura, com lampejos de luz vermelha brilhando sob a superfície.

Desjardins estava morrendo.

Os hieróglifos haviam desaparecido em torno dele. Sua testa ardia. A pele estava seca e fina como papel de arroz, e a voz era um sussurro rouco.

— Execração n-não vai durar — ele avisou. — Só ganhei tempo para vocês.

Agarrei a mão dele como se fosse um velho amigo, não um ex-inimigo. Depois de jogar senet contra o deus da lua, ganhar tempo não era algo que eu subestimaria.

— Por que fez isso? — perguntei. — Usou toda a sua força vital para bani-lo.

Desjardins sorriu debilmente.

— Não gosto muito de você, mas você tinha razão. O jeito antigo... nossa única chance. Diga a Amós... diga a Amós o que aconteceu. — Ele agarrou brandamente sua capa de pele de leopardo, e percebi que queria tirá-la. Eu o ajudei, e ele a colocou em minhas mãos. — Mostre isso a... aos outros... Conte a Amós...

Seus olhos reviraram, e o Sacerdote-leitor Chefe faleceu. Seu corpo desintegrou-se em hieróglifos. Eram muitos para que eu conseguisse lê-los, a história de sua vida inteira. Depois as palavras flutuaram na distância pelo rio da Noite.

— Tchau-tchau — Rá murmurou. — Doninhas estão doentes.

Eu quase havia esquecido o velho deus. Ele voltou a se sentar no trono, apoiando a cabeça na curva do gancho e brandindo o mangual sem muito entusiasmo para os servos luminosos.

Sadie inspirou abalada.

— Desjardins nos *salvou*. Eu... eu também não gostava dele, mas...

— Eu sei. Mas temos que seguir adiante. Ainda tem o escaravelho?

Sadie tirou o agitado escaravelho dourado do bolso. Juntos, nós nos aproximamos de Rá.

— Pegue-o — falei.

Ele torceu o nariz já bastante enrugado.

— Não quero inseto.

— É sua alma! — Sadie irritou-se. — Você vai pegar e vai gostar!

Rá pareceu intimidado. Ele pegou o besouro e, para meu horror, colocou-o na boca.

— Não! — Sadie gritou.

Tarde demais. Rá o engolira.

— Ah, Deus — Sadie disse. — Ele devia mesmo ter feito isso? Talvez ele devesse ter feito isso.

— Não gosto de insetos — Rá murmurou.

Esperamos que ele se tornasse um rei jovem e poderoso. Em vez disso, ele arrotou. Continuou velho, esquisito e nojento.

Atordoado, andei com Sadie de volta até a proa do navio. Havíamos feito tudo o que podíamos, e ainda assim eu tinha a sensação de que havíamos perdido. À medida que navegávamos, a pressão mágica parecia diminuir. O rio aparentava ser plano, mas eu podia sentir que subíamos rapidamente pelo Duat. Apesar disso, eu ainda tinha a impressão de que minhas entranhas estavam derretendo. Sadie não parecia muito melhor.

As palavras de Menshikov ecoaram em minha cabeça: "Mortais não podem sair vivos desta caverna."

— É a náusea do Caos — disse Sadie. — Não vamos conseguir, vamos?

— Precisamos resistir — falei. — Pelo menos até o amanhecer.

— Tudo isso para quê? — Sadie perguntou. — Recuperamos um deus senil. Perdemos Bes e o Sacerdote-leitor Chefe. E estamos morrendo.

Segurei a mão dela.

— Talvez não. Olhe.

À frente, o túnel ficava mais claro. As paredes da caverna se dissolviam, e o rio se alargava. Dois pilares se ergueram da água — duas gigantescas estátuas douradas de escaravelhos. Além deles brilhava o horizonte de Manhattan ao amanhecer. O rio da Noite desaguava no Porto de Nova York.

— Cada novo amanhecer é um novo mundo — lembrei o que meu pai dizia. — Talvez ainda sejamos curados.

— Rá também? — Sadie perguntou.

Eu não tinha uma resposta, mas começava a me sentir melhor, mais forte, como se estivesse acordando de uma boa noite de sono. Quando passamos entre as estátuas douradas dos escaravelhos, olhei para nossa direita. Do outro lado do rio, vi fumaça sobre o Brooklyn — lampejos de luz colorida e jatos de fogo enquanto criaturas aladas se engajavam em um combate aéreo.

— Eles ainda estão vivos — Sadie disse. — Precisam de ajuda!

Viramos o barco solar na direção de casa e navegamos diretamente para a batalha.

S
A
D
I
E

23. Damos uma festa louca em casa

[Erro fatal, Carter. Você me deu o microfone na parte mais importante? Nunca mais vou devolvê-lo. O final da história é meu. Ha-ha-ha!]
Ah, isso foi ótimo. Eu seria excelente dominando o mundo.
Mas estou desviando do assunto.

Talvez você tenha ouvido as notícias a respeito do estranho nascer do sol duplo no Brooklyn na manhã de vinte e um de março. Houve muitas teorias: o nevoeiro causado pela poluição, queda de temperatura nas camadas inferiores da atmosfera, alienígenas, ou talvez outro vazamento de gás subterrâneo que provocou histeria em massa. Adoramos gás subterrâneo no Brooklyn!

Posso confirmar, porém, que de fato *houve* dois sóis no céu por um breve período. Sei disso porque eu estava em um deles. O Sol normal nasceu como sempre. Mas havia também o barco de Rá, surgindo luminoso do Duat, emergindo no Porto de Nova York e subindo ao céu do mundo mortal.

Para os observadores, o segundo Sol parecia se fundir com a luz do primeiro. O que aconteceu realmente? O barco solar perdeu luminosidade à medida que descia para a Casa do Brooklyn, onde o campo de camuflagem mágico da mansão o envolveu, fazendo-o desaparecer.

O campo já estava cumprindo hora extra, porque havia uma guerra em andamento. Freak, o Grifo, cortava o ar, travando um combate aéreo contra as serpentes aladas flamejantes, as *uraei*.

[Sei que é uma palavra horrível de pronunciar, *uraei*, mas Carter insiste em dizer que esse é o plural correto para *uraeus*, e não há como discutir com ele. Prefiro dizer *você tem razão* e encerrar a conversa.]

— FREEEEEK! — Freak gritou e devorou uma *uraeus*, mas elas estavam em número muito maior. Seu pelo estava chamuscado, e as asas velozes deviam ter sido ferido, porque ele voava em círculos como um helicóptero danificado.

Seu ninho no terraço estava em chamas. Nossa esfinge de portais estava quebrada, e na chaminé havia a mancha negra enorme de uma explosão. Um pelotão de magos e demônios inimigos tinha se escondido atrás do ar-condicionado e lutava contra Zia e Walt, que protegiam a escada. Os dois lados lançavam fogo, *shabti* e bombas de hieróglifos brilhantes através do campo de batalha que era o terraço.

Quando descemos sobre o inimigo, o velho Rá (sim, ele continuava senil e enrugado, como sempre) se debruçou na beirada do barco e acenou para todos com seu gancho.

— Olá-á-á-á! Zebras!

Os dois lados olharam para cima surpresos.

— Rá! — um demônio gritou. Depois disso, todos começaram a gritar: — Rá? Rá! Rá!

Eles pareciam a torcida mais apavorada do mundo.

As *uraei* pararam de cuspir fogo, para surpresa de Freak, e voaram imediatamente para o barco solar. Elas começaram a voar a nossa volta como uma guarda de honra, e lembrei o que Menshikov dissera sobre aquelas terem sido originalmente criaturas de Rá. Aparentemente, elas reconheciam o velho mestre (ênfase no *velho*).

A maioria dos inimigos ali se dispersou quando o barco desceu, mas o demônio mais lento repetiu:

— Rá?

Então olhou para cima no instante exato em que nosso barco desceu sobre ele, esmagando-o com um *crunch* apropriado.

Carter e eu entramos na batalha. Apesar de tudo o que havíamos enfrentado, eu me sentia muito bem. A náusea do Caos desaparecera assim que deixamos o Duat. Minha magia estava forte. Meu ânimo, elevado. Se eu pudesse tomar banho, vestir roupas limpas e beber uma xícara de chá, me sentiria no paraíso. (Ah, não, retiro o que disse; agora que eu havia conhecido o Paraíso, não gostava muito dele. Eu preferia meu quarto.)

Transformei um demônio em tigre e o instiguei contra seus companheiros. Carter adotou sua forma de avatar — a versão dourada e brilhante, para meu alívio; o homem-pássaro de cinco metros de altura tinha sido um pouco assustador demais. Ele ia dizimando os aterrorizados magos inimigos, movendo as mãos e jogando vários deles no rio East. Zia e Walt saíram da escada e vieram nos ajudar a eliminar os retardatários. Depois correram em nossa direção com sorrisos muito largos. Pareciam cansados e machucados, mas estavam bem vivos.

— FREEEEK! — disse o grifo. Ele desceu voando e aterrissou ao lado de Carter, batendo com a cabeça em seu avatar de combate, o que eu esperava que fosse uma demonstração de afeto.

— Ei, amigão. — Carter afagou a cabeça dele, tomando cuidado para evitar as asas de motosserra do monstro. — O que está acontecendo, gente?

— Conversar não adiantou — Zia explicou sem rodeios.

— O inimigo passou a noite toda tentando invadir a Casa — disse Walt. — Amós e Bastet os contiveram, mas... — Ele olhou para o barco solar, e sua voz fraquejou. — Aquele é... não é...

— Zebra! — gritou Rá, vindo em nossa direção com um grande sorriso desdentado no rosto.

Ele caminhou diretamente para Zia e tirou algo da boca: o brilhante escaravelho dourado, agora molhado, mas ainda inteiro. Rá o ofereceu a ela.

— Gosto de zebras.

Zia recuou.

— Este é... este é Rá, o Lorde do Sol? Por que ele quer me dar um inseto?

— E o que ele quer dizer com zebras? — Walt perguntou.

Rá olhou para Walt e fez um ruído de desaprovação.

— Doninhas estão doentes.

De repente senti um arrepio. Minha cabeça girou como se a náusea do Caos estivesse voltando. No fundo de meus pensamentos, uma ideia começou a se formar — algo *muito* importante.

Zebras... Doninhas... Em inglês, *zebras... Zia... Weasels... Walt.*

Antes que eu pudesse pensar mais sobre essa associação, um estrondoso BUM! sacudiu o edifício. Pedaços de pedra calcária se desprenderam da lateral da mansão e caíram sobre o pátio do armazém.

— Eles quebraram a parede outra vez! — Walt disse. — Depressa!

Eu me considero uma pessoa razoavelmente agitada e inquieta, mas o restante da batalha aconteceu depressa demais para que até *eu* conseguisse acompanhar. Rá simplesmente se recusava a sair de perto de Zebra e Doninha (desculpem, Zia e Walt), então o deixamos com os dois no barco solar enquanto Freak levava a mim e Carter até a varanda abaixo. Ele nos deixou sobre a mesa do bufê e vimos Bastet girando com suas lâminas na mão, dilacerando demônios e chutando magos para dentro da piscina, onde nosso crocodilo albino, Filipe da Macedônia, os entretinha com muita satisfação.

— Sadie! — ela gritou aliviada. [Sim, Carter, ela gritou *meu* nome, não o seu. Mas, afinal, ela me conhece há mais tempo.] Bastet parecia estar se divertindo muito, mas seu tom era urgente. — Eles invadiram a parede leste! Entrem!

Passamos correndo pela porta, esquivando-nos de algum marsupial que passou voando acima de nós — talvez um encantamento que saiu errado —, e penetramos no mais completo pandemônio.

— Santo Hórus — disse Carter.

Na verdade, Hórus era o único que *não* estava lutando no Grande Salão. Khufu, nosso intrépido babuíno, cavalgava um mago velho pela sala, sufocando-o com a própria varinha e direcionando-o contra as paredes enquanto o mago ficava azul. Felix havia incitado um pelotão de pinguins contra outra maga, que se encolhia dentro de um círculo mágico, aparentemente sofrendo algum tipo de estresse pós-traumático e gritando:

— Antártida de novo não! Tudo menos isso!

Alyssa invocava os poderes de Geb para consertar um enorme buraco aberto pelo inimigo na parede do outro lado da sala. Julian havia invocado um avatar de combate pela primeira vez, e enfrentava demônios com sua espada brilhante. Até a estudiosa Cleo corria pela sala, tirando pergaminhos da bolsa e lendo Palavras de Poder aleatoriamente, como "Cegueira!", "Horizontal!" e "Gasoso!" (que, aliás, funcionam muito bem para incapacitar um adversário). Em todos os lugares para onde eu olhava, nossos aprendizes dominavam. Eles lutavam como se tivessem passado a noite toda esperando a chance de atacar, o que, suponho, tinha sido exatamente o que acontecera. E lá estava Jaz — Jaz! Em pé e, aparentemente, bem saudável! — lançando na lareira um *shabti* do inimigo, que quebrou em vários pedaços.

Senti um orgulho incrível, e também uma imensa admiração. Eu havia me preocupado tanto com a sobrevivência de nossos jovens aprendizes, e eles estavam simplesmente *dominando* um grupo de magos com muito mais experiência.

Mais impressionante, porém, era Amós. Eu já o havia visto em ação como mago, mas nunca como agora. Em pé na base da estátua de Tot, Amós girava seu cajado e invocava raios e trovões, atingindo magos adversários e despachando-os com pequenas nuvens de tempestade. Uma maga o atacou, seu cajado brilhando com chamas vermelhas, mas Amós apenas bateu com a ponta do cajado no chão. O piso de mármore se transformou em areia sob os pés dela, e a mulher afundou até o pescoço.

Carter e eu nos entreolhamos, sorrimos e entramos na luta.

Foi uma devastação. Logo os demônios haviam sido reduzidos a montinhos de areia, e os magos inimigos começaram a se dispersar em pânico. Sem dúvida, haviam esperado enfrentar um bando de crianças despreparadas. Não contavam com o tratamento completo dos Kane.

Uma das mulheres conseguiu abrir um portal em uma das paredes.

Detenha-os, a voz de Ísis falou em minha cabeça, o que foi um tremendo choque depois de um silêncio tão prolongado. *Eles precisam ouvir a verdade.*

Não sei de onde tirei essa ideia, mas levantei os braços e asas brilhantes com as cores do arco-íris surgiram em minhas costas — as asas de Ísis.

Movi os braços. Uma rajada de vento e luz multicolorida derrubaram nossos rivais, deixando nossos amigos perfeitamente intactos.

— Ouçam! — gritei.

Todos ficaram em silêncio. Normalmente minha voz soa autoritária, mas agora essa característica parecia multiplicada por dez. As asas provavelmente também chamavam atenção.

— Não somos seus inimigos! — falei. — Não me interessa se gostam de nós, mas o mundo mudou. Vocês precisam saber o que aconteceu.

Minhas asas mágicas desapareceram enquanto eu contava a todos sobre nossa viagem pelo Duat, o renascimento de Rá, a traição de Menshikov, a volta de Apófis e o sacrifício de Desjardins para banir a Serpente.

— Mentiras!

Um homem asiático em vestes azuis chamuscadas adiantou-se. Pela visão que Carter descrevera, deduzi que aquele era Kwai.

— É verdade — Carter disse.

O avatar não o cercava mais. Suas roupas eram novamente os trajes de mortal que havíamos comprado para ele no Cairo, mas, de algum modo, ele ainda parecia bastante imponente e confiante. Ele ergueu a capa de pele de leopardo do Sacerdote-leitor Chefe, e pude sentir uma onda de choque se espalhando pela sala.

— Desjardins lutou a nosso lado — disse Carter. — Derrotou Menshikov e execrou Apófis. Ele sacrificou a vida para nos dar um pouco mais de tempo. Mas Apófis vai voltar. Desjardins queria que vocês soubessem. Com suas últimas palavras, ele me pediu que mostrasse a vocês esta capa e explicasse a verdade. Especialmente a você, Amós. Ele queria que você soubesse que o caminho dos deuses deve ser restaurado.

O portal de fuga dos inimigos continuava rodopiando. Ninguém havia passado por ele ainda.

A mulher que o abrira cuspiu no chão. Usava vestes brancas e cabelo preto espetado, e gritou para os camaradas:

— O que estão esperando? Eles nos trazem a capa do Sacerdote-leitor Chefe e nos contam essa história absurda. Eles são os Kane! Traidores! Provavelmente foram eles que mataram Desjardins e Menshikov.

— Sarah Jacobi! — A voz de Amós soou imponente no Grande Salão. — Você, mais que qualquer outro, sabe que isso não é verdade. Você dedicou toda a sua vida ao estudo do caminho do Caos. Pode *sentir* a libertação de Apófis, não? E o retorno de Rá.

Amós apontou para as portas de vidro que davam para a varanda. Não sei como ele percebeu sem olhar, mas o barco solar desceu flutuante até repousar na piscina de Filipe. Foi uma aterrissagem impressionante. Zia e Walt estavam dos dois lados do trono de fogo. Haviam conseguido ajeitar Rá para fazê-lo parecer mais altivo com o gancho e o mangual nas mãos, apesar do sorriso abobalhado no rosto.

Bastet, que assistira a tudo da varanda e estava paralisada pelo choque, caiu de joelhos.

— Meu rei!

— Olá-á-á-á — Rá cantarolou. — Adeeeus!

Eu não sabia bem o que ele queria dizer, mas Bastet levantou-se, subitamente alarmada.

— Ele vai subir ao céu! — ela disse. — Walt, Zia, pulem!

Eles obedeceram bem a tempo. O barco solar começou a brilhar. Bastet se virou para mim e gritou:

— Vou escoltá-lo até os outros deuses! Não se preocupe! Volto logo! — Ela saltou a bordo, e o barco solar flutuou para o céu e se transformou em uma bola de fogo. Em seguida, ele se misturou à luz do sol e desapareceu.

— Aí está a prova — Amós anunciou. — Os deuses e a Casa da Vida devem trabalhar juntos. Sadie e Carter têm razão. A Serpente não vai ser contida por muito tempo, agora que rompeu suas correntes. Quem se juntará a nós?

Vários magos inimigos soltaram cajados e varinhas.

— Os outros nomos nunca reconhecerão sua reivindicação, Kane — resmungou a mulher de branco, Sarah Jacobi. — Você está marcado pelo poder de Set! Vamos espalhar a notícia. Diremos a todos que você matou Desjardins. Ninguém jamais o seguirá!

Ela pulou pelo portal. O homem de azul, Kwai, nos estudou com desprezo, depois seguiu Jacobi. Três outros fizeram o mesmo, mas nós os deixamos ir.

Com grande reverência, Amós pegou a capa de pele de leopardo das mãos de Carter.

— Pobre Michel.

Todos se reuniram em torno da estátua de Tot. Só então percebi a extensão dos danos que o Grande Salão sofrera. Paredes haviam sido quebradas, janelas, estilhaçadas, relíquias, destruídas, e os instrumentos musicais de Amós, meio derretidos. Pela segunda vez em três meses, quase havíamos destruído a Casa do Brooklyn. Devia ser um recorde. Porém, eu queria dar um grande abraço em todo mundo naquela sala.

— Vocês foram brilhantes — falei. — Destruíram os inimigos em segundos! Se conseguem lutar tão bem, como eles os mantiveram acuados a noite toda?

— Mas nós mal conseguimos impedi-los de entrar! — disse Felix. Ele parecia chocado com o próprio sucesso. — Quando o dia nasceu, eu estava, tipo, completamente sem energia.

Os outros assentiram com a expressão séria.

— E eu estava em coma — disse uma voz familiar. Jaz saiu do meio do grupo e abraçou a mim e Carter. Era tão bom vê-la que me senti ridícula por algum dia ter tido ciúme dela e de Walt.

— Agora você está bem?

Eu a segurei pelos ombros e estudei seu rosto, à procura de algum sinal de doença, mas ela parecia bastante disposta, como sempre.

— Estou ótima! — ela disse. — Bem ao amanhecer acordei me sentindo muito bem. Acho que assim que vocês chegaram... não sei. Algo aconteceu.

— O poder de Rá — disse Amós. — Quando ele se levantou, trouxe nova vida, nova energia para todos nós. Revitalizou nosso espírito. Sem isso, teríamos fracassado.

Eu me virei para Walt, sem me atrever a perguntar. Seria possível que ele também tivesse sido curado? Mas a expressão em seu rosto dizia que *aquela* oração não havia sido atendida. Suponho que ele sentia muita dor nos membros depois de fazer toda aquela magia.

Doninhas estão doentes, Rá repetira com insistência. Eu não entendia por que Rá estava tão interessado na condição de Walt, mas, aparentemente, curá-lo era algo que estava além até mesmo do poder do deus sol.

— Amós — disse Carter, interrompendo meus pensamentos —, o que Jacobi quis dizer quando falou que os outros nomos não reconheceriam sua reivindicação?

Não pude me conter. Suspirei e revirei os olhos. Meu irmão pode ser bem tapado algumas vezes.

— O quê? — ele perguntou.

— Carter — respondi —, lembra a conversa que tivemos sobre os magos mais poderosos do mundo? Desjardins era o primeiro. Menshikov era o terceiro. E você estava preocupado com quem seria o segundo?

— Sim — ele admitiu. — Mas...

— E agora que Desjardins está morto, o *segundo* mago mais poderoso passa a ser o mago *mais* poderoso do mundo. E quem você acha que pode ser?

Lentamente, o cérebro de Carter deve ter começado a funcionar, prova de que milagres acontecem. Ele se virou e olhou para Amós.

Nosso tio assentiu solenemente.

— Receio que sim, crianças. — Amós pôs a capa de pele de leopardo sobre os ombros. — Gostando ou não, a responsabilidade da liderança recai sobre mim. Sou o novo Sacerdote-leitor Chefe.

24. Faço uma promessa impossível

SADIE

NÃO GOSTO DE DESPEDIDAS, mas preciso lhe contar sobre muitas delas.

[Não, Carter. Isso não foi um convite para você pegar o microfone. Saia daqui!]

Ao pôr do sol, a Casa do Brooklyn estava novamente em ordem. Alyssa cuidou da alvenaria praticamente sozinha com o poder do deus da terra. Nossos aprendizes conheciam o encantamento *hi-nehm* bem o bastante para consertar a maioria dos outros objetos quebradas. Khufu mostrava tanta habilidade com panos e produtos de limpeza quanto com uma bola de basquete, e é impressionante o que é possível limpar, polir e esfregar em pouco tempo ao prender panos grandes às asas de um grifo.

Tivemos várias reuniões durante o dia. Filipe da Macedônia ficou de guarda na piscina, e nosso exército *shabti* patrulhou o terreno, mas ninguém tentou atacar — nem as forças de Apófis, nem outros magos. Eu quase podia sentir o choque coletivo se alastrando pelos trezentos e sessenta nomos à medida que as notícias se espalhavam: Desjardins estava morto, Apófis se erguera, Rá estava de volta e Amós Kane era o novo Sacerdote-leitor Chefe. Eu não tinha ideia de qual desses fatos mais os alarmaria, mas pelo menos teríamos uma folga enquanto os outros nomos processavam as novidades e decidiam o que fazer.

Pouco antes do poente, Carter e eu voltamos ao telhado enquanto Zia abria um portal para o Cairo destinado a ela e Amós.

Com o cabelo preto recém-cortado e um traje bege novo, Zia parecia não ter mudado nada desde que conversáramos com ela pela primeira vez no Metropolitan Museum, embora tanta coisa tivesse acontecido desde então. E suponho que, tecnicamente, não havia sido ela no museu, já que aquele era seu *shabti*.

[Sim, eu sei. É muito confuso acompanhar tudo isso. Você precisa aprender o encantamento de invocar remédio para dor de cabeça. Faz maravilhas.]

O portal rodopiante se abriu, e Zia virou-se para se despedir.

— Vou acompanhar Amós, quer dizer, o Sacerdote-leitor Chefe até o Primeiro Nomo — ela prometeu. — Vou me certificar de que ele seja reconhecido como líder da Casa.

— Eles vão se opor — eu disse. — Tome cuidado.

Amós sorriu.

— Não se preocupem, vamos ficar bem.

Ele estava vestido com seu estilo garboso habitual: um terno de seda dourada que combinava com a nova capa de pele de leopardo, um chapéu Fedora e contas douradas no cabelo trançado. A seu lado havia uma bolsa de couro e um *case* de saxofone. Eu o imaginei sentado nos degraus do trono do faraó, tocando saxofone tenor — John Coltrane, talvez — enquanto uma nova era se descortinava em luz violeta e brilhantes hieróglifos saíam do instrumento.

— Vou manter contato — ele prometeu. — Além do mais, vocês têm a situação sob controle aqui na Casa do Brooklyn. Não precisam mais de um mentor.

Tentei parecer corajosa, embora odiasse vê-lo partir. Só porque eu tinha treze anos não significava que eu queria as responsabilidades de um adulto. Eu com certeza não desejava comandar o Vigésimo Primeiro Nomo nem liderar exércitos para a guerra. Mas suponho que ninguém que seja posto nessa posição se sinta preparado.

Zia tocou o braço de Carter. Ele pulou como se ela o tivesse tocado com um desfibrilador.

— Conversaremos em breve — ela falou —, depois... depois que tudo se acalmar. Mas obrigada.

Carter assentiu, embora parecesse desanimado. Todos sabíamos que nada ia se acalmar tão cedo. Não havia garantia alguma de que viveríamos o suficiente para ver Zia de novo.

— Cuide-se — Carter falou. — Você tem um papel importante a desempenhar.

Zia olhou para mim. Um tipo estranho de entendimento passou entre nós. Acho que ela começava a desconfiar, a temer profundamente qual seria seu papel. Não vou afirmar que eu mesma entendia, mas compartilhei sua inquietação. *Zebras*, Rá dissera. Ele despertara falando de zebras.

— Se precisar de nós — eu disse —, não hesite. Apareço onde você estiver e dou uma boa surra naqueles magos do Primeiro Nomo.

Amós beijou minha testa. E bateu no ombro de Carter.

— Vocês dois me deixaram orgulhoso e me deram esperança pela primeira vez em anos.

Eu queria que eles ficassem mais tempo. Desejava conversar com eles um pouco mais. Mas minha experiência com Khonsu me ensinara a não ser gananciosa com o tempo. Era melhor apreciar o que se tinha e não ansiar por mais.

Amós e Zia entraram no portal e desapareceram.

Quando o sol se pôs, uma Bastet exausta apareceu no Grande Salão. Em vez da malha habitual, ela usava um vestido egípcio formal e joias pesadas que pareciam bem desconfortáveis.

— Eu havia esquecido como é difícil navegar pelo céu no barco solar — ela falou, limpando a testa. — E *quente*. Na próxima vez, vou levar um pires e *cooler* cheio de leite.

— Rá está bem? — perguntei.

A deusa gata comprimiu os lábios.

— É... do mesmo jeito. Conduzi o barco para a sala do trono dos deuses. Estão providenciando uma nova tripulação para a jornada desta noite. Mas você deveria ir vê-lo antes que ele parta.

— Jornada desta noite? — Carter perguntou. — Pelo Duat? Nós acabamos de trazê-lo de volta!

Bastet abriu os braços.

— O que você esperava? Vocês recomeçaram o antigo ciclo. Rá passará os dias no céu e as noites no rio. Os deuses terão que escoltá-lo como se fazia antigamente. Vamos; só temos alguns minutos.

Eu estava prestes a perguntar como ela pretendia nos levar até a sala do trono dos deuses. Bastet nos dissera várias vezes que não era habilidosa em abrir portais. Mas então uma porta feita de pura sombra se abriu no meio do ar. Anúbis passou por ela, irritantemente tão lindo em seu jeans preto, jaqueta de couro sobre uma camiseta branca que envolvia tão bem seu peito, que me perguntei se ele não estaria se exibindo de propósito. Eu suspeitava que não. Era provável que de manhã ele saísse da cama perfeito daquele jeito.

Certo... E essa imagem *não* ajudou a melhorar minha concentração.

— Olá, Sadie — ele disse.

[Sim, Carter. Ele também falou comigo primeiro. O que posso dizer? Eu sou importante *mesmo*.]

Tentei parecer aborrecida com ele.

— Então é você. Senti sua falta no mundo inferior quando estávamos apostando nossa *alma*.

— Sim, fico feliz por terem sobrevivido — ele respondeu. — Eu não saberia o que dizer em seu velório.

— Ha-ha-ha. Onde você estava?

Uma profunda tristeza surgiu em seus olhos castanhos.

— Em um projeto secundário — ele respondeu. — Mas, agora, precisamos nos apressar.

Ele apontou para a porta de escuridão. Só para mostrar que não tinha medo, atravessei primeiro.

Do outro lado estava a sala do trono dos deuses. A multidão de divindades se virou para nós. O palácio parecia ainda maior que na última vez em que estivéramos ali. As colunas eram mais altas, pintadas com mais detalhes. O mármore polido do chão se agitava com desenhos de constelações, como se estivéssemos pisando a galáxia. O teto brilhava como um gigantesco painel fluorescente. O tablado e o trono de Hórus haviam sido afastados para um lado, de modo que agora mais pareciam o assento de um observador, não do personagem principal.

No centro da sala, o barco solar brilhava sobre uma doca seca. A tripulação de esferas luminosas flutuava de um lado para o outro, limpando o casco e verificando as cordas. *Uraei* cercavam o trono de fogo, onde Rá estava sentado nos trajes de um rei egípcio, com o cajado e o mangual apoiados nas pernas. Seu queixo estava colado no peito, e ele roncava alto.

Um rapaz musculoso vestindo uma armadura de couro se aproximou de nós. Ele tinha a cabeça raspada e olhos de cores diferentes — um prateado, outro dourado.

— Sejam bem-vindos, Carter e Sadie — disse Hórus. — É uma honra recebê-los.

Suas palavras não combinavam com o tom de voz, que era rígido e formal. Os outros deuses se curvaram para nós com respeito, mas eu podia sentir a hostilidade contida lá no fundo. Todos estavam vestidos em suas melhores armaduras e pareciam muito imponentes. Sobek, o deus crocodilo (não era meu favorito) usava malha de metal verde reluzente e carregava um enorme cajado fluido de água. Nekhbet parecia tão limpa quanto era possível para um abutre, seu manto de penas pretas sedoso e elegante. Ela inclinou a cabeça para mim, mas seus olhos diziam que queria me destroçar. Babi, o deus babuíno, escovara os dentes e os pelos. Ele segurava uma bola de rúgbi — possivelmente porque meu avô o infectara com sua obsessão.

Khonsu exibia seu terno prateado, jogava uma moeda para o alto e sorria. Eu queria esmurrá-lo, mas ele me cumprimentou com um aceno de cabeça como se fôssemos velhos amigos. Até Set estava lá, em seu diabólico traje vermelho de dançarino de discoteca, recostado a uma coluna atrás da multidão, segurando o cajado de ferro preto. Lembrei que ele havia prometido não me matar até libertarmos Rá, mas, nesse momento, ele parecia relaxado. Ele ajeitou o chapéu e sorriu para mim, como se estivesse apreciando meu desconforto.

Tot, o deus do conhecimento, era o único que não se vestira para a ocasião. Ele estava como sempre, com jeans e um jaleco rabiscado. Estudou-me com seus estranhos olhos de caleidoscópio, e tive a sensação de que ele era o único na sala que de fato tinha pena de meu desconforto.

Ísis deu um passo à frente. Seus longos cabelos negros trançados caíam nas costas, sobre seu vestido delicado. As asas multicoloridas brilhavam atrás dela. Ísis se curvou para mim formalmente, mas senti as ondas de frieza que ela emanava.

Hórus virou-se para os deuses reunidos. Percebi que ele não usava mais a coroa de faraó.

— Atenção! — ele disse a todos. — Carter e Sadie Kane, que despertaram nosso rei! Que não haja dúvida: Apófis, o inimigo, levantou-se. Temos que nos unir sob Rá.

— Peixe, biscoito, doninha — resmungou Rá, cochilando, e voltou a roncar.

Hórus pigarreou.

— Eu juro lealdade! Espero que todos vocês façam o mesmo. Protegerei o barco de Rá quando passarmos pelo Duat esta noite. Todos vocês se alternarão como seu protetor até o deus sol estar... totalmente recuperado.

Ele falava como se não estivesse nem um pouco convencido de que isso aconteceria.

— Vamos encontrar um jeito de derrotar Apófis! — disse. — Agora, celebrem o retorno de Rá! Eu aceito Carter Kane como um irmão.

Música começou a soar, ecoando pelas paredes. Rá, ainda em seu trono no barco, acordou e começou a bater palmas. Ele sorria ao ver os deuses caminhando a sua volta, alguns na forma humana, outros se dissolvendo em nuvens, fogo ou luz.

Ísis segurou minhas mãos.

— Espero que você saiba o que está fazendo, Sadie — ela falou em tom gelado. — Nosso maior inimigo se ergue, e você destrona meu filho e faz de um deus senil nosso líder.

— Dê uma chance a ele — falei, embora meus tornozelos parecessem estar se transformando em manteiga.

Hórus segurou os ombros de Carter. As palavras dele não foram mais simpáticas:

— Eu *sou* seu aliado, Carter — ele prometeu. — Emprestarei minha força sempre que você me pedir. Você vai reviver o caminho de minha magia na Casa da Vida, e lutaremos juntos pela destruição da Serpente. Mas não se engane: você me custou um trono. Se sua escolha nos levar a uma guerra, juro que meu último ato antes de ser engolido por Apófis será esmagar você como se fosse um mosquito. E se ganharmos essa guerra sem a ajuda de Rá, se você tiver me desgraçado por nada, juro que a morte de Cleópatra e a maldição de Akhenaton vão parecer insignificantes comparadas à ira com que me lançarei contra você e sua família por toda a eternidade. Entendeu?

Devo dizer que Carter não se acovardou sob o olhar penetrante do deus da guerra.

— Apenas faça sua parte — ele disse.

Hórus riu alto, como se ele e Carter tivessem acabado de contar piadas um ao outro.

— Agora vá, Carter. Veja qual foi o preço de sua vitória. Vamos torcer para que todos os seus aliados não compartilhem o mesmo destino.

Hórus virou as costas para nós e se juntou à comemoração. Ísis sorriu para mim uma última vez e se dissolveu em um arco-íris cintilante.

Bastet ficou a meu lado, contendo a língua, mas tive a impressão de que ela queria destroçar Hórus como se ele fosse uma almofada.

Anúbis parecia constrangido.

— Sinto muito, Sadie. Os deuses podem ser...

— Ingratos? — perguntei. — Irritantes?

Ele corou. Imaginei que Anúbis pensou que eu me referia a ele.

— Às vezes demoramos para perceber o que é importante — ele respondeu finalmente. — Às vezes levamos tempo para apreciar algo novo, algo que pode nos tornar melhores.

Ele cravou em mim aqueles olhos ternos, e eu quis derreter completamente.

— Temos que ir — Bastet interrompeu. — Ainda há mais uma parada se tiverem disposição.

— O preço da vitória — Carter lembrou. — Bes? Ele está vivo?

Bastet suspirou.

— Pergunta difícil. Venham por aqui.

O último lugar que eu queria ver novamente era Terras Ensolaradas.

Pouco havia mudado na casa de repouso. Nenhuma luz renovadora do Sol ajudara os deuses senis. Eles ainda empurravam seus suportes para soro, batiam nas paredes e cantavam velhos hinos enquanto procuravam, em vão, templos que já não existiam mais.

Um novo paciente se juntara a eles. Bes estava sentado em uma cadeira de vime, vestindo camisola hospitalar, olhando pela janela para o Lago de Fogo.

Tawaret estava ajoelhada ao lado dele, os pequeninos olhos de hipopótama vermelhos de tanto chorar. Ela tentava convencê-lo a beber o líquido de um copo.

A água escorria pelo queixo do deus anão. Ele olhava inexpressivamente para a cachoeira de fogo ao longe, seu rosto carrancudo banhado pela luz vermelha. Os cabelos encaracolados haviam sido penteados, e ele vestia uma camisa havaiana azul nova e short, então parecia estar bem confortável. Mas sua testa estava franzida. Os dedos apertavam os braços da cadeira, como se ele soubesse que devia se lembrar de alguma coisa, mas não conseguisse.

— Tudo bem, Bes. — A voz de Tawaret oscilava enquanto ela limpava o queixo do deus anão com um guardanapo. — Vamos trabalhar nisso. Vou cuidar de você.

Então ela nos viu. Sua expressão endureceu. Para uma bondosa deusa do parto, Tawaret podia parecer bastante assustadora quando queria.

Ela bateu no joelho do deus anão.

— Já volto, querido Bes.

Ela se levantou, o que era uma proeza com aquela barriga enorme, e caminhou em nossa direção.

— Como ousa vir aqui? Como se já não tivesse feito o bastante!

Eu estava quase chorando e pedindo desculpas, quando percebi que a raiva não era dirigida a Carter ou a mim. Ela olhava para Bastet.

— Tawaret... — Bastet ergueu as mãos abertas. — Eu não queria que fosse assim. Ele era meu amigo.

— Ele foi um de seus brinquedos! — Tawaret gritava tanto que alguns pacientes começaram a chorar. — Você é egoísta como *todos* de sua espécie, Bastet. Usou Bes e o descartou. Você *sabia* que ele a amava e tirou proveito disso. Brincou com ele como se fosse um rato entre suas patas.

— Isso é injusto — Bastet murmurou, mas seu cabelo começou a arrepiar, como acontecia quando ela sentia medo. Eu não podia culpá-la. Poucas coisas são tão assustadoras quanto uma hipopótama enfurecida.

Tawaret bateu o pé no chão com tanta força que quebrou o salto do sapato.

— Bes merecia mais que isso. Ele merecia alguém melhor que *você*. Tinha um bom coração. Eu... eu nunca o esqueci!

Senti que estávamos a um passo de uma violenta briga entre uma gata e uma hipopótama. Não sei se falei para salvar Bastet, ou para poupar os pacientes traumatizados, ou para amenizar minha culpa, mas me coloquei entre as deusas.

— Vamos resolver isso — falei. — Tawaret, juro por minha vida que encontraremos um jeito de curar Bes.

Ela olhou para mim, e a raiva desapareceu de seus olhos, deixando apenas piedade no lugar.

— Criança, ah, criança... Sei que tem boas intenções. Mas não me dê falsas esperanças. Vivi tempo demais com elas. Vá... veja-o se for preciso. Veja o que aconteceu com o melhor anão do mundo. E depois nos deixe em paz. Não prometa o que não pode cumprir.

Ela virou e cambaleou sobre o salto quebrado para o posto de enfermagem. Bastet abaixou a cabeça. Sua expressão era totalmente atípica para um felino: vergonha.

— Vou esperar aqui — ela anunciou.

Era evidente que essa era sua última palavra, então Carter e eu nos aproximamos de Bes.

O deus anão não havia se movido. Continuava sentado na cadeira de vime, a boca ligeiramente aberta, os olhos fixos no Lago de Fogo.

— Bes. — Toquei o braço dele. — Pode me ouvir?

Ele não respondeu, é claro. No braço havia uma pulseira com seu nome escrito em hieróglifos, lindamente decorada, provavelmente pela própria Tawaret.

— Sinto muito — falei. — Vamos recuperar seu *ren*. Encontraremos um jeito de curá-lo. Não é, Carter?

— Sim. — Ele pigarreou, e posso garantir que ele *não* estava se comportando como um machão naquele momento. — Sim, eu juro, Bes. Nem que...

Ele provavelmente ia dizer "nem que seja a última coisa que a gente faça", mas sabiamente se conteve. Tendo em vista a guerra iminente contra Apófis, era melhor não pensar em quão cedo nossa vida podia acabar.

Eu me inclinei e beijei a testa de Bes. Lembrei-me de quando o havíamos conhecido na estação de Waterloo, quando ele salvara a mim, Liz e Emma. Lembrei-me de como ele afugentara Nekhbet e Babi, vestido em sua sunga ridícula. Pensei no Lênin bobo de chocolate que ele comprara em São Petersburgo, e em como protegera a mim e Walt no portal no Lugar das Areias Vermelhas. Eu não conseguia pensar nele como alguém *pequeno*. Sua personalidade era enorme, colorida, engraçada, maravilhosa — e parecia impossível ela ter desaparecido para sempre. Ele abrira mão de sua vida imortal para nos dar uma hora adicional.

Não consegui evitar o choro. Finalmente, Carter teve que me tirar dali. Não lembro como voltamos para casa, mas me recordo de sentir que estávamos caindo, em vez de subindo — como se o mundo mortal tivesse se tornado um lugar mais profundo e triste que qualquer região do Duat.

Naquela noite fiquei sentada em minha cama sozinha, com as janelas abertas. A primeira noite de primavera acabou sendo surpreendentemente quente e agradável. Luzes cintilavam pela área ao longo do rio. A padaria do bairro espalhava no ar o cheiro de pão assando. Eu estava ouvindo minha *playlist* TRISTE e imaginando como era possível que meu aniversário tivesse sido apenas alguns dias antes.

O mundo mudara. O deus sol retornara. Apófis estava livre da prisão e, embora tivesse sido banido para alguma parte profunda do abismo, logo estaria preparando sua volta. A guerra se aproximava. Tínhamos muito trabalho pela frente. Mas eu estava ali sentada, ouvindo as mesmas músicas, olhando para meu pôster de Anúbis e sentindo-me perdidamente dividida em uma questão tão trivial e irritante quanto... sim, você acertou: *garotos*.

Alguém bateu na porta.

— Entre — eu disse sem muito entusiasmo.

Achei que fosse Carter. Sempre conversávamos no final do dia, só para trocar informações. Mas era Walt, e de repente me dei conta de que eu estava vestindo uma camiseta velha e surrada e calça de pijama. Meu cabelo com certeza estava tão horrível quanto o de Nekhbet. Carter me ver nesse estado não era problema. Mas Walt? Péssimo.

— O que está fazendo aqui? — perguntei num grito um pouco alto demais.

Ele piscou, obviamente surpreso com minha falta de hospitalidade.

— Desculpe, eu saio.

— Não! Quer dizer, tudo bem. Você me surpreendeu, só isso. E, sabe... temos regras sobre meninos visitarem quartos de meninas sem, hum, supervisão.

Percebi que o comentário era quadradão demais para mim, quase "*Carterístico*". Mas eu estava nervosa.

Walt cruzou os braços. Eram belos braços. Ele usava sua camiseta de basquete e short, e no pescoço eu vi a habitual coleção de amuletos. Ele parecia tão saudável, tão atlético, que era difícil acreditar que estava morrendo por causa de uma maldição ancestral.

— Bem, você é a instrutora — ele disse. — Não pode me supervisionar?

Eu com certeza estava terrivelmente vermelha.

— Certo. Acho que se você deixar a porta entreaberta... Hum, o que o traz aqui?

Ele se apoiou à porta do armário. Fiquei apavorada ao perceber que ela ainda estava aberta, exibindo o pôster de Anúbis.

— Muitas coisas estão acontecendo — ele disse. — Você já tem muito com que se preocupar. Não quero que se inquiete comigo também.

— Tarde demais — reconheci.

Ele assentiu, como se compartilhasse minha frustração.

— Aquele dia no deserto, em Baharia... Você me acharia louco se eu dissesse que foi o melhor dia de minha vida?

Meu coração disparou, mas tentei ficar calma.

— Bem, o transporte público no Egito, os bandidos nas estradas, camelos fedorentos, múmias romanas psicóticas e fazendeiros de tâmaras possuídos... Puxa, foi um dia e tanto.

— E você — ele acrescentou.

— Sim, bem... Acho que me enquadro na lista de catástrofes.

— Não foi isso que eu quis dizer.

Eu me sentia uma péssima supervisora — nervosa e confusa, tendo pensamentos nada supervisores. Meus olhos oscilaram para a porta do armário. Walt percebeu.

— Ah. — Ele apontou para Anúbis. — Prefere que eu feche a porta?

— Sim — respondi. — Não. Talvez. Quer dizer, não importa. Quer dizer, não que *não* importe, mas...

Walt riu como se meu desconforto não o incomodasse nem um pouco.

— Sadie, escute. Só queria dizer que, aconteça o que acontecer, fico feliz por ter conhecido você. Fico feliz por ter vindo ao Brooklyn. Jaz está procurando uma cura para mim. Talvez ela encontre alguma resposta, no entanto, de qualquer maneira... tudo bem.

— *Não* está tudo bem! — Acho que minha raiva surpreendeu mais a mim que a ele. — Walt, você está morrendo por causa de uma maldição. E... e eu tive Menshikov *bem ali*, pronto para me dizer qual era a cura, e... falhei. Como falhei com Bes. Sequer consegui trazer Rá de volta direito.

Estava furiosa comigo mesma por chorar, mas não consegui me conter. Walt se aproximou e se sentou a meu lado. Ele não tentou me abraçar, o que foi até bom. Eu já estava bastante confusa.

— Você não falhou comigo — ele disse. — Não falhou com ninguém. Fez o que era certo, e isso exige sacrifícios.

— Não o seu — respondi. — Não quero que você morra.

O sorriso dele fez eu me sentir como se o mundo tivesse sido reduzido a somente duas pessoas.

— O retorno de Rá pode não ter me curado — ele disse —, mas me deu esperança. Você é incrível, Sadie. De um jeito ou de outro, vamos fazer isso dar certo. Não vou abandoná-la.

Isso soava tão bom, tão excelente e tão impossível.

— Como pode prometer isso?

Ele olhou para o retrato de Anúbis e depois para mim.

— Simplesmente tente não se preocupar comigo. Precisamos nos concentrar em derrotar Apófis.

— Alguma ideia de como fazer isso?

Ele apontou para o criado-mudo, no qual estava meu velho gravador — presente dos meus avós havia muito tempo.

— Conte às pessoas o que realmente aconteceu — ele disse. — Não deixe Jacobi e os outros espalharem mentiras sobre sua família. Vim ao Brooklyn porque recebi sua primeira mensagem: a gravação sobre a Pirâmide Vermelha, o amuleto *djed*. Você pediu ajuda, e nós atendemos ao pedido. É hora de solicitar auxílio novamente.

— Mas com quantos magos conseguimos realmente nos comunicar na primeira vez? Vinte?

— Ei, nós nos saímos muito bem ontem à noite. — Walt me encarou. Pensei que ele fosse me beijar, mas algo nos fez hesitar... Uma sensação de que isso só tornaria as coisas mais incertas, mais frágeis. — Envie outra fita, Sadie. Simplesmente conte a verdade. Quando você fala... — Ele deu de ombros e então se levantou para partir. — Bem, é bastante difícil ignorar você.

Alguns momentos depois que Walt saiu, Carter entrou com um livro embaixo do braço. Ele me encontrou ouvindo músicas tristes e olhando para o gravador no criado-mudo.

— Por que Walt estava saindo de seu quarto? — ele perguntou. Havia em sua voz uma nota de proteção fraternal. — O que aconteceu?

— Ah, só... — Olhei para o livro que ele carregava. Era um livro-texto velho, e imaginei se ele pretendia me passar algum tipo de dever de casa. Mas a capa era *muito* familiar: o desenho do diamante, as letras em *hot-stamping* e coloridas. — O que é isso?

Carter sentou-se a meu lado. Nervoso, ele me ofereceu o livro.

— É, hum... Não é um colar de ouro. Nem uma lâmina mágica. Mas eu disse que tinha um presente de aniversário para você. É... é isto.

Deslizei os dedos pelo título: *Análise das ciências de Blackley para calouros universitários, décima segunda edição*. Abri o livro. Na folha de rosto havia um nome escrito com uma caligrafia adorável: *Ruby Kane*.

Era um livro de faculdade da mamãe — o mesmo que ela costumava ler para nós na hora de dormir. O mesmo exemplar.

Pisquei para conter as lágrimas.

— Como você...?

— Os *shabti* de busca da biblioteca — disse Carter. — Eles conseguem encontrar qualquer livro. Sei que é... um presente meio bobo. Não me custou nada, não fui eu que fiz, mas...

— Cale a boca, idiota! — Eu o abracei. — É um presente de aniversário incrível! E você é um irmão incrível!

[Tudo bem, Carter. Aí está, registrado para a eternidade. Mas não deixe o elogio subir a sua cabeça. Falei isso em um momento de fraqueza.]

Viramos as páginas, sorrindo quando vimos o bigode de giz de cera que Carter havia desenhado em Isaac Newton e os desenhos ultrapassados do sistema solar. Encontramos uma antiga mancha de comida que devia ser minha papinha de maçã. Eu *adorava* papinha de maçã. Tocamos as anotações que mamãe fizera nas margens com sua letra linda.

Eu me sentia mais próxima de minha mãe simplesmente por segurar o livro, e estava impressionada com a ideia adorável de Carter. Apesar de ter aprendido seu nome secreto e achar que sabia tudo a respeito dele, o garoto ainda conseguia me surpreender.

— Então, o que estava dizendo sobre Walt? — ele perguntou. — O que está acontecendo?

Com alguma relutância, fechei o livro. E, sim, essa deve ter sido a única vez em toda minha vida que relutei para fechar um livro-texto. Levantei-me e o deixei sobre a cômoda. Depois peguei meu antigo gravador.

— Temos trabalho a fazer — eu disse a Carter e joguei o microfone para ele.

Então agora você sabe o que realmente aconteceu no equinócio, como o velho Sacerdote-leitor Chefe morreu, e de que modo Amós ocupou seu lugar. Desjardins sacrificou a vida para ganhar tempo para nós, mas Apófis já está trabalhando para sair do abismo. Pode levar semanas se tivermos sorte. Dias se não formos muito sortudos.

Amós está tentando se estabelecer como líder da Casa da Vida, mas não vai ser fácil. Alguns nomos ainda se rebelam. Muitos acreditam que os Kane assumiram o poder pela força.

Estamos enviando esta fita para esclarecer a história.

Ainda não temos todas as respostas. Não sabemos quando ou onde Apófis vai atacar. Não sabemos como curar Rá, Bes ou mesmo Walt. Não sabemos que papel Zia vai desempenhar ou se poderemos contar com a ajuda dos deuses. Mais importante, estou completamente dividida entre dois caras incríveis — um que está morrendo e outro que é o deus da morte. Que tipo de escolha é essa, eu pergunto?

[Sim, desculpe-me... estou desviando do assunto outra vez.]

A questão é: onde quer que você esteja, seja qual for o tipo de magia que você pratica, precisamos de sua ajuda. A menos que nos juntemos para aprender rapidamente o caminho dos deuses, não teremos a menor chance.

Espero que Walt esteja certo e que você ache que é difícil me ignorar, porque o tempo está passando. Vamos deixar um quarto reservado para você na Casa do Brooklyn.

NOTA DO AUTOR

Antes de publicar uma transcrição tão alarmante, eu me senti compelido a verificar alguns detalhes da história contada por Sadie e Carter. Gostaria de poder dizer que eles inventaram tudo isso. Infelizmente, parece que boa parte do que relataram se baseia em fatos.

As relíquias e as locações egípcias que eles mencionaram nos Estados Unidos, na Inglaterra, na Rússia e no Egito existem. O palácio do Príncipe Menshikov, em São Petersburgo, é real, e a história do casamento entre anões é verdadeira, embora eu não tenha encontrado qualquer menção de que um dos anões pudesse ter sido um deus, ou de que o príncipe tivesse um neto chamado Vladimir.

Todos os deuses egípcios e os monstros que Carter e Sadie encontraram são confirmados por antigas fontes. Muitos registros diferentes sobre a jornada noturna de Rá pelo Duat ainda existem, e, embora as histórias variem muito, o relato de Carter e Sadie se aproxima bastante do que conhecemos da mitologia egípcia.

Resumindo, acredito que estejam dizendo a verdade. O pedido de ajuda deles é genuíno. Se mais gravações caírem em minhas mãos, transmitirei a informação; mas se Apófis realmente estiver voltando, talvez não haja oportunidade. Pelo bem do mundo inteiro, espero estar enganado.

GLOSSÁRIO

Comandos usados por Carter e Sadie

A'max "Queimar"

Ha-di "Quebrar"

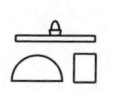

Ha-tep "Ficar em paz"

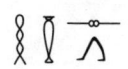

Heh-sieh "Para trás"

Heqat Invocar um cajado

Hi-nehm "Juntar"

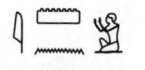

L'mun "Esconder"

N'dah "Proteger"

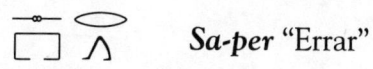

Sa-per "Errar"

W'peh "Abrir"

OUTROS TERMOS EGÍPCIOS

Aaru pós-vida egípcia, Paraíso
Áton Sol (o astro, não o deus)
Ba alma
Barco solar barco do faraó
Bau espírito mau
Duat reino mágico
Hieróglifos sistema de escrita do Egito Antigo que usava símbolos ou imagens para denotar objetos, conceitos ou sons
Khopesh espada com lâmina em forma de gancho
Maat ordem do universo
Menhed paleta do escriba
Lâmina *netjeri* faca feita de ferro meteórico para a cerimônia de abertura da boca
Faraó governante do Egito Antigo
Ren nome, identidade
Sarcófago caixão de pedra, frequentemente decorado com esculturas e inscrições
Sau produtor de amuletos
Escaravelho besouro
Shabti estatueta mágica feita de argila ou cera
Shen eterno

Suk mercado aberto
Monólito lápide de pedra calcária
Tjesu heru serpente com duas cabeças — uma delas na cauda — e pernas de dragão
Tyet símbolo de Ísis
Was poder

DEUSES E DEUSAS EGÍPCIOS MENCIONADOS EM O TRONO DE FOGO

Anúbis deus dos funerais e da morte
Apófis deus do caos
Babi deus babuíno
Bastet deusa gata
Bes deus anão
Geb deus da terra
Heket deusa sapa
Hórus deus da guerra, filho de Ísis e Osíris
Ísis deusa da magia, esposa de seu irmão Osíris e mãe de Hórus
Khepri deus escaravelho, aspecto de Rá ao amanhecer
Khnum deus com cabeça de carneiro, aspecto de Rá ao anoitecer no mundo inferior
Khonsu deus da lua
Mekhit deusa leoa secundária, casada com **Onúris**
Nekhbet deusa abutre
Néftis deusa do rio
Nut deusa do céu
Osíris deus do mundo inferior, marido de sua irmã Ísis e pai de Hórus
Ptah deus dos artesãos
Rá deus sol, o deus da ordem, também conhecido como Amon-rá

Sekhmet deusa leoa
Set deus do mal
Shu deus do vento
Sobek deus crocodilo
Tawaret deusa hipopótama
Tot deus do conhecimento

www.intrinseca.com.br
www.ascronicasdoskane.com.br

1ª edição	OUTUBRO DE 2011
reimpressão	JANEIRO DE 2021
impressão	IMPRENSA DA FÉ
papel de miolo	PÓLEN SOFT 70G/M²
papel de capa	CARTÃO SUPREMO ALTA ALVURA 250G/M²
tipologia	GOUDY OLDSTYLE